KB0034867

마원의 충고

你的青春可以不迷茫: 马云给年轻人的人生忠告
作者: 王晶

흔들리는 청춘들을 위한 마윈의 인생수업

The Best Advices of Ma Yun

MIRAE
BOOK

이 책을 읽은 독자들이 삶의 의지와 열정, 어려움에 굴하지 않는 힘을 얻을 수 있기를 바랍니다.

흔들리는 청춘이 굳건히 앞으로 나아가기를 응원합니다!

'평범'에서 '비범'으로

사회학 용어에 '롤모델(Roll Model) 효과'라는 말이 있습니다. 사회적으로 주목할 만한 인물들이 사람들에게 긍정적인 영향을 미치고 동기부여를 하는 현상을 말합니다. '다른 사람을 거울로 삼아 자신의 득실을 분명하게 하는' 것이지요. 이런 롤모델은 우리를 비추는 거울일 뿐만 아니라 힘찬 깃발이 되어, 우리를 적극적으로 나서게 만들고 앞으로 나아갈 수 있는 용기를 불러일으킵니다. 요즘 마윈에 관한 책이 여러 권 나와 있고 많은 사람들이 읽고 있습니다. 대학에서도 마윈에 관한 강좌는 빈자리를 찾을 수 없을 만큼 인기가 많습니다. 마윈이 수많은 사람들, 특히 젊은이들에게 보고 배워야 할 롤모델이 되었다는 것을 알 수 있지요. 그렇다면 마윈은 어떻게 사람들의 롤모델이 되었을까요? 그의 인생 역정을 한번 살펴봅시다.

중국 경제가 다방면으로 급속도의 성장을 이루는 현재의 정세에서는 성공하는 인물들이 일일이 헤아릴 수도 없게 많기 때문에 마윈의 성공이 그 중 '최고'라고 하기에는 어려울지도 모릅니다. 하지만 '평범'에서 '비범'으로의 전설을 만들어낸 인물로는 마윈이 유일하죠. 마윈은 우리 같이 평범한 사람도 성공의 역량을 충분히 지니고 있으며 밝은 앞날을 스스로 개척할 수 있다는 점을 몸소 알려줍니다. 마윈 자신이 했던 말처럼 말입니다. "제가 성공했다면, 젊은이의 80%는 누구나 성공할 수 있다고 믿습니다."

창업을 하기 전에 마윈은 평범하기 그지없었습니다. 어쩌면 그 이하였을지도요. 우선 그의 외모는 딱히 멋지지 않습니다. 몸도 왜소하고 생김새도 그저 그래요. 오히려 좀 못생긴 편이라 사람들 속에 섞여 있으면 딱 외면 받기 쉬운 정도입니다. 그는 지능도 일반적입니다. 학업 성적은 과목별로 편중이 너무 심해서 영어 성적이 우수했던 것 외에 다른 과목은 온통 엉망이었지요. 특히 수학은 첫 대학입학시험에서 고작 1점을 기록했습니다. 삼수를 하고 나서야 전문대학에 겨우 합격할 만한 점수를 낼 수 있었고요. 그리고 그는 출신 배경도 그저 그렇습니다. 마윈의 부친은 항저우의 문화 관련 기관에서 일했고 돈이나 권력과는 거리가 멀었으니까요.

그런데 평범한 마윈이 사회생활을 시작하고 나서 보여준 행보는 정말 놀라웠습니다. 24세에는 대학에서 영어를 강의했고, 31세에는 '하이보(海博)번역회사'로 생애 첫 창업을 했습니다. 당시 번역회사의 첫 달 임대료는 2,000위안(현재 환율로 약 36만 원 -역주)이었는데, 그 달에 번 돈은 고작 700위안이었어요. 함께 일하던 다른 사람들이 모두 그만두어야 하나 고민하고 있을 때, 마윈은 마대자루를 들고 저장성(浙江省) 이우(義烏)시장을 오가며 작은 물건들을 팔아 근근이 번역회사를 꾸려나갔습니다. 그렇게 두 해를 보내고 하이보번역회사는 항저우에 있는 번역회사 중 가장 큰 회사가 되었지요. 33세에 마윈은 '차이나옐로우페이지'로 두 번째 창업을 합니다. 남들은 인터넷이라는 물건이 무엇인지도 모를 때, 마윈은 혼자서 쉬지 않고 인터넷의 미래에 관해서 사람들에게 이야기했지요. 그로 인해 사람들에게서 '사기꾼'이라는 오해도 사고 결국에는 안타깝게 물러날 수밖에 없는 결과를 맞았지만, 마윈은 이때부터 인터넷 업계에서 명성을 얻기 시작합니다. 35세, 알리바바로 세 번째 창업을 했습니다. 2년이 지나자 이익을 내기 시작했고, 이로써 알리바바의 사업 모델은 중국의 인터넷 역사에 한 획을 긋게 됩니다. 39세, 마윈은 타오바오를 창립하고 중국 수억 인구의 생활방식을 바꾸었습니다. 41세, 30억 달러의 몸값을 자랑하며 '2005년 중국 후룬(胡潤)연구소의 IT 부호 리스트' 4위에 이름을 올렸습니다. 그때부터 마윈은 중국의 대표적인 창업 신화로 자리매김했죠.

그렇다면 그 성공의 열쇠는 무엇이었을까요? 이는 보는 사람마다 의견이 다릅니다.

어떤 사람은 영어가 마윈의 운명을 바꾸어 놓았다고 말합니다. 영어를 잘하는 특기 덕분에 하이보번역회사를 열었고 해외로 나가 인터넷을 접할 기회를 얻어 시대의 흐름을 놓치지 않았다는 것이죠. 마윈이 번역회사를 운영할 때, 무역회사들과 쌓은 관계도 그가 자신의 길을 가는 데 한몫했습니다.

그리고 어떤 사람은 마윈의 성공이 굽힐 줄 모르는 굳센 의지에서 나왔다고 합니다. 1999년, 알리바바가 갓 생겨났을 때 마윈의 수중에는 돈이 거의 한 푼도 없었습니다. 뜻을 같이하는 동료와 자신의 집에서 열심히 일을 했지만 하루하루 버티기 힘든 상황이었고 희망도 보이지 않았습니다. 하지만 창업을 향한 그의 신념은 조금도 흔들리지 않았습니다. '사스(SARS)'가 중국 전역을 덮쳐 알리바바 역시 유례없는 타격을 입었지만 마윈은 이렇게 외쳤습니다. "무릎을 꿇더라도 살아야 한다!" 알리바바는 결국 꽁꽁 얼어붙은 시기를 잘 견뎌내었고 세계에서 가장 큰 B2B 전자상거래 웹사이트 중 하나가 되었습니다. 또한 마윈은 알리바바의 존망이 걸린 결정적인 시기에 타오바오를 설립하고 알리바바 그룹에 다시금 강력한 힘을 불어넣기도 했습니다.

또 어떤 사람은 마윈의 성공이 남들보다 한 발 앞서 생각하는 사고와 이념에서 기인한다고 말합니다. 다른 사람들이 인터넷이 무엇인지도 모를 때, 그는 이미 인터넷이 세계를 주도할 것이라는 것을 알았죠. 아무도 알리바바의 경영 모델을 이해하지 못할 때도 그는 자신의 선택을 끝까지 견지했습니다. 남들이 타오바오의 수익 구조에 의문을 품을 때도 그는 여유만만이었습니다. 오히려 거만하기 짝이 없는 태도로 큰 소리를 쳤죠. "우리와 경쟁자의 가장 큰 차이는, 우리는 그들이 무엇을 할지 다 알고 있지만 그들은 우리가 무엇을 할지 전혀 모른다는 것입니다. 우리가 무엇을 할지 모든 사람에게 다 알려줄 필요는 없겠죠."

마윈의 성공은 절대로 우연이 아니었습니다. 위에서 언급된 이유들이 모두 마윈의 성공을 앞당긴 일등공신이겠죠. 그렇지만 마윈의 성공은 누구나 따라할 수 있는 것이기도 합니다. 한 베테랑 창업 트레이너는 자기를 찾아오는 젊은이들에게서 마윈이 젊었을 때의 모습을 똑같이 찾아볼 수 있다고 말합니다. 그들 중 누군가는 아직 방황하고, 누군가는 자기 인생의 길을 찾는 중입니다만, 어쨌든 그들에게는 이미 마윈과 같이 성공할 수 있는 요건이 다 갖추어져 있어요. 다만 그들에게 조금 모자란 것은 시간과 경험일 뿐이지요.

우리 청춘들에게 시간은 가장 훌륭한 밑천입니다. 우리의 길은 어디에 있을까요? 바로 충분한 시간과 끊임없는 도전에 있습니다! 똑똑한 머리,

든든한 바탕이 되어줄 부모, 돈, 경험, 인맥이 없다고 해서 두려워하지 마십시오. 돈은 부지런히 일해서 벌 수 있습니다. 경험은 몸으로 하나하나 부딪히다보면 쌓을 수 있지요. 사회의 인맥도 시간이 지나면 조금씩 늘려나갈 수 있고요. 하지만 덤비지 않는 인생은 제자리걸음밖에 할 수 없어요.

마윈은 말했죠. "실패든 성공이든, 경험을 얻었다면 그것이 바로 성공입니다. 직접 몸으로 부딪히세요. 해도 안 되면 고개를 숙이면 그만입니다. 그렇지만 해보지도 않는 것은, 잠들기 전에 천 갈래의 길을 가겠다고 생각해 놓고 다음날 아침 원래 가던 길을 다시 가는 것과 똑같습니다." 미래를 내 손 안에 움켜쥐세요. 어떤 두려움이나 망설임도 당신의 전진하는 발걸음을 막지 못하게 하십시오. 당신의 청춘을 지체하게 두지 마십시오.

인터넷이 사람들의 생활, 학습, 업무 환경을 바꾸어 놓고 심지어는 생각과 습관까지 바꾸어 놓은 지금, 마윈은 이 시대를 대변하는 인물이라고 할 수 있습니다. 이 책은 마윈의 꿈과 현실, 일과 창의성, 처세와 인간관계, 경쟁, 창업 등 여러 각도에서 마윈의 인생 역정을 종합하고, 마윈이 청춘들에게 던진 충고를 따와 엮었습니다. 이 책을 읽고 많은 젊은이들이 스스로를 돌아보고 시대의 요구가 무엇인지 이해하길 바랍니다. 더 나아가 이 책이 인생의 의미를 깨닫고 자신의 길을 찾아 첫 발을 딛게 하는 계기가 되길 바랍니다.

C O N T E N T S

제5장
경쟁의 최고 가치는 남을 굴복시키는 것이 아니라 스스로가 발전하는 데 있다

제6장
창업은 결코 아름답지 않다, 5년 후에도 하고 싶다면 그때 해라

제7장
지난밤에 생각한 천 갈래의 길을 두고 가던 길을 가는 습관을 버려라

제8장
힘겨운 과정을 겪지 않으면 누구의 성공도 복제할 수 없다

제9장
자신을 바로 세우고 능력을 키워라

제1장

성적이 좋다고 일까지 잘하는 것은 아니다, 열등생도 성공한다

• 사회로 나가는 청춘들에게 •

일단 사회에 발을 들이고 나면 당신을 빛나게 하는 것은 바로 자신의 능력이다. 그러니 화려한 졸업장이나 스펙이 없다고 자신을 비하하거나 원망하지는 말자. 인생이라는 긴 여정에서 필요한 것은 나를 더욱더 단단히 무장하고 단련하는 것이다.

'열등생'도 성공한다

당신이 어떤 대학을 졸업했든, 졸업장은 등록금을 잘 냈다는 증빙일 뿐입니다.
당신의 부모가 수업료를 잘 지불했다는 사실을 보여줄 수는 있지만,
당신이 얼마나 열심히 공부했는지는 보여줄 수 없기 때문이죠.
고학력이라고 해서 일을 꼭 잘하는 것은 아닙니다.

마윈의 충고 1

마윈의 경험

타고난 배경이 우월한 사람들은 성공을 향해 단숨에 막힘없이 나아간다. 그들은 좋은 가정환경 속에서 자라 공부 잘하는 모범생이 된다. 당연하게 해외 명문 대학에 진학해 졸업장을 따고 나면, 역시 잘나가는 회사에 입사한다. 중국의 인터넷 관련 업계의 예를 들면, 마윈과 비슷한 나이의 CEO인 장차오양(張朝陽, 장조양)*, 딩레이(丁磊, 정뢰)*, 리옌홍(李彦宏, 이언굉)*, 천톈챠오(陳天橋, 진천교)*는 전부 명문대 출신이고 그들을 둘러싼 배경은 휘황찬란하기 그지없었다. 반면, 마윈은 이들에 비해 특별한 스펙도 없고 딱히 내세울 것도 없는 '순수 국내파'에 평범한 학생일 뿐이었다.

마윈은 어릴 때부터 똑똑하지도 못하고 학교 성적도 좋지 않은 '열등생'이었다. 일류 대학에 진학하지 못한 것은 물론, 초등학교와 중학교마저 그

저 그런 삼류 학교에 다녔다. 게다가 대학은 시험에 두 번이나 떨어지고 삼수 만에 겨우 합격했다. 마윈은 그런 자신을 이렇게 말한다. "저는 정말 바보 같았어요. 모범생 소리는 한 번도 못 들어봤고요. 그렇다고 노는 학생도 아니었는데 말이죠. 성적은 반에서 십몇 등도 하기 힘든 수준에, 수학은 너무 못해서 낙제까지 했습니다."

마윈의 수학 점수는 언제나 평균 이하였고, 그래서 매번 진학의 걸림돌이 되었다. 그의 부모님과 담임선생님은 "저 큰 머리가 아무짝에도 쓸모가 없구나!" 하고 한탄할 정도였다.

마윈은 초등학교를 칠 년이나 다녔다. "중점 중학교*에 지원했던 우리는 전부 시험에 떨어지고 말았어요. 이듬해, 다시 도전했지만 역시나 완전히 전멸이었죠. 우리를 받아줄 중점 중학교는 아무 데도 없어서 아예 초등학교의 이름을 항저우텐수이중학교로 개명을 하고 계속 다녔습니다. 항저우 역사상 초등학교를 중학교로 바꾼 적은 단 한 번도 없었고 우리가 처음이었죠. 하지만 그렇게 일 년을 보내고도 뿔뿔이 흩어질 수밖에 없었어요. 사실 저도 우리가 문제였던 건지, 학교의 지도 방식이 잘못되었던 건지 모르겠어요." 중학교에서 고등학교로 진학하는 과정 역시, 순탄하지 않았다. 첫 고등학교 진학시험에서 31점을 맞는 바람에 두 번째 시험에 응시하고서야 고등학교에 입학할 수 있었다.

1982년 여름, 열여덟 살의 마윈은 대학시험에 도전했다. 원대한 포부와 뜻을 품고 베이징대학교에 지원했지만, 성적은 형편없었다. 특히 수학은 고작 1점밖에 맞지 못했다. 이 일로 마윈은 큰 충격을 받았고, 스스로 절대 대학 문턱을 밟지 못할 것이라고 여기게 되었다. 그래서 그 시절의 수많은 '열등생'들과 마찬가지로 절망스러운 운명을 받아들이기로 하고 학업을 모두 중단한 채, 막노동으로 여기저기를 떠돌며 돈을 벌기 시작했다. 가진 것은 고등학교 졸업장뿐인 어린 마윈이 자기 몸뚱이를 파는 것 외에 더 무엇을 할 수 있었을까? 하지만 매일 낡아 빠진 삼륜 자전거를 끌고 울퉁불퉁하고 좁은 골목을 오가며 물건을 배달하는 일은 왜소한 그에게 너무나 고되고 힘들었다. 그래서 마윈은 다시 한 번 대학시험에 도전하기로 마음먹었다.

이듬해인 1983년, 마윈은 도전장을 내밀었다. 하지만 이번에도 수학이 그의 발목을 잡았다. 그가 받은 수학 점수는 고작 19점이었다. 맙소사, 일 년을 더 공부했는데도 겨우 십몇 점 밖에 올리지 못한 것이었다! 성적이 발표되자 마윈의 부모는 크게 실망했다. 그리고 대학교는 그만 포기하고 기술을 배우거나 장사나 해보는 것이 어떻겠냐며 마윈을 타일렀다. 하지만 힘들고 고생스러웠던 배달 일을 생각하니 눈앞이 캄캄해진 마윈은 절대 포기하지 않겠다는 의지를 불태웠다. 부모님이 더는 학비를 보태주지 않자 마윈은 아르바이트와 공부를 병행했다.

1984년 여름, 스무 살 되던 해에 세 번째 시험을 보았고, 문제를 아예 외워버리며 공부한 덕에 점수는 훨씬 나아졌다. 수학 점수가 79점으로 크게 올라 총점도 따라서 올랐다. 하지만 베이징대학교에 합격하기에는 크게 부족한 점수였다. 시험을 세 번이나 치른 마윈은 할 수 없이 항저우사범학원(지금의 항저우사범대학교)에 입학했다. 그의 말로는 당시 항저우에서 가장 뒤떨어진 꼴찌 대학이었다고 한다.

어렵고 순탄치 않은 고생길이었지만 마윈은 나쁘게만 생각하지 않았다. "보통 가정에서 자랐기 때문에 평범한 학교에 갔고, 대학 시험에 떨어져 고생해보니 다른 사람들의 마음이나 시장에서 고생하는 상인들의 심정을 이해할 수 있게 되더라고요. 또, 영어 공부를 한 덕에 서방 선진국에는 어떤 일이 벌어지는지도 스스로 알 수 있었죠."

마윈은 자기 자신이 그러했기에, 스펙이니 경력이니 하는 기준에는 아주 개방적이고 실리를 추구하는 편이다. 알리바바에서 일하는 2만여 명의 직원 중에 많은 수가 마윈이 직접 채용한 직원이며, 그들을 뽑을 때 마윈은 이력서를 본 적이 한 번도 없다고 한다. 그는 오히려 요즘의 구직자들이 화려한 스펙을 쌓는 데만 열을 올린다고 지적한다. 설령 그 이력서에 적힌 경력이 모두 사실이라고 해도 서류로는 그 사람에 대해 아무것도 설명할 수 없고, 지원자 역시 그렇게 오랫동안 학교에 다니고도 자기가 무엇을 할 수 있는지를 증명할 수 없다면서 말이다. 마윈은 스스로 평범하다는 사실을 인정하는 사람을 좋아한다. 그런 사람들은 언제나 성실하게 배우고 자신을 시험하고 도전하려는 의지가 있기 때문이다.

'열등생'이었던 사람이 어떻게 비즈니스 업계에서 최고가 될 수 있었는가 하는 질문에 마윈은 이렇게 대답한다. "저는 '깨우침'이라는 말을 특히 좋아합니다. 지식은 억지로 주입할 수 있지만, 지혜는 깨우치고 스스로 느껴야만 하는 것이죠. 우리가 사는 21세기는 정보가 폭발적으로 늘어난 시대입니다. 이제 중요한 것은 누가 얼마나 많은 정보를 가졌느냐가 아니에요. 예전에는 수많은 정보를 일일이 기억해야 했지만, 지금은 컴퓨터를 두들기기만 하면 무엇이든 단번에 알아낼 수 있잖아요. 중국인의 문화에서는 부지런함과 용감함을 중요한 덕목으로 꼽습니다만, 이제는 영원히 게으름을 피우지 않는 부지런한 기계가 있단 말이죠. 하지만 사람이 기계와 가장 다른 점은 바로 혁신적이고 창조적이라는 점입니다. 혁신적인 사람은 무슨 일을 하든 끊임없이 새로움을 탐구하고 미지의 영역을 개척해서 스스로 능력을 풍부하게 가꿉니다. 그렇게 얻은 지혜는 주입식 교육이나 단순한 스펙 쌓기로는 얻을 수 없는 것들이지요."

우리의 고민

한 조사에서 중국의 젊은이 중 약 5~8%가 학습능력에 문제가 있다는 결과가 나타났다. 그렇다고 해서 한 사람의 대뇌 전체에 문제가 있거나 지능이 뒤떨어진다는 것을 의미하지는 않는다. 단지 뇌의 특정한 부분이 더디게 성장하고 정상적인 역할을 하지 못한다는 것이다. 학습능력 저하는 전 세계 어디에서나 나타나는 현상이고, 우리 사회에서 '열등생'은 이미 보편화되었다.

"대학교 2학년 학생입니다. 성적이 너무 안 좋은데 갈수록 더 힘이 들고 따라가지 못하는 것 같아요. 솔직히 자포자기하는 심정이에요. 너무 답답할 때는 죽는 게 차라리 낫겠다는 생각이 듭니다. 열심히 해도 안 되는데, 죽기는 겁이 나요."

한 대학생의 인터넷 댓글이다. 사회에 첫발을 들이기 전에 성적이나 스펙은 젊은이들을 평가하는 주요한 기준이 된다. 그래서 학교 성적이 좋지 않은 사람들은 무엇을 해보기도 전에 매사에 쉽게 포기해버리고 자신감을 잃는다. 또 세상을 비관하거나 원망하는 감정에 사로잡히기도 한다. 사실 그럴 필요가 전혀 없는데도 말이다. 마윈의 삶은 우리에게 학교 성적과 개인의 능력이 아무런 관계가 없으며 학교 성적이 형편없는 사람도 성공의 길로 나아갈 수 있다는 사실을 여실히 보여준다.

"마윈이 할 수 있다면 80%의 사람이 할 수 있습니다." 마윈은 항상 이렇게 말한다. 언제나 '열등생' 취급을 받던 그가 이제는 어마어마한 사업가가 되었다. 마윈뿐만이 아니다. 우리 주위를 둘러보면 학창시절에는 공부도 못하고 특별한 재주도 없던 사람이 오랜 시간의 노력으로 성공적이고 만족스러운 삶을 누리고 있는 모습을 찾을 수 있다. 이런 사례들이 학력과 성적은 우리의 능력을 대표하거나 모든 것을 의미하지 않는다는 사실을 증명하고 있다.

지혜의 팁

'학력은 동메달, 인맥은 은메달, 능력은 금메달' 이라는 말이 있다. 학력은 사회로 내딛는 첫발에 디딤돌이 되어주며 당신의 새로운 시작에 영향을 미치기도 하고 출세하는 데 중요한 역할을 하기도 한다. 하지만 일단 사회에 발을 들이고 나면 당신을 빛나게 하는 것은 바로 자신의 능력이다. 그러니 화려한 졸업장이나 스펙이 없다고 자신을 비하하거나 원망하지는 말자. 인생이라는 긴 여정에서 필요한 것은 나를 더욱더 단단히 무장하고 단련하는 것이다. 학력은 그저 인생을 편리하게 하는 도구 중 하나일 뿐이다.

- **장차오양**(張朝陽, 장조양) | 중국 인터넷 포털 사이트 소후(SOHU, 搜狐)닷컴의 CEO, 칭화대학교 물리학과 졸업, 매사추세츠 공과대학교 박사학위 취득.
- **딩레이**(丁磊, 정뢰) | 중국 인터넷 포털 사이트 넷이즈(NET EASE, 網易)의 CEO, 청두전자과학기술대학 졸업, 2014년 중국 인터넷 부문 올해의 인물로 선정
- **리옌훙**(李彦宏, 이언굉) | 중국 최대의 인터넷 포털 사이트 바이두(百度)의 CEO, 베이징대학교 졸업, 뉴욕주립대학교버펄로대학원 석사학위 취득.
- **천톈챠오**(陳天橋, 진천교) | 중국 인터넷 게임업체 성다(盛大)의 CEO, 상하이 푸단대학교 경제학과 졸업.
- **중점 중학교** | 중국 각 지역의 일류 명문 학교를 말한다. 진학률이 높은 학교는 입학하려는 사람이 많아 입시경쟁이 치열하다. 교육열이 높은 중국의 부모들이 중점 초등/중/고등학교에 자녀를 입학시키기 위해 수단과 방법을 가리지 않아 사회적인 문제가 되기도 한다.

든든한 배경만이 능사는 아니다

세상에서 제일 믿지 못할 것이 관시(關係)입니다.

든든한 배경이 없으면 어떻습니까?

그로 인해 자기 자신의 가치를 인정할 수 있지 않을까요?

배경이 없다면 스스로 배경을 만들면 됩니다!

마윈의 충고 2

마윈의 경험

요즘은 부모가 얼마나 든든한 배경이 되어주는지를 따지는 시대이다. 집안 배경이 좋지 못하고 부자 아빠가 없는 것을 원망하는 젊은이도 부지기수이다. 사실 이 점에 관해서라면, 가장 할 말 많은 사람이 바로 마윈이다. 마윈은 창업하기 전까지 스스로의 꿈 외에는 가진 것이 하나도 없었다. 돈도 없고, 내세울 것 하나 없는 집안 출신에, 딱히 든든한 인간관계가 있는 것도 아니었다. 전형적인 풀뿌리 기업가의 시작이었다.

1964년 10월 15일(음력 9월 10일), 마윈은 저장성 항저우시(浙江省杭州市, 절강성 항주시)의 서호(西湖, 항저우의 유명한 호수이자 최대의 풍경 관광지 -역주) 주변의 평범한 가정에서 태어났다. 반 문맹이나 다름없는 부모님에게는 아이가 셋이 있었는데, 아버지는 어린 마윈을 데리고 자주 전통 공연을 보러 다녔다. 마윈은 이런 아버지의 영향으로 어린 시절에는 전통 만담,

재담 공연에 직접 출연하기도 했다. 하지만 본인 스스로 극이나 공연에 그다지 큰 흥미를 느끼지는 못했다. "저는 사실 전통극에 나오는 노래에는 관심이 없었고, 무대 위 연기자들의 뛰어난 재주에 마음을 빼앗겼죠. 그래서 맨손으로 하는 무술과 태극권을 배우기 시작했습니다."

한 번은 마윈이 다른 아이와 싸움이 붙었다. 코가 비뚤어져 피를 철철 흘린 것은 마윈인데, 상대편 아이의 아버지가 도리어 펄펄 뛰며 마윈의 집으로 쫓아왔다. 마윈의 아버지는 우리 아이가 잘못했다며 대신 사과를 하고 상대편 아이 아버지를 돌려보냈다. 그리고 치밀어 오르는 화 때문에 말도 제대로 하지 못한 채, 마윈을 구석으로 몰아붙였다. 마침 옆에 놓인 빗자루를 집어 든 아버지는 마윈을 때리려던 손을 잠시 내려놓고 무겁게 한숨을 쉬며 '네 잘못을 알겠느냐' 하고 물었다. 마윈은 너무나도 억울한 마음에, 지지 않고 "잘못한 거 없어요!" 하고 말대꾸를 했다. 뜻밖의 태도에 아버지와 마윈의 말다툼이 시작되었다. 아버지가 영어를 못 알아듣는다는 것을 알고 있던 마윈은 영어로 하고 싶은 말을 마구 쏟아냈다. 그러자 아버지는 버릇없이 구는 아들에게 화를 내기는커녕 호탕하게 웃어넘겼다. 그리고 아들의 머리를 쓰다듬으며 말했다. "기왕 나한테 그렇게 퍼부을 거, 영어 공부나 좀 열심해 해보아라. 영어 잘하면 안 때릴 테니 말이야."

사실 마윈은 영어 실력을 높이기 위해 외국 사람을 찾아 길거리를 헤매고 다녔다. 그 결과, 초등학교부터 고등학교까지 다른 과목의 성적은 그저 그랬지만, 영어만큼은 학년 전체 1등을 놓치지 않았다. 그렇지만 영어만 잘해서는 소용이 없었다. 총점이 모자라서 대학은 입학할 수도 없었던 것이다. 게다가 여기저기서 말썽만 일으키는 탓에 부자(父子) 관계도 좋아질 기미가 전혀 없었다. 오히려 사이가 점점 나빠져 나중에는 아주 사소한 일에까지 언성을 높이기 일쑤였다.

훗날 성공한 후에도 마윈은 그 당시를 잊지 않고 이렇게 말했다. "우리 두 사람은 매번 아주 격렬하게 싸웠어요. 누구도 상대방을 설득시키지 못했지만, 결국에는 언제나 제가 이겼죠. 아버지는 영어를 못 알아들으셨으니까요."

성공한 사람들에게는 공통된 특징이 하나 있다. 미워하고 원망하기보다는 다른 사람의 좋은 점을 깊이 새긴다는 점이다. 마윈도 마찬가지로, 때리고 야단치는 아버지보다 따뜻하고 다정한 아버지를 더욱 생생히 기억하고 있었다.

마윈의 어머니는 천방지축 아들을 감당하지 못해 아예 포기해버리고, 아버지에게 이렇게 말했다. "애가 타고난 게 저런 걸, 너무 기대하지는 마요!" 하지만 아버지는 이렇게 대답했다. "사람은 누구나 부족하고 못난 점이 있지, 그렇지만 누구나 잘난 점도 있잖소. 애한테 가장 맞는 방법으로 교육하고 장점을 찾아내 주어야지." 마윈의 영어 실력은 이런 아버지의 독특한 지원사격으로 단련된 결과물이기도 했다.

마윈이 처음 대학시험에 떨어지고 인생의 가장 밑바닥으로 떨어졌을 때도 아버지는 그에게 공부를 강요하지 않았다. 대신에 인맥을 동원해 삼륜자전거로 물품을 배송하는 일을 알아봐 주었다. 며칠간 일을 해 본 마윈은 너무 힘들고 고통스러워 죽을 것 같았다. 집에 돌아오면 괜스레 트집을 잡아 아버지에게 대들었다. 하지만 아버지는 가만히 듣고 있을 뿐, 별다른 대꾸를 하지 않았다. 그러면 마윈은 그런 자신이 부끄럽고 창피해 다음 날 새벽같이 일을 하러 나갔다. 마윈의 앓는 소리가 수그러들었을 때쯤, 아버지는 기회를 봐서 마윈을 타일렀다. "하루에 20킬로미터나 삼륜 자전거를 끌고 다니는 그 힘든 고생을 마다치 않으면서 왜 그깟 공부는 안 하려고 하니? 왜 스스로한테 기회를 다시 한 번 주지 않느냔 말이야." 마윈은 그제야 아버지의 마음을 알게 되었다. 아버지의 말씀에 마윈은 마음을 고쳐 먹었다. '시험에 다시 한 번 도전하자! 운명은 지금부터 바꾸는 거야.'

마윈은 보잘것없는 보통 가정에서 자랐지만, 자신의 출신 배경이 변변치 않음을 결코 원망하지 않았다. 오히려 그런 든든하고 어마어마한 빽이 없는 것이 더 낫다고 여겼다. 그런 것쯤은 얼마든지 자기 힘으로 쟁취하고 만들어낼 수 있기 때문이었다.

어릴 때부터 누군가에게 의지하고 도움을 받은 경험이 거의 없는 마윈은 '관시'* 에 관해 부정적이다. 관시나 빽이 기업 경영에 미치는 악영향을 드러내놓고 언급한 적도 여러 차례 있었다. "한 회사에서 고위 임원의 자녀가 여럿 일하고 있다면 이 회사는 아무 일도 할 수 없다. 매일 처리해야 할 일들이 그들의 관시와 이익에 맞닿아 있기 때문이다." 자기 회사는 누가 뒤를 봐주고 어떤 빽이 있는지에 관해 떠드는 사람들을 만나면 마윈은 곧바로 외면하고 발길을 돌린다. 그런 회사는 큰 골칫거리가 되기 때문이다.

이렇다 할 배경이나 후원이라고는 없던 알리바바가 성공한 것 역시 마윈에게는 큰 자랑거리이다. "알리바바는 지금까지 은행에서 돈 한 푼 빌린 적도 없고 말하기 복잡한 그런 관시도 없습니다. 예전에도 없었고 지금도 없으며 앞으로도 절대 높으신 분들의 도움을 받는 일도 없을 겁니다. 그런 사람들의 자녀를 입사시키는 일도 없을 것이고요. 저는 중국의 젊은이들에게 모범이 되는 기준을 세우고 싶습니다. 돈 많은 아버지가 없어도 화려한 배경이나 관시가 없어도, 창업을 하고 성공할 수 있다는 기준 말이죠."

우리의 고민

중국에서는 '디아오쓰(屌絲)'라는 인터넷 용어가 크게 유행하고 있다. 이 말은 인맥도 배경도 가진 돈도 없이 하루하루를 버티기 위해 몸부림치는 별 볼 일 없는 젊은 남자를 이르는 말이다. 그들은 집을 살 수도 없고 아무리 노력한들 삐까번쩍하고 쿨한 도시남자가 될 수 없다. 그들은 매일 스스로 묻는다. '행복한 미래는 어디에 있을까?'

정반대의 말도 있다. '푸얼다이(富二代)'* 혹은 '관얼다이(官二代)'* 이다. 인맥도 튼튼하고 상당한 재력을 자랑하기 때문에 무슨 일이든 손만 댔다 하면 술술 풀리는 능력자들을 말한다. 디아오쓰는 푸얼다이와의 경쟁에서 꺾이고 쓰러지며 가치관이나 생각이 점점 나쁜 쪽으로 기울기 시작한다. 운명을 바꾸는 것은 지식도, 노력도 아닌 잘난 배경이라고 치부해버리고 자신을 점점 타락시키고 모든 노력을 포기해 버리는 것이다.

우리는 마윈이 살아온 삶에서 이런 사고방식이 얼마나 편향되어 있는지를 잘 알 수 있다. 마윈의 집에는 돈도 권력도 없었다. 그가 가진 것이라고는 아버지의 엄격한 훈육뿐이었다. 하지만 성적이 잘 나오지 않아도 실망하지 않고 훗날을 기약했고, 가난하기 그지없는 자신의 '배경'을 인생의 가장 큰 자산으로 삼았다. 배경이 없다고 의기소침할 필요는 없다. 꿈이 있다면 인생은 무수한 가능성으로 가득하기 때문이다. 당신이 푸얼다이가 아니라면, 내가 직접 푸얼다이의 아버지가 되겠다는 꿈도 한번 가져보자!

지혜의 팁

한 사람의 성공 여부는 본인의 능력과 관련이 깊다. 우수한 가정환경이나 집안배경은 그를 꾸며주는 장식품일 뿐이다. 관시가 좋은 사람은 인생의 첫머리가 순조롭게 시작될지도 모른다. 하지만 관시는 좋은 판을 벌여줄 뿐, 좋은 성과를 보장해주지는 않는다. 게다가 이 관시라는 것은 본래 양날의 검과 같아서, 좋은 점이 있는 동시에 부담과 책임이 따르기 마련이다. 그러므로 좋은 배경이 있는 사람이라도 이를 신중하게 이용해야 하고, 기댈 언덕이 없는 사람도 세상을 탓할 것만은 아니다. 관시는 가진 능력이 없거나 일확천금을 바라는 사람들에게나 어울리는 것이다. 만약 당신이 흔들리지 않는 신념으로 전진하는 진취적이고 적극적인 사람이라면 관시가 없더라도 어떻게든 성공할 수 있다.

● **관시(關係)** | 대인 관계나 연줄, 인맥을 이르는 말, 타인과 좋은 관계를 유지하고 상부상조하려는 중국 사람들의 태도를 엿볼 수 있는 문화 코드이다. 개인적인 인간관계뿐만 아니라 단체, 기업의 비즈니스 등 사회 전반에 뿌리내린 문화 현상이다.

● **푸얼다이(富二代)** | 재벌급 기업가의 2세를 이르는 신조어이다. 요즘 한국의 '금수저'와 비슷한 개념으로 쓰인다.

● **관얼다이(官二代)** | 정부와 국가기업 고위 관원들의 자녀. 푸얼다이와 함께 부모의 재력, 권력을 믿고 안하무인으로 행동하는 이들을 비꼬는 말이다.

성공과 외모는 털끝만큼도 관계가 없다

꿈을 품고 있다면, 끊임없이 노력한다면, 쉴 새 없이 열심히 공부한다면,

당신이 이렇게 생겼든 저렇게 생겼든 아무 상관없습니다.

남자의 생김새는 종종 그의 재능과 반비례하죠.

마윈의 충고 3

마윈의 경험

2000년 7월 17일, 못생기기로는 둘째가면 서러울 마윈이 중국인 최초로 전 세계에서 가장 권위 있는 경제전문잡지 〈포브스(Forbes)〉의 표지를 장식했다. 포브스는 마윈의 외모를 아주 솔직하게 소개했다. "그는 툭 튀어나온 광대뼈에 꼬불꼬불한 머리를 하고 치아를 활짝 드러내며 장난스럽게 웃는다. 162센티미터에 45킬로그램의 장난꾸러기 아이 같은 모습이다." 그러면서 그를 향한 찬사도 아끼지 않았다. "이 우스꽝스러운 남자는 나폴레옹과 비슷한 몸매를 가졌을 뿐만 아니라 나폴레옹처럼 위대한 야망까지 가졌다."

사실 마윈의 겉모습에 관한 노골적인 풍자는 끊이지 않았다. 오죽하면 그가 다른 별에서 온 외계인 같아서 외계인 연기를 하게 되더라도 분장이 따로 필요 없을 것이라는 이야기도 있었다. "못생겼기 때문에 항상 다른 사람을 피해 다녀야 했죠." 마윈 역시 이렇게 익살스럽게 대답했다.

생김새는 부모에게서 물려받는 것이다. 현대의 성형 기술이 아무리 최첨단이라고 해도 연예인도 아닌데 자기 몸에 굳이 칼을 댈 필요까지 있을까? 마윈은 어릴 때부터 부모님이 주신 '은혜로운 선물'을 감사하게 여기고, 못생겼다고 해서 열등감을 가지지 않았다. 오히려 항상 자신감에 넘쳤다. "저는 이렇게 작고 못생겼습니다. 하지만 저는 대다수 상황에서, 남자의 외모와 그의 지혜로움은 반비례한다고 생각합니다." 심지어 그는 이렇게 큰소리를 친다. "20년 후 중국에서는 저 같은 외모가 인기 있을 거예요."

그리고 마윈은 오히려 자기 모습에 감사한다. "못생기고 가진 것도 없었기 때문에 열심히 노력할 수밖에 없었습니다. 그래서 아름다운 청춘의 시간을 낭비하지도 않았고 성공을 위한 건실한 기초를 닦을 수 있었죠."

사실 객관적으로 말하자면, 아름답지 못한 겉모습은 마윈에게 적지 않은 시련을 주었다. 키가 작다는 이유로 보안요원이나 서비스 직종에서 항상 거절당했던 것이다. 마윈은 이런 일을 수도 없이 겪었지만 결코 충격을 받거나 낙담하지 않았다. "남들이 당신의 외모를 비웃을 때, 실망하고 우울해 하는 것은 아무런 소용이 없습니다. 이런 일이 빈번하게 일어난다면, 어떻게 다 감당해낼 건가요? 사는 게 다 그렇지요. 얻는 게 있다면 잃는 것도 있습니다. 무언가를 잃는다면 분명히 돌아오는 것이 있을 것이고요. 그렇게 여기고 나면, 어떻게 해야 원하는 것을 얻을지 생각해낼 수가 있지요."

예를 들어, 마윈은 척 보기에 별로 신뢰가 가지 않는 외모 때문에 인터넷이라는 새로운 콘텐츠를 다른 사람들에게 소개했을 때, 아무런 관심도 끌지 못했다. 겨우 붙든 사람도 마윈의 못난 외모 때문에 경계를 늦추지 않았고 의심스럽다는 듯 이런저런 질문을 퍼부었다. 마윈은 그런 사람에게 화를 내기는커녕 더욱 진심을 다해 마침내 상대방을 설득할 수 있었다.

생김새는 마윈에게 아무런 걸림돌이 되지 못했다. 반대로 외모에 개의

치 않을수록 자신감이 넘치고 자연스러운 매력이 더해갔다. 못생기긴 했지만 언제나 사람들에게 인기가 많았고, 대학 시절에는 학생회장까지 맡았다. 게다가 대학에 다니면서 아름다운 여인도 만났고, 그녀와 결혼하여 지금까지 생사고락을 함께 견뎌내었다.

마음 씀씀이가 바르다면 외모는 성공의 방해요소가 될 수 없다. 지금 우리 앞에 '외계인'의 외모를 가진 마윈이 젊은이들의 우상, 정신적 스승이 되어있지 않은가. 무수한 사람이 그에게 고개를 숙이고, 각 지방 정부와 미디어에서도 그를 모셔오기 위해 분주하다. 이는 성공과 외모는 털끝만큼도 관계가 없다는 사실을 잘 보여주는 예이다.

우리의 고민

"얼굴에 곰보 자국이 있어서 정말 보기 싫어요. 그래서 일자리 찾기도 쉽지 않습니다, 제가 어떻게 해야 할까요? 정말 제 맘대로 되는 게 하나도 없어요. 요즘엔 훌륭한 인재가 차고 넘치는데 그 많은 사람 중에서 저같이 못생긴 사람을 뽑아줄까요. 게다가 명문대를 나오지도 못한 저는 아예 고려 대상에서도 제외되는 것 같아요. 정말 억울해요!"

갓 사회로 첫발을 디딘 이 시대의 젊은이들은 종종 이런 고민에 부딪힌다. 구직활동을 하다 보면 번번이 좌절을 경험하기 때문이다. 그들을 스스로를 비하한다. "가난하고 못생기고 땅딸막하고 뚱뚱하고 멍청하다"고 말이다. '키 크고 잘생기고 돈 많은' 능력자들 앞에서 그들은 고개를 푹 숙이고 만다.

한 조사 결과도 이런 경향을 잘 보여준다. 97.2%의 채용담당자가 지원자의 '첫인상'이 채용 여부를 결정하는 데 영향을 준다고 답변한 것이다.

사람의 겉모습은 이제 구직 경쟁력에도 일정 부분 영향을 미친다. 하지만 다른 한 조사 결과는 타고난 생김새 외에도 이 사람이 밝은 미소를 보여주는지, 적절한 복장을 갖추었는지, 자세와 태도가 바른지, 말투가 부드럽고 우아한지 등도 첫인상을 결정짓는 요소라는 점을 드러낸다. 그러므로 어떤 좌절과 실패를 겪더라도 실패의 원인을 부모님이 '못생기게 낳아서'라고 치부해버리지 말자. 자신의 수련과 노력 또한 일의 성공 여부에 크게 작용하기 때문이다.

마윈의 이력은 우리에게 외모와 성공 여부가 아무 연관이 없음을 잘 보여준다. 내 모습을 똑바로 들여다보자. 자신을 너무 비하할 필요도 자신감을 상실할 필요도 없다. 아무리 못난 얼굴도 앞날에 어떤 제약도 될 수 없으니까 말이다.

지혜의 팁

준수한 외모가 한 사람에게 잠시 도움이 될 수는 있지만, 결국 큰 성공을 하거나 업적을 쌓는 일과는 큰 관련이 없다. 인생에서 가장 쓸데없는 낭비는 외모를 들여다보는 데만 정신이 팔려 자기를 비하하고 아무런 도움이 되지 못하는 사소한 일에 빠져 꿈을 향해 나아가야 할 순간을 허비하는 것이다. 껍데기가 어떤지 신경 쓰지 않을수록, 알맹이를 채우는 데 노력을 기울일수록 성공의 가능성은 점점 커질 것이다.

혹독한 비판은 좋은 경험이다

저는 모든 사람이 저를 좋아해 주는 것을 바라지 않습니다. 그것은 불가능이죠.

그리고 모두가 나를 싫어하는 것 또한 나쁜 일만은 아닙니다.

전 평범한 것이 더 싫어요.

마윈의 충고 4

마윈의 경험

유년과 청소년 시절의 마윈에게 큰 도움을 준 사람이 있다. 마윈은 마음속 깊이 그들에게 감사하고 있다. 하지만 그중에서도 평생 잊지 못할 사람들은 그에게 '자극'을 준 사람들이다.

마윈에게 가장 기억에 남는 사람은 대학 시절의 영어 교수님이다.

마윈은 항상 자신의 영어 실력이 뛰어나다고 생각했다. 특히 항저우사범학원에 입학한 후, 동기들 대부분이 시골 출신이어서 발음도 부정확하고 회화 실력도 형편없었기에 그의 우월감은 갈수록 강해졌다. 스스로가 반에서 영어를 가장 잘하는 학생이라고 여기고 있던 어느 날, 시험 결과를 본 마윈은 너무나 깜짝 놀랐다. 교수님이 그에게 준 점수는 59점이었던 것이다! 게다가 촌구석에서 온 친구들의 점수는 전부 80점, 90점이었다. 마윈은 화가 머리끝까지 치밀어 올랐다. '어째서? 이게 말이나 돼? 내 발음이 걔들보다 훨씬 더 좋기만 한데!'

마윈은 교수님에게 당장 따지러 갔다. 그런데 교수님은 도리어 그를 아주 매섭게 나무랐다. 아주 오랫동안 마윈은 이 교수님을 미워했다. 하지만 지금의 마윈은 이 교수님께 매우 감사하다고 말한다. "사람은 사는 동안 누군가에게 지적받거나 비판을 당합니다. 만약 당신이 장래에 관해 아무런 생각이 없는 사람이라면 그 사람을 무조건 원망하고 말겠죠. 하지만 당신이 미래를 꿈꾸는 사람이라면 아마 그 말을 다시 곱씹어 볼 겁니다. 그리고 3년쯤 지난 후에, 그 비판이 좋은 경험이었다는 것을 깨닫게 되겠죠."

고등학교 3학년 때의 수학 선생님 역시 마윈에게는 잊지 못할 스승이다.

마윈이 대학 시험에 세 번째로 응시하겠다고 했을 때, 수학 성적은 여전히 가망이 없어 보였다. 시험을 보기 전, 위(余) 선생님은 마윈에게 이런 말을 했다. "마윈, 너 수학 성적이 아직도 이렇게 형편없는데 또 시험을 보겠다고? 보아하니 또 떨어지겠구나. 우리 내기 걸까? 이번에 네가 합격하면 내가 성을 갈도록 하마." 사람들 앞에서 망신을 당한 마윈은 승부욕이 불타올랐다.

그날 이후로 마윈은 수학 점수를 올리는 데 수단과 방법을 가리지 않고 매달렸다. 시험 당일에는 새벽같이 일어나 공부한 수학 공식과 문제를 모조리 달달 외웠다. 외운 공식으로 하나하나 풀어낸 시험 점수는 기적처럼 올라서 79점이나 되었다.

수학 선생님의 단 한마디가 마윈이 꿈을 이루는 데 한 발짝 다가서게 한 것이다. 자신에게 그 말을 해준 선생님께 마윈은 가슴 깊이 고마움을 느꼈다.

'좋은 약은 입에 쓰고 바른말은 귀에 거슬린다'라는 말이 있다. 타인의 비판과 지적을 허심탄회하게 받아들여야 스스로 발전이 있을 것이다.

우리의 고민

요즘 젊은이들은 다른 사람이 하는 쓴소리를 견디지 못하고 누가 뭐라고 할라치면 당장 반박하려 든다. 어떻게 해야 자기 목소리를 낼 지만 생각하고 상대방이 그런 말을 하는 이유 따위는 고려하지 않는다. 사실 칭찬만 좋아하고 비판을 거부하는 것은 누구에게나 있는 병폐이고 혈기 왕성한 젊은이들이라면 특히 더 그러하다. 성숙한 인간이 되어가는 중요한 관문으로 들어선 청년기의 사람들은 여전히 어리고 미숙한 심리 상태에 머물러있다. 주위 사람들에게서 인정받고 존중받고 싶은 마음 한편에는 자아, 자존, 자립 의식이 지나치게 강해져서 열린 마음으로 남을 포용하는 의식이 부족한 것이다. 그래서 그들은 타인의 비판이나 지적도 쉽게 수용하지를 못한다.

하지만 비판은 결코 나쁜 것이 아니다. 마윈 역시 자라면서 수많은 질책을 받았다. 화도 나고 이해할 수 없는 경우가 많았지만, 그는 그런 비판과 질책을 빠르게 받아들여 전진의 동력으로 삼았다. 마윈의 삶은 비판의 목소리를 들어야만 자신을 바로잡을 기회가 생기고 그 기회를 통해 더 아름다운 자신을 완성해 갈 수 있다는 것을 잘 보여준다.

지혜의 팁

누구나 듣기 좋은 말을 좋아한다. 다른 사람의 비판과 질책을 용감하게 받아들이는 사람은 아주 극소수에 불과하다. 바로 이 점 때문에 사람과 사람 사이에 차이가 생긴다. 다른 사람의 질책, 심지어는 당신을 자극하는 말이 객관적으로 보았을 때 우리의 부족함을 반영하고 있는 경우는 얼마든지 많다. 게다가 우리가 그런 비판과 질책을 흘려듣지 않고 중요하게 새긴다면 나를 성장 · 발전시키는 데 크나큰 도움이 될 것이다. 남이 나에게 하는 비판을 잘 기억하고 칭찬은 기분 좋게 듣고 잊어버리자. 그리고 앞으로는 나를 발전시켜 나간다는 마음가짐으로 타인의 비판을 쿨하게 받아들이자. 더 빠르게 커 나가는 자신을 위해서!

나를 돌아보라, 남 탓은 금물이다

책임을 떠넘기지 말고 용감하게 받아들이세요.

마원의 충고 5

마원의 경험

마원은 '10년의 업무 경험을 줄여주는 노하우'를 많은 젊은이에게 공유하면서 "책임을 떠넘기지 마라, 용감하게 받아들여라."라는 원칙을 첫째로 꼽았다. 이 원칙은 그가 사회생활을 시작하고 지금까지 변함없이 굳건하게 지켜온 관점이다.

마원은 1994년에 하이보(海博) 번역회사로 첫 창업을 했다. 마원을 포함한 회사 구성원은 전부 항저우전자과학기술대학교 출신의 교수들이었다. 번역은 강의 외에 자신이 할 수 있는 일이기도 했고, 은퇴한 교수님들에게도 부수입이 되는 일거리를 찾아드리자는 생각에 시작한 일이었다. 하지만 일은 마원의 생각처럼 술술 풀리지 않았다. 번역회사라는 곳이 알려지지도 않았을 때였고, 그렇다고 홍보에 쓸 자금도 없기 때문이었다. 번역회사의 수입으로는 임대료를 내기에도 버거워서 마원은 자질구레한 물건들을 사고파는 장사로 겨우겨우 회사를 유지했다. 그렇게 개업한 지 2년쯤 지나자 이윤이 제법 생겼고, 마원은 그때부터 회사를 어떻게 관리해야 할지 궁리하기 시작했다.

마윈과 나이 든 교수들은 모두 영어 전공 출신이어서 재무나 회계에 관해서는 완전히 젬병이었다. 그래서 회계 관리를 해줄 여직원을 한 명 고용했다. 얼마가 지나고 마윈은 이상한 점을 발견했다. 그녀가 작성한 계산서 금액이 그가 기억하고 있는 금액과 달랐던 것이다. 분명히 1천 위안(元, 중국의 화폐단위 -역주)이었어야 하는 금액이 장부에는 몇백 위안이라고 씌어 있었다. 처음에는 자신의 기억력을 의심했고 대수롭지 않게 넘어갔다. 여직원은 회계를 전공했고 게다가 순수하기 그지없는 얼굴을 하고 있었다. 마윈은 그런 그녀의 업무능력과 인품에 관해서는 한 치도 의심하지 않았다.

몇 달이 지나자 장부는 점점 더 차이가 커졌다. 마윈은 수치를 꼼꼼하게 확인했고, 뜻밖에도 그녀가 회사의 돈을 횡령했다는 사실을 알게 되었다. 회사 장부에서 매일 조금씩 돈을 빼돌린 것이었다.

마윈은 놀라움을 금할 수가 없었지만, 그 여직원을 크게 탓하지 않았다. 오히려 자기 자신을 돌아보고, 가장 큰 문제가 자기 자신에게 있었음을 발견했다. 회사 규모도 영세한 데다가 부업으로 시작한 일이었던 탓에 자신은 물론 다른 직원들도 모두 자기 일에만 몰두할 뿐 회사 돌아가는 상황은 아무도 신경 쓰지 않았다. 그러니 회사는 확실히 정해 놓은 규정도 없고, 규정이 없으니 어느 누구도 어떤 제약을 받거나 체계적인 관리 감독을 경험하지 못한 것이었다. 그야말로 구멍투성이인 회사에서, 누구라도 유혹을 뿌리치기는 어려웠을 터. 이 일로 마윈은 자신의 경영관리 능력을 높여야겠다고 절감하고 직원 관리, 사칙이나 규정을 제정하는 일, 직원들의 업무 능력 평가에 관해서 공부하기 시작했다. 그리고 이런 그의 경험은 나중에 알리바바를 창업하는 데 튼튼한 기초가 되었다.

우리의 고민 어떤 문제가 발생했을 때, 많은 사람이 잘못의 원인을 다른 사람에게서 찾는 데 급급하다. 그래서 우리는 주변에서 이런 말을 심심찮게 듣는다. "그 손님이 너무 유별나서 그런 거야.", "내 진작 알았지, 비가 와서 이렇게 될 것 같더라니.", "공부할 시간이 없는데 어떻게 공부를 해." 사실 이런 말은 대부분이 자신의 책임을 미루기 위한 핑계에 지나지 않는다.

마윈의 번역회사 횡령사건에서 우리는 잘 알 수 있다. 어떤 일이 일어나든지 남 탓을 하지 말고 먼저 자기를 돌아보라. 남의 실수도 나 자신이 소홀히 여기는 바람에 일어나는 일일 수도 있지 않은가. 다른 사람의 잘못을 잡아내는 정성을 스스로에게 돌려야 나에게 산재한 문제들을 찾아낼 수 있다.

자신의 목표를 성실히 수행하고 멋지게 성공한 사람들의 비결은 비범한 능력이 아니라 비범한 마음가짐이다. 그들은 문제를 타인이나 환경 탓으로 돌리지 않고 용감하게 상황을 떠안는다. 자신의 선택에 할 수 있는 최선을 다하고 문제가 생기면 두말없이 책임을 지는 것이다.

지혜의 팁

문제와 맞닥뜨리면 다른 사람에게 미루지 말고 자신에게서 원인을 찾아라. 이렇게 해야 끊임없이 문제를 발견하고 바로잡아 훌륭한 성과를 낼 수 있다. 그래야만 꿈의 종착역에 안착할 수가 있다. 실수는 우리 인생의 가장 좋은 연습 상대이다. 우리가 실수를 인정하고 받아들이는 순간, 새로운 돌파구와 에너지를 얻을 수 있고 스스로 한 발짝 더 성장할 수 있다. 이렇게 우리의 인생은 전환점을 맞이하고 기적을 일으키는 것이다.

남이 잘돼야 나도 잘된다

머릿속에 돈을 벌려는 욕심만 가득하다면

아무도 당신과 친해지려 하지 않을 겁니다.

반대로, 먼저 다른 사람을 돕고 남을 위해서 가치를 창출한다면

돈은 저절로 벌릴 것입니다.

마윈의 충고 6

마윈의 경험 마윈은 "내가 사람들을 위하면 사람들도 나를 위한다"고 믿는다. 이는 인간사의 가장 단순한 이치 중 하나이다. 그는 알리바바를 창립할 때 '셀 수 없이 많은 중소기업의 구원자'가 되는 것이 자신의 사명이라고 생각했다. 이는 알리바바가 모두에게 열려 있고, 모두와 협력하고, 함께 성과를 나누는 것을 의미했다. 마윈은 다른 사람을 성공하게 하는 것이 자신의 가장 큰 성공이라고 여겼다. 그래서 알리바바를 통해 대기업들이 하찮게 여기거나 까다로워하는 일들을 끈질기게 물고 늘어졌다. 작은 기업들에 이익이 돌아가게 할 수만 있다면 몇 년 동안 이윤이 남지 않는 것은 기꺼이 감수했다.

2008년 전 세계에 금융위기가 닥쳤을 때, 거시적인 경제 환경이 나날이 악화일로에 놓이자 기업, 특히 중소기업들은 감당할 수 없는 어려움에 놓

였다. 그런 절체절명의 시기에 마윈은 알리바바 그룹의 임원에서 직원까지 모든 직원에게 이렇게 지시했다. "알리바바는 종전보다 더 큰 책임을 짊어지게 되었습니다. 우리는 이제 우리를 지켜야 할 뿐만 아니라 우리의 고객들까지 함께 보호해야 합니다. 경제 상황이 더욱 열악해지는 지금, 알리바바는 '책임감'이라는 기치 아래, 기업들을 위해 한층 더 경쟁력 있는 해결 방안을 제시해야 합니다. 우리가 강조해왔던 '생태계'를 건설하고 거시경제위기로 발생하는 리스크를 최소화해야 합니다."

2008년 8월 2일, 제2회 APEC 산하 아시아태평양중소기업장관회의에서도 마윈은 '고객들이 추운 겨울을 안전하게 나게 해야 한다'고 목소리를 높였다. 그는 아시아태평양 지역 전체 기업의 95%가 중소기업이며, 각 국가의 경제가 급속도로 발전하는 데 중소기업이야말로 든든한 기둥이 되어줄 것이라고 했다. 또한, 중소기업의 생존과 발전은 세계 경제의 번영에 지대한 영향을 미칠 결정적인 문제이며 동시에 수많은 가정의 행복을 책임질 화제라고 강조했다. "만약 우리 고객이 넘어지고 쓰러진다면 우리 역시 따뜻한 봄날을 맞이하지는 못할 것입니다! 이 기업들이 난관을 극복하도록 돕는 것이 알리바바의 사명입니다."

알리바바는 말로만 고객을 돕는 것이 아니라 누구보다 앞장서서 자신들의 의지를 실천했다. 2008년 10월 14일부로 알리바바 그룹은 중소기업의 '겨울나기'를 돕는 생존발전 프로젝트를 시작했다. 그 프로젝트에서 알리바바는 알리바바 B2B, 타오바오(淘寶), 알리페이(ALIPAY, 支付寶, 즈푸바오), 야후커우베이(口碑), 알리소프트 등 그룹 내 모든 시스템을 총동원하여 중소기업이 난관을 헤쳐나가도록 돕는 데 전력투구했다.

알리바바 B2B의 최고경영자 웨이저(衛哲, 위철, 데이비드 웨이)는 '알리바바 중소기업발전 계획집행 프로젝트'의 리더를 맡았다. 이 프로젝트는 알리바바 기업 역사상 가장 큰 규모의 협업이었다. 프로젝트팀은 조직 운영 전반을 책임지고, 그룹 이사회에서 결정한 사항을 집행하여 알리바바의 중소기업 고객이 위기를 견뎌낼 수 있도록 하는 중대한 임무를 맡았다. 이 특별한 프로젝트를 완수하기 위해 웨이저는 각 자회사의 직원 수, 운영자금과 상품 등 다양한 자원을 컨트롤 할 수 있었고, 알리바바 그룹의 재무부서와 인력관리부서 또한 전폭적인 지지를 보내 호흡을 맞추었다.

마윈의 머릿속에는 재난이 닥쳤을 때, 자신의 안위를 도모하기 위해 고객을 버리고 도망가는 기업은 절대로 오래갈 수 없다는 생각을 하고 있었다. 그는 경제가 어려울 때, 기업가들이 '천하의 흥망은 모두의 책임(天下興亡, 匹夫有責)'이라는 사명감과 힘든 일을 함께 이겨낸다는 개척정신을 발휘해 고객의 안전을 최우선으로 해야 한다고 생각했다. 그리고 마윈은 위기는 언제나 절호의 기회가 될 수 있으며 기업이 고객을 돕는 것은 곧 자신을 돕는 것이나 마찬가지라고 보았다.

장미를 남에게 선물하면 내 손에는 향기가 남는다. 고객을 지원하기 위해 추진한 '겨울나기 프로젝트'이지만 이로 인해 갈수록 중소기업들이 알리바바로 모여들었으니, 알리바바 자신에게도 어느 정도 도움이 되었음은 사실이었다. 남이 잘되게 먼저 돕는다면 하늘은 나를 돕는다. 알리바바 역시 고객이 잘되기를 도와 결국 스스로 성공을 얻은 셈이었다.

우리의 고민

요즘 서점에는 젊은이들에게 온갖 희한한 꼼수와 잔꾀를 가르치는 책이 너무도 많다. 사실, 현대사회는 언제 어디서나 때와 장소를 가리지 않고 '경쟁'이 일어난다. 특히 대학입시경쟁, 취업경쟁, 직장내 동료와의 경쟁 등으로 이어지는 젊은이들의 경쟁은 더욱 심각하다. 그리고 이런 경쟁에서 살아남고 성공하려면 수단과 방법을 가리지 않아야 한다고 믿는 젊은이들이 헤아릴 수도 없이 많다.

하지만 마윈은 완전히 상반되는 관점을 견지하고 있다. 서로 마찰을 일으키고 삐걱거리는 경쟁은 잠시의 이익만을 안겨줄 뿐이라는 것이다. 그는 상대방의 성공이 곧 나의 성공이라 말한다. 알리바바의 성공은 중소기업의 성공에 그 기반을 두고 있다. 중소기업은 알리바바의 주 고객이고, 그들의 성공이 자연히 알리바바의 발전을 이끈 것이다.

이런 성공의 법칙은 우리 젊은이들의 경쟁에도 적용할 수 있다. 잔꾀로 다른 사람을 기만하면서 너 죽고 나 살자고 덤비는 태도는 다른 사람을 해칠 뿐만 아니라 결국은 나 자신까지도 힘들게 한다. 다른 사람에게서 외면받을 수밖에 없기 때문이다. 트집 잡기 좋아하고 남들과 자주 다투는 사람은 결국 누구와도 잘 지낼 수가 없게 된다. 반대로 상대방이 잘되기를 바라며 돕는 사람은 타인으로부터 감사하는 마음을 보답으로 받게 되고, 자기 자신도 살아가면서 주변의 도움을 많이 받게 될 것이다.

지혜의 팁

《상어와 함께 수영하되 잡아먹히지 않고 살아남는 법》이라는 책의 저자이며 세계 인맥경영의 일인자 하비 맥케이는 타인과 오랫동안 효과적인 협력관계를 이어나가기 위해서는 네 가지를 중요시해야 한다고 강조했다. "호혜(互惠), 주는 것 없이는 얻는 것도 없다. 상호의존, 상대방에게 의지하는 것은 서로를 이어주는 가장 견고한 연결고리이다. 공유, 상대방과 나누는 것이 많을수록 얻는 것도 많아진다. 끈기, 중도에 포기하지 않는 사람만이 상대방의 진심에 가까워질 수 있다." 다른 사람이 잘되기를 바라는 사람이 돼라. 주변 사람들이 성공해야 당신도 성공에 다가갈 수 있다.

남자의 가슴은 억울한 일을 당하면서 자란다

세상을 살아가면서 억울하고 고통스러운 일은 당연히 일어납니다.
그럴 때마다 웃음으로 극복하고 초연하게 대처하면서 새로운 에너지로
바꾸는 법을 익혀보세요. 그래야만 참고 용서하고 관용을 베푸는 큰 사람으로
성장할 수 있습니다. 특히 남자의 성공은 억울하고 고생스러운 경험에서
탄생합니다. 성공하지 못한 당신은 딱 한 가지로 설명되죠.
아직 고생을 덜 한 것입니다. 힘든 일이나 지금 겪는 고생을 감사하게 여기세요.

마윈의 충고 7

마윈의 경험

마윈은 할아버지의 특수한 신분 때문에 '반혁명분자의 자손'으로 낙인찍혀 어린 시절부터 사람들에게서 업신여김을 당했다. 또래 아이들에게서까지 멸시와 괴롭힘을 당했다. 그런데 억울한 소리를 자주 듣고 자란 아이들은 누가 뭐라 하더라도 꾹 참는 것이 자연스럽게 단련된다. 마윈도 그런 아이였다.

마윈에게 잊지 못할 기억으로 남은 일이 있었다. 한번은 다른 사람이 마윈에게 반혁명분자 출신이라며 비웃고 괴롭혔다. 너무 무례하게 심한 말을 하는 상대방 때문에 마윈은 주먹다짐을 하게 되었고, 일이 점점 커져 결국에는 경찰까지 부르게 되었다. 마윈은 그때 아버지가 해 준 말을 지금

까지 잊을 수 없다고 한다. "남자의 가슴은 억울한 일을 당하면서 더 크게 자라는 거다. 너는 그냥 함부로 말하지도 말고 함부로 행동하지도 말고 꾹 참으면 되는 거야." 그 이후로 마윈은 불공평한 일을 당해도 침묵으로 일관하는 습관을 길렀다. "어릴 때부터 싸움질을 자주 했어요. 하지만 그건 전부 다른 사람을 돕기 위한 일이었습니다. 제가 억울한 일을 당하는 건 참았어요. 저 때문에 화를 내거나 다른 사람을 힘들게 하고 싶지는 않았거든요."

2010년 5월, 알리바바 그룹에서 최고의 가치를 지닌 알리페이가 알리바바의 손을 떠나 마윈이 최대주주인 회사 소유가 되었다는 기사가 터지자 마윈은 곧바로 구설수에 시달리게 되었다.

어떤 사람들은 마윈이 정의롭지 못했다고 손가락질했다. 알리바바 그룹의 자산인 알리페이에 관한 모든 소유권을 재편하면서도 다른 두 주주인 야후와 소프트뱅크에는 전혀 공유하지 않았고 심지어 그룹의 이사회와 주주들의 비준을 받지 않았던 것이 화근이었다. 그들은 마윈이 배불리 먹여놨더니 도리어 불만을 토로하고 구해주었더니 도리어 농부를 물어버리는 뱀 같다고 했다. 어떤 사람은 마윈이 자기의 이익을 위해서 전체 인터넷사업의 이익을 희생시켰다고 했다. 그때까지 중국의 모든 인터넷 관련 내자 기업은 VIE(계약통제)* 모델을 유지하고 있었다. 그런데 마윈이 계약통제를 전면적으로 부정하고 계약을 일방적으로 해지하고 나서자, 해외 투자자들은 중국 기업과의 계약 신뢰도에 의구심을 품게 되었다. 그러자 중국의 인터넷 스타트업들은 큰 타격을 받을 수밖에 없었다.

"소수의 신뢰할 수 없는 행동으로 전체가 책임을 져야 한다니! 앞으로 투자를 얻어내기는 하늘의 별 따기만큼 어려워질 것이다! 내년 하반기쯤이라 생각한 e-비즈니스의 침체기를 훨씬 앞당겨버렸다!"

"시장 경제를 지탱해온 계약의 원칙을 위배했다."

"최근에 계약통제에 관해 이야기가 나올 때마다 외자를 배척하는 이야기가 들린다. 심히 우려스럽다."

"이번 사건으로 개혁개방은 이미 최저 수준으로 다시 떨어졌다. 삼십 년간의 노력이 하루아침에 모두 엉망이 되었다."

주주들도 등을 돌리고 동종업계에서는 비난이 쏟아졌지만, 마윈은 얼굴 붉힐 일을 피하고자 말을 아꼈다. 그리고 더는 참을 수 없을 때가 되자 이렇게 밝혔다. "저희는 아주 힘들고, 완벽하지는 않지만, 꼭 해야만 하며 유일하게 정확한 결정을 내렸습니다. 라이센스 신청이 받아들여진 이튿날, 우리는 이 사실을 이사회에 통보했습니다. 알리페이가 3억3천만 위안에 우리 손으로 넘어왔다는 것은 사실이 아니며, 해외 투자와 기업의 가치는 별개의 일입니다. 중국 내에서 ICP* 자격을 취득한 법인의 대표는 모두 중국인입니다."

마윈은 사람들이 어떤 오해를 하더라도, 말을 삼가고 싶어 했다. 하지만 스스로 옳다고 생각하는 일, 해야만 하는 일은 포기하지 않고 계속해나갔다.

우리의 고민

요즘 젊은이들은 대부분 부모의 총애와 보살핌 아래에서 자란다. 부모들은 불면 날아갈까 쥐면 꺼질까, 자녀가 힘들고 어려운 일을 겪지 않도록 애지중지하며 키운다. 여리고 나약하게 자란 젊은이들은 고생을 견디지 못하고 불공평한 대우는 조금도 받아들이지를 못한다.

그런데 우리가 살다 보면, 뜻대로 되지 않는 일이 열에 여덟아홉이다. 바깥 세계는 부모가 돌보아주는 온실과는 완전히 다른 열대 우림의 정글이다. 이곳에서 살아남기 위해서는 굉장히 많은 어려움을 스스로 이겨내야 한다. 이를 이겨내지 못하면 절대 성장할 수 없다. 우리 삶에는 참고 양보하며 버티고 견뎌내는 공부가 좋은 성적을 내는 공부보다 도움될 때가 많은 것이다.

마윈은 이렇게 말했다. "남자의 가슴은 억울한 일을 당하면서 자란다." 그는 남에게 모욕을 당하거나 오해를 사는 것조차 두려워하지 않았다. 덕분에 그는 수많은 장애물을 헤치고 앞으로 나아갔고, 전심전력으로 일에 집중할 수 있었다. 힘겨운 일과 마주했을 때, 우리도 웃을 수 있게 노력하자. 그리고 초연하게 위기를 헤쳐나갈 수 있게 단련하자. 큰 사람은 참고 용서하고 관용을 베푸는 사람만이 될 수 있다.

지혜의 팁

인간은 환경의 노예이다. 사회에 속해있기 때문에 필연적으로 환경의 영향과 제약을 받는다. 그러므로 적수와의 싸움에서 언제나 이길 수는 없다. 성장하는 과정에서 공정하지 못한 대우를 받거나 배제당하거나 억울한 일을 당하는 것은 심심찮게 일어나는 일이며 누구에게나 일어나는 일이다. 마윈은 이런 말을 했다. "재상의 뱃속은 배를 띄울 만큼 넓다. 수많은 일을 당해보았기 때문이다." 고생을 견뎌낼 수 있을지 없을지는 그 사람이 큰 일을 할 수 있을지 없을지를 결정하는 척도이다.

- **VIE(계약통제)모델** | Variable Interest Entity(변동지분실체)의 약자. 중국 정부는 인터넷, 교육, 통신 등 특정 산업에 외자제한을 두고 있다. 이를 피하고자 지분과 상관없이 계약으로 기업의 경영권을 행사하는 비즈니스 모델을 VIE라고 한다. 중국 기업은 해외 조세피난처에 설립한 페이퍼컴퍼니와 자국 내 로컬기업의 계약을 통해 외국 증권시장에 쉽게 상장할 수 있다. 제한 분야의 해외 기업들 역시 이런 계약통제 형식으로 중국 기업과 계약을 맺고 중국 내에서 영업활동을 영위할 수 있게 된다. 알리바바 역시 케이먼 제도에 알리바바홀딩스라는 지주회사를 설립하여 미국 증시에 상장했다.
- **ICP** | Internet Content Provider의 약자. 중국에서 인터넷을 통해 정보, 콘텐츠서비스를 제공하는 데 필요한 허가증.

실력으로 승부하고 험담은 흘려들어라

저는 폭죽을 터트릴 것이고 폭탄도 떨어트릴 것입니다.

폭죽은 사람들의 주의를 끌고 적을 교란시키기 위한 것이고,

폭탄을 떨어트리는 것이 진짜 목적이죠.

하지만 폭죽과 폭탄을 언제 터트릴지는 알려드릴 수 없습니다.

마윈의 충고 8

마윈의 경험

마윈은 102년을 이어갈 기업을 만들고, 중국에서 가장 좋은 기업, 전 세계에서 가장 위대한 회사를 만들겠다고 공언했다. 그리고 알리바바에 '인터넷을 인터넷상거래의 시대로 이끈다'는 사명을 부여하고, 전 세계 중소기업의 구세주가 되기 위해서 시종일관 눈을 커다랗게 뜨고 살펴보겠다고 했다. 마윈이 이런 말을 하자, 거의 모든 중국인은 알리바바가 '말만 번지르르한 허풍쟁이' 기업이며 마윈은 말끝마다 거짓말과 허세를 늘어놓는 사기꾼에 바람잡이 선수라고 여겼다.

이런 의견을 대하는 마윈의 태도는 아주 명확했다. 자신의 길을 갈 뿐, 다른 사람이 뭐라든 신경 쓰지 않았다. 사실 마윈은 어릴 때부터 이런 습관이 몸에 배어 자기 자신의 능력만 키울 수 있다면 다른 사람들이 뭐라 하건 흔들리지 않았다.

마윈이 유년기를 보낸 1970년대 말에서 80년대 초는 중국에서 개혁개방이 이루어지던 시기였다. 세계 각지의 외국인들이 동방의 성스러운 땅으로 속속 쏟아져 들어왔다. 그들은 고궁(故宮)이나 만리장성 등 명승지를 유람하고 상하이의 와이탄(外灘), 동방명주(東方明珠) 등 근현대 시기의 웅장한 건축물들을 구경하러 다녔다. 서호와 레이펑타(雷峰塔, 뇌봉탑)가 있는 '인간계의 천당'이라 불리는 항저우 역시 당연히 외국인 관광객의 필수 여행지가 되었다.

영어를 좋아하는 마윈에게는 더할 나위 없이 좋은 기회가 온 셈이었다. 그래서 마윈은 서호 주변을 돌다가 만나는 세계 각지의 외국인들에게 먼저 쫓아가 말을 걸며 영어를 연습했다. 무료 여행 가이드까지 자처하며 자전거로 그들을 태우고 항저우성 거리 곳곳을 누비고 다녔다. 중국 '크레이지 잉글리시'의 창시자 리양(李陽, 이양)은 중국인의 영어학습을 가로막는 가장 주된 원인이 바로 '두려움'이라고 했다. 창피당할까 무서우면 말을 할 수가 없고, 큰 소리로 대화할 수도 없기 때문이다. 하지만 마윈은 망신당하는 것을 겁내지 않았다. 비웃음과 업신여김을 두려워하지 않는 그에게는 단 한 가지 신념만이 있었다. "영어로 말할 수 있는 기회만 주어진다면, 다른 사람이 뭐라고 하는지는 중요하지 않다!" 그렇게 마윈은 외국인들에게 관광을 시켜주고 회화 실력을 쌓았다. 나날이 유창해진 그의 영어 실력에 외국인들조차 이 꼬마 친구가 유럽이나 미국에서 본국으로 돌아온 화교인 줄 오해하는 경우가 종종 생겨났다.

마윈은 몇 년간 영어공부를 조금도 게을리 하지 않았다. 왕년의 '열등생'이 어느새 선생님과 친구들이 모두 인정하는 영어천재가 되어갔다. 그리고 이런 그의 경험은 단순한 영어공부에 그치지 않았고, 어린 나이에 광범위한 인맥을 쌓는 데 튼실한 기초가 되었다.

창업 후에도 마윈은 그때의 마음가짐을 잃지 않았고, 자신에게 온 기회를 절대로 놓치지 않았다.

1999년에서 2000년, 마윈은 자신의 전략을 쉴 새 없이 행동으로 옮겼다. 그는 마치 멈출 줄 모르고 하늘을 비행하는 거대한 새처럼 전 세계 각지, 특히 개발도상국들의 비즈니스 포럼이라면 하나도 빠지지 않고 모조리 참석해 미친 듯이 강연을 했다. 그는 천재적인 언변으로 세계 최초의 B2B 시스템에 관해 알리고 알리바바를 부르짖었다. 그는 한 달에 세 번씩 유럽으로 날아갔고 한 주에 일곱 나라를 순회했다. 어디든 한 곳에 도착하면 쉬지 않고 강연을 했고, 영국의 BBC에서는 마윈이 강연하는 현장을 생방송으로 방영하기도 했다. 마윈은 세계에서 가장 저명하다는 매사추세츠공과대학(MIT), 펜실베니아대학 와튼스쿨, 하버드대학 등에서 강연했을 뿐 아니라 세계경제포럼(WEF: World Economic Forum, 일명 다보스포럼)과 아시안비즈니스협회(ABA)에서도 직접 강연했다. 그는 깡마른 손을 휘두르며 무대 아래의 청중들을 감격에 찬 눈으로 바라보았다. "B2B 모델은 결국 전 세계 수천수만 상인의 경영 방식을 바꿀 겁니다. 그리하여 전 지구 수십억 인구의 생활까지 바꾸어 놓을 것입니다!" 하버드대학교에서는 노키아의 CEO와 함께한 토론에서 천 명이 넘는 관중의 기립박수를 이끌기도 했다.

중국인은 겉으로 드러난 떠들썩한 구경거리를 좋아한다. 하지만 서양인들은 본질을 꿰뚫어 보길 좋아하고 누군가를 판단할 때 업적이나 성과를 중요시한다. 마윈은 이미 중국 비즈니스의 국제화를 이끌고 전 세계 전자상거래를 대표하는 인물로 해외에서 먼저 인정받고 있었다. 2000년, 마윈은 국제적으로 권위 있는 경제전문잡지〈포브스〉의 표지모델이 된 중국 최초의 인물이 되었고, 2001년 세계경제포럼이 선정한 '세계 100대 미래의 리더'에 선정되기도 했다.

2007년 7월 29일, 마윈은 알리바바 그룹의 총회에서 상장 계획을 확정하고 수년간의 '허풍'에 마침표를 찍었다. 상장은 자본주의 시장에서 회사가 대외적으로 인정을 받는다는 의미가 크지만, 마윈에게는 '진정한 허풍'을 떨 수 있는 밑천이 생겼다는 또 다른 의미 역시 컸다. 그는 매번 큰소리를 칠 때마다, 그 허풍을 현실화하기 위해서 최선을 다했다. 알리바바 B2B 서비스를 홍콩증시에 상장했고, 타오바오가 이베이를 중국시장에서 퇴출시켰다. 그리고 알리페이가 마침내 시장 점유율 1위를 달성하자 마윈은 더욱 허리를 꼿꼿이 세우고 목소리에 힘을 줄 수 있게 되었다.

알리바바의 마케팅 최고책임자인 왕솨이(王帥, 왕수)는 이렇게 말했다. "외부에서는 우리가 뭐라고 하는지에만 촉각을 곤두세우죠. 우리가 얼마나 오랫동안 꾸준히 노력하고 기다려왔는지를 아는 사람은 많지 않을 겁니다. 하지만 마 회장님이 언론에 무슨 말을 하든 우리는 그것을 이루어냈죠."

이렇게 바탕에 깔린 실력과 노력 덕분에 마윈은 험난한 풍랑을 헤치고 굳건하게 서 있을 수 있었다.

우리의 고민

이런 옛말이 있다. "나무가 숲을 벗어나면 바람에 꺾이고 바위가 모가 나면 세찬 물살을 맞는다." 현실과 동떨어진 말을 하고 너무 튀는 사람은 공격당하기 쉬우며 다른 사람의 긍정을 끌어내기 쉽지 않다는 뜻이다. 그렇다면 일상생활이나 업무에서 어떻게 자신을 드러내고 또 숨겨야 할까?

마윈은 언제나 자신을 거침없이 드러내고 자신만만하고 솔직하게 표현하는 사람이다. 그래서 그의 말 한마디, 행동 하나하나가 이슈가 된다. 그런데 우리가 주목해야 할 점은, 그의 이런 태도 뒤에는 남들은 모르는 숨겨진 실력과 내공이 있었다는 점이다. 그의 실력은 허장성세에 힘을 실어주고 남들의 비난을 막아주었다. 바로 이런 마윈의 모습이 우리에게는 모범답안이다. 자신을 낮추되, 과한 저자세는 금물, 적당한 타이밍에 자기를 드러내고 어필해야 한다. 건방지거나 거만하지 않은 태도로 자신의 능력에 알맞게 행동해야 한다. 혹시 다른 사람에게 부정적인 말을 듣더라도 너무 신경 쓰지는 말자. 실력만 갖추었다면 시간이 모든 것을 증명해 줄 것이다.

지혜의 팁

다른 사람의 시선과 평가에 목을 매는 것은 나의 시간과 정력을 낭비하는 가장 쓸데없는 일이다. 체면이나 면목이라는 것은 자기가 자기에게 부여하는 가치이고, 자신의 능력은 오로지 자기 자신만이 갈고 닦을 수 있기 때문이다. 하지만 안하무인으로 세상을 업신여기고 일방통행을 하라는 말은 아니다. 우리는 진정한 자신감과 자부심이 스스로 쌓은 능력과 패기를 근거로 해야만 한다는 사실을 마윈의 경험에서 잘 배울 수 있었다. 주관 없이 이리저리 휩쓸려 다니는 사람들 속에서, 그런 마음가짐은 언제나 우리를 깨어있게 해준다. 그리고 빗발치는 비난과 의심 속에서도 자신의 방향을 잘 지켜나갈 수 있게 길잡이가 되어줄 것이다.

제2장

원대한 목표를 수립하고 비상식으로 승부하라

· 꿈과 고집을 가진 청춘들에게 ·

일이 뜻대로 되지 않았을 때는 지레 낙담하지 않고
의연하게 용감하게 끝까지 맞서는 것이 중요하다.
또한 일이 잘 진행되고 있을 때도 방종하지 않고 신중하게
한 발 한 발 내디디는 자세 역시 아주 중요한 덕목이다.

꿈과 고집을 가진 청춘들에게

한결같은 꿈을 꾸어라

첫날 자신이 품은 꿈을 영원히 잊지 말아야 합니다.

당신의 꿈은 세상에서 가장 위대한 것이에요.

바로 다른 사람이 성공하기를 돕는 것이죠.

마윈의 충고 9

마윈의 경험

마윈도 어릴 때는 다른 사람처럼 셀 수 없이 많은 꿈을 꾸었다. 그의 희망사항에는 운전기사도 있었고 매표원, 경찰, 인민해방군도 있었다. 하지만 그 중에서 이룰 수 있는 꿈은 없어 보였고, 자연히 희망사항도 자꾸 바뀌었다. 최대로 많았을 때는 일 년 안에 꿈을 일고여덟 번이나 바꾸기도 했다. 사실 꿈이 변하는 것은 중요하지 않다. 중요한 것은 꿈이 있어서 즐겁다는 사실이다. 사람은 성장하며 꿈을 꾸어야 한다. 행복하고 싶다면 반드시 꿈을 꾸어야 한다.

젊은 시절에는 이런저런 생각을 하릴 없이 해보는 것도 좋다. 하지만 꿈꾸지 않는 것만은 해서는 안 된다. "어릴 때 꿈이 변하는 것은 괜찮습니다. 이것저것 줄기차게 생각하고 즐거운 일을 마음속에 그려보세요. 꿈이 그다지 클 필요도 없습니다. 그냥 꿀 수 있는 꿈을 꾸세요."

〈포브스〉에 실린 기업들 중에서 마윈의 알리바바는 작고 가련한 피라미 같은 존재일 뿐이었다. 하지만 이 피라미는 세상 그 무엇도 두렵지 않을 만큼 거대한 꿈으로 〈포브스〉를 움직였다. 포브스의 편집장 매튜 밀러는 알리바바를 이렇게 평가했다. "이 웹사이트는 거대한 잠재력을 지녔다. 홍콩에 등록되어 있지만, 190여 개 이상의 나라와 지역에서 무수히 많은 판매, 구매자가 이 플랫폼을 통해서 인도에서 생산된 밸브나 네덜란드산 돼지 콩팥과 같은 다양한 물건을 자유롭게 사고판다. 소상인들에게는 막대한 이익을 안겨주는 곳이다."

정식으로 알리바바를 창업할 당시, 마윈은 자기의 꿈과 알리바바의 경영 모델을 이렇게 묘사했다. "다른 사람들은 고래를 쫓아가게 놔둡시다. 우리는 새우를 잡는 겁니다.", "우리에게는 순식간에 50만 개의 수출입상이 생기는 겁니다. 어떻게 돈을 못 벌수가 있겠어요?"

마윈은 아주 자신만만하게 이런 말도 했다. "저는 중국에 인터넷 시대를 열어줄 겁니다. 그리고 제 B2B 사이트는 전 세계 매년 6조 8천억 구매 시장의 주요한 플랫폼이 될 것입니다." 지금의 마윈에게 이 말은 당연하리만큼 시시한 말이지만, 그 당시 사람들이 보기에 마윈은 완전히 미친 것이나 다름없었다.

그리고 그로부터 3년이 지났지만, 마윈의 꿈은 바뀌지 않았다. 5년 후에도 8년 후에도 꿈은 처음 그대로였다. 유일하게 바뀐 것은 그가 처음에 설계했던 꿈이 하나하나씩 이루어졌다는 점이었다.

우리의 고민

'인류에게 연상(聯想)●이 없다면 세계는 어떻게 될까?'라는 광고 문구가 있었다. 마찬가지로, 한 사람, 한 민족에게 꿈이 없다면 어떤 모습이 될 것인가? 꿈은 우리 인생의 방향을 뚜렷하게 알려준다. 누구에게나 꿈은 있어야만 한다.

꿈에 관해 말하라면 아마 많은 사람들이 쉬지도 않고 일장연설을 늘어놓을 수 있을 것이다. 하지만 진짜 꿈을 이룬 사람은 그 중에 극히 일부일 뿐이다. 왜 그럴까? 꿈으로 가는 길에는 험난한 가시밭이 많다. 무수한 사람들이 이 어려움을 만나 꿈을 실현할 가능성에 대해 의심을 품는다. 그리고 결국 꿈을 포기하고 만다.

마윈의 경험을 한번 살펴보자. 어릴 때는 꿈이 많아도 괜찮다. 하지만 철이 들고 나면 한 가지 꿈을 좇는 길에 시종일관 흔들림이 없어야 한다. 어려움 앞에서는 누구나 마음이 해이해지기 마련이다. 그렇지만 한번 놓친 꿈은 절대 다시 돌아오지 않는다는 점을 유념해야 한다. 미국에 이런 격언이 있다. '무엇을 하고 싶은지 안다면, 온 세상의 길은 열려있다.' 우리가 꿋꿋하게 꿈을 좇기만 한다면, 아름다운 꿈의 세계에 반드시 닿을 수 있을 것이다.

지혜의 팁

꿈으로 가는 길에 지름길이란 없다. 다만 착실하고 부지런하게 한 발짝씩 내디디며 역경과 고난을 즐겁게 맞이하는 수밖에 없다. 꿈으로 향하는 과정은 멀고도 험하다. 게다가 그 누구도 자신의 꿈이 실현될지는 확신할 수 없다. 그럼에도 우리는 쉽사리 꿈을 포기해서는 안 된다. 모든 성공과 성과는 우리가 흘린 구슬땀의 결과물이다. 고통 없이는 얻는 것도 없다는 말이 있지 않은가. 스스로 끊임없이 행하고 노력해야만 그 수확이 있다. 그저 뜬구름 잡는 헛된 상상만으로는 꿈에서 더욱 멀어질 뿐이다.

- **연상(聯想)** | 여기서 연상은 두 가지 함의를 지닌다. 하나는 우리가 일반적으로 사용하는 '인간의 머릿 속에서 하나의 관념이 다른 관념을 불러일으키는 현상'이고 하나는 '롄샹(聯想)그룹의 컴퓨터 브랜드 레노버(Lenovo)'이다.

꿈과 고집을 가진 청춘들에게

하늘의 달도 따올 만큼 큰 꿈을 품어라

저는 우리가 세계 500대 기업이 되지 못할 것이라고 생각하지 않습니다. 세계에서 가장 위대한 기업가가 중국에서는 나오지 못할 것이라는 말도 믿지 않습니다! 30년 전에 빌 게이츠는 '30년 후에 모든 사무실 책상 위에 컴퓨터가 놓일 것'이라고 말했습니다. 그때 다른 사람들은 그를 보고 미쳤다고 했어요. 마윈이 단언컨데, 10년 후에 전 세계 10대 인터넷 회사 중에서 세 곳은 중국 회사일 것입니다. 상위 세 곳 중 한 곳은 중국 회사일 것입니다. 10년 후에 전 세계 500대 기업 중에서 한 곳은 분명히 중국의 민영기업일 것입니다.

마윈의 충고 10

마윈의 경험

소프트뱅크의 손정의 회장이 마윈을 만난 지 6분 만에 알리바바에 2천만 달러를 투자하기로 결정한 사건은 이미 사람들에게 유명한 일화가 되었다. 이 일에 관해 손정의는 이렇게 말했다. "제가 처음 마윈을 만났을 때, 그때 그는 아무것도 없었습니다. 자본금도 없고 어떤 이윤도 내지 못했죠. 게다가 중국의 인터넷업계는 겨우 걸음마를 뗀 수준이었었습니다. 그는 지금과 똑같이 비쩍 마른 모습이었고요. 하지만 그의 눈빛만은 형형하게 빛을 발하고 있었습니다. 5분의 시간 동안 저는 그의 눈빛에서 뜨거운 열정을 보았고 그의 야심과 역량을 보았습니다. 저는 그가 마치 제리 양(Jerry Yang, 楊致遠, 양치원)● 처럼 미친 듯이 보였어요. 그래서 6분 째에 그의 회사에 투자하기로 마음먹었습니다."

먼 곳을 내다보는 식견과 통찰력은 마윈의 가장 큰 매력이다. 마윈은 처음 사업을 시작했을 때부터 줄곧 넓은 시야와 넓은 마음, 그리고 탁월한 안목을 지니고 있었다.

2006년 11월 11일, 〈부자인생(財富人生)〉이라는 텔레비전 프로그램의 5주년 기념강연에서 마윈은 이렇게 말했다. "최근에 저는 GE(제너럴일렉트릭), 마이크로소프트, 월마트 등 많은 다국적기업의 임원들과 교류했습니다. 그들이 골머리를 앓는 문제는 바로 기업의 지속적인 성장이었습니다. 그들에게는 매년 5%, 10% 성장하는 것도 아주 대단한 일이지요. 하지만 중국에서 우리 같은 기업들은 매년 반드시 최소 80%에서 100%는 성장을 해야 합니다. 이런 고속성장 속에서 우리는 다국적회사가 무슨 일을 겪었는지를 보고 오늘 무엇을 해야 할지 결정해야 합니다. 십 년 후의 중국의 모습을 내다보면 당장 무엇에 주목해야 하는지가 보입니다. 십수년 전, 20년 전에 했던 예측 중에서 어떤 것이 잘 맞아떨어졌고 어떤 것이 빗나갔었는지에 주목해야 합니다. 그래야 다가오는 10년 동안 순조롭게 발전해갈 수 있습니다. 알리바바는 아직 작은 기업입니다. 세계에서 제일 큰 B2B회사라고 해도 전 세계 기업을 통틀어 따지면 여전히 작은 규모이지요. 큰 회사는 사소한 일에 충실해야 하고 작은 회사는 원대한 꿈을 가져야 한다고 생각합니다. 요즘 큰 기업들의 목표나 이상은 터무니없이 크기만 커요. 도대체 무엇을 하겠다는 것인지 모르겠습니다. 큰 기업의 창의성은 작은 일에서 시작되고 작은 기업이 하는 일은 큰 이상에서 비롯되는데 말이죠."

힘없이 작고 약할 때일수록 더 큰 포부를 품는 것이 다른 사람을 뛰어넘는 마윈의 전략이다.

보통, 기업이 갓 창업했을 때는 목표가 비교적 단순하고 타깃의 범위 역시 협소하다. 일단 목표에 적합한 시장을 찾아 이익을 창출할 방법을 궁리하고 일정한 규모와 실력을 갖춘 후에야 멀리 보고 시장 범위를 전국, 세계로 넓혀 나간다. 하지만 이런 생각은 이제 전통 경제의 산물이 되었다. 지금은 인터넷 기술의 발전 속도가 나날이 빨라지고 경제의 글로벌화 또한 갈수록 뚜렷해지고 있다. 창업 초기부터 세계를 목표로 하는 넓은 시야를 지닌 CEO만이 자신의 기업을 시장의 선두주자로 성장시킬 수가 있다. 알리바바와 마윈은 바로 그런 기업과 CEO였다.

처음 알리바바를 설립했을 때, 자본금은 아주 적었지만 마윈은 알리바바를 글로벌 기업으로 성장시키겠다는 목표를 정했다. 전 세계 모든 사람들이 이 회사와 브랜드를 기억할 수 있도록 투자금 중에 1만 달러를 들여서 '알리바바'라는 도메인 네임을 사들였다. 그리고 마윈은 알리바바라는 이름이 세계로 뻗어나갈 수 있을 것이라고 확신했다. 알리바바 전자상거래 웹사이트를 개설했을 때도 잠재 고객층을 국내, 국외 양쪽에서 찾았다. 해외 쪽은 구매자, 국내 쪽은 공급업자였다. 그때 알리바바의 캐치프레이즈는 "국내 일류기업 리그는 피하고 곧바로 세계선수권으로 가자!"였다. 중국 국내 전자상거래 시장을 키우는 동시에 국제 전자상거래시장으로 진출하는데 박차를 가한 것이다. 알리바바의 일관된 국제화 전략은 조직 구성에서도 드러난다. 1999년, 마윈은 알리바바 총 본사를 홍콩에 설립했다. 미국에는 연구소를 설립하고 런던에 지사를, 항저우에는 중국 본사를 두었다.

"원래는 80년 동안 회사를 운영하겠다고 했지만, 이제는 그게 잘못되었다는 것을 알았습니다. 지금은 100년을 바라보고 있지요. 2005년, 알리바바 5주년을 경축하는 자리에서 저는 동료들에게 확실히 말해두었습니다. 우리는 1999년에 탄생했으니 이번 세기 100년을 꽉 채우고 다음 세기에 1년만 더 살아남자고 말입니다. 그렇게 하면 우리는 3세기를 넘나들게 되는 것이지요. 앞으로의 길은 여전히 고되고 힘들겠지만, 102년 뒤 회사는 모든 구성원이 원하는 방향으로 가 있을 겁니다."

'102년간 살아남는 기업'이라는 원대한 꿈, 마윈은 이미 그 꿈을 실현하는 길을 걷고 있다.

우리의 고민

"자신감도 적고 의지도 약해요." 우리 젊은이들을 줄기차게 괴롭히는 고질병이다. 불안에 떨고 무력감에 사로잡히고 심지어는 자신의 능력에 끊임없이 회의하는 사람들은 우리 주변에 얼마든지 있다. 그들은 자신이 원하는 것을 실제로 가질 수 있다는 사실조차 믿지 않는다. 그래서 종종 뒤로 물러서며 포기해버리고 그저 작은 성과에 만족하려 한다. 실제로 세상의 수천수만의 사람들이 이런 마음가짐으로 살아간다. 한평생을 살면서 자기 자신에 대해 자신감도 의지도 없다면, 재능을 발휘할 기회나 더 큰 성취를 이룰 수 있는 방법은 당연히 없지 않을까.

작고 왜소한 마윈이었지만, 의욕은 하늘의 달이라도 따올 수 있을 만큼 넘쳤다. 또래 친구들 중에서도 그는 언제나 높고 멀리 보았고, 원대한 꿈은 그를 앞으로 전진하도록 이끌었다. 꿈이 클수록 재능을 펼칠 수 있는 무대는 커지는 법이다. "왕후장상에 씨가 따로 있겠는가?" 옛 사람들조차 이렇게 부르짖었는데, 요즘 같이 좋은 시절에 살고 있는 우리가 왜 이렇게 주눅 들고 스스로를 낮추지 못해 안달일까?

우리 젊은이들은 현실에 안주하지 말고 원대한 꿈과 포부를 가져야 한다는 것을 명심하자. 이런 포부야말로 스스로의 삶과 죽음에 의미를 부여하는 고귀한 자산이다. 실천하고 행동하고 끈질기게 노력하자. 당신의 인생은 반드시 성공한다.

지혜의 팁

어떤 의미에서는, 우리의 의욕과 의지가 바로 성공의 보증수표이다. 성공을 위해 갖추어야 할 자질은 너무나 많다. 예를 들어 근면 성실, 똑똑함, 강한 목표의식, 관심과 애정, 선한 마음가짐, 결단력, 처세 능력, 매끄러운 인간관계, 승부욕 등이 그것이다. 하지만 이런 자질은 전부 겉으로 드러난 모습이다. 자동차에 빗대자면 운전대, 전조등, 타이어, 차의 뼈대와 동체, 차창과 좌석 등이라고 할 수 있다. 하지만 자동차에서 가장 핵심적인 부분, 가장 중요한 부위는 바로 엔진이다. 마찬가지로 우리가 성공하는 데 가장 핵심이 되는 동력은 바로 우리의 성공을 향한 욕심과 의지이다. 무언가를 바라고 쟁취하려는 마음은 식지 않는 열정의 특효약이요, 기적의 출발점이다.

● 제리 양(Jerry Yang, 楊致遠, 양치원) | 인터넷 포털검색엔진 야후(Yahoo)의 공동 창업자.

흔들리지 말고 끝까지 밀고 나가라

사장님은 일이 아무리 힘들어도 쉽게 포기하지 않는데, 직원은 왜 일이 조금만 잘 안 되어도 그만두고 싶어 할까요? 부부는 아무리 큰 문제로 심하게 싸워도 쉽게 이혼하지 못하는데, 연인은 왜 티끌만한 일로 싸우고 금세 헤어져 버릴까요? 결론은 '얼마나 깊이 몰두하고 있는가'입니다. 무슨 일이 있을 때, 얼마나 큰 스트레스를 감당할 수 있는지, 얼마나 큰 성공을 거둘 수 있는지, 얼마나 긴 시간을 감내할 수 있는지는 그 일에 얼마나 몰두하고 있는지로 결정됩니다.

마윈의 충고 11

마윈의 경험

세상의 모든 일은 시작이 제일 어렵다. 알리바바 웹사이트가 막 개설되었을 때도 마찬가지였다. 당시 가장 처참하고 견디기 힘든 때는 하루 종일 단 한 건의 기업등록 신청도 받지 못한 날이었다. 몇 개월이 지나자 하루 신청 건수가 겨우 100건을 넘어섰다. 그나마도 실제로 존재하는 기업인지조차 확실하지 않은 곳들이었다. 하지만 알리바바 사람들은 눈앞의 이익에 급급하지 않았다. 온 정신을 웹페이지에 쏟아부어 처음부터 엄격하고 신중하게 심사하는 분위기를 형성했다. 매 기업 데이터를 하나부터 열까지 확인하고, 믿을 수 있다는 판단이 선 후에야 사이트에 등록했다. 까다로운 심사를 통과해 등록된 기업만이 알리바바의 회원사가 될 수 있었다. 초기에는 회원사 증가율이 현저히 낮아 직원들은 모두가 불안해했다. 하지만 마윈은 도리어 이렇게 목표를 밝혔다. “1년에 1만 회원사를!”

그때 알리바바는 이름조차 알려져 있지 않은, 이론상으로만 전 세계 판매상이 무료로 자신들의 제품을 홍보할 수 있는 사이트였다. 그런데 어떻게 해야 그 전 세계 판매상과 기업을 끌어들일수 있을까?

인터넷이 아닌 현실 세계에서도 친구 사귀기를 좋아하던 마윈은 몹시 고민하던 팀원들을 위해 아이디어를 하나 냈다. 가상 세계에서 비즈니스 친구를 만든다는 것이었다. 여기서 힌트를 얻은 알리바바 팀원들은 곧바로 회원들이 자유롭게 소통할 수 있는 BBS(전자게시판시스템)를 개설했다. 게시판을 핫해 보이게 하기 위해서 마윈을 포함한 모든 알리바바 사람들은 매일 여러 계정으로 번갈아 로그인하며 줄기차게 글을 올리고 댓글을 달았다. 이렇게 그들이 직접 인기를 만든 덕분에, 다행히 회원도 날이 갈수록 크게 증가했다.

마윈이 큰일을 해낼 능력이 있는 사람이라는 점은 이 시기에 잘 드러났다. 알리바바의 경쟁 웹사이트들은 하나같이 상품판매에 목소리를 높이고 자신의 이익을 챙기는 데만 급급했다. 하지만 마윈은 자기 회원들의 수익에 손을 대기는커녕 계속해서 회원들에게 무료 서비스를 제공해서 그들이 파는 상품을 마음껏 홍보할 수 있게 했다. 컴퓨터 기술에 관해 비전문가인 회원들을 위해 판매 상품의 사진이나 디스플레이를 좀 더 매력적으로 수정하는 서비스를 알리바바 기술팀에서 제공한 것이다. 또한 스스로 홍보하기에 역량이 부족한 회원을 대신해서 내용만 제출하면 12시간 내에 정리해 게시해주는 서비스까지 제공해 주었다. 각종 무료 지원 서비스로 상품 정보가 풍부해진 알리바바 웹사이트는 경쟁사들이 감히 범접

할 수 없는 수준에 이르렀다.

조용히 상대의 허를 찌르는 전략으로 알리바바는 반 년 내에 회원이 8만 명을 넘어섰다. 매일 갱신되는 정보만 800여 건에, 입출고 수량 데이터는 20만 건이나 누적되었다. 광고 한 번도 한 적이 없는 알리바바였지만, 경천동지할 성장 속도로 경쟁 사이트들을 벌벌 떨게 만들었다.

회원들의 입소문을 탄 알리바바는 창립 반 년만에 강력한 B2B 서비스 웹사이트로 자리 잡았고, 보기 드물게 빠른 성장으로 사람들의 관심을 불러일으켰다. 재미있는 것은 처음에 알리바바를 이용한 사람들이 알리바바가 아주 특별한 해외 사이트라고 느꼈다는 점이다. 그도 그럴 것이 알리바바는 처음부터 줄곧 영어와 중국어를 함께 사용하는 시스템을 채택해 차별화를 두었기 때문이다. 그리고 홍콩에 총 본사를 둔 것도 어느 정도 신비감을 불러일으키는 데 한몫했다. 하지만 이것은 대중들을 현혹시키기 위해서가 아니라 해외 자본의 투자를 쉽게 받아 생존해나가기 위해서였다.

알리바바가 '신토불이' 회사라는 것이 밝혀지고 나자 어떤 사람은 '이 웹사이트는 미국식 모델의 복제품일 뿐이다, 오래가지 못할 것'이라고도 했다.

하지만 알리바바는 거세게 앞으로 나아갔고, 순식간에 소후닷컴, 시나닷컴, 8848 등 기존에 막강한 영향력을 행사하던 웹사이트들을 앞질러버렸다. 그제야 사람들은 알리바바 모델이 해외 사이트를 모방하지 않고 중국식 B2B모델을 독창적으로 개발했음을 깨닫게 되었다.

우리의 고민

아직 미약한 존재일 때는 남에게 여러 가지 의심을 사는 것이 정상적이고 당연한 일이다. 특히 갓 사회생활을 시작했을 때나 창업을 했을 때는 꼼꼼하고 자세하게 검증하려는 시선을 받을 수밖에 없다. 아직 미숙하기 때문에 업무 능력에 관해 불신을 사고, 앞으로의 비전이 명쾌하지 못해서 남들에게 의심의 눈초리를 받는 것이다.

이럴 때는 이런 말을 떠올려보자. "약할 때는 고집스럽고 강할 때는 겸손하라."

보통 사람들은 다른 사람들이 자신을 의심하면 부끄럽고 민망해서 쉽게 목표를 포기해버린다. 하지만 '얼굴이 두꺼운' 마윈은 남들이 뭐라고 트집을 잡아도 아랑곳하지 않고 자신의 목표에만 집중했고, 훗날 그들에게 인정받고 존경받게 되었다. 마윈은 자신이 아무런 힘이 없을 때는 무슨 말을 해도 소용이 없지만 자신이 강해졌을 때는 다른 사람들이 내 말을 들어주고 우러러본다는 사실을 알고 목표를 향해 열심히 노력했던 것이다.

지혜의 팁

목표를 성취하는 과정은 고생스럽다. 온갖 고초를 겪기도 하고 다른 사람의 의심과 오해, 비판을 받기고 하고 때로는 무거운 책임을 져야 하기도 한다. 이런 공격을 받았을 때, 우리는 어떻게 맞서야 할까?
가장 아름다운 경치는 험준한 산봉우리에 올라야만 볼 수 있다. 있는 힘을 다해 용감하게 싸우고 끝까지 포기하지 말아야 한다. 두려워 말고 나아가야 한다. 퀴리 부인이 라듐을 발견한 것도, 아인슈타인이 무수한 실험 끝에 이론을 정립한 것도 모두 죽을 힘을 다해 노력했기 때문이다. 고집스러움은 우리가 의문을 해결하는 데 가장 좋은 무기이다. 목표는 전진의 방향지시등이며 고집은 그 목표를 이루는 열쇠가 된다.

무릎을 꿇더라도 마지막까지 버텨라

무릎을 꿇게 되더라도 맨 마지막까지 버티겠습니다.
마지막 순간, 내가 힘들다면 누군가는 나보다 더 힘들 것이고
내가 견딜 수 없다면 상대방은 더욱 견딜 수 없을 거라고 확신합니다.
끝까지 버티는 사람이 이기는 것이죠.

마윈의 충고 12

마윈의 경험 "2001년, 우리는 자기 자신에게 이렇게 말했습니다. Be the last man standing!(마지막까지 살아남는 사람이 되자!) 무릎 꿇는 한이 있더라도 마지막까지 버티자! 지금 알리바바는 쓰러지지 않겠지만, 우리는 예전보다 훨씬 더 큰 책임을 짊어지고 있습니다. 우리 자신뿐만 아니라 우리 고객을 보호해야 할 책임 말입니다. 알리바바 서비스를 믿고 의지하고 있는 전 세계 수천만의 중소기업이 쓰러지게 두어선 안 됩니다! 지금 많은 기업의 생존이 최악의 난관에 봉착했습니다. 그들을 도와 이 어려움을 극복하는 것이 우리의 사명입니다. '하늘 아래 어려운 장사가 없게 하라'가 가장 완벽한 표현이 되겠지요! 똑똑히 기억해야 합니다. 우리의 고객이 넘어지면 우리 역시 돌아오는 봄을 맞이할 수 없다는 것을!" 이는 마윈이 이전에도 자주 강조했던 말이다.

알리바바가 생기고 때마침 인터넷이 유행하기 시작했던 1999년부터 한 해 동안 알리바바는 빠르게 해외시장을 개척하고 총 본사를 홍콩에 두었다. 2000년 말이 되자 인터넷 발전이 침체기로 접어들었고, 마윈은 팀을 이끌고 곧바로 항저우로 본사를 옮겨와 전투태세를 갖추었다.

2000년 9월 10일은 알리바바가 창립한 지 1주년이 되는 기념일이며 마윈의 생일이기도 했다. 당시 중국의 인터넷 사업을 이끄는 주자들은 시나닷컴의 왕즈둥(王志東, 왕지동), 넷이즈의 딩레이, 소후닷컴의 장차오양, 8848의 왕쥔타오(王峻濤, 왕준도) 등이었다. 마윈은 무협지의 대가 진융(金庸, 김용)● 선생을 모셔놓고 중국의 인터넷 리더들과 함께 제 1회 '서호논검(西湖論劍)'을 개최했다. 이 포럼이 개최된 둘째 날, 마윈은 회사의 전 직원에게 '위기경보'를 내렸다.

인터넷 발전의 역사에 관해 익숙한 사람이라면 2000년이 중국 인터넷 사업의 전환기라는 것을 이미 알고 있을 것이다. 줄곧 상승세를 보이던 인터넷 사업의 신화가 별안간 곤두박질친 것이다. 국제 정세의 영향으로 2000년 4월부터는 나스닥 지수가 최고점에서 바닥으로 떨어지고 한바탕 혼란의 광풍이 몰아쳤다. 이 혼란은 2001년 9월까지 계속되었고, 나스닥 지수는 5000선에서 1300까지 떨어졌다. IT 분석평론가인 팡싱둥(方興東, 방흥동)은 이 한 해를 '황금이 쓰레기로 전락했다'고 표현했다. 마윈이 이룩한 B2B 시스템은 더 심하게 말해 쓰레기 중의 쓰레기였다. 팡싱둥은 이런 글을 썼다. "시장이 뜨겁게 달아올랐을 때는 어떤 컨셉이든 멋지고 좋다. 그러나 시장이 얼어붙었을 때는 그 무엇이라도 허황되고 불가능하다. 시장이 호황일 때는 어떤 사업모델도 황금 취급을 받지만 시장이 불황일 때는 어떤 사업모델도 쓰레기 신세이다. 예를 들자면 B2C, C2C가 그러하다." 그는 B2B를 '최고로 감당하기 힘든 사업모델'이라고 가장 신랄하게 비판했다.

이 시기 동안에는 마윈과 알리바바도 대단히 힘든 나날을 보냈다. 마윈 스스로도 이렇게 털어놓았다. "1999년, 2000년, 2001년에 우리는 급여조차 제대로 지급하지 못하는 상황에 직면했습니다. 수입이 없었어요. 하지만 계속 버텨야 했지요. 모든 사람이 다 쓰러지고 우리가 무릎을 꿇게 되는 한이 있더라도 계속 밀고 나가야 했습니다. 끝까지 밀고 나가 승리하고 최후에 쓰러지는 한 사람이 되도록 말입니다. 낙관적으로 보자면, 중소기업에게 이 시기는 기회였습니다. 세계경제가 한파를 맞아 거시경제가 긴축재정으로 돌아서면 피해를 입고 쓰러지는 것은 대기업이지요. 하지만 전체 구매력이 줄어드는 것은 아닙니다. 사람들은 여전히 먹고 입고 써야 하니까요. 이런 관점에서 본다면 중소기업에게는 그때가 바로 기회입니다. 비관적인 사람은 모든 일을 비관적만 보지만 낙관적인 사람들은 어떤 일이든 낙관적으로 생각하지요."

마윈은 의심할 여지없이 낙관적인 사람에 속한다. 훗날 그는 이렇게 탄식했다. "인터넷사업에 닥친 엄동설한이 너무 빨리 지나가버렸어요. 가능하다면 일 년 정도 더 늘리고 싶었어요." 그는 가슴속 깊이 겨울에 감사하는 마음을 가졌다. 순간순간 닥치는 위기가 그에게는 모두 새로운 판을 짜기 위한 기회를 의미했기 때문이었다. 살아남을 수만 있다면 이는 더없이 좋은 기회였다. 인생을 살아가면서 큰 위험을 만나는 것은 피할 수 없지만, 포기하지 않는다면 오히려 예상치 못한 큰 성공을 거둘 수도 있다. 그냥 이를 꽉 깨물고 계속해나가면 된다. 생각보다 많은 일이 그러하다. 결정적인 시기를 무사히 견뎌내면 뒷일은 의외로 술술 풀리는 것이다. 예를 들어 회사가 불경기를 맞아 어려울 때, 다른 사람들보다 조금만 더 열심히 이를 악물고 덤빈다면 상황이 호전되었을 때의 발전

속도도 남다르게 빨라질 것이다.

2001년 겨울, '죽음도 두렵지 않은' 마윈은 의욕에 불타오르고 있었다. 알리바바 직원들 역시 마윈의 호소에 힘입어 과거 공산당 홍군(紅軍)의 대장정 정신● 으로 무장했다. "우리 알리바바가 그때 했던 작업 중에서 첫 번째는 '정풍운동(整風運動)'● 입니다. 인터넷에 관한 구성원들의 견해를 일치시키고 신념을 확고하게 했습니다. 두 번째는 '항일군정대학'의 설립입니다. 주로 우리 관리자들을 양성하는 작업이었지요. 세 번째는 '난니완(南泥灣) 황무지 개간'입니다. 다른 사람에게 의지하지 않고 오직 스스로 개척하는 정신이지요. 밖은 아주 추운 겨울이었지만 우리는 치솟는 불길의 기세로 연구하고 노력했습니다."

우리의 고민

샤오미(小米)는 최근에 서예반에 등록했다. 처음 시작할 때는 스스로를 서예 신동이라고 생각하며 자신감에 들떠있었다. 조금만 연습하면 좋은 성적을 낼 것 같았다. 첫 주 차에는 먹고 자는 것도 잊을 정도로 즐겁게 서예 배우기에 몰두했다. 그런데 다음 주가 되자 연습하는 내내 허리가 시큰거리고 손목도 아팠다. 슬슬 지루하고 힘들어졌고, 서예에 흥미를 잃어가고 있었다. 급기야 자기는 서예에 안 맞는 것 같다고 결론짓고 학원도 빠지고 서예도구는 거들떠보지도 않게 되었다. 우리 생활에서도 이런 경험은 수도 없이 많다. 꿈을 실현하는 과정에서 어려움에 봉착하면 많은 젊은이들이 쉽게 포기하고 주저앉는다. 결국은 시간과 정력만 낭비한 채, 아무것도 이루지 못하고 만다.

마윈도 성공으로 가는 길에 이런 문제를 여러 차례 만났다. 하지만 그는 단 한 번도 자신을 의심하거나 후퇴하지 않았다. 자기의 목표를 향해 확고부동하게 나아갔고, 그 결과 목표를 하나씩 하나씩 이루었다.

현실에 겁먹고, 이리저리 흔들리고, 믿음을 의심하는 것은 행복과 성공을 이루는 데 가장 큰 적이다. 그래서 사람들은 계속해서 적과 싸워야만 한다. 사실, 영웅이 겁쟁이보다 더 나은 점은 '아주 조금' 더 용감하다는 것뿐이다. 보통 사람들은 시련과 도전을 만나면 마음속의 공포심을 애써 외면하고, 길을 빙 돌아 두려움을 피해간다. 하지만 용감한 사람은 불가능할 것 같은 도전에도 정면으로 응수한다. 마음속의 공포심에 맞서서 스스로 기적을 만들어 가는 것이다.

지혜의 팁

살면서 만나는 무수한 거절과 좌절, 실패는 우리를 더 이상 앞으로 나아가지 못하게 하는 장애물이 된다. 그런 사람에게 "난 안 돼"는 단골 레퍼토리이다. 사실 사람과 사람 사이의 능력 차이는 극히 미미하며, 진짜 차이는 오히려 사고방식과 신념에서 드러난다. 실패와 좌절에서 오는 공포심은 우리를 뒷걸음질하게 하고 목표를 이루기 위한 일들을 가로막고 방해한다. 하지만 여기에 무릎 꿇고 만다면, 우리가 원하는 아름다운 결과는 어디서도 자취를 찾을 수 없을 것이다.

- **진융(金庸, 김용)** | 중국 무협소설의 대가이자 최고봉이라 불린다. 사조영웅전, 신조협려, 소오강호 등 수많은 무협소설을 집필했다.
- **홍군장정(紅軍長征)** | 1934년 10월~1935년 10월, 지금은 인민해방군이라 불리는 중국 공산당 당군 홍군(紅軍)이 장시성(江西省)에서 산시성(陝西省의 북부까지 국민당군을 피해 총 11개 성(省))을 거쳐 1만여 킬로미터를 걸어서 이동한 행군.
- **정풍운동(整風運動)** | 1942년 마오쩌둥이 개시한 삼풍정돈(三風整頓) 운동의 준말. 중국공산당의 투쟁을 효과적으로 전개하기 위해 학풍(學風), 당풍(黨風), 문풍(文風)의 삼풍을 바로잡는다는 공산당 내부의 정치 문화 쇄신 운동.

비판은 많이 들을수록 좋다

가장 핵심적인 문제는 시장의 요구에 따라 상품을 정해야 한다는 것입니다.

고객의 목소리에 귀를 기울이는 것이 관건이지요.

마윈의 충고 13

마윈의 경험

2008년 초여름, 마윈은 급작스럽게 항저우를 떠나 충칭시(重慶市) 베이베이구(北碚區)에 있는 진윈산(縉雲山)의 바이윈관(白雲觀)에서 사흘 동안 머물렀다. 그동안 마윈은 말을 한 마디도 하지 않았다. 사흘 후, 마윈은 바이윈관을 떠나면서 감격에 차 이렇게 말했다.

"묵언을 하기 전에는 말을 하지 않을 수 있다면 얼마나 좋을지 생각했는데, 묵언을 하고 나니 말을 할 수 있는 것이 정말 좋다는 것을 깨달았습니다." 말 잘하기로 유명한 마윈은 사람들 앞에서 강연을 하는 일이 잦았다. 주로 그가 말하고 다른 사람들은 듣는 식이었다. 하지만 묵언을 경험한 마윈은 경청, 다른 사람의 말에 주목하기 시작했다. 칭찬하는 말은 잘 들어야 하고, 비판과 질책은 더욱 새겨들어야 한다는 것을 깨달은 것이다.

2010년 1월 2일, 알리바바그룹 내 알리페이 직원 전체가 모인 신년회 자리에는 화려한 조명도 우렁찬 박수소리도 신나는 음악도 없었다. 심지어 어떤 무대 장식도 없이, 전 직원이 어둠 속에서 묵묵히 스피커를 통해

울리는 고객의 불만스러운 목소리와 악담을 듣고 있었다. 입에 담지도 못할 욕설까지 등장했다. 알리페이 총본부장 사오샤오펑(邵曉峰, 소효봉)은 경찰 출신임에도 악에 받친 고객들의 목소리를 듣고는 눈물을 주룩주룩 흘리며 울었다. 직원들도 눈물을 참지 못하고 모두 어둠 속에서 훌쩍이기 시작했다. 마윈이 무대에 올라 안타까움을 표했다. "(알리페이는) 썩었어요, 너무 심하게 썩었습니다." 신년회는 철저한 반성과 비판의 시간이었다. 미리 축하쇼를 준비했던 임원들 역시 자신들의 잘못을 통렬하게 반성했다.

마윈은 사용자가 알리페이를 원망하는 모습이 비단 이번뿐만이 아니었으며, 이렇게 고통스러운 비판의 시간이 없다면 이 회사는 오래 지속되지 못할 것이라고 말했다. 그리고 신년회를 시작으로 전면적으로 문제해결을 위해 노력하겠다고 강조했다.

고객을 대하는 마윈의 태도에는 깨닫게 하는 바가 무척 많다. 보통 CEO들은 고객의 컴플레인에 '사적으로 조용히 대처'하는 것이 가장 똑똑한 방법이라고 생각한다. 그들은 고객이 컴플레인을 하는 이유가 괜한 소란을 일으키거나 회사에 손해를 입히기 위해서라고 생각한다. 그래서 기업 이미지와 이익을 보호하기 위해 회사에서 가장 언변이 화려한 사람을 보내 몰래 처리하곤 하는 것이다. 하지만 마윈은 완전히 반대였다. 즐거워야 할 신년회 자리의 흥을 완전히 박살내는 것을 감수하고 고객들의 컴플레인을 여과 없이 편집해 스피커로 직원들에게 들려주었다. 스피커 소리는 직원들이 모두 눈물을 쏟아내고 무너져 내린 후에야 멈추었다.

마윈의 이런 행동을 두고 각종 매체에서는 '쇼를 하는 것이다', '직원들을 골탕 먹이는 것이다'라며 말이 많았다. 하지만 마윈 스스로는 이것이 알리페이 구성원 전체에게 보내는 새해인사라고 생각했다. 고객들의 목소리 중에는 듣기 힘든 욕설도 있었지만 알리페이 서비스의 드러나지 않은 위험성이나 놓치기 쉬운 부분을 정확하게 짚어낸 내용도 있었다. 그들은 겸손하게 경청했고, 이를 참고해 시스템을 바로잡고 개선했다. 마윈은 겉보기에는 몰인정한 사람 같았지만, 사실은 이 일 때문에 아주 고심하고 애를 썼다.

신년회에서 다같이 고객의 욕설과 저주를 듣는 것은 기업 관리 사례 중에서도 자주 있는 경우는 아니다. 하지만 가만 생각해보면 고객의 컴플레인은 듣기에는 귀에 거슬리지 몰라도 시장조사에 관한 한, 엑기스와 같은 존재이다. 진심으로 받아들이고 잘만 이용한다면 고객을 만족시키고 라이벌을 넘어설 수 있으니 좋은 일이지 않을까.

미국의 '트랩(TRAP)'이라는 회사의 연구조사 결과, 1~5달러 정도의 소액결제 소비자가 컴플레인을 제기하고 그 처리 결과에 만족했을 때, 해당 회사 제품 재구매율은 70%에 이른다고 한다. 반면에 불만이 있으면서도 컴플레인하지 않은 고객의 재구매율은 36%에 그친다. 100달러 이상의 고액결제를 하는 소비자의 경우, 컴플레인 결과에 만족했을 때 재구매율이 54%, 컴플레인하지 않은 고객의 재구매율은 9%로 나타났다. 이 수치로만 보아도 기업이 고객의 컴플레인을 처리할 때 얼마나 신중하고 조심스럽게 고객의 소리를 경청해야 하는지 알 수 있다.

우리의 고민

마윈은 고객의 지적을 경청하는 방법으로 알리바바를 변화시켰고, 이로써 알리바바는 더 많은 고객의 지지를 받으며 승승장구하게 되었다.

"사람이든 기업이든, 가장 어려운 것은 자아를 부정하고 초월하는 것입니다! 그래서 혁명은 자기 자신의 운명을 바꾸는 것부터 시작되죠." 원저우(溫州)의 대표 기업가인 정타이(正泰)그룹의 CEO 난춘후이(南存輝, 남존휘)는 인생에서 가장 큰 적수는 바로 자기 자신이라고 여겼다. 사회가 어떻고 제도가 어떻고 사장이 어떻고…… 다른 사람을 평가하는 데에는 모두들 구구절절 옳은 소리를 한다. 하지만 자기 자신을 객관적으로 평가하기는 쉽지 않다. 세상을 원망하고 사회를 탓하는 와중에 사람들은 한 가지 사실을 잊고 살아간다. 자기에게 세상을 끼워 맞추기보다 스스로가 사회에 적응하고 변화하는 것이 쉽다는 것을.

소크라테스가 이런 말을 했다. "세계를 바꾸고 싶은 사람은 먼저 자신을 바꾸어라." 스스로와 싸우는 것은 자아를 수양하고 소인배를 군자(君子)로 변모시키는 과정이다. 자신을 갈고 닦아 성숙하면 침착하고 여유가 넘치게 된다. 그렇다면 다른 사람과 함께 하는 일도, 환경에 적응하는 것도 식은 죽 먹기가 될 것이다.

지혜의 팁

내 귀에 듣기 좋은 말을 좋아하는 것은 인지상정이다. 하지만 듣기 좋은 말이 꼭 진실이라는 법은 없다. 그리고 듣기 좋은 칭찬은 여러 번 듣다보면 우리에게 착각을 일으켜, 자기의 문제를 발견하는 데도 아무런 도움이 되지 않고 진짜 중요한 내용이나 진실과는 거리가 멀어지게 만들 뿐이다. 꿈을 실현하기 위해서는 다른 사람의 비판 속에서 성장하는 습관을 들여야 한다. 그렇게 점차 성숙하는 것이다. 일을 하고 새로운 도전을 하다보면 종종 이런 저런 실수나 잘못을 하게 된다. 그때 다른 사람의 비판과 지적에서 가치를 발굴하고 자신의 능력을 끌어 올리게 노력하자. 어떤 비판이든, 내가 성숙하고 성장하는 데 밑거름이 될 것이다.

위험이 도사리는 길에서는 속도를 줄여라

다른 사람들이 전부 추위에 얼어붙었을 때, 우리는 문을 걸어 잠그고
상품 개발에 전력투구해야 합니다. 봄이 오면 성과를 거둘 수 있을 거예요.

마윈의 충고 14

마윈의 경험 1999년은 중국 인터넷 사업이 활발하게 번창한 해이다. 이 한 해 동안 중국에서는 네티즌이 폭발적으로 증가했고, 수년 간 몇 천 명에 머물러 있던 인터넷 사용 인구가 500만을 넘어섰다. 이런 열풍 속에서도 마윈은 방향을 잃지 않고 자신이 무엇을 해야 하는지, 무엇을 하면 안 되는지를 잘 알았다. 그리고 이런 말을 했다. "저는 차를 천천히 모는 것을 좋아합니다. 특히 전방에 어떤 장애물이 있는지 확실히 모를 때는 더욱 그렇습니다.", "인터넷은 앞으로의 30년 동안 인류에 영향을 미칠 3,000미터 장거리 마라톤입니다. 토끼처럼 빠르게, 또 거북이처럼 부지런히 달려 나가야 합니다. 처음 100미터까지는 딱히 경쟁이랄 것도 없겠지요. 하지만 달리고 달려 400~500미터쯤이 되면 거리를 벌려야 합니다."

1999년, 딩레이가 넷이즈를 광동에서 베이징으로 옮겨간 것과 반대로 마윈은 베이징을 버리고 고향인 항저우로 돌아가겠다는 결정을 내렸다. 이 결정은 훗날 전혀 생각지도 못하게, 알리바바를 참혹한 전쟁터에서 구

출한 신의 한 수가 되었다.

"베이징은 여유라곤 없는 곳입니다. 사업을 하기에는 적합하지 않아요. 만약 베이징에 계속 남아있었다면 저는 아마 각종 미디어에 물어 뜯겨 산산조각이 났을 겁니다. 그리고 저도 남들을 따라 점점 조급해졌겠죠. 누군가 춤을 추면 따라 추고, 누군가가 슬퍼하면 저도 슬퍼하면서요. 그때는 전 세계가 다 그랬습니다. 베이징도 미국도 유럽도 똑같았어요."

넷이즈가 마윈의 말을 그대로 증명했다. 베이징으로 간 딩레이는 순식간에 방향성을 잃고 시나닷컴과 소후닷컴에 치여 갈팡질팡하며 어찌할 바를 몰랐다. 딩레이는 넷이즈를 일으켜 세웠던 무료 이메일 서비스에 개발 포기 선언을 했고, 넷이즈로 고객을 몰려들게 만들었던 개인 홈페이지 서비스를 닫아버렸다. 넷이즈는 처음에 163.com의 무료 이메일 서비스로 기틀을 잡고 회사를 일으켜 세웠다. 1999년, 포털사이트가 우후죽순으로 생겨나던 그 시기에 딩레이의 시의적절한 대처가 넷이즈를 성장시켰음은 의심할 여지가 없다. 가장 적절한 시기에 가장 적은 자본으로 가장 빠른 시간 내에, 시나닷컴이나 소후닷컴과 어깨를 나란히 하는 구도를 이룬 포털 사이트 넷이즈의 성공은 정말 눈부실 정도였다. 하지만 딩레이의 잘못은 그 이후부터였다. 그는 포털 사이트를 운영하는 데 기술력에 과한 힘을 쏟는 것이 불필요하다고 생각했고, 시나닷컴처럼 '뉴스' 서비스를 해야 한다고 여겼다.

반면에 마윈의 직감은 정확했다. 당시 마윈은 전자상거래에 관심있는 사람들이 주로 모이는 집결지가 뉴스 정보가 빠른 곳이 아니라 기업 비즈니스의 중심지라고 믿었다. 게다가 당시 인터넷 사업의 전망이 밝지 못했기 때문에 마윈과 알리바바는 잠시 하던 일을 내려놓고 항저우로 옮겨가 앞으로의 사업에 관해 차분하게 연구를 진행하기로 했다. 1999년 항저우로 돌아온 이후, 알리바바는 6개월 이내에 어떤 외부 홍보도 자제하고 일심단결해서 웹사이트를 잘 운영하는 데 전념했다. 이렇게 내공을 수련하는 시기를 거치며 얼어붙었던 투자금이 풀리고, 알리바바는 두 차례 더 투자 기회를 얻을 수 있었다.

마윈은 결정적인 순간, 언제나 맑고 차분한 정신을 유지한다. 마윈 특유의 이상주의적인 성향도 그를 그라운드에서 완전히 이탈하게 하지는 못했다. 가장 중요한 시기에 그는 언제나 원래의 자리로 돌아왔고, 그래서 지금의 알리바바로 발전할 수 있었다.

우리의 고민

어린 시절에 참새를 잡으려고 했던 경험이 누구나 한 번쯤은 있을 것이다. 작대기로 세숫대야를 비스듬하게 받쳐놓고 주위에 좁쌀을 흩뿌려 놓는다. 그리고 세숫대야 아래에는 좁쌀을 가득 놓는다. 처음에는 참새가 아주 신중하고 조심스럽다. 하지만 좁쌀 맛을 본 후로는 주위의 위험을 살피는 것을 잊어버리고 금세 경계를 푼다. 세숫대야 아래의 좁쌀을 탐내던 참새는 결국 붙잡히고 만다. 일이 술술 풀리는 것이 어떨 때는 찬스가 아니라 함정일 수 있는 것이다.

마윈은 중국에서 인터넷이 붐을 일으킬 때에도 이성의 끈을 놓지 않았다. 바른 길을 향해서 앞만 보고 달리며, 차분하게 자기가 나아가야 할 방향을 찾아냈다. 이런 침착함과 자기를 컨트롤하는 자질은 그가 훗날 승승장구하는 데 중요한 기초가 되었다.

사람들은 비바람에 쉽게 흔들리고 휩쓸린다. 물론, 많은 사람들이 하는 대로 다수의 의견을 따르는 것이 보통은 옳은 결정일 때가 많다. 하지만 아무런 상황 분석이나 주체적인 사고도 없이 덮어놓고 남의 뒤를 따르고 시류에 몸을 맡기는 일은 지양해야 한다. 이것은 맹목적인 군중심리일 뿐이다. 호기(好期)를 만났든 역경을 만났든 머리를 항상 맑고 깨끗하게 유지하자. 앞으로 무슨 일이 펼쳐질지 알 수 없을 때는 속도를 잠시 줄이고 천천히 여유있게 다가가는 것도 현명한 선택일 것이다.

지혜의 팁

인류의 모험 정신은 지금껏 과학 발전의 가장 중요한 동력이었다. 하지만 여기서 말하는 모험이란 한 방에 올인하는 도박이나 감정에 이끌려 저지르는 무모한 행동이 아니다. 어떤 사람이 철학자에게 무엇이 모험이고 무엇이 무모한 행동인지를 물었다. 철학자는 재미있는 예를 들었다. 동굴 속에 금이 한 상자 숨겨져 있는데 상자를 꺼내오려고 한다. 그런데 그 동굴이 늑대굴이라면 그것은 모험이고, 호랑이굴이라면 무모한 행동이라는 것이다. 일이 뜻대로 되지 않았을 때는 지레 낙담하지 않고 의연하게 용감하게 끝까지 맞서는 것이 중요하다. 또한 일이 잘 진행되고 있을 때도 방종하지 않고 신중하게 한 발 한 발 내디디는 자세 역시 아주 중요한 덕목이다.

책임을 두려워 말고 용감하게 고통에 맞서라

오늘 우리가 현실을 외면하고 책임을 회피하며 뼈를 깎는 아픔을 감수할 용기가 없다면 알리바바는 더 이상 알리바바일 수 없습니다. 102년을 살아남겠다는 꿈과 사명은 모두 헛소리, 비웃음거리가 될 것입니다!

마윈의 충고 15

마윈의 경험

타오바오는 회사가 설립된 그 순간부터 지금까지 가짜 상품과 싸워왔다. 마윈은 타오바오의 치명적인 약점으로 두 가지를 꼽았다. 한 가지는 고객이 가짜 상품과 진품을 구분해낼 수 없다는 점, 또 한 가지는 지식재산권의 침해, 즉 기업의 이익을 보호하지 못한다는 점이었다. 이 두 가지 약점은 타오바오의 존망과도 직접 연관이 있는 중요한 사항이었다.

2011년 2월 21일 오후, 알리바바 그룹의 조직 부문 전체 임직원 회의가 열렸다. 회의를 시작하기 전에 마윈의 비서 천웨이(陳偉, 진위)가 먼저 입을 열었다. "B2B 사업 책임자인 웨이저 사장님이 마윈 회장님의 사무실에서 나오는 것을 보았습니다. 그렇게 힘들고 지친 표정은 처음이었어요."

그리고 회의에서 마윈은 믿기지 않는 중대 발표를 했다. B2B 사업 CEO 웨이저의 사임 요청을 받아들인다는 내용이었다.

사실 이번 '정풍운동'은 '제기랄'이라는 말 한 마디에서 비롯되었다. 2011년 1월, 마윈은 우연히 한 여직원의 메일을 보게 되었다. "제기랄, 다시 보고 있는데, 몇몇 직원이 이 사기 건에 관련된 것 같아." 마윈은 도대체 어떤 업무가 여직원의 입에서 욕설이 튀어나오게 만들었는지 궁금했다. 자초지종을 파악한 마윈은 이 일이 생각보다 간단하지 않음을 알게 되었다. 회의를 한 차례 거친 후에 그룹에서는 팀을 꾸려 진상조사에 나서기로 했다.

자체 조사 결과, 사기 사건에 연루된 것으로 의심되는 중국 공급업체는 2009년과 2010년에 각각 1,219개 업체(전체의 1.1%)와 1,107개 업체(전체의 0.8%)였다. 그런데 B2B 구매팀의 근 백여 명에 이르는 직원이 실적과 수익을 위해 고의로 혹은 관리 소홀로 사기 혐의를 받는 업체까지 알리바바 플랫폼에 등록했던 것이다.

마윈은 이 일로 기업의 가치관이 크게 위협받을 수 있음을 직감했다. 직원들이 소비자의 이익보다 자기 자신의 안위를 도모하고 있기 때문이었다. 마윈은 금융위기가 극에 달했던 시기에 자신이 5천여 명의 직원을 고용한 사실을 자책하기에 이르렀다. 사실 회사는 그렇게 많은 직원이 필요하지도, 심지어 그 직원들을 교육시킬 능력조차 부족했다.

중국 사회의 무서운 질타 속에서 마윈은 무언가 행동으로 보여주어야 한다고 생각했다. 바로 누군가는 책임지는 모습이었다.

사실, 2006년 웨이저가 처음 합류했을 때에는 알리바바가 B2B 사업에서 거래 중개 업무만 했을 뿐 업체의 신뢰도를 책임을 지는 입장은 아니었다. 국내 거래 회원은 1,600만을 돌파한 상황이었고 해외 거래 회원도 300만 정도였다. 판매자들에게는 어떠한 규제나 구속이 없었고 관리감독에도 누수가 생겨, 계약위반이나 사기의 위험부담이 비교적 큰 상황이었다.

줄곧 기승을 부린 세계 금융 위기 탓에 알리바바에게 닥친 어려움 역시 한몫했다. 2008년 11월, 금융위기로 인한 수출입 불경기를 타개하기 위해서 알리바바는 '100억 겨울나기 계획'을 추진했다. 이때, 해외로 납품하는 '중국공급업체'의 등급을 '글로벌 업체'로 업그레이드하고 한 해 회비를 5만 위안으로 정했다. 또 저가형 판매상인 '수출통(通)' 등급에게는 1.98위안에 서비스를 제공하기 시작했다.

이 조치는 그야말로 일거다득(一擧多得)이어서 우선 수많은 중소기업 회원에게 이익을 가져다 줄 수도 있었고, 삽시간에 증가한 회원사는 기업 간의 거래실적에서도 우수한 성과를 보였다. 하지만 안타깝게도 이 조치는 회원 가입 문턱을 너무 낮추어 버렸다. 2010년 3/4분기까지 '수출통' 회원은 11만까지 급속도로 늘어났고, 동 기간 동안 일어난 사기사건 중에서 거의 전부라 할 수 있는 2,000여 건이 바로 수출통 회원의 소행이었다.

게다가 2008년 금융위기 때, 마윈은 한꺼번에 5,200명을 채용한 적이 있었다. 그렇게 많은 인원을 채용하는 것은 자신들의 교육 시스템으로는 도저히 감당할 수 없는 수준이었고, 심지어 어떤 직원은 교육도 없이 미숙한 상태로 바로 업무에 투입되었다.

여러 정황을 객관적으로 보자면, 위태로운 시기에 살아남아야 한다는 기업의 스트레스와 알리바바 B2B 모델에 내재하는 문제들을 해결하기 위해 웨이저가 혼자 책임을 떠안을 필요는 없었다. 게다가 그간 웨이저의 업무 성과는 전혀 손색이 없었다. 하지만 마윈은 기업의 가치관이 바닥으로 떨어지고 권위가 시험에 드는 것만은 용서할 수가 없었다. 이것은 알리바바의 생명줄과도 같았다. 마윈은 생명줄을 잃을까 심히 우려했다. "이번 B2B 일을 제대로 마무리하지 못하면 타오바오는 어떻게 되는가? 알리페이는? 알리바바가 겨우 이룩해낸 비즈니스 시스템과 생태계에 문제가 생기면 어쩌지?"

기업의 가치관을 깨끗하게 지켜가기 위해 마윈은 웨이저를 희생시키기로 결심했다. 쉽사리 하기 힘든 결정에 마윈 또한 마음을 모질게 먹었다. 이는 2011년 2월의 '웨이저 사임의 건'이라는 사내 이메일에서도 잘 드러난다.

이런 마윈의 결정으로 본래 회사를 위험에 빠트릴 수 있었던 'CEO 사임 사건'은 기업의 가치관과 신념을 잘 보여준 사례가 되었다. 2011년 4월, 마윈은 2011 중국친환경기업 회의에서 이렇게 말했다. "이 아픔의 흉터는 웨이저에게도 훌륭한 선물이 되었을 것입니다. 그간 수많은 훈장을 달고 승승장구하던 웨이저였으니까요."라고 말했다.

"회사가 크면 클수록 '기업 문화'로 이끌어야 합니다. 제도 또한 문화를 강조하고 뒷받침하기 위한 것이죠. 이번 일로 저는 가슴이 찢어집니다. 누구보다도 고통스럽습니다. 웨이저가 사퇴한 일은 어떻게든 다른 사람이 알지 못하게 할 수도 있었습니다. 하지만 저는 모두가 알게 했지요. 저는 세상 사람들이 어떻게 생각하든, 일단 알리바바가 하는 일이 언제나 모범이 되었으면 하고, 알리바바가 모든 시험을 잘 치러내길 바랍니다. 매번 내부 회의는 영상으로 녹화하고 있습니다. 뒷사람들도 볼 수 있도록 말이죠." 세상의 모든 기업은 성장 과정에서 이와 비슷한 문제를 반드시 겪는다. 그 어떤 기업도 사활을 건 시험에서 자유로울 수는 없는 것이다.

우리의 고민

공자의 제자 증자(曾子)가 이런 말을 했다. "吾日三省吾身, 爲人謀而不忠乎? 與朋友交而不信乎? 傳而不習乎?(오일삼성오신, 위인

모이불충호? 여붕우교이불신호? 전이불습호?)" 뜻을 풀자면 이런 말이다. "나는 하루 세 번 나를 돌아본다. 일에 전력을 쏟지 못한 것은 아닌지? 벗과 사귐에 못 미덥지는 않았는지? 가르침에 따라 실천하지 못한 것은 아닌지?" 증자의 반성은 개인의 수양에 힘쓰자는 내용이다. 자신을 돌아보는 증자의 수양법은 유가 사상의 경전인 〈논어(論語)〉에도 기록되었다.

자기반성의 중요성을 잘 아는 마윈은 적절한 타이밍에 알리바바를 돌아보았고, 문제점을 잘 개선하여 알리바바가 위기의 순간을 헤쳐 나가도록 이끌었다.

우리도 일상생활이나 업무 중에 자신의 언행을 뒤돌아보아야 할 때가 무척 많다. 결과가 좋은 일에도 최종 평가와 반성은 필요하다. '경험을 통해 무엇을 얻었는가? 어떤 부분을 개선해야 할까?' 성과가 기대만큼 좋지 못하거나 실패했을 때는 필히 반성해보아야 한다. '무엇이 잘못되었을까? 왜 문제가 생겼는가? 어떻게 문제를 해결해야 할까?' 반성은 우리가 문제를 다른 각도에서 바라볼 수 있게 한다. 그래서 스스로의 문제를 다양한 관점에서 파악하고 해결하여 창의적이고 주도적인 사람이 되는 데 큰 도움을 준다.

지혜의 팁

스스로를 돌아보는 것은 곧, 자신의 아픔을 들쑤시고 상처에 소금을 뿌리는 격일 수도 있다. 하지만 이런 '자학'이 쓸데없는 노력은 아니다. 하늘은 스스로 돕는 자를 돕는다고 했다. 우리가 자기 자신을 바꾸려고 노력했을 때, 목표를 이루고 자신의 꿈을 달성할 수 있는 것이다. 자기반성의 과정에서는 스스로가 바뀌면 나를 둘러싼 세계가 함께 바뀌어 가는 경험을 할 수 있다. 나와 외부 세계가 이렇게 차츰 조화를 이루다보면 결국 혼연일체로 모두 성공을 이룰 수 있다. 내일을 위해서 두려워 말고 오늘 용감하게 고통을 감내하자.

위기에 처할수록 과감하게 공략하라

사업이 갈수록 힘들어질 때가 더 과감하게 공략해야 할 시기입니다.
반면에 모두가 잘되고 좋을 때는 조심하고 신중해야 합니다.
사업 확장은 돈으로 하는 것이 아니라 머리로 하는 것이죠.
지금 최저금액을 투자해 확장할 수 있는데, 왜 주저하겠습니까?
가장 낮은 곳에서부터 치고 올라가 우리의 성공을 증명할 수 있는데 말입니다.

마윈의 충고 16

마윈의 경험 2001년 즈음, 어떤 이들은 마윈과 장차오양이 인터넷 비즈니스 분야의 몇 안 되는 훌륭한 사업가라고 했다.

1999년에 마윈은 "다가오는 1~2년 내에 70~80%, 심지어 90%에 이르는 인터넷 관련 기업이 문을 닫을 것이다."라고 예측했다. 모두들 믿지 않았지만 마윈은 자신의 판단을 조금도 의심하지 않았다. 실제로 관련 통계에 따르면, 1999년~2000년에 중국에서 도산한 인터넷 기업은 한 달에 약 2천여 개꼴이었다.

이에 마윈은 이렇게 말했다. "인터넷 기업을 운영하는 것과 웹사이트를 운영하는 것은 완전히 다른 개념입니다. 사이트를 하나 굴리는 것은 아주 쉽지만, 인터넷 회사를 운영하는 것은 그 정도로 어림도 없습니다. 관리 업무나 마케팅 업무 등에도 많은 인원이 필요하고요. 하지만 이렇게 짧은 시간 내에 중국에서 그렇게 많은 IT 전문 인력, 마케팅 인력, 기획 인력을 갖출 수 있을까요? 그다지 그럴 것 같지 않군요. 한 달에 2천여 개가 생겨난다면, 한 달에 2천여 개가 문을 닫는 것도 무리는 아닙니다. 지극히 정상적인 현상이라고 봅니다."

2002년 인터넷 비즈니스 경기가 최악의 상황일 때, 〈IT타임위클리〉•는 이렇게 보도했다. "지난 2년이 베이징의 IT기업들에게는 천당에서 지옥으로 끝도 없이 추락하는 시간이었다. 이 집단멘붕 또는 집단적인 혼란에서 온전히 벗어난 영웅적인 기업은 단 하나도 없었다. 그리고 뒤이은 재앙을 피할 수 있었던 곳도 없었다. 항저우의 알리바바만이 중국 최고의 B2B 전자상거래 기업으로 우뚝 섰음은 논란의 여지가 없다."

처음에 다른 기업들이 앞다투어 성공을 향해 내달릴 때, 알리바바는 마치 달팽이처럼 느리게 기어가기 시작했다. 하지만 다른 기업들이 앞으로 나아가지 못하고 멈추었을 때, 알리바바는 급속도로 발전하는 놀라운 모습을 보여주었다.

마윈은 자신들의 성장을 이렇게 설명한다. "사업이 갈수록 힘들어질 때가 더 과감하게 공략해야 할 시기입니다. 반면에 모두가 잘되고 좋을 때는 조심하고 신중해야 합니다. 사업 확장은 돈으로 하는 것이 아니라 머리로 하는 것이죠. 지금 최저 금액을 투자해 확장할 수 있는데, 왜 주저하겠습니까? 가장 낮은 곳에서부터 치고 올라가 우리의 성공을 증명할 수 있는데 말입니다."

마윈도 말했지만, 기업을 이끄는 것과 웹사이트를 운영하는 것은 하늘과 땅 차이다. 전자는 기업가의 일이고 후자는 장사꾼의 일이기 때문이다. 업무의 경계가 달라 발전해나가야 할 방향 또한 다르다. 그래서 마윈은 이렇게 반문한다. "사람들은 소프트뱅크나 IBM과 같은 회사의 휘황찬란한 모습을 부러워합니다. 하지만 그들이 얼마나 오랫동안 기를 쓰고 노력해 왔는지 아는 사람은 얼마나 될까요? 그들이 역경과 싸우고 있을 때 그들에게 주목한 사람은 또 얼마나 될까요?"

2008년 경제위기가 닥치고 한파가 불어 닥쳤을 때, 전 세계 모든 기업들은 임금을 삭감하거나 인원을 축소했다. 하지만 마윈은 아주 쿨했다. 대세를 거스르고 오히려 직원들에게 더욱 후한 대우를 해주었던 것이다. 연말 상여금도 원래대로 지급했을 뿐 아니라 우수직원에게는 급여까지 인상해주었다.

알리바바가 2,000명쯤을 감축하고 상여급을 지급하지 않았다 하더라도 반대하는 사람은 아마 없었을 것이다. 하지만 마윈의 마지막 결정은 마윈의 말이 얼마나 꾸밈없고 진실한지 잘 알려준다.

"이때 우리의 결정사항은 그들에게 연말 상여금을 지급해야 할지 말아야 할지였습니다. 수많은 직원들이 상여금을 학수고대했고, 급여 또한 직원들에 대한 책임감을 보여주는 부분이었죠. 저는 2008년은 알리바바가 창립된 9년 동안 가장 성공한 해가 아니었나 하고 생각했습니다. 금융위기에도 잘 견뎠고, 한 해 동안 전면적으로 준비를 착실히 했으니까요. 직원들은 적지 않은 업무량을 소화하면서 많은 부분을 개편해냈습니다. 모든 것이 잘 돌아갔으니, 직원들에게는 응당 상여금을 지급하고 우수한 직원들에게는 급여 인상으로 보답해야겠지요."

마윈은 직원들의 급여인상을 불경기인 상황과 연결지어서는 안 된다고 생각했다. 잘하는 직원에게는 당연히 그 성과를 인정하고 보상해주어야 하고 아무리 경기가 호황이라도 일을 못하는 직원에게 보상이란 없다고 했다. "올해 경기가 좋고 주식이 올랐다고 해서 상여금을 받을 거라는 보장은 없습니다. 일을 잘 못하면 하나도 없을 거예요. 기업 역시 직원들에게 한 약속을 반드시 지켜야 합니다. 직원들에게 승낙한 일은 온 힘을 다해 이루어내야 합니다. 그러지 않으면 그 기업은 미래가 없습니다." 상여금을 원래대로 지급하겠다는 결정을 하자, 1만여 명의 직원들은 그제야 마음을 놓았다. 회사가 약속을 잘 지킨 덕분에 그들은 더욱 믿음을 갖고 열심히 일해서 많은 중소기업의 성공을 도울 수 있었다.

우리의 고민

곤경에 처하는 것이 겁이 나는가? 마윈은 궁지에 몰리는 것이 하나도 겁나지 않는다고 말한다. 곤경의 이면에는 다시 살아날 수 있는 기회가 함께 숨어 있기 때문이다.

이와 관련해 재미있는 우화가 있다. 한 농부의 나귀가 실수로 깊은 구덩이에 빠졌다. 농부가 구덩이를 살펴보니 너무 깊어서 나귀를 꺼낼 수가 없어 보였다. 그대로 굶겨 죽이자니 너무 불쌍해서 차마 발길이 떨어지지 않았다. 이리저리 궁리하던 농부는 차라리 나귀를 지금 묻어버리는 게 낫겠다고 결심했다. 그래서 삽으로 열심히 흙을 퍼 구덩이로 쏟아부었다. 위에서 흙이 떨어지자 나귀가 본능적으로 몸에 쌓이는 흙을 털어내었다. 그런데 흙을 자꾸 쏟아붓고 털어내는 것이 반복되자 구덩이가 점점 얕아지는 것이 아닌가. 결국 나귀는 다져진 흙바닥을 딛고 구덩이에서 빠져나올 수 있었다.

일이 엉망이 되고 최악의 상황인 것처럼 보여도, 오히려 고비를 잘 넘길 수 있는 절묘한 기회가 되는 경우가 종종 있다. 소위 죽다가 살아났다든가 고생 끝에 낙이 온다는 말도 비슷한 경우를 나타내는 표현이다. 위기는 그 사람의 의지와 패기를 보여주는 거울이 된다. 대부분의 사람들은 어려움이나 실패 앞에서 힘도 한번 써보지도 못하고 포기한다. 진짜 용기있는 소수의 사람만이 자신의 투지와 능력을 발휘해 어려움을 극복한다. 자신의 인생이 내리막이라 생각될 때는 긍정적인 에너지로 무장하고, 더욱 냉정하고 깊이 있고 세심하게 문제에 접근해야 한다. 그렇게 적극적으로 해결 방법을 찾아나서면 위기 중에서도 새로운 기회가 고개를 내밀고, 위기가 지나간 후에도 힘든 시간에 대한 보상이 두 배로 주어질 것이다.

지혜의 팁

사람이 살면서 어려움에 처하지 않기란 매우 힘들다. 때로는 큰 재난을 만나기도 한다. 하지만 우여곡절을 겪으면서도 두려워하지 않고 굴복하지 않는 사람에게는 세상의 온갖 어려움이 하나의 시험에 불과하다. 그 어려움을 긍정적이고 이로운 요소로 바꾸어버리는 것이다. 반면에 어떤 사람들은 어려움을 접했을 때, 지레 겁을 집어먹고 소심해져서 굴복해버리고 원망만 일삼는다. 그런 사람에게 어려움은 절대 극복할 수 없는 장벽이다. 고난은 스프링과 같은 성질을 갖고 있다는 사실을 유념하자. 당신이 강력하게 제압한다면 그것은 작게 움츠러들지만 당신이 힘을 제대로 쓰지 않으면 그 기세가 사그라 들지 않을 것이다.

● IT타임위클리(IT Time Weekly, IT 時代週刊) | 광동성전자학회(廣東省電子學會)에서 격주로 발간하는 지식정보산업 전문 잡지

가장 두려운 것은 자신을 잃는 것이다

첫사랑은 아름답습니다. 하지만 사람들은 종종 첫사랑을 잊고 살아가지요.
창업 후에도 처음에 바랐던 소망을 꼭 기억해야 합니다.
처음에 왜 창업을 하게 되었는지, 무엇을 하고 싶었던 것인지를
시간이 지나도 다시 돌아보아야만 잘해낼 수 있습니다.

마윈의 충고 17

마윈의 경험 창업 과정의 고난은 재산이다. 그렇기에 고난이 더 처절할수록 감동적인 스토리가 되고 떠들썩한 이슈가 된다. 모든 기업가들은 자기만의 특별한 색깔을 지니는데, 그중에서도 가장 기본이 되는 뿌리는 회사를 창업하고 일으켜 세우는 과정에서 쌓은 벤처정신이다. 알리바바 기업 문화의 기반에는 '호반화원(湖畔花園) 정신'이라는 중요한 가치관이 자리잡고 있다. 이 정신은 '호반화원'이라는 지명과 관련이 있다. 이곳은 꽃이 피는 동산이 아니라 평범하기 그지없는 가정집이었다. 마윈이 마련한 가정집 '호반화원'이 위대한 창업의 아지트로 변모한 것이다. 이곳에서 지금의 알리바바와 타오바오가 탄생한 덕분에, 호반화원은 중국에 있는 많고 많은 집 중에서 가장 유명한 집이 되었다. 알리인(人)들 뿐만 아니라

마윈을 따르고 지지하는 수많은 사람들이 이곳의 주소를 기억할 정도이다. 호반화원 풍하원 16동 1라인 202호(湖畔花園風荷院16幢1單元202號)가 바로 그곳이다.

이 150제곱미터짜리 가정집은 오랜 시간 동안 사무실과 기숙사의 역할을 충실히 수행해냈다. 1999년, 알리바바를 창립했을 때는 생활이 너무 궁핍해서 제대로 된 사무실 한 칸 빌릴 여유도 없었다. 이 집에 가득 모여서 하루 종일 함께 지내며 일했다. 안방에서 스물다섯 명이 한꺼번에 모여 작업하는 광경은 보통 사람들은 상상도 할 수 없을 것이다!

상황은 정말 최악이었다. 모두들 낮에는 미친 듯이 일하고 밤에는 그대로 쓰러져 잠이 들었다. 마윈은 그때 모인 멤버들이 모두 공간 이용의 달인이 될 수밖에 없었다고 당시를 기억한다. 밤이 되면 시꺼먼 남자들 한 무리가 다 같이 누워서 잠이 들었다. 코 고는 소리가 여기저기서 서로 화답하듯이 들려와 천장을 뒤흔들 정도였다. 처음에는 이웃 주민들에게 불만 섞인 소리도 들었지만, 시간이 한참 지나자 이웃들마저 그들을 이해하게 되었다.

힘든 일은 번번이 닥쳐왔지만 마윈이 있기에 모두들 자신감이 넘쳐흘렀다. 한번은 다 같이 국수를 먹고 있는데 마윈의 손에 휘황찬란한 열쇠 한 꾸러미가 들려 있었다. "이건 미래의 BMW 차키예요. 한 사람이 하나씩 가져요!" 마음을 벅차오르게 하는 마윈의 장난스러운 말에 모두들 숙연해졌다. 그리고 훗날, 알리바바가 상장되고 마윈과 함께 고생한 사람들은 하룻밤 사이에 BMW를 살 수 있는 천만갑부가 되었다.

마윈에게 호반화원은 알리바바 그룹의 뿌리이고 그들의 악전고투를 대표하는 상징적인 존재이다. 또한 알리인에게는 어떤 상황에서도 절대 버릴 수 없는 가장 고귀한 정신적 유산이다. 마윈은 여러 곳에서 강연을 할 때, 이 정신을 반복해서 강조했다.

"1998년 말로 기억합니다. 만리장성에서 우리는 맹세했었지요. 중국이 자랑스러워하고 전 세계가 자랑스러워할 회사를 만들자고 말입니다. 항저우로 돌아왔을 때, 호반화원은 저에게 사방이 벽으로 둘러싸인 막다른 길이었습니다. 그때 아들이 저에게 전화로 온풍기가 없어서 "손이 시려워요" 하고 말했던 것도 기억이 납니다. 그 이후에 첫 투자를 받고 화성(華星)빌딩으로 옮겼지요. 그때는 저는 우리가 호반화원의 정신을 잃고, 알리바바가 더 이상 알리바바가 아닐까봐 걱정스러웠습니다. 하지만 우리는 그곳에서도 벤처정신을 잘 이어나갔습니다. 어제 회사로 돌아왔을 때, 건물 앞에 택시가 줄줄이 늘어서 있는 것을 보았습니다. 새삼 화성에서의 추억이 생각나더군요. 매일 늦은 밤, 한두 시쯤이면 택시들이 회사 밖에서 진을 치고 있었지요. 항저우에 있는 택시기사라면 누구나 알리바바가 늦게까지 일을 한다는 것을 알고 있었으니까요. 그런데 저는 요즘 또 걱정이 되기 시작했습니다. 화성보다 더 호화스러운 '벤처빌딩'으로 옮겼으니 알리바바가 혹시 변하는 것은 아닌지 하고 말입니다. 우리의 깃발이 언제까지 펄럭일 수 있을까요?"

마윈의 우려는 전혀 근거 없는 기우는 아니었다. 2007년 알리바바가 상장하고 몸값이 높아지자 많은 직원들이 들뜨고 허황된 꿈에 부풀어 원래 한마음 한뜻으로 똘똘 뭉치던 분위기가 많이 깨졌기 때문이었다. 벼락부자가 된 티를 내는 직원들을 보고 마윈은 다시 한 번 벤처정신을 강조했다. '만족하고 즐기되 본분을 잊어서는 안 된다'는 구호를 꺼내 들면서 돈을 벌었다고 투지를 잃지 말자고 호소했다. 그는 사람을 완전히 바꾸어 버릴 수 있는 돈은 무서운 물건이며, 사람이 가장 두려운 것도 자신의 모습을 잃고 더 이상 자기 자신이 아닐 때라고 했다. 돈이 있더라도, 이전보다 더 부지런하게 몰입해서 열정을 쏟아야 한다고 했다. 또한, 돈만을 위해 일을 하다 위기에 빠지는 사람은 알리바바에서 절대 환영받지 못할뿐더러 다른 사람에게 자리를 빼앗겨도 원망할 자격조차 없는 사람이라고 엄하게 경고했다.

마윈은 원래부터 말을 잘하고 설득력이 있는 사람이었다. 그리고 재물에 관해서는 오랫동안 스스로 면역력을 유지해왔다. 상황이 바뀌고 자산이 많아졌다고 해서 그의 벤처정신과 풀뿌리근성이 훼손되는 일은 추호도 없었다. 2010년 '바링허우(80後, 중국에서 1980년대에 출생한 세대를 이르는 말 -역주)와의 대화'라는 프로그램에서 마윈은 이렇게 말했다. "저는 하려는 것도 너무 많고 하고 싶은 것도 정말 많지만 이 돈은 제 것이 아닙니다. 알리바바의 돈이 제 것이라고 생각한 적은 단 하루도 없었어요. 사실 저는 돈을 잘 쓰지도 못합니다. 1년을 써도 얼마 쓰지도 못하죠. 뭘 잘 사지도 않고요."

마윈의 지인들은 그의 신발과 옷이 모두 타오바오닷컴에서 가격 비교로 산 제품이라는 것을 알고 있다. 더욱 안쓰러운 사실은 알리바바가 상장될 때까지 마윈은 싸구려 합성섬유 셔츠만 입었다는 것이다. 여우미왕(優米網)의 창립자인 왕리펀(王利芬, 왕리분)이 마윈과 함께 다보스포럼에 참가했을 때, 가까이서 마윈을 지켜볼 기회가 있었다. 그의 몸에 깊이 배인 풀뿌리 근성에 그녀는 마윈에게 더 깊은 감명을 받게 되었다. 이 정도로 청렴결백하고 순수하게 처음의 뜻을 지켜나가는 기업가는 졸부가 넘쳐나는 중국 재계에서 흔하지 않은 고귀한 존재였기 때문이다.

알리바바 그룹이 시간이 지나 아무리 눈부시게 빛난다 해도 마윈은 아마 여전히 원래 그대로의 마윈일 것이다.

우리의 고민

한 사람이 사다리를 놓고 높은 지붕 위로 올랐다. 오르고 또 올라 천신만고 끝에 꼭대기에 다다랐다. 득의양양해진 그는 사다리를 치워버리고 아래에서 올라오려는 사람들의 약을 올렸다. "어서들 올라와 봐, 난 이렇게 금방 올라왔잖나." 아래에 있는 사람들은 마음이 급했지만 사다리가 없어서 어찌할 바를 몰랐다. 어차피 올라갈 수가 없다고 판단되자 사람들은 힘을 합해 집을 부수기 시작했다. 결국 홀로 위에 있던 '승리자'는 허무하게 죽음을 맞이했다. '남들에게 뽐내고 과시하다가 자기 무덤을 파지 말라'는 교훈을 주는 이야기이다.

사람들은 전과 후의 모습이 완전히 딴판인 경우가 많다. 특히 힘들고 어려운 시기를 보낼 때는 그 사람의 본성이 더 잘 드러난다. 사소한 성공 앞에 자기 자신을 잃는 사람은 큰 성공을 거두지 못할 것이 분명하다.

중국 최대의 가전제품 기업 하이얼(海尔)그룹의 장루이민(張瑞敏, 장서민) 회장은 중국을 대표하는 기업인으로 불린다. 그의 서재에는 대문짝하게 큰 글씨로 여덟 자가 쓰여 있다. "전전긍긍, 여리박빙(戰戰兢兢, 如履薄氷, 살얼음 위를 걷는 것처럼 조심, 또 조심하라는 뜻이다. -역주)" 장루이민은 사람이 역경에 처했을 때는 거의 실수를 저지르지 않는다고 말한다. 이때는 스스로 살기 위해서라도 겸손하고 조심스럽게 처신하기 때문이다. 그런데 일단 순탄한 길로 들어서면 자신을 제어하지 못하고 자기가 천하제일이라도 되는 냥 굴면서 본분을 잃는다는 것이다. "일이 뜻대로 되면 평소 모습을 잃고, 평소 모습을 잃으면 근본을 잃고, 근본을 잃으면 실패한다."

중국의 유명 온라인 서점 당당왕(當當網)의 공동 CEO 위위(俞渝, 유유)는 당당이 겪었던 시행착오를 이렇게 회고한다. 당당이 주식으로 1,200만 달러나 되는 돈을 손에 쥐었을 때는 못할 것이 없을 것 같았다고 한다. 그래서 10년을 계획하고 마련한 자금을 1년 만에 다 써버리고 결국 거품 경제가 몰락하자 갖은 애를 먹고 도산 위기에 여러 번 놓이게 되었다. 그제야 위위는 당당왕이 책을 파는 회사 중 하나일 뿐이라는 것을 순순히 인정했다. 단지 다른 것은 다른 서점들은 길에서 책을 팔고, 당당왕은 인터넷에서 판다는 것뿐이었다.

발전하고 성장하고 싶다면 이 말을 절대 기억하자. '끊임없이 무(無)로 돌아가라, 목표를 바로 세우기를 멈추지 마라, 본연의 모습으로 돌아가라, 처음의 소망을 잊지 마라.'

지혜의 팁

헤겔은 이렇게 말했다. "생명은 가치 있는 것을 목적으로 할 때만 그 가치를 지닌다." 자기 인생의 정확한 위치와 미래의 발전 방향을 정하는 것은 스스로를 발전시키는 데 도움을 줄 뿐만 아니라 잘못된 길로 접어드는 것을 방지할 수 있는 효과적인 수단이 된다.
목적지가 없는 비행기는 영원히 착륙할 수 없다. 목적지가 없는 배는 연료가 다 떨어질 때까지 망망대해를 떠돌 뿐이다. 사실, 비행기와 배는 계속 바뀌는 기류와 풍랑의 영향 때문에 시시각각으로 원래의 항로를 이탈하려는 '시험'에 들게 된다. 그때마다 조종간을 잡은 사람이 방향을 바로 잡아주어야만 목적지에 도착할 수 있는 것이다.
사람 역시 목표를 잃고 자기 자신을 제어하지 못하는 것이야말로 가장 경계해야 할 일이다. 그런 사람은 다른 사람에 의해 좌지우지되고, 생동감이나 생명력이라고는 전혀 없는 꼭두각시가 되고 만다. 자신이 가야 할 길을 또렷하고 명확하게 알면 위험에 대해서도 저항력을 키울 수 있고 언제든지 엇나간 방향도 조절할 수가 있다. 목표란 것은 모두에게 그렇게 중요한 것이다.

제3장

비이성적인 신기한 힘을 믿어라

• 꿈을 위해 분투하는 청춘들에게 •

'거꾸로 뒤집어 본다'는 것은 상황을 바꾸어 놓고 생각한다는 말이다.
여태까지 생각하던 것과는 반대로 "왜 안 돼?" 하고 자문해보는 것이다.
이런 사고방식이 습관을 바꾸면, 평소 생각하던 것보다
많은 일들을 스스로 해낼 수 있다는 것을 발견할 수 있다.

미쳐야 살아남는다

인터넷 사업을 하겠다고 나선 첫날부터 저는 사기꾼 소리를 들었습니다.
그러다가 나중에는 돌아이가 되었고 더 나중에는 미친놈이 되었죠.
다른 사람이 저를 어떻게 보는지는 이미 아무렇지도 않습니다.
이 사회에서 가치 있는 일을 하고 있는지 아닌지가 가장 중요한 것이니까요.

마윈의 충고 18

마윈의 경험

1995년 8월, 서른 살의 마윈은 기자들을 자신의 집으로 불러 모아, 인터넷에 접속하는 광경을 직접 보여주었다. 모두 알다시피, 그 당시의 인터넷은 접속 속도가 달팽이가 기어오르는 속도보다도 느렸다. 마윈은 세 시간 동안 공을 들여 겨우 사진 한 장을 다운로드하는 데 성공했다. 그가 이렇게까지 해서라도 기자들에게 인터넷을 증명하려고 했다. "저는 사기꾼이 아닙니다! 인터넷이라는 신기한 것이 진짜로 존재한다고요!"

마윈은 장차오양, 딩레이, 리옌홍 등 여타 엘리트 출신 인터넷 기업가들과는 달랐다. 자신이 잘났다고 느끼지도 않았다. 세계 일류 대학 출신도 아니고 초등학교, 중학교도 변변찮은 곳을 졸업한 마윈은 그야말로 평범한 보통 사람으로 살아왔다. 항저우의 수많은 사람들이 노점에서 얼큰하게 취한 마윈을 만날 수 있었다. 술기운에 취해 주절주절 수다를 떨고 큰 소리를 치는 마윈은 다른 평범한 소시민과 다를 바 없는 모습이었다. 이런 덜렁이가 듣도 보도 못한 인터넷인지 무엇인지를 하겠다고 하자, 많은 사람들이 미친 게 아닌가 생각했던 것이다.

1995년, 마윈은 정식으로 '차이나옐로우페이지' 서비스를 시작하고, 이익을 내기 위해서 사방팔방으로 광고를 하러 다녔다. 고객의 지갑을 열고 기업 자료를 얻어내기 위해 만나는 사람마다 붙잡고 인터넷이 얼마나 신통방통한지 입에 침이 마르게 칭찬했다. 하지만 누구도 인터넷이라는 것이 어떻게 생겼는지 본 적이 없고 어떤 쓸모가 있는지도 몰랐기 때문에 당시에는 아무도 그를 믿어주지 않았다. 그래서 아주 오랫동안 마윈은 사람이나 속이려 드는 정신병자 취급을 받았다.

5년이 지나고 마윈이 다시 기자들 앞에 모습을 나타냈을 때, 그는 이미 〈포브스〉의 표지 인물이 되어 있었다. 두 번째로 창업한 회사를 '알리바바'라고 이름 지은 마윈은 아주 자신만만하게 말했다. "알리바바 웹사이트는 다른 곳들과는 비교할 수 없는 존재가 될 겁니다. 순식간에 전 세계로 뻗어나갈 거예요." 그의 이런 호언장담에 알리바바를 함께 창업한 18명을 포함해 모든 사람들은 '마윈의 병이 도졌다'고 생각할 뿐이었다.

그래도 동료들은 열성적인 그 모습에 동화되어, 밤낮없이 열심히 일했다. 교대로 돌아가면서 침낭에 들어가 잠시 눈을 붙이는 고생도 마다하지 않았다.

마윈은 알리바바를 위해 자신의 말재주를 다시 한 번 발휘했다. 이번에는 그 범위를 전 세계로 넓혔다. 세계 각지의 대학으로 가서 강연도 하고, 전자상거래에 관한 각종 회의나 포럼에는 빠지지 않고 참석해 B2B모델에 관해 열띤 토론을 벌였다. 못난 생김새에 유창한 언변, 전 세계를 넘나드는 비즈니스 마인드가 이 작고 마른 동양인에게서 뿜어져 나오자 사람들은 강렬한 인상을 받을 수밖에 없었다.

마윈은 잠시도 쉬지 않고 전 세계를 순회하며 강연을 펼쳤다. 해외 여러 매체에도 이름을 올리며 인기 유명인이 되었고, 뜻밖에 벤처투자자들의 주목도 끌게 되었다. 중국에서는 헛소리로 받아들여지던 마윈의 이야기가 해외 투자자들에게는 오히려 '회사의 사명과 비전을 누구보다 명확하게 알고 있다'는 평가를 받았다. 그래서 수백 곳의 투자기업이 마윈을 찾아왔다. 이 중에는 마윈과 알리바바에게 가장 귀중한 인연이 된 '전 세계 인터넷 투자의 황제' 일본 소프트뱅크의 CEO 손정의도 있었다.

그제야 마윈의 '미친 행동'이 빛을 보게 되었다. 손정의는 이 거만한 정신병자에게 흔쾌히 돈을 내어주었다. 그가 보기에는 실력과 자신감이 뒷받침 된 마윈의 탁월한 리더십이 알리바바를 영광의 자리로 잘 이끌 것 같았다. 마윈은 이런 손정의의 판단이 전혀 틀리지 않았음을 놀라운 성과로써 모두 증명했다.

우리의 고민

현대사회에서는 많은 사람들이 정형화된 공식에 얽매이고 기존의 규칙을 따르는 것에 익숙하다. 정해진 범위를 벗어나지 못하고, 해오던 습관을 어기는 것을 두려워한다. 그래서 기존의 규칙을 고수하면서 옛 것을 답습하면 '정상인'이 되지만 그렇지 않으면 '별종' 취급을 받는다.

영국의 시인 윌리엄 블레이크는 이렇게 말했다. "규칙을 깨트리는 것은 지혜의 궁전으로 가는 길이다." 새로운 사실을 발견하고 창조하려면 정해진 사고방식을 바꾸어 새로운 것을 시도하고, 진리를 탐구하는 데 두려움이 없어야 한다. 미국의 라이트 형제가 사람은 하늘을 날 수 없다고 여겼다면 세계 최초로 비행에 성공하지는 못했을 것이다. 코페르니쿠스가 지구가 중심이라는 '천동설'을 인정했다면 '지동설'은 세상에 나오지 못했을 것이다. 로버트 풀턴이 아버지의 만류를 받아들였다면 세계 최초의 증기선 운항은 없었을 것이다…… 낡고 케케묵은 것을 곱씹으며 과거에 매달리지 않고 사고의 폭을 새로운 세계로 넓혀나가는 사람만이 참신함의 경지에 이를 수 있는 것이다.

마윈은 미치광이 취급을 받았지만 나중에는 그것이 탁월한 선견지명이었음을 증명할 수 있었다. 꿈을 좇는 길은 평범한 사람들과는 달라야 한다. 미쳐야 한다.

지혜의 팁

《승자의 법칙》의 저자 앤드류 그로브는 이런 말을 했다. "편집광(狂)만이 살아남는다." 요즘 같은 시대에 무언가를 이루기 위해서는 순간순간 미쳐야 한다는 것이다. 중국에서 크레이지 잉글리시를 개발한 리양(李陽, 이양)도 《나는 미쳐서 성공했다》라는 책을 썼다. 많은 사람들이 성공한 사람들은 보통 사람과 좀 다르다고 말한다. 그들은 미쳤다고 생각될 정도의 비정상적인 정신 상태를 보이기 때문이다. 이는 마윈도 마찬가지였다. 그는 보통 사람을 훨씬 뛰어넘는 안목으로 사기꾼이라는 오해까지 샀다. 하지만 그는 대부분의 보통 사람들이 자신을 오해한다고 해서 추구하는 바를 포기하지는 않았다. 오히려 더욱 고집스럽게 '미치광이'를 자처했고 결국 살아남았다. 완전히 미쳐, 마침내 위대해진 것이다.

성공은 '우연히' 찾아온다

저는 제가 '장님이 눈 먼 호랑이를 타고 있는 꼴'이라는 생각을 자주 합니다. 아무것도 보지 못하는 제가, 역시 아무것도 보지 못하는 호랑이를 타고 이리저리 흔들리며 여기까지 온 것이죠. 우리 회사가 성공하게 된 것은 어찌 보면 우연입니다. 가진 것도 없이 2만 위안을 빌린 그날부터 하루하루를 어떻게 하면 쓴 만큼 더 벌 수 있을까만 생각해왔어요. 그리고 지금까지도 우리는 인터넷이 뭐 하는 물건인지 잘 모릅니다.

마윈의 충고 19

마윈의 경험

마윈이 이룬 업적은 누가 봐도 대단하지만 마윈 스스로는 자기가 이룬 성공이 그저 어리둥절하다고 말한다. 이는 성공한 자의 여유나 거만함이 아니다. 그가 걸어온 창업의 길을 살펴보면 그의 말에 어느 정도 공감할 수 있다.

1995년, 마윈은 대학에서 강의를 하면서 남는 시간에는 야학 선생님으로 일했고 항저우 지역 잉글리시 코너를 이끄는 등 아주 왕성하게 활동했다. '항저우에서 영어를 제일 잘하는 사람'이라는 별명을 가진 그에게 좋은 기회가 찾아왔다. 당시 미국의 한 투자자와 교섭을 진행하고 있던 항저우시에서는 통역을 할 사람이 필요하자 영어를 잘한다는 명성이 자자한 마윈을 급히 찾아왔다.

하지만 마윈이 투입된 이후 투자자와 협상이 원활하지 않았다. 미국으로 직접 투자자를 찾아간 마윈은 그 사람이 영락없는 국제적 사기꾼이라는 것을 확인하게 되었다. 정체가 탄로 난 사기꾼은 마윈에게 자기와 함께 일을 하자고 했고, 마윈은 이런 일을 할 수는 없다고 버텼다. 화가 난 사기꾼은 마윈을 붙잡아 가두어 버렸다.

꼼짝없이 갇힌 마윈은 '감옥'에서 벗어나기 위해 머리를 짜냈다. 궁하면 통한다고, 그는 자기의 말솜씨를 발휘해 사기꾼에게 한 가지 제안을 했다. 바로 인터넷에 투자를 하자는 것이었다. 그때 마윈은 동료에게서 '인터넷'이라는 것이 있는데 정말 신기한 것이라는 말만 들었을 뿐, 직접 접해본 적은 한 번도 없었다. 그런데 인터넷이라는 것을 보려면 밖으로 나가야 하니 구실이 될 수 있지 않을까 하는 마음이 들었던 것이다. 일이 잘 되기만을 간절히 바라며 최선을 다해서 설득한 끝에 사기꾼의 마음이 살짝 움직였다. 마윈을 밖으로 보내 조사하도록 해주었던 것이다.

하지만 마윈은 도망치지 않고 진짜 인터넷을 보기 위해서 찾아갔다. 시애틀의 한 작은 인터넷 회사로 찾아간 마윈은 그대로 인터넷에 마음을 빼앗겨 버렸다.

컴퓨터라는 것을 다루어 보지 못한 마윈에게 사기꾼은 컴퓨터를 마음대로 사용해 볼 수 있는 특권을 주었다. '해 보시오! 어떻게 하는지 모르겠으면 누가 가르쳐줄 거요!' 그때는 구글의 검색엔진이 아직 세상에 선보이기 전이었고, 제리 양이 창립한 야후가 아직 보편화 되지 않았을 때였다. 마윈은 그다지 유명하지 않은 한 검색 사이트에서 더듬더듬 'beer'라는 단어를 입력해 보았다. 독일, 미국, 일본의 맥주에 관해 정보가 확인되었지만 중국에 관해서는 정보가 없었다. 마윈은 다시 'Chinese beer'라고 입력했다. 화면에는 '중국의 맥주에 관한 정보가 없다'는 내용이 나타날 뿐이었다.

처음 인터넷을 접한 마윈은 매우 흥분되면서도 한편으로는 풀이 죽었다. 인터넷은 듣던 대로 정말 신기했지만 중국에 관한 정보는 하나도 없기 때문이었다. 사무실이랄 것도 없이 작은 두 칸짜리 방만 있는 그 회사는 항저우의 자기 집보다 작았다. 직원도 고작 다섯 명뿐이어서 자신의 번역 회사 직원보다 수가 적었다. 순간 '돌아가면 인터넷 회사를 해보는 것이 어떨까?' 하는 생각이 번뜩 머리를 스쳤다.

과연 이런 생각이 타당한 것인지 알고 싶었던 마윈은 그 회사 직원에게 하이보번역회사를 위한 간단한 웹페이지를 만들어달라고 부탁했다. 그리고 웹페이지에는 자신에게 연락할 수 있는 방법을 소개해 놓았다. 그날 저녁 마윈은 다섯 통의 메일을 받게 되었는데, 미국인도 있었고 해외에 있는 화교도 있었다. 특히 그 화교는 직접 마윈에게 전화를 걸어와 이렇게 감탄의 말을 전했다. "세상에, 이건 제가 처음으로 보게 된 중국에 관한 웹페이지예요!"

이 실험으로 마윈은 중국에서 처음으로 인터넷 사업을 하는 사람이 되기로 마음먹었다. 그리고 이 회사와 협력하여 중국이라는 큰 시장을 점령하기로 했다.

마윈이 위기에서 벗어나기 위해 입에서 나오는 대로 한 거짓말이 사실이 되었다. 마윈과 그 사기꾼은 다시 만나서 담판을 지었다. 그는 미국에서 기술을 책임지고 마윈은 중국에서 기업 정보를 모으기로 했다. 그리고 중국 인터넷 회사로는 최초인 '차이나옐로우페이지'가 탄생했다. 마윈은 이렇게 얼떨결에 인터넷 강호(江湖)로 뛰어들었다.

그리고 마윈은 차이나옐로우페이지의 성공과 영업이익에 관해서는 더욱 우연의 연속이었다고 단언한다. 인터넷이라는 새로운 존재를 만난 흥분과 충동적인 마음으로 회사를 창업한 후, 마윈은 자신이 어떻게 돈을 벌어야 하는지에 관해서는 아무런 생각이 없었음을 깨달았다. 그런데 한 식당에 갔을 때의 일이었다.

마윈이 식사를 하러 간 곳은 나중에는 규모가 아주 커졌지만 당시에는 아주 작은 식당이었다. 여느 때처럼 요리를 기다리고 있는데 지배인이 와서 마윈에게 다시 주문할 것을 권했다. 의아해하는 마윈에게 지배인이 정중하게 이유를 설명했다. "손님이 주문하신 요리는 탕이 네 가지에 요리가 한 가지입니다. 돌아가실 때 분명히 이 식당은 맛이 없고 요리가 별로라고 하실 것 같네요. 저희 가게에는 맛있는 요리가 아주 많습니다. 요리 네 가지에 탕 한 가지를 주문하시는 것을 추천해드립니다." 마윈은 이렇게 작은 식당에서 이렇게 세심하게 고객을 배려하는 것에 깊은 감동을 받았다. 동시에 스스로 깨달은 바도 컸다. 고객을 생각하고 고객이 성공하도록 해야 자신에게도 이롭다는 것이었다. 그가 당시 깨달은 경영 철학은 차이나옐로우페이지부터 타오바오까지 계속해서 이어지며 마윈의 성공에 단단한 기초가 되었다.

우리의 고민

'진작 해야 했는데 못한 것이 아쉽다'는 말이 세상에서 가장 슬픈 말이라고 한다. 예를 들어, "만약 내가 몇 년 전에 그 사업을 했으면, 이미 큰돈을 벌었겠지!"라든가, "진작 그녀에게 결혼하자고 고백했으면 다른 사람의 신부가 되지는 않았을 텐데……" 같은 말이다. 기회가 있을 때 미루기만 하고 행동으로 옮기지 않고 지나간 다음에 후회하는 것은 수많은 사람들이 고치지 못하는 고질병이다.

사실 기회가 알아보기 쉽게 반짝반짝 빛을 내면서 눈앞에 다가오는 것은 아니다. 또한 성공한 사람들도 처음부터 어떤 기회인지 알지 못하고 그냥 본능에 이끌려 붙잡았는데 성공하게 된 경우도 많다.

젊은 시절, 갈팡질팡하고 길을 찾지 못하는 것은 지극히 정상적인 것이다. 성공은 우연히 다가올 때가 많고 꼭 필연적인 것만은 아니기 때문이다. 마윈처럼 성공한 사람들도 처음에 시작할 때는 명확한 청사진을 가지고 있는 것이 아니다. 불안한 목표를 꾸준히 실천해나가는 과정에서 우연히 다가온 좋은 찬스를 발견하고 거머쥐는 것이다. 그렇기 때문에 열심히 노력했지만 큰 수확을 거두지 못했을 때에도 우리는 마음을 굳게 먹어야 한다. 처음에는 별다른 성과가 없다고 할지라도 나중에는 분명히 보상이 있을 것이다. 같은 길을 걷고 또 걷다 보면 꽃이 활짝 핀 마을을 만날지도 모른다. 성공으로 다가가는 발걸음은 아주 느리고 힘들다. 그리고 우리 인생 대부분의 시간은 어쩌면 그 느릿느릿 다가오는 '우연'을 기다리는 시간일지도 모른다.

지혜의 팁

사람들은 자신의 영역에서 선봉장과 같은 역할을 하고 때로는 최고가 되어 '기적'이라느니 '신화'라느니 하는 호칭을 얻는 성공한 이들의 인생이 타고난 운명이라 여긴다. 어떤 고난과 역경을 거치든 결국 성공이라는 결과로 귀결된다는 것이다. 하지만 그들의 성공을 단순한 기적이나 우연으로 치부할 수는 없다. 그들은 다른 사람들이 길을 헤매고 제자리에 주저앉아 있을 때, 힘차게 자리를 떨치고 일어나 한 발 한 발 앞으로 내디딘 사람들이다. 길이 없는 곳을 걸어 세상에 없던 길을 만들어내고 스스로 인생의 최고봉에 오른 사람들인 것이다.

창의성은 저절로 탄생한다

나는 컨설팅 회사를 이용해본 적이 없습니다. 그리고 학자들의 이론을
이해하려 하지도 않습니다. 왜냐하면 그런 이론은 모두 일이 벌어진 후에
귀납의 방법으로 도출된 것이니까요. 새로운 것을 창조하는 것은
미리 계획하고 틀에 박힌 대로 실행해 나가는 것이 절대 아닙니다.
창의성에는 이론도 없고 공식도 없습니다.
단지 문제를 하나하나 해결해 나가는 과정일 뿐이지요.
저는 세상에 천 가지 문제가 있다면 그 해답도 천 가지라고 믿습니다.

마윈의 충고 20

마윈의 경험

알리바바가 무엇이냐고 묻는 질문에 마윈은 아주 진지하고 성실하게 답한다. "여러분이 알려주세요. 저도 잘 모르겠으니까요." 끊임없이 변화하는 현실에 한 가지 표준 답안을 내놓는 것은 실로 엄청나게 어려운 일이다.

마윈은 중국 포커스미디어(分衆傳媒)의 창립자 장난춘(江南春, 강남춘)이 한 말에 적극 동의한다. "창의적인 사람은 많다. 하지만 이를 실천하는 사람은 드물다."

마윈은 이 문제를 손정의 회장과도 토론한 적이 있었다. 일류의 아이디

어에 삼류의 실천능력을 가진 것과 삼류의 아이디어에 일류의 실천능력을 가진 것 중에 어느 것이 더 중요한지에 관한 것이었다. 두 사람의 의견은 하나로 일치했다. 삼류의 아이디어지만 일류의 실천능력을 가진 것이 더 중요하다는 것이었다.

마윈은 공업화 시대의 발전은 사람이 직접 이끌었지만, 모든 것이 고도로 정보화된 인터넷 경제 시대에는 무엇이든 예측이 어렵다고 말한다. 그래서 알리바바는 미리 준비하는 것보다는 '지금, 즉시, 바로'를 추구한다.

알리바바를 두고 비즈니스 모델의 혁신이라고 평가하는 사람들에게 마윈은 이렇게 말한다. "만약 알리바바가 어떻게 그렇게 대단한지, 어떻게 그렇게 일찍 전자상거래 시장을 예측할 수 있었는지 묻는다면 저는 이렇게 말할 겁니다. 사실 그때 우리에게는 다른 길이 없었습니다."

그가 전자상거래를 선택한 것은 어쩔 수 없는 상황에 따른 것이었다. 당시 인터넷 비즈니스 모델은 세 가지 분야에 가능성이 있었다. 포털 사이트, 게임 산업, 전자상거래였다. 마윈은 포털 사이트를 운영하기에는 자본과 능력이 부족했다. 자신과 다른 사람들의 아이들이 게임에 파묻히기를 원치 않은 마윈은 게임 산업에도 손을 댈 수 없었다. 그렇다면 마지막으로 남은 선택지는 인터넷 상거래뿐이었던 것이다.

알리페이는 어마어마한 성공을 거둔 창의적인 사업이지만, 마윈은 그 역시 할 수 없이 생겨난 것이라고 말한다.

타오바오가 막 시장을 장악해 나가고 있을 때, 인터넷상의 거래는 아직 생소한 개념이었다. 그때 중국의 인터넷에 존재하던 신용도의 위험에서 자유로울 수 없었던 마윈은 스스로 지불 방식의 문제점을 해결할 수밖에 없었다.

"이 일은 나라에서 허가를 얻어야만 합니다. 큰 국유은행들은 이 일에 발을 들이기 싫어했습니다. 그런데 그들이 하지 않으면 시티뱅크(citi-bank)나 HSBC 등 외자은행들의 차지가 될 판이었죠. 회의에서 한 분이 이런 말씀하시더군요. '무엇이 새로운 것을 창조하고 미래를 결정하게 만듭니까? 그것은 사명입니다.' 하고요. 그래서 저는 곧장 동료들에게 알리페이 사업을 시작하겠다고 알렸습니다. 저희는 매 분기별로 중앙은행 등 관련 부서에 일이 어떻게 되어가는지 보고를 해야만 했습니다. 아주 깨끗하고 투명하게요."

당시 마윈이 알리페이의 운영방식을 전문가들에게 설명하자 한 사람이 일침을 놓았다. "그냥 중개하고 보증을 서는 형식 아닙니까? 너무 별로예요. 이런 방식은 수백 년 전에도 있었잖아요. 이미 뒤처진 걸 가져다가 어쩌자는 겁니까?" 마윈은 알리페이라는 모델이 전혀 새롭지 않다는 것을 인정했다. 그리고 이렇게 말했다. "우리는 새로운 비즈니스 모델을 창조해 내려는 것이 아닙니다. 그저 현실에서 일어나는 문제를 해결하려는 것이죠. 기술상 이것이 신식인지 구식인지는 우리의 관심 대상이 아닙니다."

마윈은 스스로가 '사업 모델의 창의성'을 주장하는 것은 아니라고 강조한다. 모든 회사가 창업 첫날부터 자신의 비전을 완벽하게 갖출 수는 없는 것이다. 그리고 마윈은 창조란 '필요'에 의해 탄생하는 것이라 말한다. 고객이 원하는 것이 있다면 회사를 거기에 맞추어 가야 한다는 것이다.

우리의 고민

지금은 학습능력과 창의성을 부르짖는 시대이다. 성공을 위해서는 꾸준히 노력하는 성실성은 기본이고 창의성이 성공의 관건이 된다. 우리 젊은이들은 새로운 것에 관한 호기심도 강하고 무언가를 창조할 수 있는 잠재력이 가장 크다. 그리고 쉼없이 용감하게 창조, 혁신하는 사람만이 인생의 봄날을 맞이할 수 있다는 사실도 잘 알고 있다. 하지만 발전하고 혁신하는 과정에서는 많은 이들이 저도 모르게 길을 잃는다. 새롭게 더 새롭게 하려고 욕심을 부리다가 결국 현실을 벗어나고 의미도 상실해버리는 것이다.

마윈은 한 자리에 멈추어, 스스로가 창의적이어야 할지 아니어야 할지 생각해본 적이 단 한 번도 없다. 그가 내딛은 창의적인 한 걸음 한 걸음은 모두 현실에서 저절로 우러나온 것이었다. 알리바바든 알리페이든 전부 현실의 요구에 부합하기 위해서 자연적으로 선택하게 된 결과였다. 그리고 그러한 창조와 혁신이 가장 생명력이 넘친다는 것을 본인의 성공으로 증명했다.

마윈은 우리에게 창의성이란 현실을 바꾸려는 데서 출발한다는 깊은 교훈을 준다. 문제를 해결하는 과정의 혁신과 창의력이야말로 진정한 가치를 발할 수 있는 것이다.

지혜의 팁

자신의 앞날이나 미래에 관해 사람들은 누구나 다양한 생각을 한다. 우리는 이것을 '이상'이라고 부른다. 이상이 현실과 가까워지기 어려운 까닭은 미리 예상하기가 어렵기 때문이다. 각양각색으로 살아가는 우리 인생처럼 미래는 정확하게 예측할 수가 없다. 그래서 마윈은 우리에게 이렇게 귀띔한다. 바나나 껍질을 밟고 제대로 넘어져야 한다고. 미끄러져 넘어지고 새롭고 창의적인 생각을 해야 다음 한 걸음은 더 크게 내디딜 수 있다고 말이다. 더욱 새로워지고, 창의성 넘치는 사고를 하기 위해서 인생의 실패는 없을 수 없다.

거꾸로 생각하면 이긴다

평소 우리는 전혀 의식하고 있지 못하지만, 아무리 커 보이는 사물이라도

거꾸로 놓고 보면 생각만큼 그렇게 크지 않습니다.

마윈의 충고 21

마윈의 경험 마윈은 소년시절 자신의 우상이었던 일본드라마 〈청춘의 불꽃〉의 여주인공 아라키 유미코가 알리바바를 방문했을 때, 모든 직원에게 물구나무를 선 자세로 유미코를 맞이해달라고 주문했다.

물구나무는 타오바오 특유의 문화이다. 마윈은 알리바바의 모든 직원에게 남녀노소를 막론하고 필히 물구나무를 배우도록 지시했다. 타오바오가 화성빌딩에 사무실을 두었을 때는 '물구나무 벽'이라는 곳이 따로 정해져 있었고, 마윈은 이 벽을 아주 각별하게 생각했다. 그래서 2007년 사옥을 이전한 후에도 물구나무 벽은 당당하게 한 자리를 차지하고 있었다.

마윈이 물구나무에 심취하게 된 데는 여러 가지 이유가 있다. 먼저 지속적으로 물구나무를 연습하면 신체가 건강해지는 데 도움이 된다. 또, 혼자서 물구나무를 서지 못해 다른 사람의 도움을 받는 과정에서 협동심을 기를 수도 있다. 그리고 진짜 목적은 아무리 커 보이는 사물도 거꾸로 놓고 보면 생각만큼 그렇게 크지 않다는 점을 직원들에게 일깨워주기 위한 것이

었다.

1999년 알리바바가 타오바오를 개설했을 때, 이취(易趣)는 이미 중국 인터넷 시장의 70%를 점유하고 시장을 쥐락펴락하고 있었다. 그때 이베이가 전 세계 C2C시장의 장악력을 바탕으로 중국 시장에 진출해 이취를 인수하며 중국시장을 정복하겠다는 자신감을 드러냈다. 그런데 타오바오가 출현해 이베이의 전략을 어지럽히자, 이베이는 1년 6개월 안에 경쟁자를 완전히 밀어낼 것이라고 큰소리를 쳤다. 하지만 이베이의 위협에도 마윈은 두려워하지 않았다.

"이베이는 아주 크고 강력해 보이지만, 다른 각도에서 거꾸로 놓고 보면 전혀 그렇지 않습니다." 이때 마윈은 자신의 거꾸로 생각법을 사람들에게 이야기했다. "이베이가 바닷 속의 상어라면 타오바오닷컴은 양쯔강의 악어입니다. 만약 바다에서 맞붙는다면 우리가 당연히 지겠지만 강에서 싸운다면 틀림없이 이깁니다."

거꾸로 서기 습관은 마윈과 그 동료들이 남들과 다른 색다른 방식으로 문제에 접근하게 만들었다. 이베이는 북아메리카 시장에서 판매자에게서 받는 수수료로 투자자들의 인기를 끌고 있었다. 처음부터 철저히 이윤을 남기기 위한 방식이었다. 하지만 타오바오는 수수료가 무료라고 발표했다. 게다가 '몇 년 간은 계속 무료'라고 말이다.

중국에서 이베이는 이취를 인수하자마자 이윤 추구를 골자로 하는 수수료 정책을 시행했다. 반면 마윈은 타오바오의 수수료 면제 정책을 5년 동안 유지하기 위한 자금은 이미 준비했다고 공언하며 심지어 '투자자들은 우리가 자금을 아끼기를 원치 않는다'는 말까지 했다. 마윈은 2005년쯤 되었을 때, 중국 C2C시장에서 수수료를 받고 안 받고는 더 이상 문제가 되지 못할 것이라는 점을 이미 간파하고 있었다. 아직 덜 성숙한 중국의 C2C 소비시장에서 지금 중요한 것은 정보의 흐름, 자금의 이동, 물류의 산업사슬화였다.

게임의 규칙은 가장 민감한 문제로 인해 다시 쓰이기 마련이다. 수수료를 유료에서 무료로 바꾼 것은 두말할 필요도 없는 '거꾸로 서기' 전략이었다. 사실 마윈은 마우스를 능숙하게 다룰 줄도 모르고, 시멘트에 관해서도 모른다. 하지만 미국과 유럽, 어디에서도 그 유례와 본보기를 찾기 힘든 그들의 비즈니스 모델은 중국이라는 오랜 땅에서 건강하고 착실하게 자라나고 있었다.

우리의 고민

신생회사인 타오바오는 마윈의 거꾸로 생각법을 통해 중국 시장을 정확하게 판단했다. 그리고 이베이라는 업계 거두의 방식을 그대로 모방하지 않았다. 적수가 생각보다 강한지 약한지는 그를 대하는 자신의 태도에서 결정된다. 겁을 집어먹고 바라본다면 갈수록 강한 상대로 느껴질 것이고, 마윈이 말한 것처럼 거꾸로 생각한다면 그의 약점을 발견할 수 있을 것이다.

"너무 어려워!", "이건 불가능이야!" 살면서 감당하기 힘든 큰일을 당했을 때, 우리의 잠재의식은 큰 문제와 싸워 이기는 것은 불가능하다고 인식해버린다. 그런데 진짜 우리를 막아서는 것은 우리 마음과 생각 속의 방해물이다. 이것을 걷어내기 위한 가장 좋은 방법은 겁내지 말고 위축되지도 않고 거꾸로 생각하는 것이다. 살면서 더 큰 문제는 또 생기겠지만, 해결할 수 있다는 생각으로 돌파구를 찾고 행동으로 옮긴다면 얼마든지 무너뜨릴 수 있다. 사실 마음 속에 들어앉은 바위는 우리 현실 속의 바위와 달라서 쉽게 들어서 옮길 수가 없다. 심리적인 부담감이란 형태가 없는 존재이기 때문에 완전하게 없애버리기도 어렵다. 그래서 믿음과 용기, 꾸준한 노력이 필요하다. 기회는 아무런 노력 없이 기다리기만 하는 게으름뱅이나 비관하고 절망에 젖은 겁쟁이를 반기지 않는다. 끈질기게 목표를 향해 가고 시종일관 포기하지 않는 노력파에게만 모습을 드러낼 뿐이다.

지혜의 팁

'역경지수(AQ, Adversity Quotient)'란, 사람들이 역경을 만났을 때, 임기응변이나 적응능력이 어떠한지를 분석하여 역경을 딛고 성장하는 능력을 지수로 나타낸 것이다. AQ가 높은 사람은 고난을 만났을 때도 비범한 용기와 의지를 발휘하고, 포기하지 않는 끈기로 자신을 바로 세운다. 반대로 AQ가 낮은 사람은 움츠러들고 중도에 주저앉아버린다. 우리 삶에서 나타나는 공포와 두려움의 대부분은 전혀 쓸데없는 것들이다. 그저 자기 자신에게 자신감이 결여되어 생기는 현상일 뿐이다. 그렇기 때문에 우리는 언제나 용기를 잃지 않고 자신감과 창의적인 생각을 가져야 한다. 어려움 속에서 내린 결정도 때로는 성공의 결정적인 계기가 되기도 한다. 역경을 어떻게 이겨내고 성장하는지가 바로 인생의 승패를 좌우할 수 있는 점을 명심하자.

역발상 능력을 기르자

많은 사람들이 좋아하는 일에는 관심을 두지 마세요.

많은 사람들이 좋지 않다고 생각하는 데 집중하고 힘을 써야 합니다.

그래야 기회를 잡을 수 있을 거예요.

마윈의 충고 22

마윈의 경험

많은 사람들이 마윈을 완전히 '별종'이라 생각한다. 그리고 동종 업계 사람들에게 마윈은 아무것도 모르는 순도 100% 풋내기일 뿐이다. 컴퓨터를 다룰 줄도 모르고 기업관리도 문외한일 뿐더러 광고도 몰라서 회사에 관한 광고도 하지 못하게 했다. 심지어 스스로도 자신이 마치 영화 주인공 '포레스트 검프'처럼 단순하고 바보 같다고 생각한다.

하지만 이런 그의 바보스럽고 천진난만한 모습은 사회의 통념을 넘어서고 생각을 뒤집는 힘의 원천이다. 문외한이기 때문에 단순하게 생각할 수 있다. 문외한이기 때문에 다른 사람들이 보지 못하는 부분을 발견하고 더 실질적으로 접근할 수 있다. "별로 어려운 것도 아냐. 복잡할 것 없어." 하고 모든 일을 단순화하고 거침없이 실천으로 옮긴다. 남들이 불가능하다고 하는 일도 그는 불가능할 것이 뭐 있느냐고 생각해버린다. 그래서 남들이 이루지 못하는 일도 그는 끝끝내 실현해버린다.

마윈이 일본에서 인터넷에 관한 국제포럼에 참가한 적이 있었다. 회의장에서 사람들과 이야기를 나누는데, 중국으로 자주 출장을 가는 아는 일본인이 마윈에게 다가와 원망을 늘어놓았다. "에이, 매번 중국에 갈 때마다 제 일본 블로그에는 접속할 수도 없어요. 중국은 인터넷까지 이렇게 엄격하게 통제하는데 전자상거래는 어떻게 하는 거죠?"

이 일본인의 말은 많은 사람들의 생각을 대변하는 질문이었다. 관리감독이 심하기 때문에 전자상거래와 상충되는 부분이 확실히 하나둘이 아닐 것이었다.

그런데 마윈의 대답은 아주 명쾌했다. "인터넷 통제는 내가 어찌할 수 없는 일이예요. 그리고 지금 이야기한 상황은 기껏해야 5% 확률로 나타나겠죠. 그런데 제가 그 5%만 바라보고 있어야 할까요? 시선을 그 나머지 95%의 시장으로 돌리는 것은 안 됩니까? 아주 간단한 이치예요. 5%만 원망하다가는 더 많은 기회를 잃습니다. 갈수록 더 소극적이게 되고 괜히 고통스럽기만 하겠죠." 그리고 마윈은 이렇게 덧붙였다. "직장동료나 선생님, 친구들과 오해와 갈등이 생기는 것은 지극히 정상입니다. 하지만 대부분의 순간에는 함께 하는 것이 즐겁다는 사실을 잘 기억해야 합니다. 사소한 오해와 갈등이 생긴다고 해서 오랜 기간 쌓아온 좋은 감정에 나쁜 영향을 끼쳐서는 안 됩니다."

우리는 부정적인 생각에는 쉽게 빠져들면서 주변에 훨씬 더 많은 긍정적인 에너지에는 소홀하다. 그래서 "이건 원래 안 되는 거야." 하는 말을 입에 달고 살기도 한다. 알고 보면, 많은 일들이 그저 생각하는 것만으로도 이루어지는 경우가 많다.

수많은 기업들이 걸핏하면 어마어마한 돈을 갖다 바치며 텔레비전 광고를 한다. 하지만 마윈은 기어코 그 반대의 길을 걷고 있다. 가능한 한 광고에 돈을 쓰지 않는 것이다.

2001년 이후, 알리바바는 광고 비용을 '0'으로 하겠다는 전략을 세웠다. 마윈이 광고, 홍보에 한 푼도 쓰지 말자고 제안하자, 주위 사람들은 모두 도저히 이해할 수 없다는 반응이었다. 그런데 마윈은 정말로 돈을 쓰지 않았다. 대신에 자기가 공공연하게 발언할 수 있는 장소와 기회만 있다면 직접 기자들과 교류하는 등, 최전선에 나서서 알리바바를 알리는 데 힘썼다. 자신의 이력이나 인지도가 어떻든, 전혀 신경 쓰지 않고 가장 솔직하고 단순한 방식 그대로 자신과 알리바바를 대중매체로 어필해나갔다. 나중에 타오바오가 개설되고, 자금이 풍족해졌다. 그리고 마윈은 일약 스타가 되어 있었다. 순식간에 인터넷을 가장 뜨겁게 달구는 사람이 되었고 덩달아 웹사이트 역시 가장 핫한 이슈가 되었다. 특히 타오바오가 100만여 개의 취업 기회를 만들어낼 수 있다는 말에 스타트업을 준비하는 수많은 사람들이 마윈을 칭송하는 상황까지 벌어졌다.

못생긴 외모에 입만 열면 달변을 늘어놓고, 하는 일마다 사람들의 관심과 논쟁을 불러일으키던 마윈은 그 자신이 이미 미디어의 총아가 되었고 앞다투어 취재 경쟁을 벌이는 대상이 되었다. 그가 굳이 남을 사서 광고를 하며 돈을 쓸 필요가 있었을까? "그들이 절 찾아오길 기다려야죠. 그러면 돈을 안 써도 되잖아요?"

우리의 고민

어떤 사람들은 습관적으로 "불가능이다", "방법이 없다"는 말을 한다. 사실은 꼭 그런 것은 아니다. 문제가 있다면 해결 방법은 언제나 존재하고, 그 해결방법은 반드시 문제보다 많기 마련이다. 겉보기에는 도저히 풀 수 없는 문제라도 좀 더 적극적으로 생각하면 타당한 해결책이 떠오를 것이다.

어떤 사람은 중국의 인터넷 환경이 전자상거래를 하기에는 부적합하다고 말했지만, 마윈은 부정적인 생각은 일단 접어두고 긍정적이고 적극적으로 도전하여 사업을 일으켜세웠다. 어떤 사람은 광고에 돈을 쓰지 않는 것은 말도 안 된다고 했지만, 마윈은 진짜 돈 한 푼 들이지 않고 자신과 알리바바를 미디어의 단골손님으로 만들었다.

해결방법을 찾는 것은 쉽지 않은 과정이지만, 방법은 언제나 있다. 우리가 노력하기만 하면 된다. 업무 중에 맞닥뜨리는 일도 마찬가지이다. 해결방법은 언제나 있고, 게다가 문제보다 더 많다는 원칙을 잊지 말자.

지혜의 팁

'거꾸로 뒤집어 본다'고 하면 상황을 바꾸어 놓고 생각한다는 말이다. 여태까지 생각하던 것과는 반대로 "왜 안 돼?" 하고 자문해보는 것이다. 이런 사고방식이 습관을 바꾸면, 평소 생각하던 것보다 많은 일들을 스스로 해낼 수 있다는 것을 발견할 수 있다. 할 수 있는지 할 수 없는지는 마음먹기에 달려있다. 역발상을 습관화하자. 생각의 폭이 넓어지고 본질을 꿰뚫어 보는 힘이 길러져 그 자체로 나의 든든한 능력이 되어줄 것이다.

먼저 판을 뒤집어엎어라

싸움을 할 때는 남의 집에서 싸워라. 이기고 지고는 상관없다.
최소한 상대방 집을 엉망으로 만들고 가구를 때려 부수기만 하면,
상대는 다시 일어서기가 어렵다. 물론 싸움에 이기면 더 좋다.

마윈의 충고 23

마윈의 경험 타오바오가 이취의 싸움에서 가장 대단했던 것은 여론전에서 먼저 고지를 점령한 것이었다. 복잡한 양상의 싸움에서 마윈은 직접 지휘봉을 잡았다. 누가 봐도 상대방은 강하고 알리바바는 작은 스타트업일 뿐이었다. 이때 만약 자신을 낮추고 들어간다면 만신창이가 되어 싸움에 질 것이 분명했다. 거꾸로 생각하기를 즐기는 마윈은 알리바바를 더욱 대단한 존재로 포장하여 혼란을 틈타 승리를 거두리라 마음먹었다.

마윈은 곧바로 작고 작은 타오바오를 '이베이의 도전자'라고 부풀려 소문을 냈다. 그리고 이베이 이취의 사무실 맞은편 나무에 광고판을 내걸었다. 거기에는 "상어가 양쯔강에서 싸우면 악어를 이길 수 없다"라고 쓰여 있었다. 처음에 이취는 마윈의 도발을 보고도 코웃음만 쳤다.

적의 요지부동에도 마윈은 계속해서 덤벼들었다. 당시 타오바오의 마케팅 부서에서는 이베이의 각종 결점이나 문제가 여러 채널을 통해 빠르

게 확산되어 가도록 전략적으로 움직였다. 그와 동시에 마윈이 때를 놓치지 않고 전면에 나서서 논란이 될 만한 발언을 했다. 심지어 직접 기자회견을 잡기도 하고, 해외 주류 미디어인 〈포브스〉와 손을 잡기도 했다. 마윈의 미친 발언, 예를 들자면 '타오바오가 이베이에 보내는 최후통첩'과 같은 말은 사용자들의 마음을 완전히 흔들어 놓았고, 결국에는 이취가 붕괴되기에 이르렀다.

전문가들 역시 중국 비즈니스 업계에서 가장 놀라웠던 사건으로 타오바오와 이베이의 전쟁을 꼽는다. 한쪽은 중국 시장에서 이미 90% 이상의 점유율을 자랑하는 거대 자본이며 전세계 상거래 업계를 주름잡는 선두주자였다. 그렇지만 타오바오는 2년 동안 고군분투하여 이베이의 점유율 중에서 70%를 빼앗아 왔다. 작은 후발주자가 선두주자를 위협하고 전략을 재수립하도록 유효한 압박을 가한 것이었다.

전쟁에서 승리를 거머쥔 후 마윈은 곧바로 전략을 바꾸었다. "이전에 제가 쑨통위(孫彤宇, 손동우, 알리바바 창업 멤버 중 한 명 -역주)에게 3년 동안 타오바오에서는 어떤 이익도 내지 말라고 지시했습니다. 하지만 지금, 제가 바라는 것은 3년 후에 중국에 100만 개의 일자리를 만들라는 것입니다. 타오바오는 충분히 해낼 수 있을 것입니다." 무상으로 100만 개의 일자리를 제공한다는 그의 말은, 마윈이 이베이를 격퇴하는 것뿐만 아니라 점차 기업의 사회적인 책임에 관심을 가진다는 의미이기도 했다. 또한 시장의 점유율과 브랜드 이미지, 이 두 가지를 모두 분명히 장악하며 업계 우두머리의 지위를 굳히겠다는 뜻이었다.

우리의 고민 열세에 처했을 때, 공격을 당하고만 있어야 할까? 당연히 그렇지 않다. 적벽전투에서 제갈량은 고육계(苦肉計), 반간계(反間計)를 써서 열세를 우세로 뒤집으며 기적을 이루어냈다. 경쟁이 그 어느 때보다 극심해진 요즘, 삼십육계는 더 이상 통하지 않는다.

마윈은 강한 적수인 이베이를 상대로 주눅 들지 않았다. 먼저, 나약하기 그지없는 자기 자신을 이베이와 동급으로 끌어올리고, 여러 미디어의 힘을 얻어 이베이와의 비교 경쟁에서 자신의 영향력을 스스로 구축해나갔다. 이베이가 자신을 완전히 무시하는 동안, 급속도로 성장 발전하며 업계 1, 2위를 다투게 되었다. 그리고 더 나아가 자기 내공과 역량을 안에서부터 갈고 닦아 결국, 앞서가던 적수를 물리치고 승기를 휘날리게 되었다.

경쟁이 없는 곳은 없다. 적이 강하고 내가 약할 때, 적이 두려워 싸워보지도 않고 물러서서는 안 된다. 우격다짐으로 감당할 수 없다면 허를 찌르는 비상식적인 방법으로라도 맞서야 한다. 다르게 접근하면 이길 수 있다. 강한 상대의 치명적인 약점을 찾아내 굴하지 않고 공격을 이어간다면, 반드시 승리의 날을 맞이할 수 있을 것이다.

지혜의 팁

현실은 언제나 냉혹하다. 경쟁이 극심한 이 사회에서는 누구나 자신보다 강한 상대를 만날 수밖에 없다. 누군가를 무너뜨리려면 그 전열을 흐트려 놓을 방법을 강구해야 한다. 강점이 되는 부분을 공격하고 약점을 부각시켜 상대를 흔들어 놓아야 한다. 진리는 언제나 승리하는 자가 쥐고 있는 법이다. 먼저 판을 뒤집어엎고 자신의 이미지로 승부하고 영향력을 구축하여 분위기를 잡아라. 이것이 뒤따라가는 약자가 싸움에서 이길 수 있는 지름길이다.

권위에 얽매이지 마라

몇 년 전에 한 동료가 MBA로 공부를 하러 떠났습니다. 제가 그에게 말했죠.
만약 졸업 후에 배운 걸 다 잊어버린다면 진짜 졸업을 한 것이고,
매일 배웠던 것을 여전히 생각하고 있다면 아직 졸업하지 못한 것이다,
MBA에서 지식은 배우되 MBA의 한계를 벗어나라고 말입니다.

마윈의 충고 24

마윈의 경험

"만약 기업가가 경제학자의 조언대로 한다면 절반은 굶어죽을 것이다." 2012년 인터넷 창업가회의(Netrepreneur Summit)●에서 마윈은 경제학자 무용(無用)론을 내놓으며 이런 깜짝 놀랄 발언을 했다. 표현 자체는 과격했지만 일선에서 고군분투하는 기업가들의 심정을 잘 대변하는 말이었다.

마윈은 대기업 출신을 못마땅하게 여긴다. 혈혈단신으로 혼자 일을 했을 때도 큰 기업의 방법을 따라 해야 한다고 생각하지 않았다. 물론 대기업에서 이익이 될 만한 점은 배워도 좋다고 했다. 하지만 대기업은 안정적인 발전을 위해서 아주 느리게 변화한다. 그 느린 변화는 대기업에게는 투자할 가치가 충분하지만 작은 기업에게는 가당치 않은 일이다. 갓 창업한 회사는 작은 토끼에 불과하다. 그런데 토끼가 스스로를 큰 코끼리로

착각하고 맹수 앞에서도 여유만만한 코끼리처럼 행동한다면 곧바로 잡아먹히지 않을까.

그렇기 때문에 소위 '권위'라는 것은 덮어놓고 믿고 따라서는 안 된다. 맹목적으로 대기업의 경영방식을 모방하고 특히나 비즈니스 모델을 그대로 베끼는 것은 절대로 해서는 안 될 일이다. "진리는 변하지 않습니다. 그 유명한 대기업들이 성공하기 전에는 어떤 모습이었는지 알고 있나요? 그들은 어떻게 자신의 역량을 쌓았고 오늘의 성취를 이루었을까요? 단순히 그들의 현재 모습을 흉내내기만 한다면 마음과 행동이 따로 노는 모습이 될 것입니다. 이런 기업이 결코 대기업과 같은 성공을 거둘 수는 없겠죠."

1999년에 마윈이 50만 위안으로 사업을 시작했을 때는 중국의 1세대 인터넷의 선봉인 잉하이웨이(瀛海威)가 이미 이름을 날리고 있었다. 잉하이웨이는 미국 AOL*의 소비모델을 차용했다. 하지만 마윈은 아시아에는 그만의 방식이 필요하고, 중국에도 역시 그만의 방식이 필요하다고 보았다. 유럽, 미국의 전자상거래 시장의 B2B 모델은 대기업을 겨냥한 것이었고, 아시아 대륙의 전자상거래는 주로 중소기업을 위한 서비스여야 했기에 똑같은 방식으로는 승산이 없기 때문이었다. 마윈은 중국과 미국에서 여태껏 없었던 새로운 방식을 창조하기로 마음먹었다.

마윈은 알리바바가 아주 중요한 전략적 선택을 해야 한다는 것을 알고 있었다. 중국의 전자상거래 시장은 아직 덜 성숙했기 때문에, 익숙한 선진국의 방식을 따르면서도 대외무역 서비스에 힘쓰는 것이 진짜 알짜배기 사업이었다. 그래서 알리바바는 중국의 공급업자들을 위한 플랫폼(www.china.cn)을 구축하고, 방대한 양의 중국 중소형 수출가공기업의 정보를 전 세계 회원들에게 퍼트렸다.

마윈과 알리바바의 명성은 아주 빠르게 유럽과 미국으로 퍼져나갔고,

웹사이트의 해외 클릭수는 폭발적으로 늘어나는 추세를 보였다. 배드민턴라켓을 구매하려는 미국인은 알리바바에서 열 군데 이상의 중국쪽 공급업체를 찾아낼 수 있었고, 가격이나 계약 조건 등을 비교해볼 수도 있었다. 중국 시장(西藏)지역과 아프리카 가나에 있는 사용자도 알리바바에 접속만 하면 함께 할 수 있었고, 인터넷 시대에서만이 상상 가능한 거래를 아무런 문제없이 자유자재로 해낼 수 있었다.

이때부터 알리바바는 업계에서 최고로 우수한 B2B 사이트라는 말을 들어왔고, 국내외에서 알리바바를 모방한 웹사이트가 우후죽순으로 생겨났다. 심지어 어떤 사이트는 알리바바의 메인 페이지 화면을 완전히 복사해 갖다 붙이고, 문제가 발생 시 알리바바로 연락해달라는 안내 문구조차 고쳐 쓰지 않아 웃음거리가 될 정도였다.

우리의 고민

9년의 의무교육(중국의 의무교육은 우리와 달리 9년이다. -역주), 3년의 고등교육 그리고 4년의 대학생활을 거치며 젊은이들에게는 강력한 권위의식이 주입된다. 하지만 직장생활을 하다보면 우리는 덮어놓고 권위를 따르는 것이 자기 자신의 손발을 구속하는 방법이라는 것을 깨닫게 된다.

마윈은 권위 있는 사업 방식에 현혹되지 않았다. 미국, 유럽의 전자상거래는 아주 성숙한 모델이었지만, 그는 이런 비즈니스 모델이 중국 시장에 적절하지 않을 것이라 판단했다. 그리고 중국의 상황에 맞추어 대기업을 포기하고 중소기업을 위한 서비스를 선택했다. 전 세계에서 유일무이한 알리바바 방식을 시작한 것이다. 권위에 도전한 마윈의 이런 독자적인 행보가 정확한 판단이었음은 훗날 결과가 증명해주었다.

영국의 철학자 베이컨은 이렇게 말했다. "진리는 시간의 딸이지 권위의 딸이 아니다." 권위는 앞선 사람의 다년간의 경험과 추론에서 얻어지는 것이지만 실천의 검증을 거치지 않았기 때문에 진리라고 할 수 없으며, 맹종해서는 안 된다는 말이다. 설혹 진리라고 하더라도 맹목적이어서는 안 된다. 시대의 변화에 따라 기술도 변하듯, 진리 역시 현실과 괴리감이 생기기 때문이다.

지혜의 팁

중국의 현대화가 치바이스(齊白石, 제백석)가 이런 말을 했다. "나를 배우는 자는 살 것이고, 흉내 내는 자는 죽을 것이다." 우리는 성공한 사람들의 경험을 본보기로 삼아 공부할 수는 있지만 그 권위와 진리를 유일한 규칙인 양, 그대로 베껴서는 안 된다. 눈 깜짝할 사이에 많은 것이 변화하는 요즘 시대에는 모든 일을 변화하는 정세에 따라 결정해야 한다. 문제에 봉착했을 때는 구체적으로 분석하여 자신의 선택을 믿고 상황에 맞게 대처하면 권위의 함정에 빠지지 않을 것이다.

- Netrepreneur(네트르프르너) | 인터넷 창업가를 지칭하는 신조어. 인터넷(internet)과 기업가(entrepreneur)가 합성된 말이다. 줄여서 '넷프러너'라고도 한다.
- AOL | America On Line. 타임워너의 인터넷 부문 자회사이며 인터넷 기술, 전자상거래 등의 서비스를 주력으로 하는 미디어 기업이다.

천재는 99%의 노력과 1%의 영감으로 만들어지지 않는다

세상에는 머리도 총명하고 고등교육을 받았음에도 성공하지 못한 사람이
너무나 많습니다. 이것은 그들이 어릴 때부터 잘못된 교육을 받고
열심히 하는 악습을 길렀기 때문입니다. 많은 사람들이 천재는 99%의 땀과
1%의 영감으로 만들어진다고 한 에디슨의 말을 기억할 것입니다.
이 말은 우리를 평생 잘못된 길로 이끌고 있어요.
근면성실하게 하루하루 분투해도 딱히 무언가가 성공적으로 이루어지는 것은
아닙니다. 사실 에디슨은 진짜 자신이 성공한 원인을 찾기 귀찮아서
이런 말을 지어내고 우리를 그릇된 길로 이끈 겁니다.

마윈의 충고 25

마윈의 경험

알리바바가 야후 차이나를 인수합병하고 나서 야후의 직원들은 알리바바의 문화에 섞이려 하지 않았다. 헤드헌팅 회사들이 기회를 놓치지 않고 덤벼들었고, 어떤 직원은 하루에도 몇 번씩 이직 제의 전화를 받기도 했다. 안팎으로 어수선한 시기에 마윈은 원래 야후 직원이었던 사람들을 모아 공식적인 인사자리를 가졌다. 여기에서 마윈이 했던 강연은 훗날 인터넷상에서 많은 사람들 입에 오르내렸다.

“세상에는 머리도 총명하고 고등교육을 받았음에도 성공하지 못한 사람이 너무나 많습니다. 이것은 그들이 어릴 때부터 잘못된 교육을 받고 열심히 하는 악습을 길렀기 때문입니다. 많은 사람들이 천재는 99%의 땀과 1%의 영감으로 만들어진다고 한 에디슨의 말을 기억할 것입니다. 이 말은 우리를 평생 잘못된 길로 이끌고 있어요. 근면성실하게 하루하루 분투해도 딱히 무언가가 성공적으로 이루어지는 것은 아닙니다. 사실 에디슨은 진짜 자신이 성공한 원인을 찾기 귀찮아서 이런 말을 지어내고 우리를 그릇된 길로 이끈 걸 겁니다. 누군가는 제가 하는 말이 헛소리라고 생각할 겁니다. 좋습니다. 당신이 틀렸다는 것을 증명할 100가지 사례를 들어 보죠. 진실은 언제나 승리하는 법이니까요.”

“세계에서 가장 부자인 빌 게이츠, 그는 프로그래머였습니다. 공부를 열심히 하지도 않았고 학교는 중퇴를 했죠. 그는 복잡한 도스(DOS)명령을 외우는 것이 귀찮아서 그래픽 유저 인터페이스(GUI)를 개발했습니다. ‘이게 뭐더라? 잊어버렸네. 아 외우기 귀찮아.’ 그래서 전 세계의 컴퓨터가 똑같은 인터페이스를 갖게 되었고 빌 게이츠도 세계 최고의 갑부가 되었지요.”

“세계 최고의 가치를 지닌 상표는 코카콜라입니다. 그걸 만든 사람도 무척 게을렀어요. 중국의 차 문화가 유구한 역사를 자랑하고 브라질이 커피가 아무리 진한 향기를 지녔어도 그 사람에게는 다 귀찮았던 것이죠. 그는 진한 시럽에 차가운 물을 더해 병에 넣고 팔았습니다. 그리고 지금은 전 세계, 사람이 있는 곳이라면 어디서나 이 음료를 마시죠.”

“세계 최고의 축구선수 호나우두는 운동장에서 움직이는 것조차 싫어해서 상대편 골문 앞에 서 있습니다. 공이 자기에게 오면 한 번에 차 넣는 것이죠. 이 사람이 바로 전 세계에서 가장 몸값이 높은 축구 선수입니다. 어떤 사람은 그의 드리블이 놀랄 만큼 빠르다고 하지만, 그건 말할 필요도 없지요. 다른 선수들은 90분 동안 뛰어다니고 그는 15분밖에 안 뛰는데 당연히 빨라야지요."

"세계에서 가장 대단한 식음료기업은 맥도날드입니다. 그 사장도 게으르기로는 둘째가라면 서럽죠. 프랑스 요리의 아름다움이나 중국 요리의 기교 따위는 배우기가 귀찮았으니까요. 그는 빵 사이에 간단하게 소고기를 집어넣고 팔았어요. 하지만 지금은 전 세계 어디를 가든 M이라는 맥도날드의 로고를 볼 수가 있게 되었지요. 피자헛의 사장은 파이의 내용물을 안에 넣기 귀찮아서 위에다 뿌려버렸고, 지금은 '피자'라는 이름으로 불리면서 파이보다 10배는 비싸게 팔립니다."

마윈의 강연은 사람들의 환심을 샀고, 결과는 확연하게 드러났다. 헤드헌터들이 제시한 고액 연봉의 유혹에도 불구하고 야후 차이나의 700여 명의 직원 중에서 약 30명만이 이직을 선택한 것이다. 임원은 전부 알리바바에 남았고, 이직율은 겨우 4%에 머물렀다.

마윈이 '귀차니즘 문화'에 관한 이야기를 꺼낸 것은 단순히 직원들을 어리둥절하게 만드려는 의도는 아니었다. 그는 자기 자신도 어릴 때부터 그다지 부지런하고 열심히 하는 학생이 아니었다고 고백한다. 그리고 각고의 노력을 하는 것도 중요하지만 사고력과 학습이 현실에 적용 가능한지를 더 중요하게 여긴다.

항저우전자과학기술대학교에서 6년 반 동안 교편을 잡은 마윈은 매 해마다 학생들을 떠나보냈다. 출중한 영어 실력과 교수 능력, 토크쇼 MC 빰칠 만한 말재간으로 무장한 마윈은 모든 학생들이 존경과 사랑을 한 몸에 받았다.

특히 마윈은 권위적이고 판에 박힌 교육은 좋아하지 않았다. 대신 학생들이 자신과 활발하게 교류하며 웃고 떠들면서 지식을 쌓고 견문을 넓힐 수 있게 했다.

많은 영어교사들이 수업시간에 교과서에 얼굴을 파묻은 채, 단어를 빠짐없이 달달 외우고 문장을 해석하고 어법을 분석하도록 학생들을 지도한다. 이런 획일적인 교육 방식으로는 학생들을 제대로 이해시킬 수 없다. 마윈의 방식은 달랐다. 수업시간에 교과서는 멀리 던져두었고, 어법이나 문장구조에 관한 설명도 뒷전이었다. 모두 함께 직접 말하고 교류하는 연습을 더 중요시했다. 신문에서 화제가 되는 주제를 찾아 토론을 벌이고 유머러스한 말이나 과장된 행동을 곁들이면서 학생들이 적극적으로 학습에 참여하도록 이끌었다. 웃고 떠드는 사이 자기도 모르게 영어회화를 익히는 것이다.

야학에서 학생들을 가르칠 때는 매 수업마다 한 가지 명제를 제시하고 학생들에게 양쪽 편 중 한쪽 의견을 선택하라고 했다. 그리고 자신이 반대되는 의견을 지지하는 역할을 맡아 전체 학생들과 토론을 벌였다.

창업을 하고 난 이후에도 마윈이 부하 직원에게 하는 요구는 한결같았다. 죽도록 일하지 마라, 생각하면서 일하라. 주위의 친구들은 그를 이렇게 표현한다. "3일 내에 새로운 아이디어가 없으면 죽을 만큼 힘들어 할 사람이다." 그는 내부 회의에서도 항상 이렇게 강조한다. "창의적인 생각을 하지 않는 사람은 눈곱만큼의 가치도 없는 사람이다." 그래서일까, 알리바바의 창조와 혁신은 언제나 사람들의 기대를 저버리지 않았다.

우리의 고민

마윈의 귀차니즘 이론은 진짜 게을러지라는 말이 아니다. "머리까지 아둔해지라는 것이 아닙니다. 적게 일하고 싶다면 게을러질 수 있는 방법을 생각하라는 말이지요. 게으름이 스타일을 만들고, 게으름이 새로운 경지를 개척합니다. 저는 어릴 때부터 살찌는 것도 게을러서 그것도 경지에 이르렀죠." 한 가지 양식, 패턴 속에서 근면성실한 것은 열심히 하는 것처럼 보이지만, 실제로는 삶을 낭비하고 있는 경우일지도 모른다. 출세하고 성공하는 삶을 원한다면, 현재를 어떻게 바꿀 수 있을지 생각해보고 적당히 꾀를 부리는 시간도 필요하다.

성공하기 위해서 온 정신을 집중하고 몰두하는 자세는 때때로 필요하다. 하지만 잠시 멈추어 서서 길을 찾고 방향을 바르게 잡는 일은 더욱 중요하다. 정확하고 올바른 방향에 힘을 쏟아야만 한 걸음 한 걸음씩 목표에 다가설 수 있기 때문이다. 애당초 방향이 잘못되었다면 아무리 피나는 노력을 한다 해도 오히려 엉뚱한 곳으로 멀어지고 말 것이다.

러시아에 이런 속담이 있다. '요령 있게 하면 사자도 잡을 수 있지만 무턱대고 덤비면 귀뚜라미 한 마리도 잡지 못한다.' 일을 할 때는 방법을 잘 연구하고 요령 있게 접근해야 서두르다 일을 망치는 것을 피할 수 있다는 진리를 나타낸 말이다. 요령이란 일의 요점을 잘 파악하고 핵심을 정확하게 짚어내는 것을 말한다. 요령 있게 일을 하면 수고를 줄이면서도 큰 성과를 낼 수 있다. 업무에서든 일상에서든 효율적인 생각을 하는 습관을 길러야 한다. 어떤 문제가 발생했을 때도 왜 그런지, 어떻게 해야 할 지에 중점을 두고 요령 있게 생각한다면 해결의 열쇠를 찾을 수 있다. 이 열쇠를 찾는다면 어려워 보였던 일도 금세 식은 죽 먹기로 바뀔 것이다.

원하는 조건은 직접 만들어라

많은 사람들이 생각조차 안 하는 것은 아닙니다. 생각은 있지만 환경과
조건이 부족하다고 여기고, 자신이 생각하는 이상적인 조건이 아니면
포기해버리는 것이지요. 조건이 갖추어지지 않았다면 어떻게 해야 할까요?
스스로 조건을 만들면 그만입니다. 조건이 갖추어지고 성숙할 때를
기다린다면, 기회는 우리 차지가 되지도 못할 겁니다.

마윈의 충고 26

마윈의 경험 "다른 사람이 다 좋다고 생각하는 일이라면, 당신에게 기회가 돌아올까요? 자신이 하고 있는 일에 믿음을 가지세요. 8년 전에 서구 선진국에서 가장 많이 받은 질문은 이것입니다. 중국에는 신용카드도 지급보증수단도 물류의 유통구조도 컴퓨터도 인터넷도 없는데 어떻게 전자상거래를 한다는 것이냐? 저는 그 말을 듣고 정말 우울했습니다. 이런 것들 하나 없이 어떻게 할 것인가? 하지만 저는 울고 있을 수만은 없었습니다. 게다가 그때는 이미 호랑이 등에 올라 타버린 상황이었죠. 열 몇 명이 수백 명으로 늘어난 상황에서 이렇게 그냥 해산해버려야 하는가? 눈먼 장님이 앞이 안 보이는 호랑이에 올라탄 격이었다고 여러 번 말씀드렸을 겁니다. 한 번 올라타니 내릴 수도 없었습니다. 스스로 아무것도 만들

어내지 못한 채, 사회적인 조건이 나아지기를 정부가 나서서 환경을 개선해주기를 두 손 놓고 하염없이 기다리기만 할 수는 없었습니다. 자진해서 전력투구해 나가야 했지요."

마윈의 이 말은 "갖추어진 조건이 없다면 조건을 만들어 버리자!"라는 마오쩌둥 주석의 말로도 바꾸어 생각할 수 있다.

마윈이 PR에 능하다는 것은 모두가 알고 있다. 실제로 마윈은 처음부터 줄곧 홍보의 중요성에 주목했다. 처음에 창업을 했을 때는 홍보에 쓸 자금에 여력이 없었기 때문에 미디어의 도움을 얻기 위해서 스스로 여기저기 나서서 말하는 데 노력을 기울이기도 했다.

1995년에는 자기가 만든 차이나옐로우페이지를 알리기 위해서 혈혈단신으로 베이징으로 가 홍보기사를 실어줄 언론사가 없는지 구석구석 뒤지고 다녔다. 그때는 지금처럼 마윈을 돕는 손길이 도처에 널려 있을 리가 만무했고 그 어느 매체에도 그를 도와줄 친구는 없었다. 기회를 잡기 위해서 그는 거리를 청소하듯이 쓸고 다니는 가장 원시적인 방법을 택했다. 매일 택시 한 대를 대절해 타고 다니며 눈에 보이는 신문사에는 모조리 들어가 자료를 제출하고 기사를 부탁했다. 하지만 연줄이라고는 없는 마윈은 문전박대를 당하고 쫓겨나기 일쑤였다.

희망은 언제나 절망에 빠져있을 때 생겨나는 법이다. 어느 날, 평소처럼 택시를 잡는데 '귀인'이 나타났다. 귀인은 다름 아닌 그날의 택시기사였다. 수다 떨기를 좋아하던 그 택시 기사는 마윈의 어려움을 듣고는 베이징 택시기사 특유의 친절하고 적극적인 정신을 발휘했다. "이 친구야! 그거야 아주 식은 죽 먹기지! 내가 그 방면에 전문가를 하나 알고 있거든. 정 그렇게 급하면 내가 한번 물어봐줄까?"

마윈은 기사의 말을 듣고 무릎을 쳤다. 기회가 드디어 생긴 것이다. 감격을 억누를 길 없던 마윈은 상경하면서 가져간 돈 중에서 500위안이라는 거금을 기사에게 건넸다. 500위안이라면 차이나옐로우페이지의 전체 투자금에 상당하는 돈이었다. 그때 아직 대학에서 영어 교수로 일하던 마윈의 한 달 급여가 100위안이 채 못 되었으니, 마윈으로서는 이를 악물고 자신의 전부를 내놓은 셈이었다. 돈을 기사에게 주면서 마윈이 한 말은 딱 한 마디였다. "어느 신문사에서 기사를 내 주든, 이 돈은 전부 기사님 겁니다!"

말도 안 되는 무모한 행동이었지만, 마윈의 일은 그날 이후 새로운 전기를 맞았다. 이 양심적인 기사가 돈을 받아간 후에 진짜 일을 성사시켜 주었던 것이다. 며칠 후, 몇 군데 신문사에서 앞다투어 차이나옐로우페이지의 홍보성 기사를 게재했다. 〈차이나트레이드뉴스(中國貿易報)〉라는 신문사에서는 특별히 헤드라인 뉴스로 보도해주기도 했다. 마윈은 이 신문사에는 꼭 체면치레를 해야 할 것 같았다. 쇠뿔도 단 김에 뺀다고 편집자를 직접 찾아가 만나보기로 했다.

역시나 마음씨 좋은 택시 기사의 주선으로 차이나트레이드뉴스의 편집장을 만날 수 있었다. 두 사람은 서로 아주 즐거운 시간을 보냈다. 편집장은 인터넷이라는 이 새로운 물건에 아주 관심이 많았던 것이다. 한 달 후, 편집장의 적극적인 추천으로 마윈은 베이징의 신문사에서 일하는 사람들과도 친분을 쌓게 되었다. 한 가지가 통하니 백 가지에 이르게 된 것이다. 이번에는 훨씬 더 많은 돈을 들여야 했다. 열 명이나 되는 신문기자들을 3만 위안이나 들여 중국 베이징의 사교클럽인 창안클럽(長安俱樂部)에 초대했다. 이 발표회에서 마윈은 인터넷에 관해 자신이 아는 모든 것을 기자들에게 일일이 설명해주었다.

마윈은 출중한 말솜씨로 인터넷에 흥미를 보이는 기자들의 마음을 사로잡아버렸다. 두 시간여의 설명을 듣고 난 기자들은 모두 다음 날 기사를 쓰겠다는 뜻을 비쳤다.

하지만 일은 순조롭지 못했다. 불행히도 다음 날, 관련기관에서 공문이 하달된 것이었다. 그중 한 조항은 한동안은 인터넷에 관한 기사를 게재하지 말라고 직접적으로 지시하고 있었고, 주류 언론매체에서는 이런 소식을 전할 때 더욱 신중하라는 내용이었다.

마윈은 또다시 실의에 빠졌다. 그런데 그중에서 한 의리 있는 기자가 마윈에게 살짝 귀띔을 해주었다. "우두머리만 해결하면 됩니다. 다른 곳은 다 따라서 갈테니까요. 우두머리는 바로 〈런민르바오(人民日報, 인민일보)〉라고 할 수 있겠죠." 포기를 모르는 마윈은 다시 한 번 힘을 내기로 했다.

마윈은 역시나 원래의 방식을 고수하기로 했다. '보잘것없는 사람이 물줄기를 바꾼다'는 생각으로 믿음을 잃지 않았다. 이번에 다리를 놓아준 사람은 런민르바오의 한 행정직원이었다. 우연히 그와 인연을 맺은 마윈은 런민르바오의 중심 인물인 구쟈왕(谷家旺, 곡가왕)과 만날 수 있었다. 구쟈왕은 마윈의 브리핑을 듣고 인터넷이라는 것이 앞으로 전망도 밝고 사람들에게 금방 인기를 끌 것이라고 판단했다. 그리고 곧바로 마윈에게 런민르바오 처장급 이상 간부에게 직접 시연을 해서 보여줄 수 있는 기회를 마련해주었다. 마윈은 시연을 하는 것에 그치지 않고 런민르바오의 페이지를 인터넷에 올려주었다.

그렇게 런민르바오의 후광에 힘입은 차이나옐로우페이지는 날이 갈수록 영향력을 넓혀갔다. 누구의 도움도 받지 못해 어둠 속을 헤매던 마윈은 물불을 가리지 않고 덤벼들어 결국 스스로 길을 찾은 것이다.

우리의 고민

링컨은 미국 역사상 가장 위대한 대통령이다. 내전을 겪는 중에도 위대한 업적을 세운 링컨은 영원한 우상으로 아직도 미국인들의 가슴속에 살아있다. 그는 든든한 집안이나 배경이 있기는커녕, 어린 시절을 참으로 고되고 힘들게 지낸 사람이다.

링컨이 태어난 곳은 미국 켄터키 주에서도 가장 외지고 황량한 지역이었다. 인디언들이 수 세대를 이어 살아가는, 풀이라고는 자라지 않는 척박한 불모지였다. 그의 집은 어찌나 가난한지 우유, 계란, 채소는 구경도 못했고 감자조차도 구하지 못해 야생에서 잡은 고기나 땅콩 등으로 연명했다. 기본적인 생활이 보장되지 않고 교육의 기회조차 없었던 환경 속에서도 링컨은 의지를 잃지 않았다. 그의 불우한 삶은 오히려 링컨이 하늘에 맞서고 사람들과 맞서고 운명과 맞서 투지를 불태울 수 있는 계기가 되었다. 그는 고난과 같은 삶을 일종의 훈련이라고 여겼고 자신의 육체와 정신을 더욱 강하게 갈고 닦았다. 이런 역경은 그가 대통령이 되는 데 가장 큰 밑거름이 되었다.

마윈도 링컨과 비슷하다. 가난하고 배경도 없고 누구도 도와주지 않는 상황에서도 마윈은 인터넷을 놓지 않았다. 고난은 그치지 않고 자꾸 나타났지만 스스로를 믿고 견뎌 자신만의 길을 마침내 개척해낸 것이다.

지혜의 팁

이스라엘의 대통령이었던 에제르 바이츠만은 이런 말을 했다. "기적은 가끔 생겨나는 것이지만, 그것을 위해서는 죽을힘을 다해야 한다." 미래가 내 손에 달려있다는 믿음을 가지자. 바라는 조건이 아직 없더라도 새로운 조건을 얼마든지 만들면 된다. 우리가 죽을 각오로 열심히 노력한다면 찬란하게 빛나는 미래를 맞이할 수 있다. 기적을 창조할 수 있다!

제4장

친구를 저버리는 사람은 절대 성공할 수 없다

• 인간관계를 어려워하는 청춘들에게 •

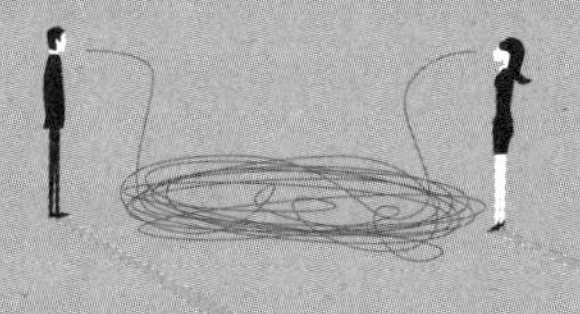

평등과 존중, 관용과 이해, 관심과 협조, 책임과 협력은
현대 사회에서 성공하는 인간관계의 기본 원칙이며
인맥 형성의 기초이다. 사람을 진심으로 대하고 교류하는 사람은
분명 자신이 베푼 진심보다 더 많은 것을 얻게 될 것이다.

첫째도 의리, 둘째도 의리

사귐에 의리가 없어서는 안 됩니다. 남들보다 셈이 빠르지도 못하고
말주변이 뛰어나지도 못하지만 저는 창업에 성공했습니다.
제 생각에는 제가 의리가 있어서 성공한 것 같습니다.
저는 지금까지 가장 귀한 것이 바로 친구들과의 우정이라고 여겨왔습니다.
제가 어려움을 만났을 때는 언제나 친구들이 도와주었지요.
주변에는 든든한 친구들이 많고, 또 이 친구들이 형성한
거대한 네트워크는 제 평생에 중요한 자원이 되었습니다.

마윈의 충고 27

마윈의 경험

마윈은 60년대에 태어나 '사나이의 의리'가 유행처럼 번진 70~80년대에 성장기를 거쳤다. 그가 '진융 광(狂)'이라는 것은 이미 잘 알려져 있다. 그는 알리바바 그룹 사무실의 이름까지 진융의 소설에 등장하는 성지의 이름을 따서 지었다. 마윈은 무협소설을 가장 좋아한다. 그 이유가 바로 무협소설에 등장하는 인물들이 의협심이 강하기 때문이다. 소설 속 인물들은 의리로 똘똘 뭉치고 한마음 한뜻으로 의기투합한다. 이런 무협소설에 영향을 받은 마윈은 어릴 때부터 의로운 사람을 우러러보았고, 자신도 평생 의로운 사람이 되자는 뜻을 세웠다.

실제로 마윈은 어릴 때부터 정의로운 사나이였다. 이는 그와 어울린 친구들이라면 누구나 익히 보아온 사실이었다. 그는 불의를 보면 언제나 약한 사람의 편이 되었고, 자기와 어울리는 친구가 괴롭힘을 당하면 용감하게 나서서 도와주었다. 덩치는 작았지만 선뜻 나서다 보니 자주 두들겨 맞기도 했다. 한번은 서른 바늘을 꿰맬 정도로 큰 상처가 생겼지만 스스로는 그럴만한 일이었다고 여겼다. 이런 의로움으로 마윈은 친구들에게 호감을 사고 영웅 대접을 받았다. 유년 시절부터 그는 이미 인기쟁이 리더 역할을 톡톡히 했던 셈이다.

한 사람이 의로운 행동을 계속하면 자기도 모르게 습관이 된다. 1999년 창업을 했을 당시에도 마윈은 열여덟 명의 동료들을 모두 공동 설립자로 자기와 똑같이 대우했다. 알리바바가 상장하고 나서는 주식을 직원들에게 나눠주었고 자기 자신은 5%가 안 되는 적은 지분만을 소유했다. 2008년 금융위기 때도 영업이익을 내지 않겠다는 구호를 외치며 중소기업을 최대한 도왔다.

지난 수년간, 이 '의리' 덕분에 마윈은 큰 인기몰이를 했다. 그와 함께 손을 잡은 파트너들도 대부분 그의 의리에 꽂혀 함께하게 된 경우이다. 손정의에게 투자를 받은 그 해, 거의 모든 언론사가 마윈의 신화를 대서특필했다. 손정의는 왜 알리바바를 선택했냐는 질문에 이렇게 답했다. "당시 중국 B2B업계에는 4대 회사가 있었습니다. 알리바바 외에도 8848, 미트차이나(MeetChina), 그리고 스파크아이스(Sparkice)가 있었죠. 그중에서 제가 알리바바를 선택한 중요한 이유는 바로 마윈과 그의 동료들 때문입니다. 우리는 굉장히 많은 조사를 진행했었는데, 그 조사 결과에 따르면 마윈은 특유의 공동체 의식과 탁월한 리더 기질이 있었습니다. 포부가 크고 멀리 내다볼 줄 도 알고, 주변에 사람들을 모으는 재주도 겸비한 인물이었지요."

성공의 배후에는 권모술수나 남을 속이는 방법보다는 정의와 서로 돕는 의리가 더 큰 활약을 한다. 오랫동안 마윈과 함께 일한 동료들의 눈에 비친 그의 모습은 딱 한 가지, 의리를 중시하는 모습이었다. 알리바바가 곤궁한 시기를 벗어나지 못했을 때도 마윈의 수하에는 최고 능력자들이 많았다. 알리바바의 COO(Chief Operating Officer, 최고운영책임자)인 관밍셩(關明生, 관명생)은 제너럴일렉트닉에서 15년간 요직에 있던 인물이었다. CFO(Chief Financial Officer, 최고재무책임자)인 차이충신(蔡崇信, 채숭신)은 해외 투자회사에서 부회장의 자리까지 오른 사람이었고, CTO(Chief Technology Officer, 최고기술책임자)인 우죵(吳炯, 오형)은 야후의 검색엔진과 전자상거래 프로그램의 수석개발자였다. 그들은 마윈의 매력에 빠져 잘나가던 직장을 뿌리치고 나와, 고작 몇 백 위안밖에 되지 않는 급여를 받으면서도 알리바바에서 함께 일했다.

알리마마(알리바바 산하의 온라인 광고 대행 사이트 -역주)를 시작하던 당시는 알리바바가 이미 짭짤한 수익을 올리고 있을 시기였다. 알리마마가 유명 광고 제휴 웹사이트들이 수년에 걸쳐 쌓은 실적을 몇 달 만에 따라잡자, 어떤 사람들은 이렇게 말했다. "알리마마는 사람도 수백 명이나 있고, 돈도 수백만 위안이나 썼어요. 타오바오든 알리마마든, 마윈의 방법은 바로 돈을 퍼붓는 것이죠." 타오바오가 서비스를 확대하기 위해서 가입한 회원에게 10위안을 주는 이벤트를 벌인 것은 확실히 직접적으로 이익을 제공한 것이었다. 하지만, 단순하게 돈을 뿌려서 이용자들에게 잘 보이는 것이 방법이라면 다른 온라인 광고 사이트 수백여 개의 CEO들은 어째서 마윈처럼 팬이 생기지 않았을까? 알리마마가 성공한 것은 결국 마윈과 알리의 직원들이 지킨 의리에 감동한 수많은 개인 웹사이트 운영자들의 전폭적인 지지가 있기 때문이었다.

우리의 고민 미국에서 마케팅 전문가로 다섯 손가락 안에 드는 조 바이텔(Joe Vitale)이 전 세계의 베스트셀러인 자신의 저서《돈을 버는 역사상 가장 위대한 비밀》에서 밝히는 돈을 버는 비결은 "남에게 주라!"는 것이다. 의리있는 사람들은 남에게 무언가를 주려는 마음이 강하고, 다른 사람을 도우면서도 사사로운 이기심에 사로잡혀 보답을 바라지 않는다. 바로 이러한 의로운 마음가짐은 오히려 우리에게 더 큰 보상이 되어서 돌아올 것이다.

마원은 무슨 일이든 정의로운 마음을 그 시작으로 삼는 것을 좋아한다. 그래서 그가 주변인들에게 의리있게 대하자 모든 사람들이 그에게 인생의 귀인이 되어주었다. 부하직원에게 의리로써 최선을 다하자 그들은 모두 마윈의 사업에 가장 큰 조력자가 되어주었다. 고객들에게 의로운 마음을 품자 고객들 역시 그에게 더없이 소중한 지지자가 되었다.

남을 돕는 것은 눈에 보이지 않는 감정적인 부분에 투자를 하는 셈이다. 도움을 받은 사람은 고마움을 가슴 깊이 영원히 새길 것이고 기회만 있다면 적극적으로 보답할 것이기 때문이다. 의리있게 남을 돕는 것은 결국 나를 돕는 길이다.

지혜의 팁

의로운 사람이 되는 것은 결코 손해 보는 일이 아니다. 당신이 먼저 의로운 행동을 보인다면 상대방은 당신을 무한히 신뢰하게 되고 전심전력으로 당신을 도우려고 할 것이다. 사사건건 원칙을 따지고 들고 이익을 외면하면서 누구의 편의도 봐주지 않는다면 원칙주의자, 그 이상도 이하도 아니다. 하지만 반대로 사소한 일에 얽매이지 않고 눈앞의 작은 이익을 양보하는 정의로운 사람은, 손해만 보는 바보 같지만 시간이 오래 지날수록 반드시 보답이 돌아올 것이다.

귀인을 잡아라, 인맥이 돈맥이다

사람을 눈여겨보지 않는 사람은

철저하게 무너지고 실패합니다.

마윈의 충고 28

마윈의 경험

마윈의 사무실 벽에는 그가 한 호주인 노부부와 함께 찍은 사진이 걸려있다. 그들은 마윈이 살면서 만난 귀인들 중에서도 단연 최고로 소중한 귀인이다.

마윈은 중학생 시절, 아버지가 못 알아듣는 영어로 반항을 하면서 영어 회화 공부에 더욱 매진하기로 결심했다. 그래서 외국인 여행자들이 모이는 곳이라면 어디든 달려가 그들에게 가이드를 자처했고 오로지 영어로만 대화하는 연습을 했다. 그러던 중에 마윈은 호주에서 온 몰리 씨 부부를 만나게 되었다. 마윈과 몰리 부부는 너무나 마음이 잘 맞아, 마치 서로 옛날부터 친구였던 사이처럼 지냈다. 몰리 부부가 항저우에 머무는 동안은 마윈이 언제나 함께였고, 그들이 돌아가고 나서는 편지로 계속 소식을 주고받았다. 펜팔이 유행이던 당시, 그들은 거의 일주일에 한 통씩 편지를 주고받으며 아주 오랫동안 인연을 이어나갔다. 또, 몰리 부부는 거의 매년 항저우를 방문해 한두 달 간 마윈의 집에 머물렀다. 마윈은 그들을 양아버지, 양어머니로 불렀고 그들도 마윈을 자기 자식처럼 아꼈다. 집안 사정이 여의치 않았던 마윈이 대학에서 공부한 몇 년간은, 마윈이 무사히 대학에 다닐 수 있도록 몰리 부부가 도움의 손길을 내밀어 주었다. 그리고 대학교 2학년 때, 마윈은 몰리 부부의 초청으로 호주로 여행을 가게 되었다. 마윈에게는 첫 해외 경험이었다. 이 여행으로 마윈의 시야는 어마어마하게 넓어졌고, 훗날 마윈의 안목이 세계를 목표로 향하는 데 밑바탕이 되었다.

몰리 부부는 무의식중에 마윈에게 많은 영향을 미쳤다. 사고방식이 형성되던 소년기의 마윈은, 양부모의 언행을 보고 유럽과 미국인의 입장에서 삶과 세계를 바라보고 다른 사람을 대하는 방법을 익혔다. 또, 마윈은 몰리 부부를 시작으로 올바른 사람을 만나는 것이 인생에서 얼마나 중요한 것인지를 인식하게 되었다. 그 이후 그는 줄곧 인맥을 넓히고 주변 사람들을 자기 인생에 가장 중요한 부분으로 여겼다.

마윈의 무섭도록 큰 장점은 인맥을 형성하는 데 뛰어나고 그 네트워크를 잘 활용한다는 것이다. 마윈은 저장성 상인 조직이나 엔터테인먼트, 투자금융, 인터넷, 기업가 등 다방면에서 수많은 인적 네트워크와 교류하고 있다.

그중에서 마윈에게 가장 중요한 인맥은 인터넷 업계의 인맥이다. 마윈은 홍콩에서 진융 선생과 친분을 쌓고 직접 '서호논검'이라는 인터넷 포럼을 기획했다. 중국 인터넷 사업의 리더들을 모두 항저우에 모아 놓자 해마다 포럼의 인기가 하늘을 찔렀음은 물론, 자신은 거물급 CEO들과 자연스럽게 어울리게 되었다.

그리고 다음은 연예, 엔터테인먼트 업계의 인맥이다. 중국 중앙텔레비전방송국(CCTV)은 오래전 마윈에 관한 다큐멘터리를 제작했다. 이 다큐의 제작자는 판신만(樊馨蔓, 번형만)이라는 여감독이었다. 사실 판신만은 그다지 유명하지 않았지만, 그의 남편 장지중(張紀中, 장기중)은 CCTV의 드라마 제작자로 명성이 자자했다. 《신조협려(神雕俠侶)》, 《소오강호(笑傲江湖)》 등 진융 선생의 소설은 모두 이 털복숭이 영감의 손에 의해 브라운관을 장식했던 것이다. 마윈은 판-장 부부를 중심으로 연예계 인맥에 발을 들여놓았다. 왕페이(王菲, 왕비), 리야펑(李亞鵬, 이아붕) 등과도 친해지고 화이브라더스미디어그룹(華誼 Bros. Media Group)에 투자를 하며 부사장 자리를 맡게 되었다. 그리고 자오웨이(趙薇, 조미), 리롄제(李連杰, 이연걸) 등 걸출한 스타들과도 개인적인 친분이 두터워졌다.

마윈의 세 번째 인맥은 저장성(浙江省) 사업가들의 네트워크이다. 저장성은 예로부터 지역 상인들이 모여들어 하나로 똘똘 뭉치기를 좋아하는 곳이었다. 저장성뿐만 아니라 전국에서 가장 오랫동안 기업가로 활동해 온 루관츄(魯冠球, 노관구) 완샹(萬向)그룹 회장의 아들 루웨이딩(魯偉鼎, 노위정)과 마윈은 쟝난회(江南會)라는 단체를 꾸리고 직접 투자하여 저장성 사업가의 단결과 공동의 발전을 위해서 노력했다.

마윈의 네 번째 인맥은 투자 인맥이다. 소프트뱅크의 손정의는 이미 마윈과 끈끈한 동맹관계에 있었다. 마윈은 손정의와의 인연으로 시작해, 야후의 제리 양, 시스코의 존 챔버스와도 인맥을 형성했다.

마윈은 다른 여러 방면으로도 인맥이 넓었다. 레노버의 류촨즈(柳傳志, 류전지) 회장이 밀고 있는 중국의 비즈니스매체 정허다오(正和島), 완퉁(萬通)부동산의 펑룬(馮侖, 풍륜)이 이끄는 화샤(華夏) 동창회 등이 그것이다. 처음에는 이 네트워크의 변두리에 머물러 있었다. 하지만 지금은 명실상부한 핵심 인물이 되었다.

중국에는 '친구가 많으면 길도 많다'는 말이 있다. 성공을 하려는 마음이 있더라도 자기 혼자만의 힘에만 기댄다면 갈 길은 너무나도 멀다. 어차피 다른 사람에게 의지하거나 도움을 받아야만 하는 것이 세상 사는 법이다. 마윈은 이런 인간의 도리를 깊이 깨닫고 친구를 널리 사귀어 인맥 네트워크를 구축했다. 주변에서 이렇게 많은 귀인들이 그를 돕는 이상, 어떤 위기가 온다 해도 잘 헤쳐 나갈 수 있지 않을까.

우리의 고민

보통 사람과 최고 전문가의 진짜 차이가 무엇인지 알고 있는가? 당신은 아마 조금도 망설임 없이 '재능'이라고 말할지도 모른다. 하지만 그 답변은 틀렸다. 하버드대학의 경영대학원에서 현재 사업상 성공한 사람들을 조사하고 발표한 자료에 따르면, 성공한 사업가들 중 26%가 자신의 업무능력에, 5%가 공적인 관계에, 그리고 무려 69%가 인간관계에 의존하고 있었다.

인간관계에서 그 관계의 우위를 점하는 능력 또한 경쟁력이다. 하버드대학은 대인관계능력이 한 사람의 성공 과정에 어떤 작용을 하는지 알기 위해 벨연구소(Bell Laboratories)의 우수 연구원에 관한 조사를 한 적이 있었다. 능력을 인정 받는 우수한 연구원이라 해도 업무의 전문성에는 다른 연구원들과 달리 특별한 점이 없었다. 대신에 그들은 평소 다양한 인맥관계를 형성하며 결정적인 타이밍에 자신에게 도움이 될 수 있는 사람들과 우호적인 관계를 쌓는 데 시간을 많이 할애하고 있었다. 평범한 수준의 연구원은 까다로운 문제를 접했을 때, 곧바로 상위 연구원에게 도움을 받으려하고 답변을 기다리며 시간을 낭비하는 경우가 많았다. 반면에 우수한 연구원은 이런 경우가 비교적 적었는데, 평소에 풍부한 네트워크 자원을 형성해 놓은 덕에 문제 발생 시 주변에 도움을 구하면 즉각적으로 답변을 얻을 수 있기 때문이었다.

마윈은 인간관계 네트워크 경영을 아주 중시하며 장지중이나 루관츄, 손정의 등을 자원으로 삼아 자신의 인맥을 더 확장해 나갔다. 이렇게 네트워크를 긴밀하게 경영해 나가는 그의 사업은 앞으로 더욱 순조로울 수밖에 없을 것이다.

지혜의 팁

일상생활에서 인맥을 무시한다면 힘은 힘대로 들고 아무에게도 인정을 받지 못한다. 평소에 영양가 있는 인맥을 형성한다면 어려움에 처했을 때, 곧바로 도움과 지지를 얻고 일의 효율성을 크게 높일 수 있다. 두각을 드러내고 훌륭한 인재로 인정받고 싶다면 자신의 실력뿐만 아니라 인맥을 업그레이드해서 경쟁력을 높여라.

물 한 방울이 샘물로 돌아온다

섭섭하고 아픈 일이 있더라도 선량하고 너그러운 마음으로 받아들이면
진심 어린 친구가 될 수 있습니다.

마윈의 충고 29

마윈의 경험

'길에서 어려움을 당하는 사람을 만나면 칼을 뽑아서 도와준다'는 말처럼 의협심이 넘쳤던 마윈은 대학에 다니는 동안 동기들 사이에서 의리파로 유명했고, 대학교 3학년 때는 항저우사범학원의 학생회장으로 당선되었다. 한번은 이런 일이 있었다. 학교 당국에서 사소한 잘못을 한 학생에게서 대학원 입학시험 자격을 박탈하려고 했다. 그 학생을 본보기로 일벌백계하려는 것이었다. 그때 마윈이 나섰다. 이 학생은 전공 성적도 좋은 편이었고 스스로도 대학원에 꼭 진학하고 싶어 했다. 만약 시험에 참가조차 하지 못한다면 그는 농촌에 있는 고향으로 돌아가야 했다. 전후 사정을 알게 된 마윈은 그 친구와 각별한 사이는 아니었지만 팔을 걷어붙이고 나서서 돕기로 했다. "내가 학장님께 가서 말씀드려볼게."

마윈은 먼저 담임선생님●을 찾아갔다. 친구의 사정을 이야기하자 담임선생님도 이 학생의 장래를 무척이나 걱정해주었다. 하지만 학교 당국의 결정에 관여할 수 있는 권한이 없었던 선생님은 마윈에게 학과 책임 교수

를 만나보라고 했다. 그래서 마윈은 곧바로 교수를 찾았다. 입이 닳도록 설득한 끝에 교수의 마음도 움직였다. 하지만 교수는 학과장을 찾아가 결재를 받아야 할 사안이라고 판단했다. 그래서 마윈은 학과장을 찾아가 다시 한 번 선처를 호소했다. 결국 이틀하고 반나절 만에 담임선생님부터 학과장까지 모두의 동의를 얻었고, 그 학생은 대학원 시험에 응시할 수 있는 자격을 다시 획득했다. 그런데 이상하게도 자신을 위해서 물심양면으로 도운 마윈에게 그 친구는 고맙다는 말 한 마디 제대로 하지 않았다. 마윈은 그다지 유쾌하지는 않았지만, 신경 쓰지 않기로 했다. 졸업 후에도 그 친구의 소식은 딱히 듣지 못했고 이 일은 기억 속에서 잊혀졌다.

그런데 10년이 지난 어느 날이었다. 마윈이 선전(深圳)의 거리를 걷고 있을 때, 멀리서 누군가가 뛰어와 감격에 찬 듯이 그의 손을 덥석 붙잡고 말했다. "동창들한테 자네가 선전에 와있다는 소식을 듣고 광저우에서 여기까지 자네를 찾아 왔어!" 그 사람은 바로 대학 시절 마윈이 시험장으로 들어갈 수 있도록 도운 친구였다. 그는 이미 유명 외자기업의 광저우 지사 책임자가 되어 있었다. 그는 지금까지 마윈이 도와준 일을 한시도 잊지 않고 있었다. 단지 고맙다는 말을 전할 기회를 찾지 못한 것이었다.

마윈은 어느 날 갑자기 별다른 이유도 없이 걸려오는 친구들의 전화를 받는 것이 얼마나 기쁘고 안심이 되는지 모른다고 말한다. "여보세요? 마윈, 요새 어때? 별거 아냐, 그냥 걸었어, 필요한 일 있으면 도울 테니 말만 해!" 이렇게 그가 도운 친구들은 창업의 길에 가장 큰 조력자가 되어 주었던 것이다.

우리의 고민

마윈은 어릴 때부터 정의감으로 똘똘 뭉쳐 남을 돕는 것을 낙으로 생각한 사람이다. 누가 힘들어하면 먼저 손을 내밀었고 남을 도와준 후에도 감사의 표시나 보답을 바라지 않아 존경과 신뢰를 한 몸에 받게 되었다. 그리고 도움을 받은 사람들은 언젠가 귀인이 되어 그를 도왔다.

남에게 장미를 선물하면 내 손에 향기가 남지 않는가. 미국의 문학가 애머슨은 이렇게 말했다. "진심으로 다른 사람을 돕는 것은 결국 자기 자신을 향한 것이다. 이는 인생에서 가장 아름다운 보상 중 하나이다." 인간관계는 메아리와 같다. 내가 남에게 우호적이고 다정하게 대하면 남도 나에게 다정하다. 먼저 다른 사람에게 도움의 손길을 내밀어 보자. 더 많은 사람들이 나를 도울 것이다.

지혜의 팁

평등과 존중, 관용과 이해, 관심과 협조, 책임과 협력은 현대 사회에서 성공하는 인간관계의 기본 원칙이며 인맥 형성의 기초이다. 사람을 진심으로 대하고 교류하는 사람은 분명 자신이 베푼 진심보다 더 많은 것을 얻게 될 것이다.

● **담임선생님** | 중국의 대학은 고등학교처럼 학생들이 '반'으로 나뉘고, 강의는 하지 않지만 학생들의 학교생활을 관리하는 선생님이 따로 있다.

토끼는 굴 주변의 풀을 먹지 않는다

토끼는 굴 주변의 풀은 먹지 않습니다.
장사란 친척, 친구로부터 시작하는 것인데 주변에
당신을 지지하는 든든한 친척, 친구 하나 남지 않는다면
무슨 수로 남이 당신을 지지하겠습니까.

마윈의 충고 30

마윈의 경험

마윈이 창업을 할 때 들인 자금은 사실 친구들에게서 번 돈이었다. 차이나옐로우페이지를 개설한 마윈은 친구들과 만나기만 하면 인터넷이 이러이러해서 좋다는 얘기를 늘어놓아 혼을 쏙 빼놓고, 내친김에 회사의 정보까지 얻어내 미국으로 보냈다. 미국에서 잘 디자인한 기업 페이지를 보내오면 마윈은 그것을 출력해 친구에게 다시 보여주고 비용 이야기를 꺼냈다.

토끼는 제 굴 주변의 풀을 먹지 않는다고 한다. 마윈 역시 친구들에게 강요하고 싶지는 않았지만, 당시로서는 그 수밖에 도리가 없었다. 당시 인터넷은 완전히 신문물이었기 때문에 하루아침에 많은 사람들에게 인정받는 것은 무리였다. 주변의 친한 사람들에게 말을 꺼내는 것도 이렇게 힘이 드는데, 모르는 사람이 이것을 이해하고 지갑을 열기를 바라는 것은 허무

맹랑한 꿈이었던 것이다.

마윈의 첫 번째 고객은 서호 호숫가의 '왕후(望湖)호텔'이었다. 이 첫 거래를 성사시킨 것은 마윈의 학생이었다. 그녀는 이 호텔에서 지배인으로 일했고, 그렇게 연이 닿은 왕후호텔은 처음으로 차이나옐로우페이지에 이름을 올리게 되었다.

마윈은 자기 말이 허풍이 아니라는 것을 증명하려고 초대형 486 컴퓨터를 한 대 구했다. 그리고 항저우에서 상하이로 전화를 걸어 인터넷에 연결한 후, 인터넷으로 이 호텔의 사진과 자료를 미국으로 전달했다. 이 모든 과정은 방송국의 기자가 영상으로 찍어 그 증거를 남겼다.

호텔의 사진을 다운로드하는 데 성공하자, 수많은 투자자들은 그제야 안심할 수 있었다. 당시 인터넷 연결 속도는 답답할 정도로 느려 터져서 전 중국을 통틀어 가장 빠른 전송 속도가 64K 밖에 되지 않았다. 상하이에 44K 인터넷선이 개통되었지만, 항저우에는 전용선이 없었다. 그래서 마윈은 전화를 거는 방법으로 고객에게 자신의 정보가 담긴 옐로우페이지를 보여주었던 것이다.

다양한 인맥을 통해서 여기저기서 소개를 받은 덕분에 마윈의 차이나옐로우페이지 사업은 점차 안정을 찾아갔다. 1995년 7월, 마윈은 인터넷상에서 중국어로 된 제1호 비즈니스 정보 플랫폼인 '차이나옐로우페이지'에 저장성의 진거공청(金鴿工程), 상하이 텔레비전 페스티벌, 우시(無錫) 지역의 리틀스완이라는 회사와 베이징의 궈안(國安)풋볼클럽 등을 소개하는 페이지를 성공적으로 개설했다. 1996년이 되자 중국에도 인터넷 회사가 우후죽순처럼 생겨났고 해외 기업들도 중국시장으로 진입해왔다. 아직 이상적인 환경은 마련되지 못했지만 마윈의 이런 열정적인 행보 역시 주변에 인터넷 비즈니스 상용화를 위한 불씨를 퍼트린 셈이었다.

우리의 고민

이런 말이 있다. '재상집 개가 죽으면 문상하는 사람들이 문전성시를 이루지만, 정작 재상이 죽으면 문상객이 없다.' 이 말은 인맥관리가 예나 지금이나 사회생활에서 얼마나 중요한 위치를 차지하는지를 잘 묘사하고 있다.

인맥은 곧 금맥(金脈)이다. 이런 이치는 누구나 잘 알고 있지만, 문제는 '세상 물정에 아직 어두운 우리 젊은이들이 어디 가서 믿을만한 인맥을 쌓을 수 있을까'이다. 가장 현실적인 방법은 먼저 주변인의 도움을 받는 것이다. 마윈은 친구들에게 홍보를 하는 것부터 시작해 창업 초기의 가장 어려운 시기를 견뎌냈다. 우리에게도 친척이나 친구, 학교 선후배, 동호회 사람들을 인맥 자원으로 활용하고 그 범위를 점점 넓혀가는 전략이 필요하다.

스무 살을 전후로 해서 20대에 친구를 사귀는 것은 스스로에게 굉장히 소중한 자산이 된다. 이 시기의 사람들은 자신의 이익이나 손해를 따지지 않고 서로 솔직해서 친구로 사귀면 견고하면서도 오랜 시간 동안 신뢰할 수 있는 좋은 친구 사이가 될 수 있다. 토끼는 굴 주변의 풀을 먹지 않지만, 인맥을 이용해야 할 때는 서로 믿고 돕겠다는 호혜의 원칙을 반드시 철저하게 지켜야 한다. 친구를 곤경에 빠뜨리거나 손해를 보게 해서는 절대로 안 된다.

지혜의 팁

헐리우드에서는 이런 말을 자주 쓴다. "한 사람의 성공 여부는 무엇을 아는지(what you know)가 아니라 누구를 아는지(whom you know)에 있다." 자신이 남들보다 탁월한 재능이 있으니 당연히 성공할 것이라 자만해서는 안 된다. 인간관계 네트워크를 만드는 법을 배우고 연구하자. 자기만의 네트워크가 생긴다면 인간관계에서 얻을 수 있는 장점을 누릴 수 있을 뿐만 아니라, 성공하는 사람과 그렇지 못한 사람의 차이가 재능이나 능력이 아니라 인맥에서 갈린다는 것을 깨닫게 될 것이다.

아무것도 숨기지 마라

기업을 경영하려면 먼저 사람을 경영해야 하고, 사람을 경영하려면
먼저 사람을 존중해야 합니다. 상대방을 존중하는 데 가장 중요한 것은
진심으로 대하고 기만하지 않는 태도입니다.
어떤 일은 굳이 말할 필요 없을지도 모르지만, 말해야 한다면 사실만을 말하세요.

마윈의 충고 31

마윈의 경험

마윈은 창업 과정에서 무엇이든 사실대로 말한다는 원칙을 철저하게 지켜왔다. 초기에는 직원들에게 급여를 지급하지 못하는 난처한 상황에 수도 없이 부딪혔지만 직원들을 조금도 속이지 않고 솔직하게 먼저 이야기하고 양해와 지지를 얻었다. 1999년, 항저우로 돌아가 두 번째 창업을 할 준비를 하면서도 직원들과 성실하게 소통했다. 그는 직원들이 베이징에 남기를 원한다면 더 높은 급여를 받으면서 이직할 수 있도록 자신이 책임지고 추천서를 써주겠다고 했다. 하지만 그와 함께 항저우로 돌아갈 생각이라면 매달 500위안의 월급과 강도 높은 업무를 감수해야 할 것이라고 했다. 마윈의 이런 솔직한 말에 동료들은 다함께 '한 판 더' 힘을 내보자고 결정했고, 이들은 결국 나중에 '십팔나한(十八羅漢)'이라 불리게 되었다.

서로 관계가 아무리 원활한 모임이라도 어떤 문제는 처음부터 명명백백하게 이야기하고 시작하는 것이 좋다. 창업 초창기 마윈은 십팔나한과 함께 원칙을 하나 세웠다. 무슨 일이 있으면 마음의 문을 열고 숨김없이 이야기하자는 것이었다. 혹시 서로 삐걱거리는 일이 발생한다면 두 사람이 직접 마주 보고 해결해야 한다, 어떻게 해도 해결이 안 되고 쌍방이 다른 사람의 개입에 동의한다면 제삼자가 심판이 되어 이성적으로 논의하자는 내용이었다.

2000년, 골드만삭스 등 투자자에게서 500만 달러라는 거금을 얻어낸 알리바바와 창업 멤버들은 창업 이후 큰 변화를 맞이했다. 새로 이전한 사무실은 넓고 환해서 쾌적하기 그지없었다. 하지만 사람들의 마음은 그렇지 못했다. 함께 동고동락한 사람들끼리 권력과 이익을 다투게 되었기 때문이었다.

부서를 재편하고 업무 분담을 명확히 하는 등 회사에 정규 시스템을 갖추기 위해 마윈이 제안한 회사 이전이었다. 그런데 원래는 모두들 동등한 자격으로 자리를 배치했는데, 팀이 많아지자 이제는 누가 책임자가 되고 누가 직원으로 남을 것인지 등 새로운 문제가 생긴 것이다. 모든 사람이 똑같은 감투를 쓸 수는 없기 때문이었다. 마윈이 쑨퉁위, 장잉, 펑레이(彭蕾, 팽뢰)를 부서장으로 발령하자 멤버들 사이에서 처음으로 잡음이 일었다.

사무실이 좋은 곳으로 옮겨가고 얼마 지나지 않아 비공식적인 회의가 한 차례 있었다. 십팔나한이 업무를 떠나 그저 지난 이야기로 회포를 풀려고 마련한 자리인데, 사람들은 그만 자제력을 잃고 말았다. 한바탕 다툼이 있었고, 결국에는 마윈에게 장문의 편지를 써서 모두의 불평, 불만을 전부 알리기로 했다.

다음 날 편지를 받은 마윈은 너무나 깜짝 놀랐다. 갖은 고생을 함께한 형제들이 승리의 열매를 얻자마자 이렇게 의견이 엇갈릴 것이라고는 상상도 하지 못한 것이었다. 마윈은 이 문제가 아주 심각하다고 생각했다. 모두를 모아 놓고 확실히 이야기하고 부정적인 감정을 다 털어내야겠다고 느꼈다.

속마음을 털어놓기 위한 회의는 하룻밤 내내 계속되었다고 한다. 처음에는 격앙되어 자기 말만 쏟아놓던 사람들이 자신의 불만을 털어놓고 나자 조금씩 안정을 되찾았고, 결국에는 감격의 눈물을 흘렸다. 그리고 날이 밝자 모든 오해와 의문은 씻은 듯 사라져버렸다.

이 일은 알리바바 창업 멤버들 사이에서 처음으로 일어난 의견 불일치였다. 마윈은 속내를 다 털어놓고 이야기를 나눈 이 회의가 참으로 고맙다고 했다. 영혼을 완전히 씻어내는 세례를 받은 덕분에 모두의 응집력과 단결력이 더욱 강해졌기 때문이다.

우리의 고민

내가 제일 잘났고 내 생각이 최고라고 여기다가는 잘못을 저지르기 쉽다. 조금만 머리를 굴리면 남들보다 조금 더 나은 업무 실적을 낼 수 있기 때문이다. 다른 사람을 살짝만 속이면 운 좋게 번거로운 일을 피해갈 수 있기 때문이다. 그리고 잔꾀를 조금만 쓰면 성실하고 우직한 사람에게 책임을 미룰 수 있기 때문이다. 하지만 이런 식으로 눈 앞의 사소한 이익을 얻기 위해서 더 중요한 것을 잃고 있다는 사실을 아는가? 그것은 바로 나의 신용도이다.

심술을 부리거나 남에게 의뭉스럽게 대하는 사람과 인연을 오래 이어가고 싶은 사람은 없다. 만약 당신이 직원들을 속이고 무시하는 사장을 만난다면, 그 회사에서 오래 일하고 싶겠는가? 사람들이 아무리 규칙에 얽매이고 사회가 아무리 복잡해져도, 결국 사람들이 원하는 것은 간단명료하고 솔직담백한 관계이다.

직장생활을 오래 하다 보면 누구나 불공평한 대우를 받거나 이런저런 오해를 살 수도 있다. 그럴 때 억울하긴 억울하더라도 마음에 쌓아두고 병을 키우지는 말자. 또 탐욕이나 투기, 증오 등 부정적인 감정을 가지지도 말고 최대한 빨리 모순을 해결하려 노력해야 한다. 그 과정에서 가장 좋은 방법은 바로 서로에 대한 믿음과 솔직하고 성실한 태도이다.

사건의 전후 사정을 명백하게 밝히거나 잘못한 일로 남에게 사과를 해야 할 때, 먼저 진심을 담아 크게 사과를 한다면 얼어붙었던 관계는 눈 녹듯 풀어질 것이다.

링컨이 이런 말을 했다. "한순간에 모든 사람을 속일 수 있고, 영원히 한 사람을 속일 수는 있어도 영원히 모든 사람을 속일 수는 없다." 예전과는 달리 정보를 쉽게 얻을 수 있는 요즘 같은 시대에는 진실을 숨기거나 과대포장하는 것은 헛수고일 뿐이다. 솔직함이란 상대방에게 존경의 뜻을 표하는 중요한 태도이다. 당신이 눈여겨보고 존중하고 있다는 인상을 상대방에게 줄 수 있다면, 상대방과의 깊은 인연은 지금 바로 시작될 것이다.

평범한 사람도 함께하면 평범하지 않다

모든 사람의 자신의 재능을 발휘할 수 있게 만드는 것은 여럿이 수레를 끌게 하는 것과 같습니다. 누구는 이쪽으로 끌고 누구는 저쪽으로 잡아당긴다면 엉망이 되어버리겠지요. 그래서 회사에서 제가 맡은 역할이 시멘트입니다. 우수한 우리 직원들을 한데 모아 그들의 힘을 한 방향으로 보내지요.

마윈의 충고 32

마윈의 경험 알리바바가 야후 차이나를 인수합병하고 얼마 후, 알리바바 B2B의 상장 준비는 매일의 일과가 되었다. 마윈이 가장 먼저 착수한 일은 자회사의 지분을 그룹이 소유하는 형태로 바꾼 것이었다. B2B업무를 담당하던 알리바바, 타오바오, 알리소프트, 알리페이와 야후 차이나는 각각 독립적인 자회사가 되었고 사람들은 이 다섯 자회사를 우스갯소리로 '달마대사의 다섯 손가락'이라고 불렀다.

"브레인이 하나뿐이면, 무언가 잘못되었을 때 다 같이 망하죠." 마윈이 말했다. "다섯 자회사에 독립적으로 이사회를 설립해야 위험을 분산시킬 수 있습니다." 말은 이렇게 했지만 회사가 다섯으로 쪼개지고 나면 마윈의 업무는 수하에 있는 오호장군(五虎將軍)● 에게로 옮겨갈 텐데, 혹시 입지가 좁아지거나 실권을 잃는 것은 아니었을까? 마윈은 이 점에 관해서 하나도 걱정하지 않았다. 오히려 스스로 만족하고 있었다. "예전에야 제가 먼저 도끼를 휘두르며 앞으로 달려나가 아래에 있는 병마를 지휘하고 이끌었지요. 그때는 하루에 두세 시간만 자도 아침에 일어나면 피곤한 기색도 없이 바로 튀어나갔죠. 남는 게 체력이었으니까요. 지금은 정력이며 체력이 십 년 전하고는 다르다는 것을 새삼 느낍니다. 젊은이들하고 다투다가는 단칼에 쓰러지고 말 겁니다. 우리는 경험과 포부, 그리고 안목이 있지만, 젊은 사람들은 정력과 체력, 지능이 우리보다 강하고 훨씬 더 낫겠지요. 저는 저를 비롯한 임원들에게 모두 떠나가라고 합니다. 저는 제 자신이 잘해왔다고 생각해요. 제가 그만두더라도 큰 문제 없을 것이라는 것도 알고요. 타오바오를 쓰러트릴 누군가가 아직은 있을 것 같지 않고 알리바바도 3~5년은 거뜬할 테니까요."

마윈은 삼장법사 같은 사람이 좋은 리더이며 그런 리더가 이끄는 팀의 전망은 밝다고 생각한다. 그리고 이상적인 팀에는 네 가지 역할이 두루 갖추어져 있어야 한다고 여긴다. 그 네 가지는 덕망 있는 사람, 능력이 출중한 사람, 지혜로운 사람, 성실한 사람이다. 덕망 있는 사람은 무리를 이끌고, 능력 있는 사람은 난관을 극복하는 데 앞장선다. 지혜로운 사람은 여러가지 방책을 내놓고, 성실한 사람은 일을 직접 성사시킨다. 삼장법사에게 딱히 매력이 있거나 특별한 능력이 있는 것은 아니었다. 손오공 역시 천성도 착하고 무공도 초고수이지만 한 번 폭발하면 걷잡을 수 없는 성질머리가 단점이었다. 저팔계는 너무 욕심이 많고 교활했다. 사오정은 짐을 지는 것에만 집중할 뿐, 다른 것은 일절 생각하지 못했다. 그래도 이들은 한데 모이자 불경을 구해낼 수 있었다.

마윈은 삼장법사의 관리능력을 매우 높이 평가했다. 손오공이 제멋대로 날뛰지 못하게 제때 주문을 외워 머리 위의 금고아를 죄었고, 평소 사소한 실수는 많지만 큰 잘못은 하지 않는 저팔계를 적절하게 꾸짖고 타일러 잘 이끌었으며, 사오정에게는 힘내라는 격려를 잊지 않았다. 스스로 법사로서 수련도 게을리하지 않으면서 적재적소에 알맞는 인재를 채용하고 부릴 줄 아는 인물이었던 것이다.

"지금의 알리바바가 엘리트 집단이 되길 바라지 않습니다. 엘리트만 다 같이 모여 있다면 분명히 일이 잘 안 풀릴 거예요. 우리는 모두 평범한 사람들입니다. 평범하기 그지없는 사람들이 모여 평범하지 않은 일을 하는 것이 바로 우리의 정신이예요. 우리 한 사람 한 사람이 모두 서로 함께이기를 즐기고 좋아해야 합니다."

마윈은 컴퓨터 다루는 데는 젬병이다. 겨우 이메일을 보내고 웹서핑을 하는 정도이다. 그런 그가 알리바바를 건설하고 인터넷의 신화를 다시 썼다. 모두가 추앙하는 IT영웅이 되었고 인터넷 사업의 핵심 세력이 되었다. 삼장법사 일행이 서역으로 떠났을 때처럼, 알맞은 역할에 알맞은 사람을 놓은 마윈의 인재관리철학은 평범한 사람을 데리고 결코 평범하지 않은 업적을 이룰 수 있었던 것이다.

우리의 고민

독일의 경영관리학계에는 이런 명언이 있다. '쓰레기는 자리를 잘못 찾은 인재일 뿐이다.' 그 사람이 훌륭한 인재인지 아닌지는 어디에 위치하는지가 관건이며, 그 자리에서 일을 잘 완수한다면 그게 바로 우리가 말하는 훌륭한 인재라는 것이다.

청년 창업자가 가장 저지르기 쉬운 잘못은 모든 일을 스스로 다 떠맡아서 완벽하게 하려 한다는 점이다. 하지만 그럴수록 몸은 몸대로 피곤하고,

하나를 돌보는 사이 되려 다른 일은 놓쳐버린다. 마윈은 본인이 IT 전문가라고 할 수 없지만, 직접 일을 맡은 사람에게 권한을 주고 그들을 관리하는 일을 잘해서 IT 영웅이 되었다.

특히 사회 경험이 적은 젊은 스타트업은 인재를 잘 알아보고 필요한 곳에 적절히 배치해, 그 사람이 가진 적극성과 역량을 최대한 충분히 발휘할 수 있도록 각별히 신경써야 한다. 그래야 멀지 않은 시기에 성공의 빛을 볼 수 있을 것이다.

지혜의 팁

현명한 리더는 각 인재의 장점을 빠르게 캐치해내고 그 장점을 최대한 살릴 수 있는 능력을 갖추어야 한다. 부하 직원의 성격은 어떤지, 어떤 특징이 있는지, 무엇을 잘하는지, 어떤 단점이 있는지, 어떤 자리에서 어떤 일을 해야 어울릴지 생각하고 정확하게 꿰뚫는 것은 바로 리더에게 가장 필요한 핵심 재능이다.

● **오호장군(五虎將軍)** | 유비 휘하에 있던, 호랑이같이 무서운 맹장인 관우, 장비, 조자룡, 마초, 황충을 이르는 말이다.

가치관이 같은 사람과 함께 싸워라

사람들 중 30%는 영원히 당신을 믿지 못합니다.

동료들에게 당신의 일을 시키지 마세요. 공동의 목표를 위해서 일하게 하세요.

공동의 목표 아래 단결하는 것은 한 사람을 위해 단결하는 것보다 훨씬 쉽습니다.

먼저 모두에게 우리의 이상을 납득시키세요.

당신을 위해서 일하는 것이 아니라는 것을 알려주세요.

마윈의 충고 33

마윈의 경험 "저는 이것 하나만은 인정할 수 있습니다. 갖은 고생을 겪으면서도 남들에게 이해 받지 못하고, 소통과 이해의 부재를 겪으며 실패를 거듭해왔던 지난 4년간의 노력이야말로 여러분에게 진정한 재산이 되리라는 것입니다. 지분이요? 한가득 안겨줄 수도 있지요. 하지만 그것은 가짜입니다. 속임수예요." 마윈의 이 말은 바로 알리바바에 인재들이 모여드는 비결이나 마찬가지이다. 공감하지 못하는 사람도 많겠지만, 마윈은 알리바바에서 일하는 사람들이 모두 꿈을 쫓는 사람들이라고 생각한다. 맡은 일을 더 깊이 연구하고 공부하고 학문처럼 대하기 때문이다. 스타트업 기업이라면 꼭 갖추어야 할 부분이다.

"이것만은 흥정하거나 양보할 수가 없습니다. 바로 기업 문화, 사명감과 가치관입니다." 마윈은 투명하리만치 솔직한 사람이다. 무엇을 좋아하고 싫어하는지를 표현하는 데 정확하고 거침이 없다. 그런 그가 몇 년 동안 사람들에게 가장 많이 했던 말이 있다. "마윈은 같은 가치관을 지닌 사람과 함께 싸운다."

가치관이 같은 사람을 찾고, 함께 공동의 목표를 향해 싸우면 그 사람은 내 곁에 머무르게 된다. 마윈이 사람을 끌어모으는 비결이 바로 여기에 있다.

"저는 그들을 붙잡은 적이 한 번도 없습니다. 알리바바가 걸어온 10년 동안 2만여 명의 직원이 있었고, 그중에서 떠난 사람도 1만 명 정도입니다. 정확히는 잘 기억이 안 나지만요. 이렇게 많은 사람이 있었지만 저는 그 누구도 붙잡지 않았습니다." 2010년 12월에 있었던 '바링허우(80後), 쥬링허우(90後)와의 대화'에서 마윈이 한 말이다.

알리바바의 창업 초기 일할 사람을 모으고 있을 때, 홍콩의 IT 전문가 한 명이 찾아왔다. 마윈은 급여로 매달 500위안을 제안했다. 이 사람은 화들짝 놀라고 말았다. 500위안이면 홍콩에 있는 여자친구에게 매일 전화를 거는 비용도 안 된다고 생각한 그가 돌아가겠다고 했지만, 의외로 마윈은 그를 붙잡지 않았다.

현재 알리바바의 CFO 차이충신은 원래 스웨덴의 투자회사 인베스터AB(-Investor AB)에서 부회장을 맡고 있었다. 예일대학에서 경제학, 법학 박사 학위를 받았고 미국에서 변호사와 회계사 자격을 갖고 있었다. 그는 1999년에 마윈의 진심 어린 열정과 비전에 반해 알리바바에 합류했다. 그 이후 야후 검색엔진의 특허개발자였던 우종(현 알리바바 CTO), GE에서 높은 자리에 있었던 관밍성(현 알리바바대학 총장) 등이 속속 뜻을 같이하게 되었다.

우종은 당시를 이렇게 기억한다. "2000년 5월에 처음으로 고국으로 돌아왔어요. 곧바로 마윈을 만나러 갔는데 창업 멤버들이 한꺼번에 마윈의 집에 모여 있었어요. 한 사람도 빠짐없이 돈을 내놓았고, 매달 기본 생활비만 받아갔습니다. 밤낮없이 일을 하는데도 말이죠. 이 정도 사명감은 야후보다 더하면 더했지 결코 못하지는 않았어요. 그래서 함께 하기로 결정했습니다."

차이충신을 비롯한 우수한 인재들이 알리바바에 합류하게 된 것은 정말 미스테리처럼 보였다. 이 사람들은 모두 상당한 몸값을 자랑하며 고액 연봉을 받는 사람들이었고, 야후 등 상장회사에서 받는 선물옵션 수입까지 있기 때문이었다. 반면에 알리바바는 사람과 신념을 빼고 나면 볼만한 것이라고는 아무것도 없었다. 오히려 그 사람들의 수입이라면 수십, 아니 수백 개의 알리바바를 사고도 남을 정도였다. 그런 알리바바가 그들의 환심을 살 것이라 감히 상상이나 할 수 있었겠는가?

마윈은 이렇게 말했다. "진짜 우수한 인재는 돈을 따라가지 않습니다. 정말 출세할 사람은 이익을 창출해내지요. 무능한 사람만이 돈을 좇습니다." 그러자 차이충신은 한 술 더 떠 이렇게 말했다. "영화에서 봤잖아요. 인민해방군은 적진으로 돌격하면서 '중국의 해방사업을 위해 돌격!'이라고 하지만 국민당은 '돌격하라, 적진으로 돌격하는 사람에게 대양(大洋) 은화 열 닢을 내리겠다!' 하고 말하죠. 바로 그 차이입니다. 마지막에 누가 이깁니까? 공산당이 이깁니다!"

우리의 고민

마윈이 이끈 창업 멤버들에게 공동의 가치관은 구성원 간의 유대와 응집력이었다. 이는 모든 구성원을 안정적으로 한데 묶어주고 더 똘똘 뭉치게 했다. 성공하려는 욕심이 있는 리더라면, 팀이나 멤버를 꾸릴 때 언제나 가치관이 같은지를 판단의 기준으로 삼아야 할 것이다.

잭 웰치는 가치관과 능력을 기준으로 직원들을 네 가지 유형으로 분류했다. A는 회사의 가치관에 따르지 않고 능력도 없는 직원이다. B는 회사의 가치관념에는 동의하지만 능력이 모자라는 직원이다. C는 회사의 가치관을 따르지 않지만 업무 능력은 우수한 직원이다. 마지막으로 D는 회사의 가치관과 공동으로 움직이며 능력도 훌륭한 직원이다.

잭 웰치는 A직원은 회사에 아무런 가치도 없는 사람이며 주저할 필요도 없이 떠나보내야 한다고 했다. B는 능력이 부족하지만 충성도가 높고, 이는 회사 입장에서 귀한 존재이기 때문에 부서를 조정하거나 교육을 통해서 능력을 향상시켜야 한다고 했다. 그리고 능력이 있지만 회사의 핵심가치에 따르지 않는 C는 동기부여 프로그램을 제공한다면 윈윈할 수 있다고 했다. D는 회사의 가치관을 잘 이해하고 능력까지 갖추었으므로 회사의 든든한 버팀목이며 믿음직한 기본 역량이라고 했다. 이런 사람을 발견하게 된다면 과감하게 발탁하고 지원을 아끼지 말아야 하며, 회사를 이끄는 핵심세력으로 잘 키워내야 한다.

지혜의 팁

의지할 곳 없이 혈혈단신 일당백으로 싸우는 일은 결코 만만치 않다. 어떤 상황, 어떤 영역에서건 사람과 사람 사이의 협력은 필요하다. 서로 다른 배경과 성별, 다양한 취미, 수많은 국적의 사람들과 어떻게 함께할 것인가? 이때, 가치관은 아주 유용한 기준이 되며, 때로는 돈보다 더 쓸모 있는 경우가 많다. 바른 가치관으로 사람을 판단하고 그들에게 힘을 불어넣어야 한다. 동일한 가치관과 공동의 목표로 뭉친 당신의 대오는 더욱 강력한 팀워크를 발휘할 수 있을 것이다.

부(富)를 나누는 것은 사랑의 표현이다

직원들이 이직을 하는 원인은 헤아릴 수 없이 많지만, 그중에 진실은
딱 두 가지입니다. 하나는 '돈'이 원하는 수준에 못 미친다는 것이고,
하나는 '마음'이 부당하고 억울하다고 느낀다는 것이지요.
결국은 즐겁지 않고 불편하다는 말입니다.
직원들은 떠나가면서도 적당한 핑곗거리를 찾기 위해 애를 씁니다.
당신들의 체면을 세워주기 위해서죠. 관리가 얼마나 엉망인지,
그가 당신에게 얼마나 실망했는지는 말하지 않습니다.
관리자로서 기꺼이 반성하시기를 바랍니다.

마윈의 충고 34

마윈의 경험 마윈은 직설적인 사람이다. 문제를 파악할 때도 그 본질을 꿰뚫고, 사람을 대할 때도 상당히 직접적이다. 그는 이렇게 말한다. "기업 문화가 공허하고 아무에게도 지지를 받지 못하면 앞으로 나아갈 수도 없습니다. 돈에 관한 가치 관념과 급여의 관계는 우리가 흔히 말하는 팔괘나 음양의 조화보다도 더욱 끈끈하지요. 우리는 직원들에게 세 가지를 주어야 합니다. 하나는 만족스러운 업무 환경(인간관계), 다른 하나는 돈(오늘은 급여를, 내일은 상여금을, 모레는 모두의 손에 회사 주식을), 마지막 하나는 개

인의 성장입니다."

마윈은 〈원인차이나(Win in china)〉라는 리얼리티 창업 오디션 프로그램에서 한 참가선수를 이렇게 평가했다.

"당신은 아주 선량하고 열정적입니다. 유머러스하기도 하고 이야기도 잘 하고요. 하지만 팀원들이 당신을 떠날 때, 이것 하나만은 알아야 했어요. 우리에게는 레이펑(雷鋒, 뇌봉)•이 필요하지만, 레이펑조차도 너덜너덜하게 해지고 낡은 옷을 입고 거리로 나갈 수는 없다는 사실입니다. 당신의 성공을 그들과 함께 나누는 것은 대단히 중요해요."

많은 사람들이 마윈에게 최선을 다해 충성을 바친다. 가장 근본적인 이유는 바로 "마윈과 함께라면 고기를 먹을 수 있다!"는 점이다. 그는 사람들에게 아주 시원시원하고 대범하다. '돈을 뿌리면 사람이 모여들고 돈이 묶여있으면 사람들은 흩어진다'는 말로 유명한 중국 유제품 가공업계의 큰손 기업가 뉴건성(牛根生, 우근생)도 혀를 내두를 정도이다. "다른 이들과 이익을 나누는 마윈의 능력은 정말 대단해요. 직원들에게도 아주 손이 크지요."

자신에 대한 평가에 마윈은 이렇게 답했다. "이 회사를 설립한 첫날, 저 자신과 회사 전체를 위해서 규칙을 세웠습니다. 어느 누구도 회사를 장악할 만큼의 지분을 소유할 수는 없다고 말입니다. 물론 저를 포함해서 말이지요."

2007년 11월, 홍콩증권거래소에 상장한 알리바바는 마윈의 주도하에 '전 직원의 지분 보유' 계획을 실행으로 옮긴다. 심지어 마윈은 직원들이 조금이라도 더 많은 이익을 볼 수 있도록 손정의와 제리 양에게 자신의 영향력을 행사하기도 했다. 그리하여 4,900명의 직원들이 4억 4백만 주의 회사지분과 3,919만 주의 스톡옵션, 25만 주의 양도제한조건부주식 등 전체 지분의 26.32%에 해당하는 4억 4천만 주를 소유하게 되었다. 통계에 따르면, 당시 알리바바 B2B 사업 분야의 기업공개(IPO)로 알리바바 직원들이 얻은 수익은 최소 184억 홍콩달러 이상이었다고 한다.

마윈은 이렇게 직원들과 함께 성과를 공유했다. 알리바바 그룹 고위 경영자들은 하룻밤 사이에 천만장자, 억만장자가 되었고, 보통 직원들 중에서 백만장자 반열에 올라선 사람도 천 명이 넘어갔다. 갓 입사한 대학졸업반 신입사원까지도 '상장기념 특별보너스'를 받았다. 세계 어디에도 그룹 내 65%의 직원이 선물옵션을 소유하는 파격적인 일은 없었다. 알리바바는 7천 명의 직원 중에서 4,500명이 넘는 사람들이 즐거운 상장 파티의 수혜를 입었다. 마윈의 비범함이 바로 여기에서 드러난 것이다. 그는 기업공개로 자신이 중국, 아시아 최고의 갑부가 되기를 바라지 않았고, 한 치의 망설임도 없이 자신이 창업 때 했던 약속을 이행하며 70%의 직원을 큰 부자로 만들어 주었다. 5천여 명이나 되는 직원들은 그날 부로 먹고 입을 걱정을 완전히 날려버렸다.

벌어 들인 부를 모두와 함께 나눈 것은 마윈이 직원들에게 보여줄 수 있는 가장 큰 성의와 관심의 표현이었다. 이런 혜택의 분배는 알리바바 성장의 일등공신이 되었지만, 막상 마윈 자신의 주식 배당금은 훨씬 적어졌다. 전체 직원이 주식을 보유할 것을 지지한 마윈은 자신의 지분을 채 5%도 안 되게 남겨둔 것이다. 성다(盛大)의 CEO 천톈챠오의 자사 지분보유율이 75%에 달하고, 넷이즈의 딩레이가 회사지분의 50%를 가진 것에 비하면 마윈은 이에 한참 못 미친다. 까딱 잘못하다가는 경영권을 잃을 위험이 생길 수도 있다. 하지만 마윈은 이렇게 말한다. "저는 다른 사람들을 제 마음대로 통제하는 것은 원하지 않습니다. 그래야 다른 주주들과 직원들이 회사를 더욱 신뢰하고 최선을 다하겠죠."

그 기업 공개로 마윈은 '세계 최고의 갑부'가 될 가능성을 영원히 잃었을 수도 있었다. 당시 공개된 마윈의 지분 보유현황은 알리바바 B2B 자회사의 주식만 1억 8천 9백만 주였고, 상장 후에도 22억 홍콩달러밖에는 되지 않았기 때문이다. 이 정도로는 세계 대부호 순위의 40위 안으로는 이름을 올리기 힘들 것처럼 보였다.

그러나 마윈에게 상장은 새로운 시작일 뿐, 끝이 아니었고 그의 관심사는 전 세계에서 가장 좋은 회사를 만들자는 생각에 온통 쏠려있었다. 어떻게 이 꿈을 현실화할 것인가? 이는 알리바바 직원 한 명 한 명의 노력과 적극적인 참여로만 가능하다는 것은 말할 필요조차 없었다. 그렇다면 직원들의 고생과 땀방울에 어떻게 보답하고 더 큰 힘을 실어줄 수 있을 것인가? 당연히 '수익을 함께 나누는 것'이다. 그것만큼 회사의 진심 어린 관심과 사랑을 보여주는 것은 없다. 마윈은 이를 잘 아는 도량이 넓고 지혜로운 사람이다. 그래서 고생하는 직원들이 전부 금팔찌를 두를 수 있게 해 준 것이었다.

우리의 고민

다른 사람이 자신의 성과와 재산을 넘볼까봐 매사에 담을 쌓고 방어하면 스스로를 외로움으로 몰아넣는 실수를 하기 쉽다. 하지만 이런 식으로는 금세 바닥나는 성과와 재산을 지켜보는 수밖에 없다.

돈을 잘 버는 사람에는 두 종류가 있다. 하나는 '영리한 사람'이고 하나는 '총명한 사람'이다. 영리한 사람은 눈앞의 이익에 급급해 물고기를 잡으려 호수의 물을 다 퍼내는 사람이다. 예를 들어 영리한 사람이 회사를 운영해 100만 원을 벌었다면 그중 80만 원은 자신이 갖는다. 그런 사람의 아랫사람들은 분명히 기가 꺾일 것이다. 그렇다면 다음에는 80만 원밖에 벌어들일 수가 없다. 반면에 총명한 사람은 물을 대어 물고기를 기르는 사람이다. 처음에 100만 원을 벌면 80만 원을 부하들에게 먼저 나누어 준다. 사기가 오른 직원들이 모두 열심히 일하면 다음번 수익은 1,000만 원이 된다. 이때 90%를 모두에게 나누어주더라도 자신에게 돌아오는 이익은 무려 100만 원이다. 그리고 그 다음 수익은 1억, 또 그 다음은 10억이 굴어 들어올 것이다. 이것이 바로 모두가 이익을 얻는 전략이다. 혼자서 이익을 독차지하려들면 모두에게 돌아가는 이익은 갈수록 줄어든다. 하지만 많은 사람들에게 이익을 돌아가게 만들면 그 이익은 갈수록 더 많아지게 된다. 그래서 영리한 사람은 당장 적은 돈을 벌고 총명한 사람은 큰돈을 번다. '영리'와 '총명'은 한 끗 차이인 것 같지만, 실제로는 천양지차인 것이다.

지혜의 팁

공자는 이렇게 말했다. "은혜를 베풀면 능히 다른 사람을 부릴 수 있다(惠足以使人, 혜족이사인) 물질적인 이익과 같은 은혜를 베풀어서 다른 사람이 당신을 위해서 일하도록 할 수 있다는 뜻이다. "돈이 있으면 귀신에게도 맷돌질을 시킬 수 있다"는 말도 있다. 이런 말들이 의미하는 바는 전부 똑같다. 사람들이 자신의 금전적인 이익을 위해서 다른 사람의 말을 듣는다는 사실이다. 이익을 좇는 것은 사람의 본성이다. 그렇기 때문에 오랫동안 한 가지 목표를 위해 사람들을 움직이려면 일단 그들의 물질적인 요구를 만족시켜 주어야 한다. 경험이든 성과든 좋은 것은 먼저 주변 사람들과 함께 나누는 법을 배우자. 그 이치를 알고 기꺼이 사람들과 함께 나누어야 다른 사람의 존중과 인정을 받을 수 있고, 당신의 비즈니스 또한 성공의 길로 접어들 것이다.

● **레이펑(雷鋒, 뇌봉)** | 근검절약, 희생, 봉사정신으로 중국 인민해방군의 전설적인 모범 병사로 추앙받는 인물.

재능을 펼칠 자리를 깔아 주어라

인터넷은 400미터 계주입니다.

당신이 아무리 대단하다 해도 바통은 한 번밖에 잡을 수 없지요.

기회는 젊은이들에게 넘겨주어야 합니다.

마윈의 충고 35

마윈의 경험

알리바바의 핵심 멤버에는 줄곧 마윈과 함께 성장해온 사람들이 많다. 현재 알리바바의 COO(Chief Operating Officer, 최고운영책임자)인 리치(李琪, 이기), 타오바오의 사장 쑨퉁위, 알리바바의 부회장 진젠항(金建杭, 김건항) 등이며, 모두들 창업을 함께한 '십팔나한'의 구성원들이다.

마윈은 그들을 이렇게 표현한다. "그들은 나와 같습니다. 대단히 똑똑하고 총명한 사람들이라고 할 수는 없어요. 하지만 최근 몇 년 사이 무섭도록 빠르게 성장했습니다." 마윈의 팀에는 수많은 기적이 있었다. 프런트데스크의 안내원이 고객서비스관리 책임자가 되었고 호텔 지배인이 알리페이 최고의 판매원이 되었다. 마윈은 건강한 기업 환경을 조성해 창업의 열정을 불어 넣고 올바른 경쟁 기회를 부여한다면 평범한 사람도 급속도로 성장할 수 있다고 말한다.

더 많은 인재들이 발전할 수 있는 공간을 만들기 위해서 마윈은 극약처방을 한 적도 있었다. 창업 공신들을 단체로 사임시키고 새로운 사람들을 그 자리에 앉힌 것이다.

2009년 음력 9월 10일은 알리바바그룹이 창립된 지 10주년이 되는 날이었고 동시에 창업자인 마윈의 45세 생일이었다. 겹경사로 들뜬 알리바바 10주년 축하파티에서 마윈은 모두를 경악하게 하는 발표를 했다. 자신을 포함해 열여덟 명의 창업 멤버를 모두 해고한다는 내용이었다. 그리고 마윈은 자신의 생각을 이렇게 밝혔다.

"우리는 지난 시간들의 영광을 등에 업고 안주하지 않을 것입니다. 내일 우리들은 다시 알리바바에 취업 지원을 할 생각입니다. 일반 직원들과 똑같이 '0'에서부터 시작해 10년간 열심히 노력할 것입니다."

이 일로 마윈은 푸싱(復星) 그룹의 궈광창(郭廣昌, 곽광창) 회장에게서 큰 칭찬을 받았다. "마윈의 생각이 아주 좋다고 생각합니다. '0'에서 다시 출발해 창업자라는 개념을 버리고 기업의 구성원으로 함께 임한다면, 다가올 10년간의 발전을 위한 이익 분배의 기초를 잘 다질 수 있을 것입니다."

"9월 11일부터 알리바바는 새로운 시대로 진입하게 됩니다. 바로 공동조합원의 시대입니다. 다시 경쟁으로 취업을 해야 하는 십팔나한 또한 조합원의 신분으로 기업과 함께 창업을 시작할 수 있습니다." 마윈은 우수한 인재들에게 하나라도 더 빈 자리를 만들어주기 위해 시작한 일이 창업자들의 의지에 좌우되는 것보다 못한 결과를 낼까봐 고심에 고심을 거듭했다. 그리고 십팔나한의 사임은 여러 계획 중에 최후의 보루였다.

2007년 12월, 알리바바 B2B 서비스가 상장한 지 한 달이 지났을 때 마윈은 이미 임원진이 교대로 휴직하면서 연구기간을 보낼 수 있도록 하는 계획을 세우고 쑨퉁위 등 창업 멤버들에게 현장을 떠나있게 했다. 당시

한 매체는 그러한 조치를 '배주석병권(杯酒釋兵權)'이라고 비꼬며 이렇게 전했다.

"이 집단 해고 이후에 알리바바 그룹 100여 명의 임원 중에서 단 여섯 명 만이 남게 되었다. 대여섯 명이던 최고 결정권자는 마윈과 차이충신 두 사람만이 남았다. 남겨진 직위는 전부 회사 내 우수한 직원들이나 외부에서 들어온 인재들에게 돌아갔다. 알리바바 B2B서비스 CEO 웨이저와 그룹의 총 참모인 창청밍(長曾鳴, 장증명)은 낙하산으로 마윈의 오른팔이 되었다."

우리의 고민

유명한 고사성어 중에 삭족적리(削足適履)라는 말이 있다. 옛날에 어떤 사람이 시장에서 신발을 한 켤레 샀는데 집에 와 신어보니 작아서 발이 안 들어가자 신발에 맞게 칼로 자신의 발을 깎아내었다는 데서 유래한 말이다. 이 이야기는 천 년을 넘게 전해 내려오며 많은 사람들에게 같은 실수를 반복하지 않도록 귀감이 되었다. 하지만 현대사회에서는 수많은 CEO들이 사람을 쓰는 데 있어 발을 잘라내는 방법을 고수하고 있다. 심지어 그들은 발과 신발이 잘 맞아야 한다는 것조차 중요하게 생각하지 않는다. 재능에 따라 사람을 등용해야 한다는 기본적인 원칙조차 지키지 않는 임용은 누구에게도 이롭지 않을 뿐더러 조직의 안정과 번영에도 하등 도움이 되지 않는 처사일 뿐이다.

마윈은 자신의 가치가 얼마나 중요한지를 직원이 직접 깨닫게 하는 것을 중요시했다. 그래서 '배주석병권'● 이라는 오명을 뒤집어쓰면서도 직원들에게 더 나은 지위와 환경을 안겨주기에 주저하지 않았다. 이런 방식으로 마윈은 두 가지 의도를 전달했다. 첫째, 기업은 직원들의 것이며 모두에게 기회는 공평하다. 둘째, 능력만 있다면 맡지 못할 자리는 없다.

요즘과 같이 경쟁이 치열한 사회에서 영원히 깨지지 않는 철밥통 따위는 존재하지 않는다. 능력이 지위를 정하는 세상이지 않은가. "오늘 일을 열심히 하지 않으면, 내일은 열심히 일자리를 찾아야 할 것이다."

지혜의 팁

심리학자 매슬로우의 욕구단계이론은 우리 인간에게 생리적 욕구, 안전의 욕구, 애정과 공감의 욕구, 존경의 욕구 이외에도 자아실현의 욕구가 있다는 것을 알려준다. 자아의 한계를 초월하고 상대방에게 나를 확인시키는 것은 사람들의 마음을 얻고 인맥을 경영하는 아주 좋은 방법이다. 이 방법은 남들이 당신을 결코 소홀히 할 수 없게 만들어주기 때문이다. 지금 리더의 자리에 있거나 리더가 되려는 젊은이라면, 인간이 가진 최상위 욕구인 자아실현의 욕구를 잘 이해하고 활용해야 한다. 이는 인맥 경영의 문을 활짝 열어줄 열쇠가 될 것이다.

● **배주석병권(杯酒釋兵權)** | 송(宋) 태조 조광윤이 창업 대신, 지방 장군들을 술잔치에 불러 술을 따라주며 병권을 놓게 하고 새로운 군사 제도를 수립한 일을 일컫는 말.

함께하는 사람을 즐겁게 만들어라

누군가를 혹은 어떤 회사를 판단할 때, 하버드 출신인지 스탠퍼드 출신인지를 보지 마십시오. 얼마나 많은 명문대 졸업생이 일하는 곳인지를 보지 마십시오. 이들이 미친 듯이 일하는지, 매일 퇴근할 때 미소 지으며 집으로 돌아가는지를 보아야 합니다.

마윈의 충고 36

마윈의 경험

마윈은 누군가를 자신과 함께 일하게 만들려면 물질적인 보상이나 능력 개발에서 오는 만족 외에 가장 중요한 것이 바로 유쾌함이라고 생각했다. 그리고 이런 생각을 여러 번 언급했다. "그들은 기분이 좋다고 느껴야 남아있을 것입니다. 이것은 좋은 고용주들이 꼭 이루어야만 하는 일입니다. 반드시 직원들을 즐겁게 만드세요."

수많은 마윈의 팬들도 마윈과 어울리는 것은 단 한 단어, '유쾌함'이라고 말한다. 마윈은 유머러스하고 거침이 없으며 가식이라고는 모른다. 상대에게 조금의 스트레스도 주지 않는 그야말로 유쾌, 상쾌, 통쾌한 사람이다.

"회사원들이 일을 하는 목적은 만족스러운 급여와 즐거운 업무, 쾌적한 작업환경을 포함합니다. 그중에서 가장 중요한 것은 회사에서 즐겁게 일할 수 있어야 한다는 것입니다. 우리 알리바바의 로고는 웃음 짓는 얼굴이죠. 저는 우리 직원들 얼굴이 이랬으면 좋겠습니다."

사실 '즐거운 기업 문화'는 요즘 거의 모든 회사에서 지향하는 바이다. 하지만 실제로 그 목표를 이룬 기업은 몇이나 될까? 마윈은 언제나 실무적이고 구체적이다. 그는 유쾌함이 그저 개념으로 머물러서는 안 된다고 보았다. 추상적인 개념이라는 것은 절대 흡입력을 발휘할 수 없기 때문이다. 예를 들어, 경영자는 남을 유쾌하게 하기 위해서는 자기 자신부터 항상 웃는 모습을 보여야 한다. 만약 그 얼굴이 고통과 아픔으로 가득하다면 다른 사람에게 절대 즐거운 생각이 들게 할 수 없다. '즐거움'이라는 것은 구체적으로 밖으로 드러나야만 하는 것이다.

부하직원을 유쾌하게 만들기 위해서 마윈과 알리바바 그룹은 수단과 방법을 가리지 않았다.

알리바바에서는 사무실로 들어서면 "아커(阿珂)!●" "칭퉁(青桐)!●" "포루(破虜)!●" 이렇게 인사하는 소리가 들려온다. 이곳은 진융 선생의 무협소설 드라마 촬영장이 아니다. 알리바바 그룹 타오바오의 직원들이 이름 대신에 부르는 자신들의 닉네임이다. 여기는 회의실도 흑목애(黑木崖)니 협객도(俠客島)니 하는 이름으로 불리며 진융의 색깔을 띤다.

알리바바에서는 이런 모습도 흔하다. 편안하게 자기 집 발코니에서 일을 한다든지 아예 컴퓨터를 카페로 옮겨 놓고 작업을 하는 직원, 집에서 입는 편안한 잠옷을 그대로 입고 나타나 망가진 모습을 숨김없이 보여주는 직원, 세 가지 요리와 탕 하나를 차려놓고 "우리 집에서 일하다가 먹는 점심이야, 손수 만든 거야." 하며 사람들의 코를 유혹하는 직원, 마치 드라마에 나오는 주인공인 것처럼 음료를 마시며 여유만만하고 스마트한 모습으로 작업에 열중하는 직원 등이다.

알리바바가 이렇게 하는 목적은 직원들에게 조금이라도 편안한 환경을 만들어주기 위해서이다. 알리바바에서는 직원이 롤러스케이트를 신고 일을 해도 된다. 또한, 각자 집에 광대역 인터넷에 접속할 수 있는 컴퓨터가 있고, 전화기를 꺼놓지 않고, 정상적으로 임무를 완수할 수 있다는 조건만 충족시킬 수가 있다면 상사의 동의나 허락을 구하지 않아도 신청만 하고 얼마든지 회사로 나오지 않고 재택근무가 가능하다.

알리바바의 업무 환경은 오색찬란하게 꾸며져 있다. 그중에서도 주인공은 오렌지색이다. "왜냐하면 오렌지색은 따뜻하고 유쾌한 색깔이기 때문입니다. '오색찬란'이 아닌 '오렌지색찬란'은 알리바바인의 문화코드이지요." 알리바바에는 그 어디에도 하얗게 텅 빈 벽을 찾아볼 수 없다. 모든 벽은 직원들이 직접 디자인한 색깔과 그림으로 가득한 '문화의 벽'으로 이루어져 있다. 물론 화장실도 예외는 아니다.

알리바바에는 동호회 문화도 잘 발달되어 있다. '알리 10파(派)'는 알리바바의 직원들이 활동하는 동호회 10곳을 지칭하는 말이었다. 축구, 반려동물 등 주제도 다양했는데 지금은 16~17개의 '파'로 발전했다. 직원들은 각자의 취미와 특기를 뽐내기도 하고 사내 인트라넷에서 조직적인 활동을 펼치기도 한다. 그리고 각각의 활동을 사진으로 찍어 자신들이 만든 '문화의 벽'에 전시한다. 문화의 벽 중에는 타오바오 직원들이 휴식공간에 마련한 '타오바오 무림파벌 랭킹차트'라는 독특한 순위 게시판도 있다. 각 동호회는 순위를 다투어 앞서거니 뒤서거니 하며 열심히 활동을 벌인다. 알리바바는 화장실마저도 문화의 향기를 풍긴다. 여자 화장실은 '청우헌(聽雨軒, 빗소리를 듣는 집)'이라 불리고 남자 화장실은 '관폭정(觀瀑亭, 폭포를 감상하는 정자)'라고 불린다. 화장실의 매 칸은 전문부서에서 관리하며 사내 광고를 게시한다. 그리고 모든 동호회가 이 게시판을 이용해 소식을 전한다. 화장실은 모든 사람들이 이용하고 인구유동량이 가장 많은 곳이기 때문이다.

매년 5월 10일은 '알리데이'이다. 알리바바 전체 직원의 모든 가족이 이날 하루 알리바바에 방문해 자기 가족이 어떤 환경에서 일하는지를 볼 수가 있다. 마윈은 이날 단체로 결혼하는 직원들의 주례를 서기도 한다.

우리의 고민

'늑대'와 같은 야생의 문화를 가진 집단 내에서는 모든 일이 힘들고 참혹할 수밖에 없다. 그래서 사람들은 언제나 위협의 불안에 휩싸인다. '개'의 특색을 띠는 집단 내에서는 충성을 과하게 요구한다. 그로 인해 상황의 변화에 주도적으로 대처하는 능력이 떨어지고 조직 역시 발전하기가 쉽지 않다. '군대'와 비슷한 문화를 이루는 집단에서는 모든 상황에 세세하고 주도면밀해야 한다. 하지만 이런 분위기는 조직의 창의력을 억압하는 경우가 많다. 이런 단점들을 생각해본다면, '유쾌함'을 강조하는 문화는 꽤나 괜찮은 선택으로 보인다.

그렇지 않아도 현대인들은 너무 큰 고통을 당하고 쫓기듯 긴장하며 살아간다. 스트레스도 극심하고, 대부분의 일이 십중팔구는 내가 원하는 대로 흘러가지 않는다. 다른 사람들과 한데 엉켜 피나는 경쟁을 하지만 결과는 얻는 것보다 잃는 것이 더 많다. 사회를 이루는 기본 세포라고 할 수 있는 기업, 회사들에서 이 '유쾌 상쾌 문화'를 만들어간다면 사회 전체가 조금 더 아름답게 변화할 수 있지 않을까.

인도의 철학자 오쇼 라즈니쉬는 이렇게 말했다. "모든 존재는 언제나 다른 존재에 의지한다." 당신이 다른 사람에게 즐거움을 주면 그 사람도 당신에게 즐거움을 보답으로 돌려준다. 그렇다면 모두가 행복해진다. 이런 유쾌한 분위기 속에서 생긴 긍정적인 에너지와 효과는 우리가 어림잡기도 힘든 가치를 수많은 창출해낼 수 있다.

지혜의 팁

활짝 웃는 얼굴은 사람과 사람 사이에 미묘하게 흐르는 긴장과 적대감을 말끔히 해소할 수 있다. 그리고 마음을 편안하고 부담없게 만들어서 일을 할 때도 의욕이 충만하게 하고 능률까지 높여준다. 인간관계에서 보통 상대방은 당신이 상대방에게 하는 대로 똑같이 대한다. 감정이나 기분은 쉽게 전염된다. 최대한 웃음 짓도록 노력해보자. 당신의 변화로 세상이 아주 조금은 더 아름다워졌다는 것을 발견할 수 있을 것이다.
사람을 즐겁게 만드는 것은 다른 사람의 마음을 얻고 인맥을 넓히는 데 아주 좋은 방법이라는 것을 명심하자.

- **아커**(阿珂, 아가) | 진융의 무협소설 〈녹정기(鹿鼎記)〉의 여자 주인공.
- **칭퉁**(靑桐, 청동) | 곽청동(霍青桐), 진융의 무협소설 〈서검은구록(書劍恩仇錄)〉의 여자 주인공.
- **포루**(破虜, 파로) | 곽파로(郭破虜), 진융의 무협소설 〈신조협려〉, 〈의천도룡기(倚天屠龍記)〉에 등장하는 인물.

제5장

경쟁의 최고 가치는 남을 굴복시키는 것이 아니라 스스로가 발전하는 데 있다

• 경쟁을 두려워하는 청춘들에게 •

다른 사람을 거울로 삼으면 득실이 분명해지므로
경쟁자가 있다는 것은 좋은 일이다.
경쟁자는 우리가 자신의 부족함을 발견하게 해주며,
상대방의 장점을 배운 우리는
자신의 능력을 끊임없이 높일 수 있다.

망원경으로도 적수를 찾을 수 없는 경지

우리가 경쟁 상대와 가장 차별화된 점은,

우리는 그들이 무엇을 할지 알고 있지만,

그들은 우리가 무엇을 할지 모른다는 것입니다.

우리가 하려는 것을 모든 사람에게 알려줄 필요는 없지요.

마윈의 충고 37

마윈의 경험

모두가 알고 있듯, 마윈은 대단한 무협 마니아다. 가장 좋아하는 무협 인물은 〈소오강호〉의 펑칭양(風淸揚, 풍청양)이고 특히 그의 '무초승유초(無招勝有招)'●의 경지에 탄복하고 매료되었다.

1999년 2월, 마윈은 싱가포르에서 열린 아시아전자상거래대회에 초대를 받았다. 당시 아시아 지역에서 전자상거래는 걸음마 수준이었기 때문에, 이름은 아시아대회였지만 초청받은 회원 중에서 진짜 황인종에 흑발 아시아인은 극히 일부였고, 유럽과 미국인이 80% 이상을 차지했다.

회의 현장의 서양인 연사들은 이베이와 아마존을 들먹이며 유럽과 미국식 전자상거래에 관해 거침없이 이야기를 나누었다. 마윈의 발언 차례가 돌아왔을 때, 그는 유창한 영어로 이렇게 말했다. "아시아의 전자상거래는 잘못된 길로 들어섰습니다. 아시아는 아시아입니다. 미국은 미국이고요. 현재의 전자상거래는 전부 미국식입니다. 아시아는 자기만의 고유한 모델이 필요합니다." 그 순간, 현장에 있던 80% 이상의 유럽, 미국인들의 얼굴은 무슨 말을 해야 할지 찾느라 바쁜 표정이었다.

당시 수많은 사람이 마윈의 말을 허튼소리, 터무니없는 말이라 무시했고, 꼬맹이가 뭘 모른다며 비웃었다. 하지만 마윈은 자신의 말이 틀리지 않았음을 굳게 믿었다. "유럽과 미국의 전자상거래시장, 특히 B2B 모델은 대기업을 겨냥한 것입니다. 아시아의 전자상거래시장은 중소기업의 활동이 많은데 이 두 시장이 같은 모델을 차용해서는 안 되겠지요."

1999년, 막 알리바바가 탄생했을 때 마윈은 한 주에 40~50명의 투자자를 찾아다녔지만, 번번이 거절당했다. 어느 누구도 마윈이 설명하는 B2B를 달갑게 여기지 않았다. 당시 인터넷 사업 분야를 선봉에서 이끌던 딩레이, 장차오양마저도 B2B 모델을 외면했다. 부정적인 말이 귓가를 때렸지만, 마윈은 다른 사람들이 뭐라 하건 전혀 개의치 않았다. 그는 자신의 느낌만을 믿었다. 그는 다른 사람들이 좋아하는 것일수록 하기 싫어했고 남들이 싫어하는 것일수록 끝끝내 시도하려 들었다.

그리고 그는 아주 오랜 시간 동안, 어딜 가든 쉬지 않고 강연을 해댔다. 그는 자신의 깡마르고 가느다란 손을 휘두르며 연단 아래의 청중들에게 큰소리로 외쳤다. "B2B 모델은 결국 전 지구 수천만 사업자의 경영방식을 바꾸어 놓고, 전 지구 수십억 인구의 생활을 바꿔놓을 것입니다!"

2002년이 되자 인터넷 경제의 거품이 무너지고 B2B 무역을 하던 웹사이트들이 줄지어 도산했다. 하지만 알리바바는 살아남았을 뿐만 아니라 수입과 지출이 균형을 이루며 세상 사람들의 이목을 끌기 시작했다. 2004년이 되자 알리바바는 전 세계 기업이 가장 으뜸으로 치는 비즈니스 플랫폼으로 성장했고, 인터넷 비즈니스의 가치도 급격하게 부상했다. 그해 마윈은 '올해의 경제 인물'로 선정되어 상을 받는 자리에서 "망원경으로 보아도 내 적수를 찾지 못하겠다."는 유명한 말을 남겼다.

마윈이 거만한 것일까? 진짜 알리바바가 대단한 것일까? 모두 아니다. 마윈이 망원경으로 보아도 자신의 적수를 찾을 수 없었던 것은 아주 오랫동안 알리바바의 방식이 사람들에게 인정을 받지 못했기 때문이다. 마윈만이 그 가치를 알아보았고 혼자 한 걸음 한 걸음 실현해나갔기 때문이다. 그래서 그가 무에서 유를 창조하는 동안은 적수 하나 없는 유유자적을 누릴 수 있었다.

알리바바의 방식은 중국 특유의 발전 모델인 B2B 방식과 맞아떨어졌다. 그리고 야후 포털, 아마존 B2C 모델, 이베이의 C2C 모델을 잇는 인터넷의 제4세대 비즈니스 모델로 기대를 모으게 되었다. 그리고 미국 유수의 경영대학원에서 알리바바의 독특한 비즈니스 모델을 연구대상으로 삼았고, 하버드대학교 경영대학원 MBA 과정에는 알리바바를 예로 든 강의가 개설되기도 했다. 시간은 세상 사람들에게 증명했다. 마윈은 미치광이가 아니라 앞을 내다보는 슬기로운 사람이었음을.

우리의 고민

삶은 언제나 남들 뒤꽁무니 뒤쫓아가기가 바쁘고, 평범하기 짝이 없고, 고생스럽다. 그래서 많은 사람이 성공하는 사람들과 자신의 삶을 비교하며 질투 섞인 한숨을 내뱉는다. "저 사람은 운이 좋았어." 사실 어떤 성공도 우연히 얻어지지는 않는다. 마윈이 알리바바를 이룩한 것도 장윈, 리윈이 아닌 마윈이었기에 가능한 일이었다. 오로지 마윈만이 한 치 앞도 보이지 않는 아득함 속에서 기회를 찾아내는 안목을 가졌기 때문이었다. 마윈에게는 그럴만한 능력이 있었기 때문에 지금 탄탄대로를 걸을 수 있었던 것이다. 그러니 목을 조르는 경쟁의 함정에 빠져 허우적대더라도 세상을 원망하거나 다른 사람이 나보다 덜 고생한다며 시샘하지는 말자. 그보다 삶을 바꿀 새로운 생각과 노력을 최선을 다했는지를 스스로에게 먼저 묻자.

루쉰(魯迅, 노신) 선생은 이렇게 칭찬했다. "맨 처음 게를 먹은 사람은 다른 사람을 탄복하게 만들었다. 보통 용감한 사람이 아니라면 누가 감히 게를 먹을 수 있었을까?" 게를 가만 살펴보면 모양새부터가 무시무시하다. 지금 우리는 맛있게 먹고 있지만, 흉측하고 사나운 게를 처음 먹은 사람은 분명히 용기가 필요했을 것이다. 마찬가지로 무언가를 개척하는 신사고에는 언제나 용기가 필요하다. 길 앞에 가시덤불이 있을지 낭떠러지가 기다리고 있을지 모를 때도 누군가는 가장 먼저 크게 한 걸음을 내디뎌야 한다.

샤오미를 설립한 레이쥔(雷軍, 뇌군)은 이렇게 말했다. "바람이 통하는 길목에 서 있다면 돼지도 날아오를 수 있다." 창의적인 사고를 하면 바람이 흘러가는 유리한 길목을 잘 찾을 수 있다. 그렇다면 좋은 기회를 잡을 수도 있고, 결코 뛰어넘을 수 없는 우세한 고지를 점령할 수도 있다. 경쟁의 소용돌이 속에서 견디지 못할 만큼 지치고 피곤할 때는 한 발 뒤로 물러서서 생각을 가다듬어 보자. 당신을 힘차게 날아오르게 할 바람이 불어오는 곳이 어디인지 찾을 수만 있다면, 모든 것은 생각보다 간단히 해결될 것이다.

- **무초승유초**(無招勝有招) | 진정한 고수는 무예의 초식(招式)과 물아일체의 경지에 다다라 초식이 있는 상태를 뛰어넘는다는 뜻.

경쟁을 즐겨라

경쟁 상대를 만나 싸우더라도 저는 지치지 않습니다.

반대로 그 속에서 즐거움을 찾지요. 경쟁은 무척이나 재미있습니다.

경쟁이 존재해야만 기업에 발전과 진보의 동력과 가능성이 생기지요.

만약 경쟁이 없다면 기업들은 아주 빠르게 내리막길을 걷게 될 것입니다.

경쟁할 때는 나쁜 감정을 품지 마세요. 마음속에서부터 즐기시기 바랍니다.

마윈의 충고 38

마윈의 경험

마윈은 2004년 청두(成都) 인터넷비즈니스포럼에서 경쟁 상대들에 대한 태도를 확실히 밝혔다. "저는 줄곧 경쟁 상대가 없는 것은 아주 외롭다고 생각했습니다. 알리바바는 벌써 5년이나 외로운 길을 걸었지요. 우리는 서로에게 배워야 합니다. 같은 업계에서 서로 말싸움만 하는 것은 도움이 되지 않아요. 알리바바는 모든 경쟁자를 존중합니다. 경쟁자가 많으면 많을수록 시장은 더 커지고 기회도 많아집니다. 모두에게 건의를 하나 하겠습니다. 경쟁자의 상품을 집중적으로 연구하세요. 저는 알리바바의 경쟁자를 존중하고, 애정 어린 시선으로 지켜보고, 배움의 대상으로 여길 겁니다!"

2005년 8월 11일, 중국 인터넷 역사상 가장 큰 규모의 인수합병이 있었다. 알리바바(중국) 인터넷기술유한공사는 야후 차이나의 포털사이트와 검색, 메신저, 옥션 등 모든 서비스를 정식으로 인수한다고 발표했다. 동시에 알리바바는 야후 차이나로부터 10억 달러를 투자받고 야후 차이나는 알리바바의 지분 35%를 넘겨받았다. 야후 차이나를 인수하고 나자 알리바바는 인터넷에서 한창 뜨는 서비스를 모두 장악하게 되었다. 당시 중국 인터넷 업계에서 존재하지 않는 충격적인 규모의 인수합병 덕분에 알리바바는 모든 인터넷 관련사와 경쟁자가 되었다. 전자상거래 영역에서는 세계에서 가장 강력한 상대 이베이를 만나게 되었고, 검색 영역에서는 세계에서 가장 빠르게 발전하고 있는 구글과 중국에서 맹렬하게 상승세를 타고 있는 바이두와 맞붙었다. 그 외에도 시나닷컴, 소후, 왕이(網易) 등 포털 사이트와도 경쟁국면으로 들어섰다.

강력한 경쟁자들에 둘러싸여 있는 사면초가의 상황이었지만, 마윈은 오히려 즐기고 있었다. 경쟁의 가장 큰 가치는 상대를 굴복시키는 것이 아니라 스스로가 발전하는 데 있기 때문이었다. 경쟁자는 나를 날 세우는 숫돌이다. 칼은 갈수록 더 날이 서고, 갈수록 더 빛이 나는 법이었다.

마윈은 자기와 함께 일하는 사람들을 철석같이 믿고 있었다. "경쟁은 피할 수 없고 알리바바는 경쟁을 두려워하지도 않습니다. 하지만 저는 경쟁의 주요 목적이 누구를 깨부수기 위함이나 누구를 이기기 위함이 아니라고 생각합니다. 그 목적은 중국의 지속적인 발전과 세계 일류의 검색엔진이 되기 위함입니다. 야후의 기술력과 알리바바의 관리능력, 그리고 알리바바의 강력한 고객 자원이 있다면 알리바바는 분명히 큰 업적을 이룰 수 있으리라고 믿습니다."

우리의 고민

B2B 영역에서 알리바바는 줄곧 혼자였다. 우열을 다툴 적수가 없는 점에 관해 마윈은 한편으로는 기뻐했지만, 한편으로는 무척 아쉬워했다. 마윈은 경쟁을 해야만 발전한다는 사실을 아주 명확하게 알고 있었다.

야생의 밀림에서 사자와 영양 무리가 맞닥뜨렸다. 사자는 영양을 잡아야 먹을거리가 생기기 때문에 온 힘을 다했고, 영양은 사자의 끼닛거리가 되지 않기 위해 죽을힘을 다해 달렸다. 그 와중에 영양들 사이에는 잔혹한 경쟁이 벌어졌다. 달리기가 가장 느린 영양은 사자 밥이 되었고 다른 영양들은 다행히 위험을 벗어날 수가 있었다. 이 경쟁에서는 잃는 것도 있지만 얻는 것도 있다. 영양들과 사자는 더욱 민첩하고 강인해진 것이다. 동물원의 영양이나 사자와 비교할 수 없는 발전이다. 이것이 바로 경쟁의 장점이다.

우리 젊은이들은 평소 회사 생활을 하면서 경쟁자에 대한 이런 마윈의 태도를 잘 배워야 한다. 매일매일 똑같은 일상이 지루하다면 일부러 경쟁 상대를 찾아보는 것도 좋을 것이다. 경쟁은 우리에게 스트레스를 주고 걱정과 근심이 되기도 하지만, 한편으로는 우리의 잠재력을 끌어올리고 우리를 희망에 부풀게 해서 개인의 발전에도 큰 도움이 되기 때문이다.

지혜의 팁

다른 사람을 거울로 삼으면 득실이 분명해지므로 경쟁자가 있다는 것은 좋은 일이다. 경쟁자는 우리가 자신의 부족함을 발견하게 해주며, 상대방의 장점을 배운 우리는 자신의 능력을 끊임없이 높일 수 있다. 그러므로 경쟁자가 없다는 것은 어떤 일을 추진하는 원동력이 없다는 말이다. 경쟁 상대가 존재하기 때문에 우리가 자신을 뛰어넘고 한계를 돌파할 수 있는 것이다. 진리는 언제나 경쟁자와의 대결에서 탄생한다는 것을 꼭 기억하자.

가장 취약한 곳을 최대의 힘으로 공략하라

강한 적수나 본보기가 될 만한 상대를 만나면 무턱대고 맞서려 할 것이 아니라
그의 빈자리를 메꾸려 해야 합니다. 그가 미처 해내지 못하는 것을 찾아내
보완하는 것입니다. 그렇게 먼저 살길을 찾고 다시 전략을 마련해야 합니다.
이것은 모든 경영자의 기본 규율이지요. 아직 자신의 입지가 확고하지 않은데
상대에게 덤비는 것은 절대로 안 됩니다. 일단 살아남고 보세요.
그렇게 해야 이길 수 있는 기회도 점점 더 많아집니다.

마윈의 충고 39

마윈의 경험

2003년, 중국 내 수많은 대도시의 시내버스 차체에 사람들의 눈길을 사로잡는 아름다운 모델의 광고가 내걸렸다. 마윈이 이베이와 벌이는 한판 전쟁에서 '농촌으로 도시를 포위하는 전략'을 세운 결과였다.

알리바바는 1억 위안을 투자해 타오바오를 설립했다. 그런데 그해, 이베이에서는 1억 달러를 추가로 지원해 이취의 영향력을 전폭적으로 확대하겠다고 발표했다. 이베이는 막강한 자본력을 바탕으로 거의 모든 대형 웹사이트의 광고를 독점하며, 그들과 타오바오와의 협력 관계를 완전히 끊어놓겠다는 의지를 확실히 했다. 손정의가 투자한 자금이 남아돌고 있

었지만, 마윈은 한 푼도 쓸 수가 없었다. 어서 상승세를 타고 네트워크 트래픽을 늘리는 것이 시급한 타오바오에게는 살아날 기회를 잃은 것이나 마찬가지였다.

그해 마윈은 타오바오 전체 직원이 모인 자리에서 연설했다. "지금 적은 이미 행동을 개시했습니다. 우리를 요람에서 나오지도 못하게 눌러 죽이려고 합니다. 우리는 반드시 방법을 생각해내야 합니다. 로마로 통하는 길이 하나만 있는 것은 아닙니다. 고대 병법서에서도 '적의 강한 곳은 피하고 허술한 곳을 공략하라'고 했지요. 마오쩌둥 주석의 '농촌의 도시 포위 전략'•도 비슷한 맥락입니다. 더 분명하게는 청출어람이어야겠군요. 마오 주석이 농촌에서 시작해 도시를 포위해 가자는 창의적인 혁명 이론을 생각해낸 것처럼 우리도 한번 생각해봅시다. 이베이는 대도시를 장악하고 있지 않나요? 우리는 농촌으로 가는 겁니다. 적의 방어가 가장 취약한 곳에서 우리를 튼튼하게 하는 거예요."

마윈이 제안한 '농촌의 도시 포위 전략'은 이미 이베이가 선점한 대형 웹사이트를 피해 수많은 소규모 사이트들과 협력하자는 것이었다. 중국 내에 소규모 사이트는 하늘의 별만큼 바둑판의 바둑돌만큼 넘쳐났다. 하지만 그들을 한 자리에 모으는 것은 결코 쉬운 일이 아니었다. 타오바오는 이 거대한 작업에 굴하지 않고 일일이 중간 규모, 소규모 웹사이트의 자료를 취합하며 조금씩 영향력을 넓혀나갔다. 그러자 마윈의 전략이 의외로 굉장한 성과를 내기 시작했고 심지어 광고 효과는 3대 웹사이트를 앞지르기까지 했다. 2006년 5월이 되자 타오바오의 시장점유율은 70%에 이르게 되었고 이베이는 이미 반격할 힘조차 잃었다.

우리의 고민

마원의 전략은 약한 힘으로 강자를 어떻게 물리쳐야 하는지를 잘 보여준다. 비즈니스 경쟁 과정에서는 실력과 경제력을 바탕으로 한 대기업들이 자신의 장악력을 앞세워 중소기업을 시장에서 밀어내려고 하는 경우가 종종 발생한다. 혹은 세력이 엇비슷한 두 기업이 너 죽고 나 살자로 치열하게 경쟁을 벌이다가 서로 힘만 빼고 아무런 이득을 보지 못하는 경우도 허다하다.

막상막하의 상대와 곧바로 맞붙어서는 안 될 뿐더러 상대보다 나의 세력이 약할 때는 더욱 몸을 사려야 한다. 혹시 이런 상황이 생긴다면 한 발 뒤로 물러나서 첨예한 대립은 일단 피하고, 전열을 가다듬은 후 경쟁 상대의 약점에 손을 써야 한다. 경쟁자가 가장 자신 있는 전술과는 최대한 거리를 유지하고 싸움에 불필요한 것에는 모든 관심을 끊어라. 그리고 모든 힘을 쏟아부어 다른 상대들이 해낼 수 없는 전략을 구사해야 한다.

이 이론은 개인에게도 마찬가지로 적용할 수 있다. 강력한 적수를 만났을 때 무작정 덤비지 마라. 완벽한 사람은 없다. 아무리 강한 사람이라도 약점은 있게 마련이다. 온 힘을 한곳에 집중해 상대의 약점을 노린다면 아무리 강한 상대라도 분명히 승산이 있다.

지혜의 팁

다른 사람들과 어울려 살아가야 하는 우리에게 갈등과 대립, 경쟁은 피할 수 없는 숙명이다. 특히 자신보다 강한 적을 만난 쪽이라면, 상대방이 입은 피해가 3이라면 자신은 7의 피해를 보게 된다. 이럴 때는 일단 심각한 다툼을 피하고 기회를 엿보아 상대방의 약점을 노리는 것이 가장 좋은 방법이다.

- **농촌의 도시 포위 전략** | 농촌에서 힘을 기르고 혁명을 일으켜 도시를 포위해나간다는 마오쩌둥의 혁명전략.

강해지는 것을 게을리하지 말라

자신의 역량이 아무리 강해도

언제나 상대방을 강하다고 생각하세요.

마윈의 충고 40

마윈의 경험

타오바오는 오직 '무료'이기 때문에 성공했을까? 마윈은 그렇게 생각하지 않았다. "타오바오의 부가가치를 끊임없이 끌어올려 고객들을 끌어모아야 의미 있는 성장입니다. 무료 정책이 고객을 타오바오로 이끄는 주요한 원인이 되어서는 안 됩니다. 설령 무료라고 하더라도 서비스가 유료보다 더욱 좋아야 함은 물론이고요."

타오바오가 창립된 날부터 마윈은 알리바바의 '고객제일'의 가치관을 타오바오 서비스에도 적용했다. 고객서비스에 심혈을 기울여 임할 것을 업무 기준으로 삼았고, 고객의 편리를 위한 기술적인 부분에 관해서도 요구 수준이 아주 높았다. 그리고 자신을 포함한 타오바오의 모든 중간, 고위직 간부들이 타오바오의 회원들과 다양한 방식으로 빈번하게 소통하도록 지시했다. 직접 회원들의 요구를 들어보고 그에 맞춘 서비스를 제공해서 타오바오의 서비스 품질을 지속적으로 향상시켜야 한다는 것이었다. 알리페이는 바로 이런 배경 속에서 탄생했다.

마윈은 고객과의 커뮤니케이션 과정에서 판매자와 구매자 간에 서로를 신임하지 못하는 문제가 바로 인터넷이라는 판매 형태에서 출발한 현상이었다는 점을 알게 되었다. 당시 이취, 타오바오와 같은 인터넷 거래사이트는 거래할 수 있는 플랫폼만 제공하고 있었을 뿐, 거래자 쌍방에 어떠한 구속력도 행사하지 않고 있었다. 판매자는 자신의 이익을 보호하기 위해서 통상 '선입금 후배송' 방식을 채택하고 있었고, 그럴 경우 구매자는 거래의 모든 위험을 감수해야만 했다. 그래서 많은 구매자들이 선뜻 물건을 사지 못한 탓에 인터넷 거래는 진척이 더딜 수밖에 없었다.

아무도 위험을 감수하려 하지 않으니 어떻게 해야 할 것인가? 마윈이 나섰다. 2003년 10월, 타오바오는 시험적으로 알리페이 서비스를 시작한다고 발표했다. 구매자가 타오바오에서 제공하는 별도의 계좌로 결제를 완료하고 물품을 받은 다음, 물품대금이 판매자에게 지급되는 방식이었다. 알리페이가 제삼자로 중개업자가 되면 쌍방의 위험부담을 덜어낼 수 있어서 판매자와 구매자는 쌍수를 들고 환영할 수밖에 없었다. 타오바오의 회원 가입량과 거래 성사율이 껑충 뛰어올랐다.

그 외에도 타오바오는 판매상 회원들이 자발적으로 지역별 상인연맹(조합 또는 길드)을 조직하도록 했다. 현지의 판매상들은 스스로 조직을 구성하고 여러 활동을 전개하여 시너지 효과를 보았다. 거래를 진행하면서 느낀 점을 공유하고 어떻게 해야 사진을 잘 찍을 수 있는지, 물품을 어떻게 공급해야 할지, 가격은 얼마로 책정해야 할지 등등을 함께 논의했다. 상인연맹의 가장 우선적인 역할은 구성원을 위해 여러 서비스를 제공하는 것이었지만, 사기를 방지하는 데도 효과가 있었다. 사기행각이 발생하면 연맹 내에서는 즉각 이를 발견하고 자체적으로 먼저 처벌을 했다. 그리고 타오바오의 관리 직원에게 그 판매자의 정보를 제출해 이용권한을 박탈했다. 이런 방식으로 타오바오는 소비자의 불만사항 컴플레인 방식을 원활하게 하고 깨끗한 상거래 환경을 보장할 수가 있었다.

사이트 무료 이용 정책으로 타오바오는 업계 우위를 점한 상황이었다. 그런데도 더 전전긍긍하고 살얼음 위를 걷는 것처럼 새로운 정책을 자꾸 선보이는 것은 어떤 이유였을까? 마윈은 이 세상 어떤 승리도 잠시뿐이라는 것을 알았다. 자칫 방심하면 굴러온 돌이 박힌 돌을 빼낼 수도 있는 것이다. 고객의 요구를 최대한 만족시키고 무슨 일이든 고객의 입장에서 먼저 고려하고 이 모든 서비스를 대가 없이 제공하는 것, 이것이야말로 타오바오가 진정으로 승리한 열쇠였다.

우리의 고민

마윈은 무료 정책을 편 이후, 금액이 무료라고 해서 서비스의 질까지 깎아내리지는 않았다. 오히려 더 흠잡을 곳 없는 서비스를 위해, 고객의 기대를 뛰어넘기 위해 노력했다. 그는 성공의 배후에는 함정이 도사리고 있고, 지나간 성공에 젖어 있는 것이 오늘날 실패의 원인이 된다는 것을 누구보다도 잘 알고 있었다. 발전하기 위해서는 파도가 치듯 오르락내리락을 반복하면서도 전진해야 하고, 자꾸 변화를 맞이해야 한다. 성공은 일시적인 과정일 뿐이다. 어떤 일에 성공하더라도 마음을 초심으로 되돌려야 앞으로 일어날 변화에도 빠르게 대응할 수 있을 것이다.

특히 젊은이들은 승리에 도취되어 우쭐거리지 않도록 더욱 주의를 기울여야 한다. 좋은 성적을 거두었을 때도 냉정하고 침착한 태도를 유지하자. 당신이 성공했을 때는 주변에 시기, 질투하고 방해공작을 펼치는 사람이 있을 것이다. 또한, 당신을 따라잡으려는 사람이 생길 확률은 훨씬 더 높다. 언제 누명을 뒤집어쓰고 성공을 빼앗길지 모른다. 그럴 때일수록 겸허하고 진지해야 하며, 자신의 교만과 조급함을 경계해야 한다. 생명이 끊어지지 않는 한, 싸움은 끝나지 않는다. 계속해서 노력하고 자신의 위치에 안주하지 말자.

지혜의 팁

성공은 교훈으로 삼을 만한 경험일 뿐이다. 성공의 어깨에 기대 늘어지게 낮잠을 자는 사람은 금세 모든 것을 잃고 엉망진창이 되어버린다. 성공을 맛보았을 때도 평상심을 잃지 말자. 그리고 언제나 한결같은 마음으로 하루가 다르게 변하는 세상을 대하자. 쉬지 않는 배움과 그치지 않는 열정으로 임하자. 새로운 환경에 완벽하게 적응하고, 새로운 도전을 기꺼이 받아들이자. 그래서 새로운 결과물을 내 손으로 만들어내자.

해도 되는 일과 해서는 안 되는 일

저는 경쟁자들 속에서 혼자만 살겠다고 뛰어오르는 사람을
채용하고 싶지 않습니다. 다른 사람이 그렇게 한다고 해서
당신도 그렇게 해도 된다는 뜻은 아닙니다.

마윈의 충고 41

마윈의 경험

2005년 8월, 알리바바가 정식으로 야후의 모든 자산을 사들이며 알리바바-야후 연합이 탄생했다. 하지만 마윈이 성공적인 합병의 기쁨을 누리고 숨을 돌릴 겨를도 없이 야후의 직원들을 빼내 가려는 헤드헌터들의 공격이 여기저기서 날아들었다. 거의 모든 야후 직원들이 이직 권유 전화를 받게 되자, 마윈은 사태의 심각성을 깨달았다. "전 세계의 헤드헌팅 회사가 전부 우리 회사로 몰려든 것 같군."

원래 야후 소속이었던 직원들과의 간담회를 통해 직원 대다수가 알리바바에 남기로 했지만, 훌륭한 인재들이 속속 떠나가는 것에 그는 매우 마음이 아팠다. 마윈은 재빠르게 첫 번째 후속조치를 발표했다. "11월부터 시작해 전국 규모로 100명의 엔지니어를 채용하겠습니다. 그중 50명은 올해 대학 졸업생으로 뽑습니다." 우수한 인재를 얻기 위해서 마윈은 입사하는 모든 직원에게 알리바바의 스톡옵션을 주기로 약속했다. 가장 우

수한 인재를 뽑기 위해서 투표를 하기도 했고 마윈이 팀을 이끌고 전국으로 순회강연을 다니기도 했다.

상대의 뿌리를 흔들어 토대를 무너뜨리는 전략은 비즈니스 전쟁에서 아주 흔한 일이다. 어느 회사나 함정에 빠지거나 스스로 어려움에 봉착했던 경험이 있을 것이다. 상대의 토대를 흔들어 놓은 뒤에 자기의 실력은 더 높이고 상대의 경쟁력을 무력화할 수 있다면 그야말로 일거양득이다. 특히 이 방법은 경쟁자의 인재를 빼앗아 오는 데 필수적인 수단이다. 하지만 야후 차이나의 인재들이 술술 빠져나가게 된 사건 이후로 마윈은 이런 경영 방법에 치를 떨게 되었다. "우리는 절대 이렇게 하지 않을 것입니다. 우리는 우리가 직접 남의 회사 사람을 데려오는 것을 허용하지 않을 뿐만 아니라 우리의 헤드헌터가 몰래 사람을 빼오는 것도 허락하지 않을 겁니다. 동시에 우리 사람을 빼내가는 사람들을 경멸하고 배척하고 규탄할 것입니다."

마윈은 경쟁사에서 사람을 영입하는 것에 관해 스스로 철학이 있었다. 만약 경쟁사에서 데려온 사람이 전 회사의 기밀을 이야기한다면 그는 옛 주인에게 '충성스럽지 못한(不忠)' 사람이다. 거꾸로 기밀을 말하지 않는다면 현재의 새 주인을 '따르지 않는(不孝)' 사람이 되고 만다. 또 그에게 전 회사의 기밀을 이야기하지 말라고 한들, 그는 이미 아는 바가 있으므로 업무를 하다가 무의식적으로라도 그 기밀을 유출하게 될 수 있다. 그렇다면 스스로 '옳지 않다(不義)'고 느끼게 될 것이다. 그러므로 사람을 빼오는 것은 알리바바의 가치관과 부합하지 않으니 '불충, 불효, 불의'한 사람을 데려오지는 말자는 것이었다.

그 외에도 알리바바에는 다른 곳에서 볼 수 없는 독특한 문화가 있었다. 직원들의 급여가 업계의 관례를 따르지 않는 것이었다. 사원의 거의 대부분과 관리자들이 원래 다니던 회사에서 받던 급여에 훨씬 못 미치는 급여를 받고 있었다. 8천 위안, 9천 위안을 받던 사람이 3천 위안에 계약하는 것은 예사였고, 야후에 있던 우쫑도 알리바바에 오고 나서 급여가 절반으로 떨어진데다 매년 지급되던 야후 주식 수입까지 지급 정지되었다. 왜 이렇게까지 한 것일까? 마윈은 투자받은 자금은 최대한 지출을 줄여야 한다고 했다. 또 인재를 돈으로 쉽게 얻을 것이 아니라 알리바바의 기업문화로 얻고 싶기 때문이라고 말했다. 그리고 그의 말대로 알리바바는 기업문화라는 매력적인 요소로 사람을 들였기 때문에 큰돈을 쓰지 않고도 안정적으로 유지되었다. 모든 알리인이 회사의 성패와 성취가 모두 자기 손에 달렸음을 굳게 믿고 있기 때문이었다.

우리의 고민

퀴즈대회에서 경쟁이나 대결의 원칙이 전혀 없다면 대회장은 아수라장이 될 것이 뻔하다. 시험장에서 속임수가 난무한다면 시험은 의미를 잃을 것이다. 비즈니스에서도 페어플레이라는 원칙이 없다면 서로를 속고 속이며 인정사정없이 물어뜯을 것이고, 그 과정에서는 적을 베려다 자신도 많은 것을 잃게 된다. 어떤 상황이라도, 수단과 방법을 가리지 않는 무차별 경쟁은 피해야 한다. 해서 될 것이 있고 안 될 것이 있는 것이다.

경쟁은 사람이 분발하고 전진하게 만드는 동력이다. 그래서 우리의 생활이나 학업, 업무상 겪게 되는 여러 경쟁은 생각지도 못했던 용기와 의지를 불어넣어 준다. 하지만 경쟁은 일정한 원칙을 기반으로 이루어져야 하며, 정정당당해야 한다.

사회생활을 하면서 경쟁은 필요하지만, 더욱 필요한 것은 공정한 경쟁이다. 경쟁은 다른 사람의 이익을 함부로 침해하지 않아야 함을 전제로 하고, 모두의 발전을 가장 기본적인 원칙으로 삼아야 한다. 서로를 배척하는 것이 아니라 건강한 협업을 하되, 필요할 때는 경쟁을 하는 것이다. 이런 경쟁을 해야만 상호 간에 신뢰가 생기게 된다. 혹시 불공정한 경쟁을 하고 있지는 않은가? 스스로 과감하게 거부하고 바르고 공정한 경쟁에 임하자.

지혜의 팁

사람이 어떤 일을 할 때는 원칙을 따져야 한다. 어떤 일은 열심히 노력해도 좋지만 절대 해서는 안 되는 일도 있다. 예를 들어 일반적인 도덕관념에 어긋나거나 공익을 훼손하는 일이 그러하다. 우리는 목적을 달성하기 위해 다른 사람과 경쟁에서 여러 가지 방법을 동원한다. 그중에는 밝은 면과 어두운 면이 모두 있을 수 있고, 직접적일 수도 우회적일 수도 있다. 하지만 언제나 기본 원칙을 깨트려서는 안 된다는 점을 꼭 기억하자. 언제 어디서든 자신의 마지노선은 스스로 지켜내야 한다.

라이벌은 최고의 연구실이다

경쟁자가 내놓는 방안 하나하나는 우리를 성장하게 합니다.

경쟁자는 기업의 가장 좋은 실험실이예요.

그쪽도 당신을 연구하고 당신도 그들의 창조적인 아이디어에서

경험을 얻을 수 있지요.

마윈의 충고 42

마윈의 경험

알리바바 그룹에서 B2B 사업은 든든한 맏이로서, 전체 그룹의 이윤을 보장하고 현금수익을 창출하는 캐시카우(Cash Cow) 역할을 톡톡히 하고 있다. 사정이 그러하다 보니, 그 뒤를 쫓는 그림자도 하나 둘이 아니다. B2B 업계에서 후이총왕(慧聰網), 글로벌소시스(Global Sources, 環球資源), 중동의 B2B 거두인 테자리(Tejari), 중국 이우시(義烏市)의 소상품넷 등이 알리바바 B2B의 뒤를 바짝 추격하고 있다. "줄곧 이끌기만 했을 뿐, 추월을 허용한 적은 없다." 알리바바 B2B는 업계 선두주자로 항상 앞서 달렸지만, 언제나 경쟁자들에게서 배우기를 게을리하지 않았다.

2010년 4월, 알리익스프레스(AliExpress, 速賣通, 쑤마이퉁)가 정식으로 서비스를 시작했다. 알리익스프레스는 알리바바 산하 전 세계 해외무역

거래 온라인 플랫폼이며 판매자들에게는 '타오바오의 글로벌 버전'이라는 별칭으로 불린다. 알리익스프레스의 해외 구매자는 알리페이 해외계정의 담보를 이용해 중국 기업의 물품을 구매하고, 국제특송으로 물품을 받아볼 수 있다. 알리바바가 국제시장으로 눈을 돌리고 처음 포문을 연 서비스인 알리익스프레스의 발전과정은 대단히 순조로웠다. 타오바오를 국내시장에서 성공적으로 운용한 경험이 있었던 점도 그 원인이었지만, 둔황왕(敦煌網)이라는 웹사이트의 운영 방식을 본보기로 삼은 것이 주효했다. 둔황왕은 온라인 거래와 공급 서비스를 결합한 최초의 B2B 거래 사이트였으며 주로 해외 중소매상들이 중국에서 공급원을 찾는 데 큰 도움을 주고 있었다. 수익원은 기존처럼 국내 판매자들에게서 회원 가입비를 받는 대신, 일단 판매자, 구매자 모두 무료로 가입해 웹사이트를 이용하고 거래가 성공하게 되면 해외 구매자에게서 수수료를 받는 식이었다. 알리익스프레스에서 제공하는 서비스 또한 이베이나 둔황왕과 본질적으로 다르지 않았다. 판매자의 가입이나 수수료 결제방식, 거래 과정 등에서 일어나는 사소한 부분이 조금 다를 뿐이었다. 마윈은 자신의 라이벌에게서 배운 노하우로 알리익스프레스에게 다가올 위험에 대비하고, 시작부터 유리한 고지를 점령했다.

이런 말이 있다. '하나님은 언제나 무게가 같은 두 사람을 저울의 양쪽에 둔다.' 라이벌은 깨부수어야 할 적이 아니라 나와 똑같은 가치를 가진 사람이다. 경쟁자를 선의로써 대하자. 경쟁자로부터 나를 개선해나가고 경계해야 할 점을 찾아보자. 경쟁자가 없다면 당신은 자신의 약점과 부족한 점을 깨닫지 못할 것이다.

우리의 고민

2004년, 중국의 운동선수 류샹(劉翔, 류샹)은 110미터 허들 경기에서 1등을 거머쥐고 전 세계 챔피언인 앨런 존슨과 뜨겁게 포옹을 나누었다. 그는 자신이 존슨의 모습을 따라 여기까지 한 발 한 발 디뎌 왔다는 것을 누구보다도 잘 알고 있었다. 경쟁자를 끊임없이 배우고 연구해서 자기 자신의 능력을 끌어올린 것이다. 그리고 마침내 트랙 위의 '선생님' 존슨을 뛰어넘고 천하를 제패하는 위업을 달성했다.

직장은 전장(戰場)과 같다. 구직 중이거나 재직 중인 젊은이들은 시시각각으로 극심한 경쟁에 휘말리게 된다. 예를 들어 회사 동료와 상관, 부하 직원과 동종 업계 회사의 직원들까지, 주변의 모든 사람은 이전의 혹은 잠재적인 경쟁자이다. 이렇게 많은 경쟁자를 대할 때 당신은 그들을 따라 배우는 것이 얼마나 중요한지 알아야만 한다. 그들의 성공 경험, 실패 원인을 거울로 삼으면 똑같은 실수를 범하지 않고 자신의 장점을 최대한 발휘할 수 있기 때문이다. 그런 마음가짐으로 경쟁자를 배워야만 경쟁자를 따돌리고 동시에 더욱 성장할 수 있는 발판을 마련할 수가 있다.

지혜의 팁

라이벌은 자신을 돌아볼 수 있는 더없이 좋은 거울이다. 그에게 일어난 일은 당신이 이미 겪었거나 지금 겪고 있거나 앞으로 겪을 일이기 때문이다. 경쟁자를 본보기로 삼으면 자기 자신을 파악하고 극복해 자신의 미래를 건설하는 데도 도움이 된다. 성공의 뜻을 크게 품은 사람이라면, 경쟁자를 본보기로 삼으려는 넓은 마음을 품고 그 사람을 보고 배우려는 습관을 기르는 것이 아주 중요하다.

경쟁 상대는 제거해야 할 대상이 아니다

사실 경쟁자가 없다고 사는 게 그리 간단해지는 것은 아닙니다. 여기는 생태계예요. 사자가 모두 사라져버렸다고 해서 영양 무리가 꼭 잘 지낼 수 있다는 보장은 없지요. 오늘날 알리바바가 해내려는 것은 일개 회사 차원의 것이 아닙니다. 우리는 하나의 생태계와 흡사합니다. 이 생태계에는 각양각색의 동물과 식물들이 있어서 전체를 구성하게 되지요.

마윈의 충고 43

마윈의 경험

2011년 5월, 징둥상청(京東商城)은 알리페이와의 거래를 중단한다고 발표했다. 류창둥(劉强東, 류강동) 회장은 알리페이의 수수료율이 과하게 높아 징둥에서 매년 지불하는 비용이 수백만에서 수천만 위안에 이르기 때문에 이제는 더 이상 그 조건을 받아들일 수 없고, 징둥 고객들의 이익 또한 침해하고 있으므로 알리페이와의 협력을 중단한다고 설명했다. 징둥과 타오바오의 대결이 정식으로 막을 올린 것이었다.

2011년 10월 24일 저녁, 쌍방의 갈등은 더욱 깊어졌다. 류창둥은 중국의 SNS, 웨이보(微博)에서 "한 웹사이트가 우리 상품 평가를 우리가 직접 관리하는 것을 허락하지 않고 있다."고 언급하면서 이런 행위는 비열하고 쓸데없는 좀도둑질 같다고 했다. 그러자 알리바바 산하의 버티컬 쇼핑 검색 엔진 이타오왕(一淘網)이 재빠르게 싸움에 끼어들어 이렇게 응수했다. "쇼핑 검색은 인터넷 쇼핑을 투명하게 하는 것이고 소비자들에게 실용적인 정보를 제공하는 것이다." 이는 징둥과 타오바오 라인의 두 번째 격돌이었다. 그때부터 양측의 싸움은 그칠 줄 모르고 계속되었다. 유명 미디어의 중요한 광고란에는 징둥과 알리바바의 티몰(TMALL, 天猫, 톈마오)이 나란히 등장했다. 징둥은 웬일인지 로고를 '개'로 바꾸었고 티몰(티몰의 중문명 톈마오의 '마오'는 고양이라는 뜻이며, 톈마오의 로고 역시 고양이다 -역주)과 끊임없이 분란을 일으켰다. 중국 최대의 쇼핑데이 '쌍십일절(雙十一節, 매년 11월 11일 -역주)'에는 두 회사가 가격 프로모션과 물류 배송 등에서 최대 규모의 할인 정책을 펼쳤다. 업계에서는 쌍십일절은 완전히 '개와 고양이의 한판 싸움'이라며 혀를 내둘렀다.

많은 사람이 이 싸움을 흥미롭게 지켜보고 있었지만, 정작 당사자인 마윈은 그렇게 생각하지 않았다. 그는 애당초 전자상거래 전쟁이란 아예 존재하지 않는다고 했다. "쌍십일절은 전자상거래 전쟁이 아닙니다. 누구와 싸우고 있는지도 모르겠어요. 싸울 거 뭐 있나요." 그는 선의의 경쟁을 하고 있는 경쟁자를 반드시 이겨야 한다고 생각하지 않았다. 그런 회사는 그저 킬러와 똑같을 뿐, 아무 의미도 없는 존재라고 여기기 때문이었다. 경쟁자가 성공적이고 순조로운 항로에 방해물이 될지도 모른다. 하지만 이는 기업 발전에 결정적인 문제는 아니다. 기업이 발전하기 위해서는 어떻게 고객과 시장을 성장하게 하는지가 더욱 중요하다.

자가경영 플랫폼과 개방형 플랫폼 중에 어떤 방식이 미래의 전자상거래를 대표하게 될 것인가에 관한 의견이 분분한 가운데, 마윈은 오히려 이 두 가지가 전혀 충돌하지 않는다고 말한다. "우리는 스스로 웹사이트를 운영하려는 무수한 판매자들을 돕고 있습니다. 개방형 플랫폼과 싸워 이

기려고 하는 것은 적절하지 않아요. 당신이 개방형 플랫폼을 운영하고 있다면 자가경영 플랫폼을 없애려고 할 것이 아니라 그들이 성공하고 번창하기를 지지해야 합니다."

티몰과 징둥의 경쟁은 해가 갈수록 더욱 격렬해져 갔다. 소비자들은 재미있는 구경거리에 말들이 많았지만, 당사자들은 아주 냉정하고 침착했다. 그리고 더 중요한 것은 이렇게 주거니 받거니 경쟁이 계속되는 가운데, 양쪽 모두 결국엔 승리자가 되었다는 사실이었다.

2009년, 티몰의 쌍십일절 프로모션 매출액은 5천만 위안이었다. 그런데 3년이 지나는 동안 쌓인 노하우로 2011년에는 33억 6천만 위안에 이르는 매출액을 달성했다. 그 후 2년간, 징둥과 티몰이 쌍십일절에 전쟁을 벌였고, 2013년 동 기간에 티몰의 매출액은 350억 위안을 찍으며 2년 전보다 10배가 넘게 성장했다. 징둥 역시 25억 위안으로 2012년 매출의 여덟 배를 이루어냈다. 두 회사의 경쟁으로 그저 숫자에 불과했던 11월 11일이 중국 최고의 쇼핑데이로 변모하며 시장 전체를 뜨겁게 달구었다. 이 싸움은 둘 다 이긴 것이나 마찬가지였다.

경쟁으로 시장이 활성화되고 모두에게 이익이 돌아가는 경지, 이것이 바로 마윈이 줄곧 이야기한 경쟁의 최고 경지이다.

우리의 고민

타오바오와 징둥의 경쟁은 미국 코카콜라와 펩시의 싸움과 견줄 만하다. 이 두 콜라 회사는 시장을 장악하고 확대하기 위해서 이미 반세기 가량을 격렬하게 맞붙어왔고, 이 과정에서는 진 사람이 아무도 없었다. 경쟁을 통해 시시각각 콜라에 대한 이미지를 소비자들에게 심

어준 까닭에 전 세계 소비자들은 콜라라는 음료에 주목할 수밖에 없었기 때문이다.

과거에는 사람들이 시장을 케이크에 비유했다. 여러 명의 경쟁자가 케이크를 한 조각씩 집어 가면, 내가 먹을 케이크는 점점 줄어드는 것이다. 그러므로 경쟁의 초점은 바로 경쟁자를 줄이는 것이었다. 하지만 요즘의 경쟁 방식은 그렇지 않다. 경쟁자가 하나 줄면 내가 먹을 케이크가 하나 더 많아진다는 원칙이 더는 유효하지 않다. 경쟁자와 함께 더 큰 케이크를 만들고 함께 나누는 방법이 있는 것이다. 이제는 남의 케이크를 빼앗는 것이 아니라 어떻게 더 큰 케이크를 만들어 내는지에 경쟁의 포커스가 집중되어 있다.

우리 주변에서는 경쟁자를 물리치는 것보다 그 존재를 받아들이고 선의의 경쟁을 함으로써 자신의 발전을 이루어낼 수 있는 경우가 많다. 직장에서도 이 논리는 그대로 적용 가능하다. 팀 간에, 직급 간에 또는 상하 관계의 경쟁에서 말이다. 만약 자신의 목적을 위해서 상대를 찍어 누르기만 하면 팀 전체의 평화와 화합은 깨어지고 만다. 하지만 올바른 경쟁을 벌이고 함께 성장한다면 조직의 가치를 최고로 끌어올릴 수 있을 뿐만 아니라 조직 내 구성원들 각자가 경쟁의 가장 큰 수혜자가 될 것이다.

지혜의 팁

이 시대의 경쟁에는 더 이상 잔인하고 신랄하게 서로를 공격하는 방식이 필요 없다. 케이크를 나눌 때 사람이 많아진다고 해도 한 사람에게 돌아가는 절대 이익이 줄어들지 않을 수 있다. 그러므로 경쟁의 목적은 상대를 무릎 꿇게 하는 것이 아니라 그와 함께 성장하는 것이라는 점을 잊지 말자.

경쟁을 두려워하는 청춘들에게

경쟁자를 친구로 만들어라

친구, 고객 그리고 라이벌은 당신의 가장 훌륭한 홍보 수단입니다.

멋진 파이터는 자신의 적수도 존중하는 법이지요.

마윈의 충고 44

마윈의 경험 마윈은 언제나 적을 만들어왔다. 전자상거래의 중개자로 나선 알리바바는 모든 오프라인 백화점에게 공공의 적이 되었고, 알리페이는 금융권에게 적이 되었다. 나중에는 물류업에도 뛰어들며 기존 택배 물류사업자들을 적으로 돌렸다. 그리고 마윈은 상업용 부동산업에 정면으로 도전하는 발언까지 서슴지 않았다. 인터넷 거래의 힘으로 상업용 부동산 가격이 하락했으면 좋겠다는 말을 한 것이다. 2012년 초에 있었던 CCTV 올해의 경제 인물 시상식에서 마윈은 중국 부동산업계의 큰 손, 왕젠린(王建林, 왕건린) 완다(萬達)그룹 회장과 내기를 걸었다. 내기의 주제는 10년 후에 전자상거래가 중국 소비시장 전체 액수의 절반을 뛰어넘을 것인지 말 것인지였다. 그 자리에서 마윈은 이렇게 말했다. "만약 왕젠린이 이긴다면 제가 아닌 우리 사회 전체가 지는 것입니다. 한 세대의 젊은이들이 모두 지는 셈이죠."

끊임없이 다른 사람의 영역을 침범하고 적을 만들어 시기와 질투를 한 몸에 받으면서도 꿋꿋이 쓰러지지 않고 앞으로 나아가는 마윈의 성공 비결로 적과 경쟁자로서, 혹은 친구로서 관계를 잘 유지한다는 점을 들 수 있다.

2007년 9월 항저우에서 열린 '중국전자상거래대회'에서 궈타이밍(郭臺銘, 곽대명) 폭스콘(FOXCONN) 회장과 마윈은 아주 격렬하게 설전을 벌였다. 그들이 나눈 '코끼리와 개미' 논쟁은 사람들에게 깊은 인상을 남겼다. 궈타이밍은 기업이 거대한 조직을 유지하는 것이 생존의 유일한 방법이라는 의견이었고, 마윈은 반대로 배가 작아야 뱃머리를 돌리기가 쉬운 것이 인터넷 시대의 대세라는 의견이었다. "우리의 꿈은 폭스콘과 같은 거대기업이 일고여덟 조각으로 작게 찢어져 모두 함께 먹을 것을 나누었으면 하는 것입니다. 인터넷 시대에 탄력적으로 대응하지 못하는 코끼리는, 힘을 모아 거대한 코끼리를 옮길 수 있는 작은 개미 떼를 당해내지 못할 것입니다." 하지만 궈타이밍은 마윈의 작은 것이 좋다는 견해에 전혀 동의하지 않았다. 인터넷 시대는 대기업이라는 범에게 날개를 달아 한층 더 강력하게 만들어주고 더욱 멀리까지 영향력을 행사할 수 있게 해준다는 것이었다. 첫 만남에서는 이렇게 의견의 대립각을 세우던 두 사람이었지만, 여러 차례 함께 협력하고 난 후에는 마음을 터놓는 좋은 친구가 될 수 있었다.

마윈은 선궈쥔(瀋國軍, 심국군) 인타이(銀泰) 그룹 회장과도 경쟁자이면서 친구인 관계를 유지하고 있다. 2011년, 무서운 기세로 쌍십일절(11월 11일), 쌍십이절(12월 12일) 쇼핑 프로모션을 진행하는 타오바오에게 감히 대적할 상대는 없었다. 인타이 백화점 등 기존 오프라인 쇼핑센터의 판매 기반을 잠식해가는 타오바오를 향한 선궈쥔 회장의 시선은 결코 달갑지 않았다. 하지만 그로부터 2년 후, 알리바바를 주축으로 인타이그룹, 푸싱

(復星)그룹, 푸춘(福春)그룹, 순펑(順風), 선퉁(申通), 위안퉁(圓通), 중퉁(中通), 윈다(韻達)는 '차이냐오(菜鳥)'라는 신 물류기업을 공동으로 창립했다. 선궈쥔 회장이 차이냐오의 CEO를 맡았고 마윈은 회장을 맡았다. 이어서 알리바바 그룹은 인타이 그룹과 전략적인 협력을 선포하고 O2O 서비스에서의 제휴를 모색하기 시작했다. 그리고 인타이 집단의 서른다섯 군데 오프라인 매장이 티몰의 쌍십일절 프로모션에 함께 참여하며 양사 협력의 첫발을 디뎠다.

마윈은 이베이의 CEO 존 도나호(John Donahoe)와도 경쟁자이자 좋은 친구이다. 타오바오와 이베이가 대격돌하던 그해에 외부에서 이를 지켜본 사람들은 도나호가 분명히 마윈과 알리바바를 해치우고 싶어 할 것으로 생각했지만 도나호가 말하는 실상은 전혀 다르다. 그들은 처음부터 지금까지 좋은 친구로 지내고 있다. 도나호가 이베이에 갓 합류했을 때, 이미 마윈과는 아는 사이였다. 마윈이 자발적으로 그를 찾아갔었고, 솔직하고 열정적인 마윈의 모습에 탄복한 도나호는 아무런 거리낌 없이 마윈과 어울리게 되었다.

우리의 고민

새로운 직장에 안착하고 나면 동료들끼리 알게 모르게 경쟁 관계가 생기게 마련이다. 하지만 한 공간에서 시도 때도 없이 함께하는 사이라면 당연히 친구로 지내는 것이 우선이지 않을까? 어떤 사람은 회사 동료는 생활이나 문화적인 면에서 어떤 교류도 없고 감정적으로도 공감대가 형성되지 않는, 그저 '나 아니면 너'라는 식의 경쟁 관계일 뿐 친구는 될 수 없다고 말한다. 또 어떤 사람은 회사 일이 인생의 대부분을 차지하고 있는데 회사 동료와 친구 같은 사이가 되지 못한다면 아주 고독할 것이라고 말한다. 도대체 어떻게 하는 것이 좋을까?

마윈은 인맥경영의 대가이다. 친구를 사귀는 데 도가 텄고, 그 친구 중에는 그와 라이벌인 사람도 부지기수이다. 그는 경쟁 상대와 열정적으로 토론하기를 즐기며 이런 토론이 자신의 자산이 된다고 말한다. 나를 가장 잘 아는 사람은 라이벌이며, 그와 자꾸 부딪히는 가운데 자기 자신을 더욱 다듬어 갈 수 있다고 생각하기 때문이다.

직장에서 동료와 좋은 친구가 되기를 꺼리지 마라. 비록 두 사람이 라이벌 관계라고 하더라도 진심으로 상대를 포용하고 열린 마음으로 대한다면 상대방의 마음을 얻을 수 있을 것이다. 서로를 믿고 상호 협력하는 과정은 두 사람을 완전히 새로운 방향으로 성장시킬 수 있다는 점을 유념하자.

지혜의 팁

미국 상업계에는 이런 명언이 있다. "만약 적수를 꺾지 못한다면 그들의 가운데로 들어가라." 당신의 라이벌과 적이 될 것인지 친구가 될 것인지는 경험에서 우러난 노하우와 지혜에 달려있다. 처칠의 명언 중에는 이런 말도 있다. "세상에 영원한 친구는 없다, 영원한 이익만 있을 뿐이다." 이익을 최대화하려는 관점에서 본다면 친구 역시 경쟁자로 인식해야 할 것이고, 선의의 경쟁이라는 관점에서 출발한다면 적이라고 하더라도 친구로 인식하는 편이 더 낫다는 말이다.

화를 내면 지는 것이다

내 적수를 답답하게 하고 노발대발 화를 내게 만들 줄 알아야 합니다.

하지만 스스로 화가 나서 길길이 날뛰는 것은 금물입니다.

비즈니스는 원래 아주 재미있는 것이예요.

내가 누군가와 경쟁을 하다가 화가 나 미치겠다면

그건 내가 잘못했다는 뜻입니다.

잘못된 전략으로 경쟁자와 싸우고 있다는 의미지요.

마윈의 충고 45

마윈의 경험

2014년 춘제(春節, 음력 정월 초하룻날로 우리의 설날, '구정'과 같은 날 -역주) 기간, 중국의 SNS 서비스 위챗(we chat, 微信, 웨이신)에 홍바오(紅包)● 기능이 갑자기 생겨났다. 베이징, 상하이, 광저우, 선전 등 대도시와 IT업계에서는 너 나 할 것 없이 즐겁게 지인들과 홍바오를 주고받았다. 그리고 이어서 '위챗과 연동되어 지불된 금액이 1억 위안을 돌파하며 알리페이를 뛰어넘었다'는 소식이 전해졌다. 이는 텐센트(tencent, 騰訊, 텅쉰)가 단 하룻밤 사이에 10년을 고생한 알리페이의 노력을 물거품으로 만들었다는 것을 의미했다.

나중에 이 소식은 사실이 아니라는 것이 밝혀졌지만, 업계 관계자들은 마윈을 대신해 손에 땀을 쥐었다. 마윈은 '라이왕(來往, 알리바바의 메신저 앱)'에서 이렇게 말했다. "이번 진주만 습격은 아주 완벽했습니다. 다행히 춘절은 금세 지나가고 남은 날은 길지요. 확실히 우리에게 많은 교훈을 안겨주었습니다."

홍바오 사건은 사실 빙산의 일각이었다. 마윈과 텐센트의 CEO 마화텅(馬化騰, 마화등)의 경쟁에 쏟아지는 사람들의 관심은 어마어마했고, 이름하야 '아Q대전'이라 불리며 그 명성이 자자했다.

'아Q대전'은 택시 예약호출 애플리케이션 싸움에서 시작되었다. 텐센트와 알리바바는 거의 같은 시기에 각각 디디다처(滴滴打車), 콰이디다처(快的打車)라는 애플리케이션 서비스를 내놓았다. 물론 두 앱의 기능과 사용자들에게 이익을 돌려주는 초기 정책은 거의 비슷했다. 덕분에 소비자들은 동시에 두 가지 앱을 모두 사용하고 택시를 이용하면서 택시비를 지원받으며 비용을 줄일 수 있었다. 이 싸움으로 양쪽 모두 출혈이 컸지만, 누구도 양보할 수 없는 상황이었다. 그들은 초기 점유율의 중요성과 이용자를 최대한 끌어내야 싸움에서 이길 수 있다는 사실을 누구보다 잘 알고 있기 때문이었다.

이어서 '펭귄(텐센트의 로고는 펭귄이다 -역주)의 공격으로 멸종당하기 전에 먼저 남극 대륙을 불질러 버리기' 위해 알리바바는 '라이왕'이라는 위챗과 비슷한 SNS 서비스를 내놓았다. 그리고 마윈은 라이왕을 통해서만 공식적인 입장을 발표했다. 그러자 위챗에서는 홍바오 앱 서비스로 즉각 대처하며 '아Q대전'이 한층 가속화되었다.

중국의 인터넷 그룹 양대 산맥인 텐센트와 알리바바의 싸움을 지켜보는 사람들은 그 기세가 두려울 정도였다. 하지만 마윈은 오히려 차분하기 그지없었다. 그는 라이왕과 위챗의 경쟁에 관해, 양사의 적극적인 경쟁은 모바일 인터넷의 발전에 큰 이익을 가져다준다고 의견을 피력했다. "이번 판에서 저는 마화텅이 다음 수를 어떻게 둘지 지켜볼 것입니다. 그쪽에서 미간을 찌푸리게 된다면 저는 아마 기뻐할 겁니다. 경쟁은 일종의 즐거움이랄까요."

그리고 마윈은 이런 말을 했다. "아프리카의 사자가 영양을 잡아먹는 것은 미워서가 아닙니다. 먹어야만 생존할 수 있기 때문이죠." 그가 생각하는 경쟁은 원수를 갚기 위함이 아니다. 마윈은 진정한 기업가에게는 원수가 없고, 복수심을 가진 경쟁자는 실패한다고 생각했다. 그래서 아무리 팽팽하게 맞서는 상황에서도 침착함과 냉정함을 잃지 않을 수 있었다.

콰이디와 디디의 경쟁은 갈수록 격렬해졌고 지원금도 나날이 높아만 갔다. 일부 소비자와 택시기사들은 어부지리로 그 혜택을 볼 수 있었지만, 노인이나 아이들처럼 애플리케이션 사용이 익숙지 않은 사람들은 이 싸움의 피해자가 될 수 있었다. 빈 택시가 분명한데도 기사가 길거리의 승객을 거부하며 손님을 고르는 현상이 나타났다는 내용의 기사도 등장했다. 그러자 마윈은 라이왕에 이런 말을 남기며 사람들의 관심을 일소했다. "두 사람이 싸우는데 구경하는 사람이 북적북적합니다. 구경꾼들은 승부에는 절대 관심이 없지요. 그저 웃고 떠들기 위해 구경하고 있는 겁니다." 그의 말에는 이제 더 이상 어떤 대결을 벌이려는 의지가 없음이 드러나 있었다. 경쟁에 빠져들어서 잠시 이성을 잃을 뻔했지만, 고객의 이익과 관련한 일이 발생하자 곧바로 냉정을 되찾은 것이다. 경쟁은 시장에 실질적인 도움이 되고 고객에게 수익이 돌아가야 한다는 점을 원칙으로 한다. 마윈에게는 거금을 투자하고 경쟁을 하는 것은 절대 두려워할 일이 아니지만, 고객의 이익을 침해하는 것, 특히 사회적 약자들의 권익을 보호하지 못한다는 것은 언제나 경계해야 할 점이었던 것이다.

우리의 고민 "경쟁에서 일부러 경쟁자를 자극해 분노를 사려고 노력할 필요는 없다. 하지만 그가 이미 화가 머리끝까지 나거나 안절부절못하고 돈으로 문제를 해결하려고 덤빈다면, 그것은 그가 이 경쟁에서 질 것이라는 신호탄이다." 마윈은 경쟁하는 양측의 승패가 이성을 잃고 화를 내는지 아닌지에 따라 판단할 수 있다고 생각했다. 그래서 텐센트와의 대결에서도 판단력을 잃을 뻔 했지만, 가까스로 평상심을 유지할 수가 있었다.

상대방의 견해가 자기의 바람과 위배될 때, 사람들은 자연적으로 원망하거나 싫어하는 마음을 품을 수 있다. 심지어는 화를 내거나 분노하는 감정을 갖기도 한다. 마윈은 노발대발 화를 내고 길길이 날뛰는 것은 싸움에 진 것이라는 사실을 우리에게 일러준다. 이성을 잃으면 잘못된 길을 택할 수 있고, 그렇다면 더 심각한 실수를 저지를 수도 있기 때문이다.

지혜의 팁

라이벌이 건방진 도발을 하며 당신을 흥분시키려고 할 때, 격분하고 화를 내면 당신이 진 것이다. 경쟁에서 승리하는 비결은 바로 어떤 상황에서든지 냉정함을 유지한 채 경쟁자를 대하는 것이다. 이렇게 해야 충동적으로 대처하거나 나중에 후회할 일을 막을 수 있다.

● **홍바오(紅包)** | 중국에서 세뱃돈, 축의금을 주고받을 때 사용하는 빨간 봉투를 지칭하는 말.

역부족일 때는 한 발 물러서라

우리는 모든 영역에서 멍청한 일을 한 번씩 겪었습니다.

인재채용에서 자금 운용, 기업 관리와 콘텐츠 선택까지……

아마 8년, 10년쯤 후에는 책 한 권을 쓸 수 있을 겁니다.

알리바바가 저지른 실수 모음이 되겠죠.

그때는 지금의 잘못을 이야기하면서 모두들 웃을 수 있지 않을까요.

마윈의 충고 46

마윈의 경험

알리바바 그룹의 발전 과정이 아주 순조로웠기 때문에, 마윈이 마치 천하무적인 것처럼 오해하는 사람들이 아주 많다. 하지만 마윈은 무릎을 꿇은 적이 한두 번이 아니다. 일단, 고객이 똘똘 뭉친다면 천하의 마윈도 두 손 두 발을 다 들 수밖에 없기 때문이다.

비즈니스 전쟁은 어디든 존재하지만, 경쟁에서 승리하기 위해 고객을 이용하거나 소홀히 해서는 절대 안 된다. 마윈 역시 여러 번 좌절하며 이를 체득했다. 타오바오가 무료 정책으로 흥하게 되었다는 사실은 이미 잘 알려져 있다. 그런데 사실 마윈은 줄곧 유료화에 마음을 두고 있었다. 2006년 5월 10일, 무료 정책을 고수해오던 타오바오가 칼을 들었다. 바이두의 가격 경쟁 랭킹 방식을 모방하여 기업들이 지불한 금액에 따라 상품에 관련된 키워드 리스트를 배정했고, 구매자가 그 키워드를 검색 시에 가장 우선적으로 노출하는 방식을 실시했다. 마윈이 처음 이 서비스를 제안한 것은 여러 기업이 혼재된 타오바오에서 실력 있는 기업을 가려내자는 취지였다. 하지만 이 아이디어는 '무료'를 원하는 고객들의 구호에 뒷전으로 밀려날 수밖에 없었고, 민심이 들끓자 마윈은 계획을 수정할 수밖에 다른 도리가 없었다.

타오바오가 단순히 그 유명세뿐만 아니라 실제 거래 금액에서도 놀라울 만한 성과를 이룩하고 있었지만, 장기적으로는 이익을 전혀 내지 못하는 상황에 처해있음을 아는 사람은 그리 많지 않았다. 2011년 10월 10일, 마윈이 다시 실험을 감행했다. 이번에는 판매자에게 보증금과 기술적인 서비스 비용을 부담하게 한 것이다. 하지만 처음과 같이, 계획을 추진하자마자 거센 반발에 부딪혔다. 전문가들은 앞으로 점점 유료화가 늘어나는 추세이며 마윈이 지금 유료화를 고집한다면 결국은 그렇게 될 것이라고 했다. 하지만 마윈은 그렇게 끝까지 고집을 부리지 않았다. 비즈니스 파트너에게 고개를 숙이는 것은 패배가 아니며 포용력 있고 존중하는 자세라는 것을 알기 때문이었다.

마윈은 경쟁자와 함께할 때도 상황에 맞게 대처하는 것을 도리로 여겼다.

우리는 마윈이 기초가 튼튼한 검색 엔진에 미련을 버리지 못하고 있다는 것을 이미 알 수 있다. 그는 차이나옐로우페이지의 발기인이었고 중국에서 가장 먼저 검색을 시작한 사람이었기 때문이다. 도중에 리옌훙의 바이두가 선수를 쳐버렸지만, 그는 단념하지 않았다. 2011년에 마윈은 자신의 신제품, 이타오왕을 출시하며 리옌훙에게 도전장을 내밀었다. 그리고는 '바이두를 잠도 못 이루게 할' 것이라고 호언장담을 했다.

그도 그럴 것이, 인터넷 쇼핑에 관해서는 이타오왕이 바이두보다 훨씬 전문적이었다. 이타오왕의 목적은 타오바오에 있는 풍부한 상품 정보를 기초로 쇼핑에 관한 무수한 정보를 모두 검토해 고객이 쇼핑 전이나 후에 마주칠 수 있는 여러 가지 문제를 해결하는 것이었다. 쉽게 말해 고객이 편리하게 구매를 하게 돕고 합리적인 가격의 상품을 빠르게 찾아내는 것이다. 특히 쇼핑이라는 전문성을 무기로 한다면, 인터넷 쇼핑 웹페이지들은 몇 년 안에 광고를 바이두에서 이타오왕으로 옮겨 올 것이었다.

이타오왕은 바이두에게 확실히 골칫거리였다. 하지만 마윈이 미처 예상치 못한 점이 있었다. 바이두와 맞붙게 되면 적이 한둘이 아니라는 것이었다. 이타오왕은 텐센트의 파이파이(拍拍), 바이두, 징둥, 당당왕, 쑤닝이거우(蘇寧易購) 등 수많은 전자상거래 웹사이트의 이익에 반하는 존재였다. 이들의 연합 작전이 전개된다면 이타오왕은 모든 전자상거래 사이트들로부터 고립될 수밖에 없었다.

혼자서는 역부족이라 생각한 마윈은 타오바오의 새로운 계획을 발표하는 자리에서 한 발 물러나는 약한 모습을 보였다. "저는 그저 평범한 사람일 뿐입니다. 인터넷의 영웅이었던 적은 없었어요. 제가 하려는 일이 대단히 힘든 일이라는 것은 알지만 계속해보겠습니다."

우리의 고민

사실, 당신보다 강한 사람은 어딜 가나 있게 마련이다. 그런데 사사건건 남들보다 잘나 보이는 그 사람들도 실제로는 멍청하고 어리석게 행동하는 경우가 많다. 능력을 과시하고 겉으로 큰소리만 떵떵 치는 사람은 주위 사람들에게 스트레스만 주고 거부감만 산다. 긍정 에너지도 잘못 사용하면 적을 만드는 악영향을 미칠 수가 있는 것이다.

인생을 한판 승부에 비유한다면, 가장 중요한 순간은 바로 적절한 시기에 자신의 패배를 인정하는 것이다. 다른 사람의 장점을 보고 실력을 관찰하자. 당신보다 강한 사람들이 세상에는 널려있다. 이 점을 받아들여야만 당신은 겸허함이 무엇인지 알게 될 것이다. 졌다는 것을 인정하는 것이 곧 이긴 것을 의미하는 경우는 얼마든지 많다. 자신보다 약한 사람에게 고개를 숙이면 돌아오는 것은 겸손한 사람이라는 명성이다. 그리고 자신보다 강한 사람에게 패배를 인정하고 자신의 모자란 점을 반성, 개선해 나간다면 더 빠른 속도로 성장할 수 있을 것이다.

또한, 더 중요한 것은 어떤 상황에서도 전체를 적으로 돌리지 말아야 한다는 점이다. 아무리 자신의 실력이 강하다고 자부하더라도 혼자서 무리해서는 안 된다. 조직과 함께하고 고객을 위해 일할 때, 혼자서 잘났다는 태도라면 아무것도 얻을 수 없다. 아무리 똑똑하고 잘난 사람이라도 자신에게 적이 생기지 않는다는 착각은 금물이다. 특히 내가 만든 적들이 힘을 합쳐 나와 맞선다면 더 무서운 일이 벌어질 수 있다는 점, 하나만은 꼭 기억하자.

지혜의 팁

외부의 압력에도 고개를 숙이지 않는 사람은 개성 있는 사람이다. 그런데 이때 자신의 나약함을 직시하고 졌다는 사실을 받아들이는 사람은 총명한 사람이다. 스스로의 부족한 점을 솔직하게 드러내는 것은 지혜로움의 표현이며 양보심의 발현이다. 패배를 인정하는 것은 쓰러지거나 포기하는 것과는 다르다. 더 나은 사람으로 우뚝 서기 위한 과정이다. 사실 인생에서 가장 큰 행복은 순풍에 돛 단 배처럼 인생이 술술 풀리는 것이 아니라, 쉬지 않고 인생의 지혜를 탐구해나가는 것이다. 자신을 제때 낮출 줄 아는 사람, 그 삶은 언젠가 승리자가 되어 있을 것이 틀림없다.

제 6 장

창업은 결코 아름답지 않다, 5년 후에도 하고 싶다면 그때 해라

• 창업을 꿈꾸는 청춘들에게 •

창업의 길에 실패해보지 않은 사람은 극히 드물다.
중요한 것은 당신이 실패를 어떻게 대하느냐이다.
똑똑한 사람은 쓰러지더라도 그 자리에서 다시 일어서서
실패의 교훈과 경험을 딛고 결국 성공의 경지에 이른다.

창업은 장기전이다

창업, 시작은 쉽지만 계속하는 것은 힘듭니다. 창업은 길고 긴 고난의 길이예요.
이 길에는 확고한 신념을 가지고 넓고 멀리 보아야 좋은 일이든 나쁜 일이든
대수롭지 않게 여길 수 있습니다. 돈에 연연하지 않아야 큰돈을 벌 수 있습니다.
다른 사람에게 가치 있는 일이라야 돈이 따르는 것입니다.

마윈의 충고 47

마윈의 경험

마윈은 6년 동안 영어를 가르쳤다. 동시에 번역 일을 겸하고 있었는데, 번역 의뢰가 꽤 많아 전부 소화하기가 힘든 상황이었다. 곰곰이 살펴보니 항저우에 무역 회사는 무척이나 많았지만, 마땅한 번역 회사가 없었다. 전문적으로 번역을 하는 곳이 꼭 필요하다는 생각이 들었다. 마윈은 이런 생각이 들자마자 창업을 바로 행동으로 옮겼다. 당시 그가 영어를 가르쳐 버는 돈이 100위안이 채 안 되었지만 그것은 아무런 장애물이 되지 못했다. 그는 일단 마음 맞는 사람을 몇몇 모아서 공동으로 창업을 준비했고, 얼마 지나지 않아 항저우 제1호 번역 업체인 하이보번역회사를 설립했다.

갓 시작했을 때는 자본금도 많이 모자라고 목구멍에 풀칠하기가 어려웠다. 첫 달 수입은 도합 700위안밖에 되지 않았다. 당시 매달 내야 할 사

무실 임대료는 2,400위안이나 되었는데 말이다. 그러자 마윈을 걱정하는 사람들은 뭐하러 사서 고생을 하느냐며 이 일을 말렸고 함께 창업했던 사람들 중 몇몇은 계속 하고 싶지 않다는 생각을 비추었다.

그러나 사람들이 뭐라 하건 마윈은 아랑곳하지 않았다. 계속해서 번역 회사를 꾸려나가기 위해서 이우(義烏) 도매 시장에 가서 작은 물품들을 떼어다가 팔았다. 이렇게 3년을 버텨 1995년이 되자 회사에 이윤이 남기 시작했다. 사실 그동안 돈은 거의 못 벌었지만 그는 꽤 유명 인사가 되어 있었다.

회사를 꾸리며 '항저우에서 영어를 최고로 잘하는 사람'이라는 칭호를 얻은 마윈은 번역일을 하러 미국에 갈 기회가 생겼다. 미국 시애틀에서 직접 인터넷의 신기함을 접한 마윈은 인터넷이라는 금광이 미래에 사람들의 생활을 바꾸어 놓을 것이라고 확신하게 되었다. 하지만 당시 인터넷 기술에 관해서는 전혀 이해가 없었다. 귀국 후, 마윈은 인터넷 회사를 차리기로 마음먹었고 24명의 친구를 불러 의견을 구했다. 그러나 그의 생각에 한 번 시도해보자고 맞장구치는 친구는 딱 한 명이었다. 하지만 마윈은 '시간은 나를 기다려주지 않는다. 나 말고 또 누가 있으랴' 하는 심정으로 이미 마음을 결정을 내린 상태였다. 창업 자금은 2만 위안 남짓, 집을 구해 사무실로 삼고 가구와 살림살이로 사무실 용품들을 대신하는 데만 1만 위안 이상을 썼고, 남은 돈은 3~4천 위안 정도였다. 이런 열악한 상황에서 마윈의 첫 번째 인터넷 회사 '하이보인터넷'의 첫 작품 '차이나옐로우페이지(中國黃頁)'가 탄생했다.

창업 이후 마윈은 인터넷과 차이나옐로우페이지를 선전하느라 바빴다. 만나는 사람마다 붙잡고 인터넷이 얼마나 신기한지 일장연설을 늘어놓는 통에 사람들은 그를 보고 사기꾼이다, 미쳤다고 했다. 그래서 방송국에 있는 친구를 데려다가 자신은 사기꾼도 미친놈도 아니며 인터넷이라는 것이 진짜 존재한다는 것을 증명하기로 했다. 인터넷 속도가 어찌나 느린지 인터넷 창 절반을 여는 데 세 시간 반이 걸렸다. 하지만 굴하지 않는 의지와 재치있는 입담 덕분에 그는 1996년 한 해 동안 무려 700만 위안이라는 대단한 영업실적을 올렸다.

그리고 마윈은 항저우를 떠나 '중국인터넷상품무역시장'에 참가했다. 그 과정에서 전자상거래를 통해 중소기업에게 이익을 돌아가게 하겠다는 B2B에 관한 생각의 기틀을 잡게 되었다. 생각이 여기에 미치자 그는 곧바로 항저우로 돌아와 창업에 착수했다. 동료들에게 월급이라고는 한 달에 500위안밖에 줄 수 없었고, 무려 열 달 동안 쉬는 날도 없이 사무실도 없이 함께 지냈다. 차를 타고 다닐 돈이 없어 무작정 걸어만 다닐 정도였다. 게다가 웹페이지를 개설할 자금이 전혀 없어, 18명이 돈을 걷어 겨우 50만 위안을 마련했다. 이런 상황이었지만 모두들 밤낮없이 일을 했고 결국 자신들의 힘으로 알리바바를 해외시장에 내놓았다. 그리고 마윈이 최종 지휘를 잘 한 덕분에 큰 성공을 거두며 지금은 세계 일류 브랜드로 탈바꿈하게 되었다.

우리의 고민

취업 스트레스가 날로 심각해지는 요즘, 갈수록 많은 젊은이들이 졸업 후에 창업을 택함으로써 자신의 삶을 바꾸어 볼까 생각한다. 하지만 현실은 그리 녹록지 않다. 하루아침에 벼락부자 되기는 이미 현실성 제로의 꿈과 같은 이야기일 뿐이다. 그래서 수많은 청년들이 창업을 해보기도 전에 실패할 것이라 단정하고 자신감을 잃는다. 감히 창업을 해보려는 엄두를 내지 못하고 있는 것이다.

사실 창업은 길고 지루하며 고생스러운 과정이다. 또한 그 과정에서 실패하는 사람도 부지기수이다. 마윈은 세 번의 창업을 했지만 세 번 모두 순탄치 않았고, 먼저 있었던 두 번의 창업은 마무리도 그다지 아름답지 못했다. 하지만 언제나 경험은 내 것으로 남는다. 그는 창업을 최선을 다해 즐기고 그 와중에 조금씩 성숙해갔다. 마윈의 창업 과정은 우리에게 실패를 거듭하면서도 계속해서 자신의 실력을 끌어올리려 노력한다면 언젠가 성공할 수 있다는 교훈을 준다.

창업을 고려하고 있는 이라면 고되고 지루한 싸움이 될 수 있다는 마음의 준비를 단단히 해야 한다. 실패로 자기를 다듬어 단련하고 끊임없이 방법을 모색한다면 활짝 걷힌 구름 뒤로 나타난 환한 달을 볼 수 있을 것이다.

지혜의 팁

한쪽은 차가운 바다이고 한쪽은 뜨거운 화염이다. 열정으로 뜨겁게 달아오르기도 하고 냉철한 고집을 부려야 할 때도 있다. 창업은 이와 같다. 현실과 꿈 사이, 성공과 좌절의 굴레를 계속해서 선회하며 전진하는 것이다. '창업'의 중국식 표기를 곰곰이 뜯어본다면 창(創)의 좌측 변 위에는 사람(人)이, 아래에는 검(劍)을 나타내는 글자가 있다. 그리고 우측 변에는 칼(刀)이 있다. 창업이라는 것은 사실 서슬 퍼렇게 번쩍거리는 검, 칼과 함께 생존해 나가야 하는 것이다. 젊은 창업자들이 이 점을 꼭 명심하고 마음 굳게 먹기를 바란다.

열정과 아이디어만으로는 턱도 없다

잠깐 불타오르는 열정은 아무런 가치도 없습니다.

꾸준히 타오르는 열정만이 돈이 됩니다.

마윈의 충고 48

마윈의 경험 아직 많은 사람들이 인터넷이 무엇인지도 모르고 있을 때, 마윈은 인터넷 사업을 본격적으로 할 수 있는 기회를 발 빠르게 포착했다. 그는 자신만이 볼 수 있었던 그 아름다운 미래를 아주 오랫동안 수많은 장소에서 침을 튀기고 열정을 내뿜으며 알리고 또 알렸다.

창업 초기, 마윈은 많은 사람들의 머릿속에 '미치광이'로 각인되었다. 이 별명은 두 가지 뜻을 가지고 있었다. 하나는 마윈이 아무도 상상조차 하지 못하는, 말도 안 되는 그것을 떠들고 다닌다는 의미였다. 그리고 다른 하나는 그가 자신이 믿고 있는 것에 대해 한 치의 의심도 없이 계속해서 밀고 나간다는 의미였다. 그렇다면 '미치광이' 마윈이 결국 성공했듯이 우리들도 스스로를 믿고 열정과 참신함으로 무장한다면 반드시 성공할 수 있을까? 대답은 '아니올시다'이다. 많은 사람들이 마윈의 열정과 아이디어를 높이 사지만, 마윈의 자신감 뒤에 숨은 그의 능력을 유심히 보는 사람은 적다.

1997년, 마윈은 중국대외무역경제합작부(中國對外貿易經濟合作部, 이하 외경무부) 산하의 중국국제전자상거래센터(CIECC)의 요청으로 자신의 팀원들과 함께 베이징으로 가서 센터의 정보전략담당자를 맡았다. 차이나옐로우페이지를 개설하면서 쌓은 풍부한 개발 경험으로 그들은 외경무부의 공식 웹사이트, 중국온라인상품교역시장, 온라인중국기술수출교역회, 중국투자유치넷, 온라인광저우수출상품교역회(약칭 광교회 廣交會) 등 국가기관의 공식 웹사이트를 전담하여 개발했다.

이때 국가 기관에 몸을 담은 일련의 경험은 마윈을 많은 정보들 속에서 정확한 방향을 순식간에 탐색해 내는 '개코'로 단련시켰다. 마윈은 중국이 이미 조금씩 세계 제조업의 중심으로 나아가고 있다는 것, 중국에는 세계 제조업을 이끄는 중대한 임무를 맡은 광범위한 중소 기업군이 존재한다는 사실을 인식하게 되었다. 하지만 그들은 세계 경제의 무대에서 춤을 추기는커녕 착취만 당하고 있었고, 규모나 자금력, 판로 등의 요인에서 한계에 부딪히고 있었다. 막대한 자금이나 에너지를 투자할 수도 없고 스스로 시장을 개척하는 것도 역부족이었다. 겨우 판로를 개척한다고 해도 해외의 무역 회사를 통해서만 거래를 발전시킬 수가 있는 형편이었다.

차이나옐로우페이지를 운영하면서 마윈은 전자상거래시장이 어마어마한 발전 가능성이 있다는 사실을 확신하게 되었다. 거기에 베이징에서의 작업은 B2B 사업에 관한 실마리를 풀게 해 주었다. 마윈은 인터넷이 가장 필요한 존재가 바로 중국 전역에 광범위하게 분포되어 있는 중소기업이라고 여겼다. 만약 인터넷이라는 도구를 통해 그들에게 하나의 창구를 마련해준다면, 그들은 상품을 세계 구석구석 어느 곳이든 보낼 수 있고, 전 세계를 상대로 고객을 찾기에도 좋을 것이었다. 이는 누구보다도 앞선 새로운 아이디어였고, 의미 있는 생각이었다.

마윈의 경영이념은 이때부터 조금씩 형성되기 시작했다. 그리고 곧이어 마윈은 베이징에서의 일을 접고 항저우로 돌아가 십팔 나한과 함께 알리바바 창업의 길로 들어섰다.

사람들이 마윈에게 미쳤다는 말을 퍼부었지만, 마윈은 도리어 정신이 어느 때보다도 또렷한 상태였고 그가 내린 결정 하나하나 역시 모두 심사숙고를 거쳐 결정된 사안이었다. 첫 창업을 번역회사로 시작한 것도 그가 항저우에서 영어를 '최고로 잘하는' 사람이기 때문이었다. 차이나옐로우페이지 또한 그가 직접 미국에서 두 눈으로 인터넷을 목격했기에 시작할 수 있었던 것이다. 알리바바를 창립하게 된 것도 잠깐의 열정에 들떠서 시작한 것이 아니었다. 전자상거래에 관해 충분히 익숙해지고 중국의 중소기업이라는 거대한 수요시장에 관한 이해를 바탕으로 신중하게 고려한 후에 결정한 일이었다.

우리의 고민

열정과 참신한 아이디어만 있으면 창업을 할 수 있다고 믿는 사람들이 많다. 인도의 타고르는 "열정은 돛단배를 나아가게 하는 바람"이라고 했다. 바람이 너무 강하면 배의 돛은 부러진다. 하지만 바람이 없다면 돛단배는 항해를 할 수 없다. 열정은 어떤 사건이나 사물에 대한 사람의 강렬한 흥미와 간절한 바람의 표현이다. 열정이 있어야만 영감의 불꽃이 일고 개성이 명확하게 드러난다. 그리고 창의성은 다른 사람이 감히 모방할 수 없는 아이디어를 뜻하는 말로, 새로운 아이디어가 있는 사람은 초반에 승기를 점할 수 있어서 일이 훨씬 수월해진다. 특히 젊은 사람들은 머리회전이 빠르고 생각이 열려 있어서 아이디어가 풍부하고 열정도 넘친다. 하지만 알고 보면 이 두 가지는 창업의 기본 요소일 뿐이다.

마윈의 창업은 순간적으로 감정에 휩쓸려 시작된 적이 한 번도 없었다. 그가 내딛은 한 걸음 한 걸음은 모두 신중하게 생각하고 고려한 결과이며, 그래서 그는 목표로 이르는 길에 한 번도 정도를 벗어난 적이 없었다.

원대한 포부를 품은 젊은이들은 창업을 통해서 인생의 성공을 이루려고 한다. 하지만 창업으로 성공하는 사람들은 극소수이며 매년 생겨나는 스타트업 중에서 최소 50%는 반년 안에 도산하고 만다. 창업에는 여러 가지 위험요소가 있다. 신중하게 준비하고 실행에 옮겨야 한다. 열정과 아이디어 외에도 충분한 시장조사와 연구를 진행해 방향을 명확하게 정해야 한다. 그래야만 배가 방향을 잃고 이리저리 휘둘리지 않을 것이다.

지혜의 팁

젊은 창업자에게는 넘치는 열정과 패기가 있지만 그것만으로 성공을 하기에는 한참 모자란다. 사전 준비를 충분히 하면 할수록 성공으로 다가가기는 더 쉬워지고, 소스가 부족하면 창업의 성공률은 크게 낮아진다. 그렇다고 모든 준비를 완벽하게 할 수는 없지만, 창업하기 전에 최대한 끌어모을 수 있는 소스는 다 끌어모아야 한다. 그리고 심리적인 준비와 경영 능력, 다양한 경험 등도 중요한 요소이다. 지치지 않고 계속해 나갈 수 있는 끈기는 중요한 심리적 요소이다. 또한, 지금은 자신의 능력으로 돈을 버는 시대이다. 능력이 있다면 창업, 발전의 기회가 자연히 많아질 것이다. 그러므로 경영 능력의 수련을 하는 것도 매우 중요하다. 그리고 창업자는 여러 가지 상황에 대한 충분한 콘트롤 능력이 있어야 위험한 상황을 무사히 피해갈 수 있다. 스타트업을 준비하는 사람이라면 철저한 사전 조사와 반복적인 시뮬레이션을 통해 모든 조건을 충분히 고려한 후에 행동으로 옮길 것을 권하는 바이다.

모든 것을 전부 잘하려 들지 마라

적게 하는 것이 많이 하는 것입니다. 너무 많은 것을 하려고 하지 마세요.

더 정확하게, 더 투명하게 하는 것이 중요합니다. 전략을 세울 때,

구석구석 모든 것을 다 완벽하게 잘해내려는 생각은 피하세요.

모든 역량을 한 점에 실어 돌파해야 승리할 수 있습니다.

어떤 상황에서도 돈을 벌 수 있는 한 가지만 꽉 잡고 있으면 됩니다.

너무 일을 크게 벌이지 말고 먼저 잘 하려고 하십시오.

무엇이든 혼자서 잘 하려고 해도 세상은 당신 혼자서 만드는 것이 아니에요.

작게 시작해 잘 운영하세요. 많이 할 것이 아니라 완벽하게 해야 합니다.

마윈의 충고 49

마윈의 경험 마윈의 '토끼잡이' 이론을 살펴보자. 열 마리의 토끼가 있다. 도대체 어떤 녀석을 붙잡아야 할까? 어떤 사람은 이 토끼를 뒤쫓다가 저 토끼를 잡으려고 달려들어 결국 한 마리도 잡지 못한다. 하지만 한 사람이 한 마리만 줄기차게 쫓아 잡는다면 한 마리는 잡을 수 있을 것이다. 창업하는 사람의 주요 임무는 기회를 찾아 이리저리 헤매는 것이 아니라 기회를 선별해 NO라고 말하는 것이다. 기회는 많다. 그중에서 하나만을 선택해서 집중해야 한다. 한 마리 토끼만을 쫓아야 성공할 수 있다.

마윈이 알리바바를 창립했을 때, 곁에는 고작 열여덟 명밖에 없었다. 지금 알리바바의 직원은 수만 명을 넘어선다. 처음에 별 볼 일 없는 가정집에서 시작한 알리바바가 지금은 전 세계 전자상거래에서 으뜸가는 기업, 글로벌 무역의 가장 큰 온라인 마켓, 가장 거대한 비즈니스 커뮤니티로 발돋움했다. 알리바바는 시작부터 지금까지 초지일관으로 '토끼잡이' 원칙을 고수했다. 그들이 잡은 토끼는 중소기업을 위한 전자상거래 비즈니스 서비스였다. 십수 년이 흐르는 동안 알리바바와 함께 시작했던 수많은 인터넷 회사들이 자신의 목표를 잃거나 기업의 성격을 바꾸었고, 혹은 일찌감치 손을 털고 업계를 떠났다. 오직 알리바바만이 성장세를 멈추지 않고 쑥쑥 자라나고 있다.

2001년, 마윈은 손정의에게 이렇게 말했다. "일 년 전에 제가 전자상거래의 꿈에 관해 말씀드렸지요. 지금까지 제 꿈은 마찬가지입니다. 단지 조금 달라진 것은, 그때보다 꿈에 훨씬 더 가까워졌지만 여전히 계속해서 앞으로 나아갈 것이라는 점이지요." 당시 인터넷은 빙하기처럼 꽁꽁 얼어붙었고 시장의 변화로 인해서 소프트뱅크 산하의 서른 개 인터넷 관련사들이 방향을 수정, 전환하던 시기였다. 손정의는 다른 회사들의 보고를 듣고 알리바바의 목표에 어떤 변화가 있었는지를 물었던 것이다. 하지만 마윈은 전자상거래를 향한다는 기업 목표에 어떤 양보도 없다는 점을 명확하게 알렸다. 2003년이 되자 드디어 인터넷 사업이 봄을 맞이했다. 손정의는 자신이 투자한 회사의 CEO들을 모두 한 자리에 다시 모았고, 이 회의에 모인 CEO 중에서 마윈만이 3년 전의 방향을 그대로 고수하고 있었다.

많은 기업들이 더 많은 영업이익을 위해서 돈이 되는 것만 찾고 있었다. 하지만 알리바바는 유행이 어떤지, 무슨 개념이 등장했는지에 전혀 눈을 돌리지 않았다. 자신이 처음에 세운 목표를 향해서 줄기차게 전진하며 자신이 할 일을 완벽하게 수행해 나갈 뿐이었다. 2005년에 열린 '올해의 경제 인물 선정대회'에서 마윈은 자신의 뜻을 명확하게 밝혔다. 자신과 알리바바는 절대로 유행에 휩쓸리지 않는다고 말이다.

그는 알리바바가 1995년 이후에 어떤 모습이었는지는 감히 말하기 어렵지만, 3~5년 후에도 알리바바가 여전히 전자상거래의 발전과 함께할 것이라는 점은 확실하다고 말했다.

2005년 8월, 전자상거래를 더욱 활성화하기 위해 알리바바는 야후 차이나를 인수했다. 이 인수합병은 수많은 논쟁을 불러일으켰다. 인터넷상에서도 의론이 분분했고 어떤 사람들은 바이두의 주식이 성장세를 보이자 검색 영역에서 그 밥그릇을 차지하기 위해 인수를 하려 한다는 이야기도 했다. 마윈이 직접 나서서 바이두의 주식 때문이 아니라고 해명했다. 그는 이번 인수를 진행하는 이유는, 게임 산업이 아닌 전자상거래가 중국의 경제에 지대한 영향을 미칠 것이고, 현재 중국에 부족한 신용결제 시스템과 인터넷 산업의 기초를 다져 껑충 도약하기 위해서라고 밝혔다.

알리바바가 지금의 괄목할 만한 성적을 낼 수 있었던 것도 언제나 변함없이 전자상거래에 집중하고 다른 영역에 전혀 한눈을 팔지 않았기 때문이었다. 사람들이 뭐라고 말하든 마윈은 한 가지 일만을 파고들었고 하려는 일을 철저하게 완수했다. 알리바바는 이렇게 자신의 꿈을 향해 앞만 보고 달린 덕분에 성공을 쟁취할 수 있었던 것이다.

우리의 고민

대학을 졸업하고 나면 무엇을 할 것인가? 대학원으로 진학할까, 공무원 시험 준비를 할까, 취업을 해야 할까, 아니면 창업을? 수많은 젊은이들이 지금 이 순간에도 무엇을 어떻게 해야 할지 몰라 방황하고, 자신이 부족한 점이 무엇인지, 무엇을 해야 할지 모르고 있다. 그래서 대학원 공부도 생각하면서 취업박람회를 기웃거리고, 공무원 시험에 대해 알아보고 창업 아이디어를 고민한다. 이것저것 모두 해볼까 싶지만, 이는 하지 않아도 될 수고를 하고 괜히 가지 않아도 될 길을 뱅뱅 돌아가고 있는 것이다.

마윈은 전자상거래에 꽂혀 중소기업을 위해 복무하겠다는 의견을 끝까지 관철시켰다. 자신의 목표를 확고히 하고 외부의 유혹에 흔들리지 않았다. 열악한 상황에도 굴복하지 않았고 해야 할 일만 파고들었다. 그러자 성공을 향한 그의 길은 더욱 뚜렷하게 모습을 보였다. 마윈의 이런 경험은 우리에게 선택과 집중의 중요성을 알려준다. 선택과 집중은 불필요한 과정을 줄여주고 더 쉽게 목표에 도달할 수 있게 돕는 것이다.

다만, 우리가 주의해야 할 점 중의 하나는 꿈을 이루는 과정에 미처 예상치 못한 다양한 곤란을 겪을 수 있다는 점이다. 혹시 그렇다고 하더라도 자신의 꿈에 전념한 사람은 스스로의 선택을 굳게 믿어야 한다. 수많은 어려움과 위험에 부딪히더라도 끈질기게 계속해 나가며 쉽사리 포기하지 않아야 달콤한 성공의 열매를 맛볼 수 있다.

지혜의 팁

창업자들은 종종 이런 실수를 한다. 스타트업이 막 기지개를 펴는 시기에 작은 성공에 취해 분에 넘치는 큰 모험을 감행하고, 지금껏 쌓아온 성과를 잃어버리는 것이다. 무엇인가 잘못되었다고 깨달았을 때는 이미 늦은 것이다. 이것저것을 보지 말고 한 가지에만 집중해야 한다. 그 한 가지를 완벽하고 깔끔하게 처리할 수 있다면 자기도 모르는 사이 성공이 눈앞에 다가와 있을 것이다. 무슨 일을 하건 집중력을 발휘해 한 가지를 잘하는 방법으로 성공의 큰 그릇으로 거듭나자.

최악의 실패를 준비하라

역경이 닥쳐올수록 제가 더 강해지면 그만입니다.
저는 기대가 높으면 실망도 크다고 생각합니다.
그래서 언제나 내일은 정말로 재수 없는 일을 당할 것이라고
상상하지요. 그러면 진짜 힘든 일이 생겨도 두려움이 생기질 않습니다.
계속해서 닥쳐오는 것 외에 더 뭘 어쩔 수 있겠습니까? 오라고 하세요,
저는 다 당해낼 수 있습니다. 공격을 이겨내는 능력도,
그럴 수 있다는 믿음도 충분하니까요.

마윈의 충고 50

마윈의 경험

마윈은 지난 시간을 회고하며 이렇게 말한다. "알리바바의 가장 큰 자산은 우리가 이룬 업적이 아니라 우리가 겪었던 하고많은 실패입니다. 이렇게 많은 실수를 책으로 엮어야 한다고 봅니다. 나중에 이 잘못들을 뒤돌아보며 저도 그랬었다고 웃게 되겠지요. 저는 만약 정말 중요한 프로젝트가 생긴다면 늘 승리만 해 온 사람에게 맡기지는 않을 겁니다. 실패를 해 본 사람에게 맡길 겁니다. 실패를 겪어본 사람은 기회를 놓치지 않고 반드시 붙잡을 테니까요."

1995년 대학의 영어교수 자리를 그만두고 1999년 정식으로 알리바바

를 설립하게 될 때까지 5년 동안, 마윈은 말로 다 하지 못할 고생과 좌절, 실패를 거쳤다. 이때 생긴 갖은 상처의 흔적을 두고 마윈은 '옐로우페이지와 함께 생긴 일들은 다 영화 같았다'라고 회고한다.

1996년, 인터넷이 각종 매체를 뜨겁게 달구며 새로운 경제 시대를 열어갈 대표 주자로 떠올랐다. 차이나옐로우페이지는 하루아침에 우후죽순처럼 생겨난 경쟁자들을 상대하게 되었고 그중에서 가장 강력한 상대는 항저우텔레콤(杭州電信)이었다. 항저우텔레콤은 정부의 강력한 지원을 등에 업고 있었고 등록된 자본금만 3억 위안에 육박하고 있었다. 반면에 마윈의 차이나옐로우페이지는 2만 위안 밖에 되지 않는 자본금으로 교사 출신의 마윈이 주축이 되었고 비슷한 처지의 가난한 친구들만 함께하고 있을 뿐이었다. 힘의 차이로 따지자면 양측은 비교도 할 수 없을 정도로 격차가 벌어져 있었다. 게다가 항저우텔레콤은 마윈이 등록한 차이나옐로우페이지의 도메인 chinapages.com과 거의 흡사한 chinesepage.com을 도메인으로 사용했고 이름도 똑같이 '차이나옐로우페이지'라고 지었다. 그러자 인터넷에 접속한 수많은 사람들은 당연히 정부유관기관인 항저우텔레콤의 웹페이지를 정식 홈페이지로 여겼고, 마윈의 웹페이지를 항저우텔레콤을 모방해 만든 아류라고 오해했다. 신임도 면에서도 마윈의 페이지는 항저우 텔레콤을 따라갈 수가 없었다.

산 하나에 두 마리 호랑이는 있을 수 없다고 했던가. 항저우텔레콤이 시장에 뛰어들며 마윈은 나날이 점점 더 힘들어졌다. 계속되는 어려움 속에 마윈은 차이나옐로우페이지를 계속 이어나가기 위해서 '항저우텔레콤과의 합병'이라는 최후의 결정을 내렸다. 1996년 3월, 차이나옐로우페이지는 항저우옐로우페이지에 합병되었고, 자산가치가 60만 위안으로 30%의 지분을 소유하게 되었다. 항저우텔레콤은 140만 위안을 투입하며 70%

의 지분을 소유했다.

합병 이후 마윈은 비바람을 막아줄 든든한 후원자가 생긴 셈이었다. 하지만 얼마 지나지 않아 마윈은 그 후원자가 전혀 믿을 만한 구석이 없다는 점을 깨닫고 자신의 결정에 후회를 하기 시작했다. 항저우텔레콤의 관점에서는 차이나옐로우페이지는 돈을 벌기 위한 일개 프로젝트일 뿐이었다. 그들은 합병으로 더 큰 돈을 벌게 되기를 기대할 뿐이었다. 하지만 마윈은 인터넷 회사란 아이를 키우는 것과 같다고 생각했다. 세 살도 채 되지 않은 아이에게 돈을 벌어오라니! 서로의 경영 이념이 달랐던 마윈과 항저우텔레콤은 사사건건 다툼을 벌였고 의견은 갈수록 더 엇갈렸다. 게다가 70%의 지분을 소유한 항저우텔레콤은 사업 결정권을 완전히 틀어쥐고 있어 마윈은 발만 동동 구를 뿐, 눈 뜨고 당하는 수밖에 없었다. "이사회에서 그들은 5표를, 우리는 2표를 행사할 수 있었습니다. 우리가 제안하는 정책은 하나도 통과되지 않았어요. 결국 개미는 코끼리에게 당할 수밖에요."

제대로 되는 일이 없자 마윈은 항저우텔레콤과 각자의 길을 가기로 하고 스스로 물러난다. 당시 그와 함께 했던 몇몇 직원들도 함께 일을 그만두고 싶어했지만, 마윈이 만류했다. 여태껏 그들이 흘린 피땀이 수포로 돌아가기를 원하지 않았던 것이다. 그는 홀로 항저우전텔레콤을 떠나면서 수중에 있던 주식을 전부 창업에 동참한 직원들에게 나누어 주었다.

"바람은 쓸쓸하고 역수는 차디찬데, 장사는 가고 나면 돌아오지 못하리(風蕭蕭兮易水寒, 壯士一去兮不復還 풍소소혜역수한, 장사일거혜불복환)." 마윈은 처음으로 큰 창업의 좌절을 겪었다. 하지만 결코 이로 인해 눈물을 흘리지 않았고 그 실패에서 교훈을 얻었다. "모두에게 부탁합니다. 나중에 창업을 할 때는 자본의 뜻에 좌지우지되지 마십시오. 투자자의 말을 경청하고 투자자를 존중해야 하지만, 최후의 결정을 할 때는 스스로 결정하셔야 합니다."

1999년, 마윈은 알리바바의 창립 대회에서 창업 멤버들에게 이렇게 말했다. "여러분, 모두 밥 먹을 정도의 돈은 챙겨놓고 나머지 돈만 꺼내십시오. 창업 자금은 우리의 쌈짓돈으로 시작해야 합니다. 가족들이나 친구들에게 빌려오지 마십시오. 실패의 가능성이 너무 크니까요. 우리는 '가장 최악의 상황'을 받아들일 수 있는 마음의 준비를 해야 합니다." 이 시기의 마윈은 이미 갖은 고초와 좌절을 겪었기 때문에 아주 담담하게 실패를 받아들일 수 있는 경지에 이르렀다. "저는 이 두 마디를 가장 좋아합니다. 하나는 처칠이 제2차 세계대전으로 큰 타격을 입은 영국 국민들에게 했던 말입니다. 'Never never never give up!(절대 절대 절대 포기하지 마십시오!)', 그리고 하나는 '신념을 품고 나아가는 것이 목적지에 도착하는 것보다 중요하다'는 말입니다."

우리의 고민

"만일 실패한다면 어떡하지?" 많은 젊은이들이 이런 걱정 때문에 노력조차 해보지 않고 포기하는 경우가 허다하다. 실패를 두려워하는 것은 대단히 소극적인 태도이다. 이런 태도는 영혼을 좀먹는다. 우리가 마음속에 이런 생각을 품게 되면 건강 상태, 사고방식 그리고 마음가짐까지 모든 것이 영향을 받고 부정적으로 변한다.

마윈 역시 크고 작은 실패를 수도 없이 겪었다. 그래서 다시 창업을 하게 되었을 때, 처음부터 실패할 수 있다는 심리적인 준비 태세를 갖추었다. 또한 실패를 '할 수 없다'의 핑계가 아닌 교훈으로 삼아 경험의 가장 아름다운 과정으로 만들었다. 그래서 태연하게 실패를 그대로 받아들일 수 있었다. 마윈은 우리에게 성공한 사람들도 실패를 한다는 사실을 보여준다. 그들도 노력했지만 성과가 그에 못 미치는 적이 있다. 하지만 그들은 그것을 학습의 경험으로 삼고 다시 일어서서 새로운 성과를 내기 위해 노력한다.

마크 트웨인은 이렇게 말했다. "젊은데도 비관적인 것은 가장 슬픈 일이다." 언제나 실패해서 안 될 거라는 비관적인 생각을 하면 한 평생을 무능하게 살아갈 것이다. 하지만 위대한 업적을 이룬 인물들은 실패를 결코 마음에 담아두지 않았고, 마음을 병들게 하는 소극적인 생각을 조금도 허용하지 않았다.

지혜의 팁

창업의 길에 실패해보지 않은 사람은 극히 드물다. 중요한 것은 당신이 실패를 어떻게 대하느냐이다. 똑똑한 사람은 쓰러지더라도 그 자리에서 다시 일어서서 실패의 교훈과 경험을 딛고 일어서서 결국 성공의 경지에 이른다. 하지만 나약하고 무능한 사람은 실패를 당하고 그 자리에 주저앉아 다시는 일어서지 않는다. 실패는 성공의 어머니이다. 창업의 실패는 잠시 슬픔을 안겨주기도 하지만 다시는 같은 실수를 반복하지 않게 해주는 성공의 디딤돌이다. 그러니 우리는 실패에 감사하는 마음을 가져야 한다.

돈 한 푼 없이도 창업을 할 수 있다

수많은 사람들이 실패하는 원인은

돈이 너무 없어서가 아니라 돈이 너무 많아서입니다.

마윈의 충고 51

마윈의 경험

1999년, 항저우 서호의 평범하기 그지없는 가정집에서 마윈과 그의 부인이 포함된 18명의 창업 멤버가 불철주야로 일을 하느라 분주했다. 눈 코 뜰 새 없이 바쁜 나날이었지만 모두의 마음은 즐겁기만 했다. 그런데 그 즐거움 뒤에는 사실 괴로움이 숨겨져 있었다.

알리바바가 창업을 시작했을 때, 자본금은 고작 50만 위안뿐이었다. 그나마도 열여덟 명이 여기저기서 끌어모은 자금이었다. 그해, 해외 투자기업들은 너도나도 앞다투어 중국의 인터넷 기업에 돈을 내어주었고, 중국의 인터넷 기업들도 그 돈을 끌어다 쓰기에 바빴다. 하지만 그들이 가진 50만 위안은 대형 포털사이트에 작디 작은 광고 하나 정도 낼 수 있을 만한 적은 돈이었다.

마윈은 '6개월간은 대외 선전을 나서서 하지 않는다. 한마음 한뜻으로 웹사이트를 공들여 잘 만든다'는 원칙을 세웠다. 그리고 1인당 월급은 500위안밖에 주지 않았고, 어떤 상황에서도 지출을 줄이기 위해 노력했다. 하지만 매일 써야 할 운영비용 때문에 멤버들은 고생이 이만저만이 아니었다. 모두가 내어놓은 50만 위안은 몇 달이 지나자 바닥을 드러내기 시작했다.

멤버들의 하루하루는 궁색하기 이를 데 없었다. 돈 한 푼도 나누고 쪼개어 씀씀이를 반으로 줄였다. 직원들은 밖에 일이 있어 나갈 때에도 오로지 걷는다는 일념 하나로 차를 타지 않았다. 한 번은 다함께 나가서 이것저것 살 일이 있었는데, 물건이 많아서 도저히 걸어올 수가 없자 택시를 타게 되었다. 길에서 택시를 잡으려 손을 흔들자 산타나(폭스바겐사의 중형 차종 -역주) 한 대가 다가왔다. 택시 기사와 몇 마디 이야기를 나눈 그들은 택시를 그냥 보내고 샤리(夏利, 중국 톈진이치자동차사의 차종 -역주)가 오자 그제야 택시를 탔다. 샤리의 요금이 산타나에 비해서 1킬로미터당 2위안이나 저렴했기 때문이었다.

이렇게 열악한 상황에서도 마윈은 줄기차게 투자상을 찾아다녔다. 서른여덟 곳이나 되는 투자회사를 찾아갔지만, 이들은 단기간에 이익을 보려고 하거나 과하게 경영에 직접 개입하려고 했다. 당장 입에 풀칠하는 것도 힘들었지만 마윈은 그들의 제안을 모두 거절했다. 그는 굶어 죽었으면 죽었지, 회사의 미래를 생각하지 않을 수 없었던 것이다.

근근이 버티는 나날이 계속되었고 직원들 월급만 간신히 500위안씩 지급하고 있었다. 직원들을 위한 복리는 농민공(農民工)• 보다도 못했지만 알리바바에는 능력자들이 제발로 찾아왔다. 알리바바가 인터넷에 서비스를 시작하자 미국 월가의 발렌베리그룹 산하 인베스터AB의 부회장이던 차이충신이 알리바바를 눈여겨보고 지대한 관심을 보였다. 그는 홍콩에서 항저우까지 직접 와서 마윈을 만났다. 그리고 나흘 후, 깜짝 놀랄 결정을 했다. 70만 달러의 연봉과 글로벌 투자 기업이라는 안정적인 직장을 버리고 500위안의 월급을 택한 것이다.

차이충신이 이런 결정을 내린 데에는 여러가지 이유가 있었다. 첫째, 그는 마윈의 인격과 매력에 반해버렸다. 둘째, 그는 마윈이 이끄는 창업 멤버들을 크게 신임했다. 셋째, 그는 알리바바 B2B 모델의 장래성을 보았다. 차이충신이 합류하자 알리바바는 범이 날개를 단 듯 성장했다. 그리고 국제적인 투자기관에서 일한 그의 경험을 바탕으로 알리바바는 투자 유입의 설득력을 크게 높일 수 있었다.

1999년 10월 29일, 골드만삭스의 주도로 인베스터AB, 싱가포르정부 과학발전기금 등이 연합해 알리바바에 500만 달러를 투자하기로 했다. 이렇게 알리바바는 경제적 어려움을 겨우 벗어날 수 있었고, 이때부터는 조금씩 발전해나가는 단계로 진입했다.

여기서 우리가 주목해야 할 것 한 가지는, 십수 년이 지난 지금 알리바바의 고위직을 한 자리씩 차지하고 있는 창업 멤버들이 아직까지도 당시의 근검 절약하는 습관을 간직하고 있다는 점이다. 예를 들어, 그들은 비행기를 탈 때도 여전히 이코노미클래스를 고집하고 택시를 타게 될 때도 더 저렴한 차를 이용한다는 점 등등이다. 그들은 회사의 자금을 더 잘 운용할수록 고객에게 돌아가는 가치가 더 커진다고 생각한다. 그래서 돈이 있든지 없든지 아낄 수 있을 때는 최대한 아끼는 것이다.

우리의 고민

창업을 갈망하는 적지 않은 사람들이 자기에게는 좋은 아이디어와 기술이 있는데 자금이 부족해서 창업을 못한다고 말한다. 하지만 마윈의 경험은 돈이 없어 창업을 하지 못한다는 것은 창업할 용기가 없다는 핑계밖에 되지 못한다는 것을 잘 보여준다.

창업 초기에는 자금이 필요조건이라고 할 수 없다. 그저 꼭 필요한 곳에만 돈을 쓰거나 얼마간의 돈을 빌려 굶주리고 목 마른 시거만 잘 넘길 수 있다면 과도한 자금은 필요하지 않다.

한 경영관리 학자가 이런 말을 했다. "사실 누구나 창업으로 성공할 수 있다. 다만 케케묵고 진부한 관념에서 벗어나지 못하는 사람들이 성공을 쟁취할 수 있는 최적의 타이밍을 놓치면서 성공의 행운아가 되지 못하는 것이다." 돈이 없다는 것은 종종 스스로가 정한 한계이다. 생각의 문을 열면 무일푼으로도 창업을 시작할 수 있다.

지혜의 팁

우리가 성장하는 과정에서 부정적인 경험은 쇠사슬처럼 우리를 옭아매고, 많은 일을 '불가능하다'고 생각하게 만든다. 속박의 굴레를 벗어나 열심히 앞으로 전진하라. 스스로가 만든 한계를 부수고 나아가면 모든 불가능해 보였던 것들이 '가능'해진다는 것을 발견할 수 있다. 세상에서 가장 위대한 힘은 당신의 마음속에 숨어 있다. 나의 한계를 딛고 일어서면 당신은 무슨 일이든 다 이룰 수 있다.

● **농민공(農民工)** | 중국에서 농촌을 떠나 도시에서 열악한 환경 속에 힘든 노동에 종사하는 사람들을 일컫는 말.

생각만으로는 창업을 이룰 수 없다

꿈꾸는 사람은 많습니다. 하지만 꿈을 이루기 위해 끈기있게 계속해나가는지, 다함께 노력하고 있는지가 관건이지요. 알리바바에 오늘이 있을 수 있었던 것은 우리가 10년 동안 줄기차게 계속해왔기 때문입니다.

마윈의 충고 52

마윈의 경험

"사실 제가 했던 가장 큰 다짐은 인터넷에 대한 믿음이 아닙니다. 어떤 일을 할 때, 그 과정이 바로 성공이라고 생각한다는 점입니다. 일단 먼저 부딪혀보고 안 되면 다시 돌아오면 됩니다. 그런데 막상 시도조차 하지 않는다면, 밤새도록 천만 갈래의 길을 생각해보았자 아침에는 가던 길을 그대로 가게 될 것입니다." 알리바바의 성공을 이야기할 때 마윈은 자신의 안목이 아닌 행동력을 높이 산다. 창업 초기, 알리바바는 마윈의 '경험이 성공이다'라는 이념에 충실했다.

1998년 말, 마윈이 미국의 한 레스토랑에서 식사를 하고 있었다. 그때 그의 머릿속에는 전자상거래 웹페이지에 대한 구상이 이미 끝나 있었는데, 이름을 어떻게 지어야 할지 고민이었다. 오랫동안 궁리하여 백여 개나 되는 이름들을 나열해 보았지만 마음에 드는 것이 하나도 없었다. 계속해서 골머리를 싸매던 그에게 갑자기 '알리바바'라는 네 글자가 불현듯 떠올랐다. 곧바로 레스토랑 직원에게 물었다. "알리바바 아세요?" 그는 조금의 망설임도 없이 대답했다. "열려라 참깨!" 마윈은 곧바로 거리로 나가 몇 사람을 붙잡고 똑같이 물었다. "알리바바 아세요?" 그가 길에서 질문을 던진 사람들은 남녀노소를 불문하고 모두 하나같이 똑같은 대답을 했다. "열려라 참깨." 마윈은 흥분을 감출 수 없었다. 외할머니부터 그의 아들까지 모두가 알리바바를 알고, 열려라 참깨 이야기를 알고 있었다. 게다가 알리바바라는 이름은 전 세계 어디에서도 비슷하게 'a-li-ba-ba'로 불렸다. 그 말은 즉, 전 세계 상인들도 모두 어려움 없이 이 이름을 받아들일 수 있다는 말이었다. 알리바바는 그의 웹사이트에 가장 어울리는 이름이었던 것이다. 알리바바라는 도메인은 이렇게 탄생했다.

1999년에서 2000년까지 마윈은 B2B 모델을 세계로 향하게 한다는 전략을 끊임없이 추진했다. 그는 마치 곡예사가 줄을 타듯이 세계 구석구석을 날아다녔다. 멈출 줄 모르는 강연 기계가 되어 지구 곳곳, 특히 경제 선진국의 비즈니스 포럼은 절대 빼놓지 않고 찾아가 미친 사람처럼 웅변을 쏟아놓았다. 천부적인 말솜씨로 세계에서 가장 먼저 시작한 B2B방식에 관한 생각을 전하고 알리바바를 알리는 데 혼신의 힘을 다했다. 그가 그렇게 바쁜 동안, 다른 멤버들도 전혀 고삐를 늦추지 않았다. 한동안은 낮밤이라고는 없이 줄기차게 웹페이지를 설계하고 구상했다. 하루 평균 16~18시간을 일하고 주말과 휴일도 쉬지 않았다.

마윈은 만리장성을 오르다가 벽에 '누구누구 왔다 감'이라는 낙서가 많이 새겨진 것에 착안해 영감을 얻었고, 알리바바 웹사이트도 BBS시스템으로 구현하고자 했다. "매매 정보만 등록, 게시하고 업종 분류만 할 수 있으면 된다"는 것이 마윈의 생각이었다. 하지만 이미 최고의 기술자라 자처하는 다른 직원들에게 이런 시스템은 너무 보잘것없이 느껴졌다. 답답해진 그들은 책상을 치며 마윈의 의견에 반대했다. 하지만 마윈 역시 끝까지 자신의 생각이 옳다고 고집을 부렸다. "알리바바의 사용자들은 인터넷하고는 거리가 먼 상인들이야, 무조건 간단해야만 한다고!" 마윈은 출장길에 올라 외부에서도 그들에게 메일로 즉각 BBS 시스템●을 완성하라고 압력을 넣었다. 하지만 그들 역시 물러서지 않았다. 마침내 화가 머리 끝까지 난 마윈은 장거리 시외전화를 걸어 고함을 질렀다. "지금 즉시 바로 해! 지금! 즉시! 바로!"

창업 멤버들은 모두 마윈이 어떤 리더인지를 손바닥 꿰뚫듯이 잘 알고 있었다. 누구나 의견이 있으면 마윈에게 제안할 수 있고 좋은 아이디어가 있으면 이야기할 수 있다. 심지어 그와 고성을 주고받으며 싸울 수도 있다. 하지만 여기에는 한 가지 전제가 있다. 마윈이 아직 최종 판단을 내리기 전이어야 한다는 점이다. 일단 마윈이 결정을 하고 나면 '지금 즉시 바로' 실행에 옮겨야만 했다. 그의 이런 추진력은 참고할 만한 시이트도 변변치 않은 상황에서 빛을 발했고, 알리바바가 차차 제 모습을 갖추고 구체화하는데 큰 힘이 되었다.

우리의 고민

마윈은 '몸소 체험하는 것이 곧 성공하는 것'이라고 여겼다. 그래서 생각이 아직 여물기도 전에 곧바로 행동으로 옮겼고, 어떤 아이디어가 머릿속에서 반짝이기만 해도 '지금 즉시 바로' 해결하려고 노력했다. 이런 노력 덕분에 성공으로 향하는 그의 길은 조금씩 명확해졌다.

대다수의 사람들이 처음 시작할 때는 원대한 꿈을 꾸지만, 생각을 실천으로 바로 옮기지 못하고 망설인다. 그 사이 꿈은 점점 위축되기 시작하고, 소극적이고 불가능할 것이라는 부정적인 생각들이 점차 자라난다. 더욱 심한 경우에는 다시 꿈과 희망을 가질 엄두를 내지 못하게 된다. 그저 지금의 처지에 안주하고 주어진 대로 만족하고 마는 것이다. 이런 우스갯소리가 있다. "하루 중에 가장 어려운 일은 따뜻한 이불 속을 박차고 차가운 방으로 나오는 것이다.

'지금'이라는 말은 성공으로 가는 무궁무진한 방법을 제시해주는 신통방통한 말이다. 하지만 '내일', '다음 주에', '나중에', '이후에 언젠가', '어느 날'이라는 말들은 '영원히 할 수 없는'과 동의어나 마찬가지이다.

지혜의 팁

많은 사람들이 '성공은 생각에서 출발한다'고 말한다. 하지만 생각만 잔뜩 하다가 실행으로 옮기지 않는다면 성공은 이루어질 수 없다. 우리가 이루지 못한 많은 일들은 대개 우리가 생각지도 못했던 것이 아니라 생각은 했으나 행동하지 못한 경우가 많다. 어쩌다 보니 시간은 쏜살같이 흐르고 생각마저도 점점 잊혀진다. 언젠가 다시 생각이 날 수도 있지만, 그때는 스스로 의욕을 상실했을 가능성이 많다. 성공은 계단에 비유할 수 있다. 두 손을 호주머니에 찔러 넣고 계단을 쳐다만 보는 사람은 영원히 성공의 계단에 올라설 수가 없는 것이다. 생각하고 행동하는 것은 사실 그다지 어려운 일만은 아니다. 그저 결단력과 믿음만 조금 있으면 된다. 어쩌면 순간적인 충동으로 시작된 일일 수도 있다. 혹은 전혀 예상치 못한 곤란한 상황에 빠지거나 원하지 않았던 일에 말려들어 시작된 일일 수도 있다. 하지만 어떤 경우든지 몸소 끈질기게 실행해 나가기만 한다면, 마지막에는 결국 승리자가 될 수 있다.

● BBS시스템(Bulletin Board System) | PC통신이나 인터넷 등에서 사용하는 전자 게시판. 누군가가 글을 게시하면 불특정 다수의 사용자가 내용을 자유롭게 열람하고 공유할 수 있는 게시판 기능을 컴퓨터 네트워크에서 실현한 시스템이다.

창업을 꿈꾸는 청춘들에게

돈이 되는 일보다 해야만 하는 일을 하라

저는 세계의 성공한 기업가들을 허다하게 만났습니다. 그들의 사무실에는
책상에 항상 자기가 가장 좋아하는 사람의 사진이 놓여 있고, 의자 뒤 벽에도
그 기업의 직원이나 친구 등 자신을 지지해주는 사람들, 물심양면으로
도움을 준 사람들의 사진이 걸려 있었습니다. 그들이 성공한 이유는 언제나
웃음을 잃지 않고 하루하루를 즐겁고 유쾌하게 보내서입니다.
그리고 그들에게 기업이 성장하는 데 가장 든든한 후원이 있었기 때문입니다.
반대로 실패한 기업가들은 사무실 전체가 돈 냄새로 진동을 합니다.
생각이 온통 달러와 런민비(人民幣, 인민폐)로 가득한 리더는 입만 열었다 하면
돈 이야기를 꺼내겠지요. 그런 기업은 절대로 멀리까지 나아갈 수가 없습니다.

마윈의 충고 53

마윈의 경험 성공을 판단하는 기준은 무엇인가? 많은 사람들이 돈을 많이 벌었느냐 그렇지 못하느냐로 성공을 판단하지만, 마윈은 사뭇 다른 관점을 가지고 있다.

알리바바가 창업한 첫 3년, 1999년에서 2001년까지는 수입이 거의 한 푼도 없었다. 마윈은 이렇게 말했다. "우리를 참고 버틸 수 있게 북돋아준 것은 매일 날아드는 우리 고객들의 많고 많은 감사 편지였습니다. 바로 이

편지들이 우리를 지금까지 존재하게 만든 것입니다."

타오바오가 창립되고 3년간 무료정책을 펴겠다고 선언했다. 당시 어떤 전문가들은 마윈이 이취를 겨냥해 내놓은 방식이라고 분석했다. 하지만 3년 후, 이취가 이제 타오바오에게 전혀 게임이 되지 않는 상대임에도 마윈은 3년 동안 더 무료라고 발표했다. 그리고 3년이 또 흘렀지만, 타오바오는 여전히 무료정책을 고수했다. 많은 사람들이 이를 이해하지 못했다. 타오바오의 수익 모델에 관해서는 해외에서도 의견이 분분했다. 마윈은 그에 관해 별다른 설명을 하지 않았고, 오히려 관리자에게 영업이익이 일정한 선을 넘지 못하도록 마지노선을 정해주었다. 영업이익이 그 선을 넘으면 타오바오 관리자는 처벌을 받았다. 또한 타오바오에 영업이익이 있는지 없는지는 이사회에서 문제조차 삼지 않았다.

이런 정책 덕분에 타오바오의 웹페이지는 비슷한 경쟁사 페이지에 비해 더 깔끔하게 정리되어 보였다. 그만큼 타오바오에서는 광고 게재를 제한하고 있었다. 광고주가 작은 광고 하나를 내기 위해서 두 달을 기다리는 것은 기본이었다. 게다가 타오바오는 방대한 데이터베이스라는 무기를 갖고 있었다. 하지만 타오바오는 이를 이용하지 않았다. 몇몇 물류회사에서 주동적으로 매년 타오바오에 서비스 비용을 지급하겠다고 제안했지만 그마저도 전부 사용자들에게 환원했다. 일정 비율의 수수료를 받으라는 요구를 한 판매자들도 있었다. 알리바바의 가입 문턱을 높여서 경쟁자를 줄이고 자신의 영업범위를 확대하려는 생각이었다. 하지만 타오바오는 이런 제안을 모두 거절했다. 그리고 마윈은 이렇게 말했다.

"타오바오를 개설한 것은 돈을 벌기 위한 목적이 아닙니다. 이후에도 마찬가지이고요. 돈을 버는 것은 결과의 하나일 뿐이죠." 그의 관념 속에서 타오바오가 돈보다 더 집중해야 할 부분은 사용자들에게 최고의 전자상거래를 경험하게 하는 것, 그리고 그러한 환경을 마련하는 것이었다. 돈은 모든 것이 잘 이루어지면 저절로 굴러 들어올 것이었다.

맡은 일을 잘 하고 돈에 연연하지 않는다. 알리바바는 이렇게 만들어진 회사였고 타오바오 역시 그러했다. 그리고 알리마마도 그런 이념을 바탕으로 설립되었다.

2007년, 알리마마가 정식으로 서비스를 시작하자 전 세계 최초의 웹 2.0(web 2.0)● 광고 거래 사이트라는 호칭을 얻게 되었다. 알리마마는 최초로 '광고=상품'이라는 개념을 도입했고, 간단한 클릭과 드래그만으로 구매자와 판매자가 곧바로 거래를 할 수 있었다. 알리마마가 처음 생겼을 때, 마윈은 그 감회를 이렇게 밝혔다. "타오바오 초창기에 우리는 이베이와 경쟁하고 있었습니다. 그들은 우리보다 자금력이 막강했죠. 우리의 광고를 모두 원천봉쇄해 버렸어요. 그래서 우린 아주 작은 웹사이트를 찾아다녔고 그들은 우리를 아낌없이 지원해주었습니다." 마윈은 어려운 시기에 타오바오를 도운 귀한 사람들을 잊을 수 없다고 했다. 그리고 여태까지 견지해왔던 자신의 관점을 다시 한 번 강조했다. "인터넷에 기반해 풍부한 서비스를 제공하는 웹페이지가 되기 위해서 3년 이내에는 영업이익을 전혀 고려하지 않을 것입니다."

우리의 고민

창업 실패의 원인은 많지만 가장 주요한 이유 중 하나가 바로 멀리 내다보지 못하는 비즈니스 마인드라는 것을 마윈의 경험에서 잘 알 수 있다. 회사의 대표자가 돈에 눈이 먼 사람이라면, 눈앞의 이익에만 급급해서 기업 전체를 위험에 빠트릴 수 있다. 미래의 비전을 생각하는 기업가라면 이상과 현실의 능력 사이의 간극을 좁히기 위해 노력할 것이고 사소한 이익을 얻으려다 기업의 목표와 방향을 상실하는 불상사는 생기지 않을 것이다.

직장생활을 준비하는 사회초년생이 가장 빠지기 쉬운 유혹이 바로 '돈'에 관련된 것이다. 돈에 눈이 먼 사람은 일자리를 찾을 때에도 무조건 급여를 많이 주는 곳을 선호하고 이 일이 자신의 적성에 맞는지는 전혀 고려하지 않는다. 직장에서도 자기보다 급여가 더 높은 직원이 있다는 것에 전전긍긍하다가, 1~2년쯤 후에 몸값을 올릴 기회가 있으면 발전가능성 따위는 제쳐두고 당장 회사를 떠나버리기도 한다. 그렇지만 이렇게 맹목적으로 돈을 좇다가 결국 손해를 보는 것은 자기 자신이다. 냉철하게 판단하고 돈의 유혹에 흔들리지 말아야 한다. 눈앞의 푼돈은 창창한 앞날의 비전과 맞바꾼 것일 수도 있기 때문이다.

지혜의 팁

돈은 만능이 아니다. 돈으로 유형의 물건은 살 수 있지만 자아실현, 화목한 가정, 이상 등 더 가치 있는 무형의 것은 살 수가 없다. 그리고 금전의 많고 적음으로 성공 여부를 판단할 수도 없다. 돈은 인정받을 수 있는 충분조건은 될 수 있지만 인정받기 위한 필요조건이 될 수는 없다. 그렇기 때문에 우리는 올바른 관점으로 '돈'을 대해야 한다.

● **웹2.0**(web 2.0) | 인터넷상에서 누구나 쉽게 데이터를 활용하여 새로운 콘텐츠나 서비스를 생산하고 공유할 수 있도록 한 능동적인 사용자 참여 중심의 인터넷 환경. 대표적인 서비스로 UCC, 블로그, 위키피디아 등이 있다.

김칫국부터 마시지 말고, 평정심을 유지하라

당신이 성공했다고 생각하는 순간이

바로 실패의 시작이다.

마윈의 충고 54

마윈의 경험

1999년 10월, 차이충신의 적극적인 추천으로 골드만삭스를 주축으로 한 투자사에서 500만 달러를 투자 받은 것이 알리바바의 첫 투자 유치였다. 그리고 이듬해 10월에는 소프트뱅크를 주축으로 한 투자회사들에서 또 2,500만 달러를 투자받았다. 뭉칫돈이 투입되자 알리바바는 급속도로 성장하기 시작했다. 1999년 말에는 회원이 10만에 달했고, 2000년 말이 되자 알리바바이 성장율은 655%에 달하며 폭발적인 성장세를 보였다.

유례가 없는 거금의 투입으로 시장이 부각되자 각종 매체에서는 앞다투어 알리바바의 성공을 점치며 호들갑을 떨었다. 직원들의 분위기도 들뜨기 시작했고, 알리바바는 본격적으로 국제화의 길로 들었다. 때마침 소프트뱅크의 투자가 이루어진 덕분에 알리바바는 미국의 실리콘밸리에 곧바로 지사를 낼 수 있었다. 세계로 뻗어나가려면 당연히 미국으로 가야 했다. 그래야 훌륭한 인재를 영입하기에도 용이하고 회사의 면목이 서기도 했기에 알리바바 전체 직원들 역시 미국에 지사를 내는 것이 당연한 수순이라고 생각했다. 이어서 순식간에 홍콩, 런던 등 도시에까지 지사를 개설했고 베이징에도 사무실이 생겼다. 그러던 알리바바는 더욱 국제화에 박차를 가하기 위해서 아예 본사를 항저우에서 홍콩으로 옮겨갔고, 마윈은 기쁜 마음으로 홍콩을 누비고 다녔다. 그리고 바로 이 시기에 마윈은 진융과 만나게 되었다. 그래서 자신의 생일에 진융을 항저우로 초청해 인터넷 업계에 지대한 영향을 미친 제1회 '서호논검'을 개최했다.

하지만 글로벌 기업의 꿈은 그리 오래가지 않았다. 어느 날 갑자기 알리바바가 마치 폭주하는 롤러코스터처럼 통제력을 잃었다는 사실을 마윈이 발견한 것이었다. 매일 아침, 사무실로 출근하면 여기저기서 잡음이 들려왔다. 예를 들어, 미국지사에서 전자상거래 발전을 위해 대기업과의 거래 문제에 관한 요청을 한다든지, 홍콩지사에서 마윈에게 월가에서 중요하게 평가 받는 '중화왕(中華網)'을 본보기로 삼아야 한다고 요청하는 일 등이었다. 깊은 고민을 한 끝에 마윈은 과감하게 모든 것을 정리해야 겠다고 결심했다.

마윈은 인원을 감축하고 해외 사업부의 사업을 모두 중단하는 사업 축소 전략에 착수했다. 알리바바의 사업부에는 이미 적지 않은 업계의 엘리트들이 모여 있었다. 그들은 모두 알리바바에 입사하며 마윈에게 '마이크로소프트, 야후, 이베이와 경쟁하겠다'는 사명과 포부를 밝힌 이들이었다. 그런데 이런 인재들이 회사의 잘못으로 정리해고를 당하게 되자 마윈의 마음은 무척이나 고통스러울 수밖에 없었다. 그는 자신이 졸지에 말만 거창하고 책임은 지지 않는 사람이 되었다고 생각했다. 이 시기, 그는 자기 자신에게 끊임없이 되물었다.

"나는 혹시 나쁜 사람이 아닌가?"

미국 사업부는 완전히 문을 닫았고, 한창 주가를 올리고 있던 홍콩지사는 고작 여덟 명의 인원만을 남겼다. 그리고 한국지사 역시 깨끗하게 철수하고 말았다. 국내 사업부 역시 마찬가지 상황이었다. 쿤밍(昆明)지사를 철수했고, 성대한 규모를 자랑하던 상하이지사도 10명 안팎으로 인원을 줄였다. 베이징지사는 호텔 건물에서 일반 비즈니스빌딩으로 이전했다.

낡은 것을 깨부수지 않고는 새로운 것을 바로 세울 수가 없는 법, 뼈를 깎는 심정으로 개혁을 단행한 알리바바는 다시 B2B로 돌아왔다. 가장 기본으로, 다시 중국으로 돌아온 것이었다. "다른 사람들이 전부 추위에 얼어붙었을 때, 우리는 문을 걸어 잠그고 상품에 전력투구해야 합니다. 봄이 오면 성과를 거둘 수 있을 거예요."

갑작스러운 성공에 취해 정신이 혼미해진 상황에서도 마윈은 그 즉시 스스로를 다잡았다. 그리고 젖 먹던 힘까지 다해서 알리바바를 다시 정상 궤도에 올려놓았다.

우리의 고민

상상하지도 못한 큰 액수의 투자금은 알리바바가 미친 듯이 빠르게 확장, 발전하게 만들었다. 그 배후에서 발생한 문제가 알리바바의 생명력을 갉아먹고 있다는 사실을 알게 된 마윈은 곧바로 정신을 차렸다. 그리고 한 치의 망설임도 없이 칼을 들어 썩은 부위를 도려내었다. 이런 그의 결단력 있는 행동은 우리에게 많은 생각을 던져준다.

창업의 길에는 미처 생각지도 못한 문제가 지뢰처럼 곳곳에 숨어서 우리를 기다린다. 게다가 아무리 위대한 기업가라도 기업의 운명이 어떠할지는 장담할 수가 없다. 경쟁에 지거나 실패했을 때는 그 원인을 철저히 분석하고 참을성 있게 다시 일어설 방법을 강구해야 한다. 그리고 성공했을 때는 그 경험을 참고해서 앞으로 더욱 분발하고 자만하지 않도록 경계심을 늦추지 말아야 한다. 특히 성공 후에는 자만하지 말아야 한다. 자신을 잃어서는 더더욱 안 된다.

회사 생활을 하는 사람도 마찬가지이다. 시시각각으로 맑은 정신을 유지하고 스스로를 다잡아야 하루에도 열두 번씩 바뀌는 유행이나 흐름에 휩쓸리지 않을 것이다.

지혜의 팁

스스로에게 만족하고 자신감이 넘칠 때는, 적당한 수준의 방종이 사람의 마음을 자극하는 잠재력이 된다. 곤란한 일을 이겨내고 승리하거나 도전을 받아들이는 용기가 바로 그것이다. 잠시 들뜨거나 득의양양할 수는 있겠지만, 자신의 처지나 본분을 잃어버리는 경지에 이르는 것은 금물이다. 처지나 본분을 잃는다는 것은 자기 자신을 잃는 것을 의미하여 사람을 대할 때나 무슨 일을 할 때 자제력을 상실한다는 뜻이기 때문이다. 잠시 잠깐의 정신적인 해방감을 맛보는 것은 전혀 문제가 되지 않는다. 다만 놓았던 정신줄을 제때 붙잡아야 한다. 그리고 풀어 놓았던 마음을 재충전해서 다음 고지를 향해서 또다시 출발해야 한다.

남의 돈을 내 돈보다 소중히 여겨라

기업은 유혹에 흔들리지 않아야 하고 마지노선을 잘 지켜야 합니다.
투자자의 돈을 받아서 사용할 때는 자기의 돈을 쓸 때보다
훨씬 더 조심해야 하지요.

마윈의 충고 55

마윈의 경험

알리바바의 모든 관리자들은 근검절약을 몸소 실천했다. 갓 창업을 했을 때, 밖에 나가면 주로 걸어 다녔고 할 수 없이 택시를 타야 할 때도 비용이 저렴한 샤리 택시만 타면서 최대한 아끼고 아꼈다. 그리고 알리바바가 골드만삭스, 소프트뱅크에서 투자를 받고 난 후에도 알리바바의 직원들은 여전히 예전과 똑같이 매사에 절약했다. 마윈은 투자자에게 돈을 받았으면 언젠가는 반드시 더 크게 돌려줘야 하고, 그렇게 하는 것이 사람으로서의 도리라고 생각했다. 그래서 투자받은 돈을 사용할 때는 극도로 조심했고, 책임감 있는 모습을 보이려고 노력했다.

기업관리에서 알리바바는 '쩨쩨하고 인색'하다고 악명이 높다. 알리바바 사무실 입구의 복사기 위에는 저금통이 하나 놓여있고 복사기 앞에는 '복사기 사용 상세 규정 및 설명'이라는 안내문이 붙어있다. 안내문의 내용을 보자면, 개인적인 일로 복사를 하는 경우 1장당 5펀(分, 위안의 1/10에

해당하는 중국 화폐단위, 5펀은 0.5위안 -역주)을 내라고 명시되어 있고, 업무상 필요한 내부 문건은 양면으로 출력, 150부를 넘어가는 대량 복사는 프런트데스크를 이용하라는 내용이다.

마윈은 2008년을 '쥐의 해'라고 이름 붙였다. 쥐처럼 굴을 파내려가기만 할 뿐 돈을 투자하지는 않은 한 해였다. "우리는 겨울이 왔다는 것을 알았습니다. 출자자들의 돈을 은행에 두고 어디에도 투자하지 않았습니다. 그래서 금융위기에도 손해를 조금도 입지 않았죠. 그 당시의 17억 달러 중에 4억 달러는 회사가 상장할 때까지 남겨두었다가 새로운 주식을 발행할 때 자금으로 삼았습니다. 13억 달러는 알리바바 그룹이 옛 주식을 매각해서 마련한 것이었지요. 그리고 자금을 알리바바의 그룹 내 타오바오, 알리페이 등 다른 회사에 투자했습니다."

사실 2007년 상장 직전의 투자설명회에서 마윈은 아래 세 가지 투자 전략을 수립했다.

1. 이용자들의 가치를 더욱 높이기 위한 새로운 기술에 투자하겠다.
2. 고객 자원이 풍부한 새로운 플랫폼을 가지겠다.
3. 현재의 알리바바 B2B와 연동하여 효과를 극대화할 수 있는 전자상거래 앱과 기존 고객에게 더 많은 정보를 제공하는 전자상거래 앱에 투자하겠다.

알리바바의 투자 전략은 여전히 '고객을 제일'로 앞세우는 것이 원칙이었다. 고객은 영업이익의 근원이며, 고객에게 투자를 하는 것이 가장 가치있게 돈을 쓰는 것이기 때문이었다.

마윈은 알리바바가 인색하다는 평가를 자랑스러워했다. 그는 알리바바가 사소한 부분까지 근검절약하는 것이 치열한 경쟁시장에서 살아남을 수 있는 기초가 된다고 보았기 때문이었다. "알리바바가 지금까지 존재할 수 있었던 중요한 원인은 바로 우리가 가난했기 때문입니다. 많은 사람들이 돈이 너무 많아서 실패합니다. 예전에는 우리가 돈이 없었기 때문에, 한 푼을 쓰더라도 신중하고 꼼꼼하게 고려했습니다. 지금은 여유가 있지만 가난했던 그 시절처럼 돈을 씁니다. 지금 이 돈 역시 투자자의 돈이며 우리는 그 돈에 대해 책임이 있기 때문입니다. 저는 다른 사람의 돈을 쓰는 것이 내 돈을 쓰는 것보다 더 고통스럽다는 것을 잘 알고 있습니다. 그래서 우리는 더욱 모든 일에 하나하나 최선을 다해야 합니다. 그게 가장 중요합니다. 그리고 마윈은 다시 한 번 강조했다. "우리가 쓰는 돈은 투자자들의 돈이니 더 각별해야 한다는 원칙을 영원히 지켜나갈 것입니다."

우리의 고민

저명한 경제학자 위광위안(於光遠, 어광원)은 이렇게 말했다. "사람에도 세 가지 종류가 있습니다. 천재, 인재, 그리고 둔재입니다." 큰돈을 써서 작은 일을 하는 것은 둔재이고, 적은 돈으로 큰 일을 하는 것은 인재이며, 돈을 쓰지 않고도 큰일을 해내는 사람은 천재이다. 마윈처럼 성공한 민간기업가들, 특히 중국 저장성 일대의 기업가들은 대부분 제로나 마이너스에서 출발해 사업을 일으켜 세운 사람들이다. 그들은 자금이 부족하거나 돈 한 푼 없이 일을 시작했지만 많은 일을 해내고, 빈곤을 벗어나 부를 창출하여 무에서 유를 창조하는 부의 신화를 이루었다.

많은 젊은이들이 돈을 헤프게 쓰는 버릇이 들어있다. 그런 사람은 사회에 나가서도 부주의하기 마련이다. 특히 회사의 자산을 함부로 낭비하고 소중하게 다루지 않는데, 이런 사람은 회사에서도 결코 환영받지 못한다.

다른 사람의 돈은 필요한 곳에 요긴하게 쓰고 가장 큰 가치와 효과를 얻을 수 있도록 돈이 돈을 낳게 하는 것이 우리가 돈을 대하는 올바른 태도이다.

지혜의 팁

"티끌모아 태산이다." 적은 돈이라도 조금씩 모이면 큰 돈이 된다. 그래서 당연히 한 푼, 두 푼이라도 헛되이 낭비해서는 안 된다. 많은 돈을 쥐고 무분별하게 써서는 안 된다. 합리적인 기준과 규칙을 세워서 적재적소에 잘 사용하고 절대로 마구 써버리지 말자.

제 7장

지난밤에 생각한 천 갈래의 길을 두고 가던 길을 가는 습관을 버려라

• 기회를 잡고 싶은 청춘들에게 •

자신의 꿈과 이상에게 실천의 기회를 주지 않는다면
당신은 영원히 성공의 기회를 누릴 수가 없다.
자신의 꿈과 이상에게 성공의 기회를 주지 않으면
꿈은 영원히 당신의 머릿속에서 공상으로 남을 수밖에 없다.
기회가 없다는 것은 나약한 사람들이 가장 좋아하는 변명이다.

기회를 찾지 못하는 것은 당신의 잘못이다

사람이 기회를 잡는 데에는 네 단계가 있습니다.

첫째, 기회를 보지 못한다. 둘째, 보고도 무시한다.

셋째, 봐도 모른다. 넷째, 이미 늦었다.

마윈의 충고 56

마윈의 경험

알리바바의 성공을 이야기할 때, 마윈이 이야기하는 것이 '시대결정론'이다. "인터넷이 세계와 중국의 비즈니스 흐름을 완전히 뒤바꾸어 놓고 있습니다. 제가 없더라도 누군가는 비슷한 일을 했겠죠." 하지만 왜 하필 마윈이고 알리바바일까? 그가 행운아이기 때문일까? 마윈은 그가 성공할 수 있었던 것이 기회를 잘 붙잡았기 때문이라고 한다.

마윈이 알리바바를 제안했을 때는 인터넷이 갓 발전하기 시작한 시기였다. 마윈은 재빨리 앞날을 내다보았고 인터넷 사업의 기회를 잡아 성공을 거두었다. 하지만 이렇게 완전히 새로운 시장이 탄생하는 것은 밥 먹듯 일어나는 일이 아니다. 우리가 매일 마주치는 것은 나날이 포화상태로 치닫는 시장이다. 게다가 이미 대기업들이 시장의 대부분을 장악하고 있는 상황에서 어떻게 기회를 찾을 수 있을까? 2013년 서울대학교에서 열린 강연회에서 마윈은 이렇게 말했다. "중국에는 타오바오와 바이두, 텐센트가 있습니다. 우리에게 기회는 없을까요? 한국의 상황도 마찬가지라고 생각합니다. 모두들 이미 대기업이 있는데 어떻게 살아남아야 하는가에 대해서 생각할 겁니다. 10년 전에 제가 빌 게이츠에게 그런 생각을 했었지요. 마이크로소프트가 있어서 나에게는 기회가 없다, 구글이 있는데 어떤 기회가 있을 것인가. 하지만 그렇지 않습니다. 기회란 도처에 없는 곳이 없습니다. 인터넷이 있고 클라우드 컴퓨팅이 있고 빅 데이터가 있는 한 전 세계 누구에게나 기회는 있습니다."

타오바오가 갓 창업했을 때는 이취가 이미 중국시장을 제패하고 있는 상황이었지만, 마윈은 거인의 손에서 자신의 몫을 챙겼고 결국에는 타오바오를 중국 최대의 C2C전자상거래 플랫폼으로 성장시켰다. 그리고 이어서 마윈은 티몰을 만들어 B2C영역에도 진출했다. 이미 아마존, 징둥상청, 당당왕 등 쟁쟁한 실력자들이 장악하고 있었지만 그는 여기서도 기회를 보았다. 그리고 타오바오에서 성공했던 기본 운영 방식과 양질의 품질을 앞세워 강한 적들과 맞서며 당당하게 한 자리를 차지함과 동시에 중국의 전자상거래 시장에 고속성장의 바람을 불러일으켰다.

2013년 6월 19일, 알리페이와 톈훙(天弘)펀드가 손잡고 '위어바오(餘額寶)' 서비스를 시작했다. 이 서비스는 출시한 지 6일 만에 사용자가 100만 명을 돌파했다. 위어바오는 인터넷과 펀드 재테크가 융합된 상품이다. 펀드직접투자 방식이 알리페이 쇼핑몰과 연동되어 알리페이 사용자가 쇼핑몰에서 쇼핑 후 남은 자금을 위어바오로 전환할 수 있고 톈훙펀드의 머니마켓펀드(MMF)에 투자를 할 수도 있게 된다. 수익률이 은행 이자보다 높은 3~4%에 이르기 때문에 위어바오는 출시 후에 곧바로 선풍적인 인기를 끌게 되었다. 그리고 사람들은 좋은 기회를 붙잡은 마윈의 선견지명에 또다시 감탄했다.

우리의 고민

기회는 도대체 어디에 있는가? 수많은 사람들이 성공의 기회를 잡기 위해 이리저리 헤맨다. 하지만 등잔 밑이 어둡다고 하지 않는가. 기회는 바로 우리 곁에 있다. 단지 당신이 아직 미래를 꿰뚫어 볼 안목이 없을 뿐이다.

"기회는 하나님의 별명이다."라는 말이 있다. 성공에 있어서 기회가 얼마나 중요한지를 깨닫고 기회를 잘 포착한다면, 이는 성공의 첩경에 접어드는 것이나 마찬가지이다. 마윈은 어떻게 인터넷을 보자마자 끊을 수 없는 인연을 맺고, 행운을 거머쥘 수 있었을까? 사실 하나님은 공평하며 모든 사람에게 동등한 기회를 주신다. 그것을 발견하느냐 그렇지 않느냐가 관건인 것이다.

마윈의 경험에서 알 수 있듯이, 기회는 그저 요행이 아니다. 기회는 우리가 적극적이고 주동적으로 쟁취해야 하는 대상이다. 또한 기회는 언제나 이상, 신념과 떼어놓고 생각할 수 없는 존재이다. 기회의 발견은 자신의 꿈을 실현할 수 있고 신념을 공고히 할 수 있는 촉매제가 된다는 점을 잘 기억하자.

지혜의 팁

예술가들은 이렇게 말한다. "세상에 아름다움은 모자람이 없지만 그 발견은 모자란다." 마찬가지로 세상에 기회는 얼마든지 많다. 하지만 그것을 발견하는 눈은 항상 모자란다. 복잡하게 변화하는 시장경제에 창업자들이 여전히 해오던 대로 생각하고 대처한다면 새로운 시장의 틈을 발견하기란 어려울 것이다. 한 경제학자가 이런 말을했다. "새로운 시장은 바로 우리의 눈꺼풀 아래, 일상생활 중에 있다. 이것을 발견하고 제때 붙잡지 못한다면 금세 조용히 떠나가 버리고 만다." 창업을 할 사람이라면 언제나 예리한 눈빛으로 시장을 관찰하고 분석하자.

기회를 잡고 싶은 청춘들에게

가슴 뛰는 기회 앞에 망설이지 마라

예전에 유학하는 젊은이들을 보고 했던 생각이 떠올랐습니다.
그들은 오늘 저녁에 말로는 천 갈래의 길을 가면서 내일 아침에 일어나서는
원래 가던 길을 가더군요. 저녁에는 내일 무엇을 할 것인지 청산유수로 말하고
다음 날 아침이 되면 똑같은 하루를 보내는 것이죠. 행동하지 않고 자신에게
실천할 기회를 꿈꾸게 하지 않는다면 당신에게 영원히 기회는 없을 것입니다.

마윈의 충고 57

마윈의 경험

미국에서 인터넷을 처음 접한 마윈이 마치 보물을 얻은 듯 집으로 돌아와 가장 먼저 한 일은 사방에서 친구들을 불러 모은 것이다. 그의 생각은 아주 또렷했다. 인터넷을 통해 중국의 기업을 전 세계에 소개하고 싶은 것이었다. 해외 무역을 하는 기업은 분명히 이런 기회를 절박하게 원하고 있을 것이었다. 그가 야학에서 선생님을 할 때도 그의 학생 중에 해외 무역에 몸을 담고 있는 사람이 많았다. 마윈은 그중 친하게 지냈던 사람들에게 전화를 한 통씩 돌렸고 스물네 명의 친구들이 그의 집에 모여들었다.

"직장을 그만두고 인터넷을 할 겁니다." 사람들이 자리를 잡고 앉자 마윈은 단도직입적으로 말을 꺼냈다. 그리고 손짓, 발짓을 섞어가며 자신이 미국에서 본 인터넷의 효과와 미래에 관해서 설명했다. 장장 두 시간여 동

안 일장연설을 마치고 본인은 매우 만족했지만, 들은 사람들은 전부 도대체 무슨 말을 한 것인지 알아들을 수가 없었다.

사람들이 이해를 못하는 것은 당연했다. 당시 인터넷은 대다수의 중국 사람들에게 완전히 생소한 존재였고, 전 세계적으로도 인터넷은 갓 발걸음을 뗀 수준이기 때문이었다. 니콜라스 네그로폰테가《디지털이다(being digital)》를 저술하고 야후가 창립된 지 1년이 채 되지 않은 시기였다. 베이징에서는 중국과학원의 교수 쳰화린(錢華林, 전화림)이 미국의 인터넷에 겨우 접속해 첫 이메일을 보낸 때였다. 이런 상황에서 아직 인터넷이 개통되지도 않은 항저우 지역의 마윈은 인터넷 회사를 창업하고 사업에 뛰어들 생각을 했던 것이다. 많은 사람들이 보기에 그의 이런 생각은 허황되고 현실적이지 못한 것이었다.

스물네 명 중에서 스물셋이 반대했다. "선생님 잘 하고 있는데 왜 그런 고생을 해. 사업이 하고 싶으면 술집이나 식당도 좋고 야학을 하나 세우는 것도 좋지, 뭐하러 보이지도 않고 만질 수도 없는 뜬구름 같은 걸 한다는 거야." 사람들이 하도 몰아세우자 딱 한 친구만이 이렇게 위로해주었다. "그래도 진짜 해보고 싶으면 한번 해봐."

친구들에게서 지지를 얻지 못한 마윈은 이리저리 궁리를 해보았다. 하지만 아무리 생각해도 자기 생각이 옳았다. 다음 날 아침 그는 너무도 당당하게 학장실로 가서 사직서를 냈다. 그리고 집으로 돌아와 자신의 재무 상태를 철저히 확인하고 최소한의 생활비만 남긴 채 6, 7천 위안의 예금을 모두 인출했다. 그리고 친척들에게 전화를 돌려 1만 위안 정도를 빌려 2만 위안을 모았다. 1995년 4월, 중국의 제1호 인터넷비즈니스회사인 항저우하이보컴퓨터서비스유한공사가 설립되었다. 그리고 넉 달 후에야 중국에 처음으로 인터넷이 개통되었다.

우리의 고민

기회란 무엇인가? 일종의 유리한 환경 조건이다. 유한한 자원이 최대한의 효과를 낼 수 있도록 하고 창의력을 바탕으로 더 큰 이익을 얻을 수 있게 하는 것이 바로 기회이다. 기회는 모든 사람에게 공평하게 주어지지만 어떤 사람들은 기회를 잘 포착하고 어떤 사람들은 발견조차 하지 못한 채, 그냥 놓쳐버리기 일쑤이다.

누군가가 이런 비유를 했다. 기회를 잡는 것은 매가 토끼를 낚아채는 것과 같다. 정신을 똑바로 차리지 않으면 순식간에 없어져 버리는 것이다. 간교한 토끼를 잡으려면 매는 신중하고 정확하고 매서워야 한다. 기회 또한, 토끼처럼 제자리에 가만히 앉아 우리를 기다리지 않는다.

꿈과 기회가 서로 맞닿았을 때는 꿈이 그저 비현실적인 몽상이 아니라 계획이 되고 그 대가가 생긴다는 것을 마윈은 몸소 보여주었다. 꿈이 케케묵은 먼지 투성이가 되도록 내버려두지 말고 함께 성장할 수 있게 하자. 우리는 미래를 정확하게 예측할 수는 없지만 기회를 붙잡고 미래를 창조할 수는 있다.

지혜의 팁

자신의 꿈과 이상에게 실천의 기회를 주지 않는다면 당신은 영원히 성공의 기회를 누릴 수가 없다. 자신의 꿈과 이상에게 성공의 기회를 주지 않으면 꿈은 영원히 당신의 머릿속에서 공상으로 남을 수밖에 없다. 기회가 없다는 것은 나약한 사람들이 가장 좋아하는 변명이다. 기회가 없는 것이 아니라 눈 앞에 있는 기회를 떠나가게 내버려 둔 것이다. 혹은 꿈과 현실 사이에서 타협해 버린 것이다. 하지만 이와는 정반대로, 건강한 사람은 기회를 맞이하기 위해 완벽한 준비를 한다. 그리고 기회가 나타나기만 하면 순식간에 뛰어올라 기회를 낚아 채는 것이다.

백 보를 앞서가면 실패하고 반 보를 앞서가면 성공한다

영감이 떠오르기만을 바라고 있어서는 안 됩니다.
영감은 육맥신검(六脈神劍)● 처럼 순식간에 나타나거든요.

마윈의 충고 58

마윈의 경험

1995년 5월, 차이나옐로우페이지가 서비스를 시작했다. 중국에 인터넷이 없었을 때는 이런 방식으로 운영했다. 마윈이 먼저 의뢰한 회사에 인터넷이 이러저러해서 좋다는 것을 설명한 후, 회사의 자료를 모아 국제우편으로 미국으로 보냈다. 그러면 미국에 있는 동업자가 인터넷에 홈페이지를 만든 다음, 종이에 출력하여 다시 항저우로 우편을 보냈다. 그러면 마윈이 그 내용을 기업에 보여주고 전 세계에 있는 사람들이 인터넷으로 이것을 본다고 설명해주었다.

중국에 인터넷이 처음 생긴 것이 그로부터 석 달 후였으니, 볼 수도 없고 만질 수도 없는 요상한 인터넷이라는 것에 대해서 사람들은 아무런 개념이 없었다. 그래서 마윈은 영업을 하기가 너무나도 어려웠다. 이 기간의 마윈은 사장이라기보다는 그냥 외판원에 가까웠다. 당시 마윈의 모습은 딱 이렇게 묘사할 수 있었다. '길거리 포장마차에서 알딸딸하게 취해서 손

발을 휘저으며 사람들과 이야기를 하느라 바빴다.' 많은 사람들이 마윈을 여기저기서 물건이나 팔려고 하는 '사기꾼'으로 생각했지만 마윈은 굴하지 않고 쇠귀에 경을 읽듯 사람들에게 차이나옐로우페이지를 알려나갔다.

처음에는 마윈이 내놓은 자료를 실제로 인터넷에서 볼 수가 없었기 때문에 친구들은 마윈이 지어낸 것이 아닌지 의심도 했다. 그러자 마윈은 이렇게 말했다. "내가 정보를 인터넷에 올릴 테니, 프랑스나 독일에 있는 친구한테 전화를 걸어봐. 아니면 미국에 있는 친구한테 걸든지. 국제전화 비용은 내가 낼게. 만약에 인터넷에 그런 게 없다고 하면 나한테 한 푼도 안 내면 되잖아. 있다고 하면 돈을 좀 내고 말이야."

1995년 8월, 항저우에서 가까운 상하이에 정식으로 인터넷이 개통되었다. 마윈은 잔뜩 들떠서 곧바로 항저우 왕후호텔에 사람들을 가득 모았다. 기자와 친구들, 자신의 고객들 앞에서 마윈은 차이나옐로우페이지를 직접 시연했다. 전화선을 통해 상하이텔레콤에 연결되자 모자이크(Mosaic)라는 웹브라우저를 열었다. 홈페이지 주소를 입력하고 세 시간 반이 지나서야 웹페이지가 완전히 열렸다. 기다린 시간은 너무나 길고 지루했지만, 마윈은 미국 시애틀에서부터 전달되어 온 사진과 소개글을 사람들에게 보여주면서, 자신이 사기꾼이 아니며 인터넷이라는 것이 진짜 존재한다는 것을 증명했다는 사실이 그렇게 자랑스러울 수가 없었다.

인터넷의 장점을 확인한 기업들은 너도나도 자신만의 홈페이지를 갖겠다고 몰려들었다. 마윈의 업무량도 폭발적으로 증가했고, 더 이상은 혀가 빠지게 자기가 무슨 일을 하려는지 일일이 설명하지 않아도 되었다. 1997년 연말이 되자 차이나옐로우페이지의 영업수익은 700만 위안에 달했다. 결코 작지 않은 성과였다.

인터넷이 개통도 되기 직전에 웹사이트를 만든 시도는 마윈에게 대단히 좋은 기회가 되었다. 갓 시작했을 때는 사람들에게 인정받기도 힘들고 일을 따내기도 수월하지 않았지만, 몇 달간의 고생을 참고 견디자 인터넷 사업의 잠재력을 알아보고 시장에 발을 들이려는 사람들까지 생겨날 정도였다. 하지만 마윈은 진작부터 인터넷 사업을 준비했기에 그들을 한참 뒤로 따돌리며 앞서나갔다. 그리고 경쟁자들이 그런 마윈을 쫓아가기란 말처럼 쉬운 일이 아니었다.

우리의 고민

하루는 베이징대학교에서 교수들이 탄신페이(譚鑫培, 담흠배)●의 〈진경매마(秦瓊賣馬, '진경이 말을 팔다'라는 뜻 -역주)〉라는 경극에 관해 담소를 나누고 있었는데, 후스(胡适, 호적)●가 끼어들었다. "경극은 너무 시대에 뒤떨어져. 채찍을 휘두르면서 말이라고 하더니 깃발 두 개를 꽂고서는 차라고 하고 말이지. 진짜 말하고 진짜 차를 써야지!" 그 말을 듣고 아무도 말이 없었다. 그때 황칸(黃侃, 황간)●이 일어나서 후스에게 따져 물었다. "그럼 〈무송타호(武松打虎, '무송이 호랑이를 때려잡다'라는 뜻 -역주)〉를 공연하려면 어떻게 해야 하나?" 일순간 모두들 웃음보를 터뜨렸다. 황칸이 이렇게 말한 것은 후스가 경극을 새롭게 해야 한다는 이론을 제기하자 이치를 따지고 든 것이었다. 가볍게 툭 던진 반문에 후스는 더 이상 할 말이 없었다.

창의적인 정신이 결여된 어떤 사물도 그 자리에서 앞으로 나아갈 수 없음은 자명하다. 하지만 창의와 혁신은 객관적인 규칙을 어기면서 막무가내로 무모하게 일을 진행시키는 것은 아니다. 근거 없이 상상의 나래를 펼치고 무엇이든 자유롭게 하라는 것은 더욱 아니다. 창의와 혁신의 의미를 정확하게 이해하고 사물의 규칙을 존중하면서 그 정도를 지켜 창의적인 발전을 해나가야 한다. 주변의 상황에 맞게 유리한 방향으로 이끄는 창의, 혁신이야말로 우리의 생각과 업무에 활력과 생기를 불어넣어 줄 수 있을 것이다.

지혜의 팁

재계에서는 창의, 혁신하는 능력이 과하여 시대를 너무 앞서가면 실패한다는 속설이 있다. 남들보다 백 보를 앞서가게 되면 실패를 하고, 반 보를 앞서가면 성공한다는 것이다. 이 이론은 성공의 기회를 잡을 때에도 적용할 수 있다. 시장경쟁력이 있는 새로운 아이템이나 아이디어는 자주 만나기 힘든 소중한 기회이다. 하지만 너무 전위적이어서 시장에서 오랫동안 받아들여질 수 없는 경우라면 전체 조직에 부담을 주게 되고 이런 기회를 잡는 것은 판단 미스이다. 기회를 잡는 것 역시 시기와 정도가 매우 중요한 것이다.

- **육맥신검**(六脈神劍) | 진융의 무협소설〈천룡팔부〈天龍八部〉〉에 등장하는 무공의 한 가지.
- **탄신페이**(譚鑫培, 담흠배) | 메이란팡(梅蘭芳, 매란방)과 함께 중국의 경극 계파를 이끌던 유명한 경극배우.
- **후스**(胡適, 호적) | 베이징대학교 교수로 재직하며 중국 문학의 현대화에 앞장선 문학가, 사상가.
- **황칸**(黃侃, 황간) | 베이징대학교에서 교수를 지낸 민주혁명가이자 교육자.

기회는 사람들의 불평불만 속에 있다

사람들이 불평을 할 때, 기회도 함께 존재합니다. 특히 중국에서는 모두가
불평불만을 쏟아 놓고 있어요. 한 사람 한 사람이 불평을 할 때,
바로 그때가 기회입니다. 불만을 처리하고 문제를 해결해야죠.
다른 사람들처럼 불평만 하고 있다면 당신에게는 아무런 희망도
생기지 않을 겁니다. 저는 다른 사람이 불평을 하는 소리가 들리면
아주 흥분됩니다. 이것으로 무엇을 할 수 있을지 생각할
새로운 기회를 발견한 것이니까요.

마윈의 충고 59

마윈의 경험 영업 판로를 찾기도 어려운데 대기업의 횡포와 착취까지 견뎌내려니 힘들다고 불평하는 중소기업들을 위해 마윈은 일리바바를 설립했다. 직장을 구하기는 어렵고 가게를 하나 해보려고 해도 자본금이 없어서 못하겠다는 수많은 사람들을 위해서 마윈은 타오바오를 만들었다. 알리바바 10주년 주주총회에서 마윈은 세 가지 발전 목표를 제시했다. "첫째, 전 세계 1천만 중소기업을 위해서 생존, 성장, 발전하는 플랫폼을 만든다. 둘째, 전 세계에 1억 개의 일자리를 창출한다. 셋째, 전 세계 10억 명의 소비 문제를 해결한다." 누군가가 불평불만을 하는 곳에서 마윈

은 기회를 발견했고 그 기회를 기업의 경영 목표로 삼았다.

2013년, 마윈은 알리바바의 실질적인 운영에서 물러난다고 밝혔다. 그리고 '차이냐오'의 회장으로 변신하여 이렇게 호언장담했다. '3,000억 위안을 투자해 중국스마트물류네트워크(CSN)를 구축하고 전국의 고속도로, 공항, 항구 등 중국의 사회기반시설을 적극 이용하여 5~8년 이내에 초대형규모의 물류네트워크를 정착시키겠다. 전국의 어느 지역이라도 24시간 안에 배송이 가능하며, 연간 10만억(일일 평균 300억) 위안 수준의 인터넷 구매물량을 처리할 계획이다.' 이 구상은 마윈 스스로도 너무 큰 이상이라고 말했다. 그 누구도 해보지 않았던 일을 그가 십 년 동안 해내겠다는 것이다. 해외 각계에서도 이 거대하고 웅장한 계획에 의구심을 표했다. 과연 마윈이 이루어낼 수 있을까?

사실 언제나 신중하게 고려하고 행동하는 마윈이 차이냐오를 선택한 것 역시, 그의 '불평이론'에 근거한 것이었다. 2012년 쌍십일절 프로모션을 진행할 당시, 타오바오는 하루에 7,800만 개의 택배를 발송했다. 그때 중국 유통 물류의 역량 부족이 여실히 드러났다. 마윈은 "무수한 사람들이 자기 가족까지 동원해가면서 물품을 배송한 덕분에 겨우 물류가 마비되지 않았습니다. 하지만 계속 이런 식이라면 중국이 어떻게 이 문제를 해결하겠습니까. 현재 중국에서는 하루에 약 2,500만 개의 택배가 발송됩니다. 10년 후에는 매년 약 2억 개가 발송될 것으로 추산됩니다. 현재 중국 물류시스템으로는 절대로 2억 개의 물량을 감당해낼 수가 없습니다."

이런 문제 때문에 타오바오의 판매자와 구매자에게서는 벌써 불만이 터져 나왔다. 구매자는 택배가 너무 지연된다고 불평했고 판매자는 물류시스템이 받쳐주지 못함을 한탄했다. 이런 고객의 소리를 들은 마윈은 중국 전체의 물류처리 수준을 제고하는 것이 바로 절호의 기회이며 앞으로 발전 가능성이 무궁무진할 것이라는 생각을 한 것이다. 차이냐오물류의 발족식에서 마윈은 이렇게 확신했다. "미래의 성공 여부는 누구도 확실하게 단언할 수 없습니다. 하지만 이 일은 꼭 이루어져야 합니다."

우리의 고민

한 심리학자는 이렇게 말했다. "불평은 사람들에게 가벼운 쾌감을 안겨준다. 그것은 마치 배에 몸을 맡기고 떠내려가는 것처럼 자연스러운 일이다. 왜냐하면 사람들은 자신의 부정적인 사고에 순응하려는 천성을 지니고 있기 때문이다. 불평을 멈추고 적극적인 태도로 사물의 아름답고 밝은 면을 보려면 대단히 강력한 의지력이 필요하다." 불평과 불만은 누구나 할 수 있다. 하지만 불평에서 그치지 않고 그 속에서 성공의 기회를 포착하는 것은 성공한 사람들만의 비결이다.

마윈처럼 우연을 기회로 바꾼 이가 또 있다. 중국 디지털미디어업체 포커스미디어(Focus Media)의 대표 장난춘(江南春, 강남춘)은 엘리베이터를 기다리다가, 엘리베이터가 너무 느리다고 불평하는 소리를 들었다. 누군가가 무심결에 내뱉은 한 마디에 정신이 번쩍 든 장난춘은 곧바로 돈을 벌 수 있는 아이템을 고안했다. 액정화면을 엘리베이터에 설치하고 광고를 방영해서 광고비를 받는 것이었다. 덕분에 포커스미디어는 급속도로 성장할 수 있었다. 많은 사람들이 불평을 기분에 영향을 미치는 부정적인 에너지라고 생각한다. 하지만 누군가는 그 불평에서 성공의 문을 여는 열쇠를 찾아낸다.

마윈은 '당신이 아직 작을 때 크게 생각하고 꼼꼼하게 일을 해야 한다'라고 말한다. 당신이 더 커졌을 때 작은 부분까지 생각하고 더 많은 일을 하라는 것이다. 알리바바도 규모가 커지자 일자리를 창출하고 빈곤한 지역을 부강하게 만들고 중국의 환경을 바꾸는 데까지 생각이 미치게 되었다. 지금은 이 세 가지가 중국의 가장 대표적인 불만사항이지만 바꾸어 생각하면 세 가지 기회가 된 것이다. 누구든 이 문제를 해결할 수 있다면 업계에서 오랫동안 살아남는 기업이 될 수 있을 것이다.

지혜의 팁

세상에 기회는 한없이 많다. 인터넷에 넘쳐나는 사람들의 불만이 모두 기회이다. 당신이 이 불평불만에 함께 동참한다면 성공의 기회는 절대 없다. 그러나 다른 사람의 불평불만과 컴플레인에서 기회를 캐치해낸다면 승리자가 되어 무대에 오르는 것은 식은 죽 먹기일 것이다.

큰일만 기회가 아니다, 작은 일부터 착수하라

고래를 잡으려 말고 새우를 잡으세요.

15%의 대기업은 포기하고 85%의 중소기업을 잡는 겁니다.

마윈의 충고 60

마윈의 경험

마윈이 갓 창업했을 때, 미국에서 들어온 '80/20 법칙'이 한참 유행처럼 돌고 있었다. 20%의 대기업이 80%의 부를 쥐고 있으며 이 20%에 잘하면 부에 가까워질 수 있다는 이론이었다. 사람들은 너도나도 이 법칙이 옳다는 사실을 믿어 의심치 않았다. 하지만 마윈만은 홀로 반대의 길을 선택했다. 80%의 중소기업을 타깃으로 삼은 것이었다.

"만약 기업도 빈부로 나누어 생각한다면, 인터넷은 가난한 자들의 세계입니다. 대기업들은 자신만의 전문적인 정보 수집 경로가 있습니다. 거액의 광고비를 쓸 만큼 자금도 넉넉하고요. 하지만 소규모 기업들은 아무것도 없습니다. 인터넷이 가장 필요한 사람들은 바로 그들이죠. 저는 지금 그 가난한 사람들을 이끌고 혁명을 일으키려고 합니다. 작은 기업들의 생존과 발전을 도모하려는 것이죠." 마윈은 인터넷을 통해 전 세계 중소기업의 수출입 데이터를 한 자리에 모아 그들을 세계로 나아가게 하는 플랫폼을 만드는 것을 알리바바의 목표로 정했다.

마윈은 중소기업이 매우 발달한 저장성에서 자랐다. 그리고 경제활동의 기본이라고 할 수 있는 시장에서 자라났다. 그래서 소규모 기업의 어려움을 깊이 이해하고 있었다. “월마트와 같은 대형상점들이 수많은 소규모 상점들을 쓸어버렸습니다. 시장은 공급업자로부터 만년필을 한 자루에 15달러에 사가고 월마트는 8달러에 사갑니다. 하지만 월마트의 1,000만 달러짜리 대량 주문서를 공급업자가 마다할 수는 없지요. 그런데 이듬해 월마트가 이 주문서를 취소한다면 공급업자는 끝장이 나는 겁니다. 이 소규모 공급업자들이 인터넷을 통해서 세계를 범위로 고객을 찾을 수 있다면 더 이상의 비극은 피할 수 있겠죠. 알리바바가 생기고 현재 대부분의 중소매매상과 판매상들이 세계 각지로 사업 영역을 넓히고 있습니다. 그렇기 때문에 저는 세계가 이미 변하고 있다고 생각합니다. 작은 일을 하는 것이 좋은 것이라고 굳게 믿고 있고요.”

중소기업에 주목하고, 중소기업을 위해서 서비스한다는 것은 잠깐의 구호에 그치지 않았다. 창립 후, 몇 년 동안 서비스에 가입하는 기업이 점점 늘어났지만 알리바바는 결코 이익을 따지지 않았다. 수많은 사람들이 마윈을 바라보며 땀을 손에 쥐었지만, 마윈은 오히려 굳건했다. 알리바바에게 창창한 앞날이 펼쳐질 것이라고 믿어 의심치 않았다. “오프라인 세계에서는 대기업이 고래입니다. 고래는 새우를 먹고 살지요. 그런데 새우도 고래가 먹다 남긴 부산물들을 먹고 살아요. 서로 의존하는 불가분의 관계죠. 그런데 온라인 세계는 개인적이고 독립적입니다. 작은 기업도 인터넷을 통해서 독립적인 세계를 구축할 수 있어요. 이것이 인터넷의 진짜 혁명적인 부분이라는 것입니다. 작고 작은 소규모 업체가 바닷가의 돌멩이라면 인터넷은 돌멩이끼리 달라붙게 하는 역할을 합니다. 콘크리트로 달라붙게 만든 돌멩이들의 위력은 가공할 만하죠. 커다란 바위와도 필적

할 수 있을 겁니다."

빌 게이츠가 퇴임을 발표한 자리에서 누군가가 물었다. "다음 빌 게이츠는 누가 될 거라고 생각하시나요?" 그는 조금도 망설이지 않고 대답했다. "마윈입니다." 빌 게이츠는 자신의 뒤를 이을 사람으로 바로 마윈을 지목했다. 인터넷의 파도가 밀려왔다 밀려가는 동안 수많은 디지털 영웅들이 부침을 반복하며 흘러갔다. 그런데 영어강사 출신의, 인터넷에 대해서는 일자무식이던 한 사람만이 쓰러지지 않고 단연코 우뚝 솟아난 원인은 어디에 있을까? '중국 중소기업의 대부'라고 불리는 이 사람 뒤에는 어마어마하게 많은 지지자가 든든하게 버티고 있기 때문이다. "중소기업에 주목하지 않는 것은 자기 미래에 대해 관심을 가지지 않는 것입니다. 중소기업이 발전하지 못한다면 대기업은 더 발전할 수 없습니다." 지금, 마윈의 이 말에 감히 의문을 제기할 수 있는 사람은 아무도 없을 것이다.

우리의 고민

요즘 젊은이들은 면접을 보러 오라는 기업의 요청에도 자기가 가고 싶은 것만 쏙쏙 골라낸다. 일단 유명하고 대우가 최고인 회사만 면접을 보러 가는 것이다. 물론 이런 태도를 탓할 수는 없다. 하지만 많은 사람들이 성에 차지 않는 평범한 일은 거들떠 보지도 않으려고 한다. 더 좋은 기회를 위해서는 중소기업 따위, 가서 경험할 필요도 없다고 생각하기 때문에 사소한 기회는 그냥 다 날려버리는 것이다. 깊이 경험하고 이해하지 않았기 때문에, 당연히 중소기업에 관해서는 알 수도 없다. 눈길조차 주지 않았던 작은 회사가 당신이 꼭 배워야 할 지식을 연마해줄 곳일 수도 있는데 말이다.

미국 휴스턴대학의 중국계 과학자 주징우(朱經武, 주경무)가 이렇게 말했다. "오늘날 제가 이런 성과를 낼 수 있었던 이유 중, 가장 큰 부분이 바로 부모님 덕분이라고 생각합니다. 부모님은 저에게 눈을 똑바로 뜨고 이 세상의 수많은 기회와 현상을 찾아내라고 가르치셨습니다. 실패하더라도 얻는 것이 있을 때까지 끝장을 보게 시키셨죠. 이 점에 관해서는 아주 투철하셨어요. 어머니는 '만약 넘어지면 바닥의 모래라도 움켜쥘 생각을 하라'고 하셨죠." 아무리 작은 기회라도 붙잡을 가치는 있다. 혹시 큰 성공을 하게 될지도 모르기 때문이다. 흙이 쌓여 산이 되듯이, 혼자 있을 때는 보잘것없는 작은 힘도 한데 모아 놓고 보면 생각지도 못한 거대한 역량일지도 모른다.

지혜의 팁

크리스 앤더슨●은《롱테일(Long tail)》●이라는 자신의 저서에서 이렇게 지적했다. '비주류의 롱테일에 포함되는 판매 수량을 전부 합하면 베스트셀러보다 더 큰 시장을 형성할 수 있다.'
인터넷 등 신기술의 출현과 생산 기술의 발전은 생산 및 유통 비용을 급격하게 낮추었다. 그리고 우리가 눈여겨보지 않았던 상품들까지도 두각을 드러내게 만들어 롱테일 이론의 현실적인 기초가 마련되었다. 모든 틈새형 제품이 상당한 수준의 시장을 확보하게 되어 꼬리가 길면 길어질수록 전체 이윤의 폭은 점점 더 커졌다. 이런 사례에서 우리는 기회란 크고 작고를 가릴 것이 아니라는 점을 알 수 있다. 작은 돛단배라도 큰 물보라를 일으킬 수 있는 것이다.

● **크리스 앤더슨** | 미국의 세계적인 IT 비즈니스 잡지 〈와이어드(Wired)〉의 편집장.

● **롱테일**(Long tail) | 오프라인 경제와 달리 동등한 경쟁을 하게 되는 온라인 서점에서는 매출이 저조한 책의 판매량을 모두 합하면 베스트셀러 판매량을 뛰어넘는다는 결과를 일컫는 개념이다. 상위 20%의 사람이 전체 부의 80%를 차지한다거나 상위 20%의 고객이 전체 매출의 80%를 차지한다는 이론으로 80:20 법칙이라고도 불리는 파레토법칙과 상반되는 의미로 자주 쓰인다.

위기는 새로운 기회다

우리는 위기 속에 기회가 있다고 말합니다.

가장 어렵고 곤란할 때 이렇게 말할 수 있기를 바랍니다.

'나는 할 수 있다!'

마윈의 충고 61

마윈의 경험

2003년 봄, 광교회(廣交會, 온라인광저우수출상품교역회의 약칭 -역주)가 성대하게 열렸다. 그런데 안타깝게도 광저우에서 사스(SARS)가 발생했고 사람들은 무서운 재해로부터 몸을 사리기 바빴다. 하지만 마윈은 고객과의 약속을 성실하게 지키겠다는 신념으로 재차 고심한 끝에 계획대로 직원들을 광교회에 보냈다. 그런데 불행히도 광저우에서 돌아오던 중에 직원 한 명이 발열증세를 보였고, 결국 항저우의 네 번째 발병의심환자로 판명이 나면서 알리바바 직원 500여 명은 모두 격리조치되었다. 전국이 초비상시국이었기 때문에 이 일은 곧바로 〈런민르바오(人民日報)〉에 대서특필되었다. 런민르바오는 이 사건을 '안전불감증의 대가'라고 규정지었고 '왜 이 시기에 직원을 광교회에 보냈는지' 의문을 제기하며 마윈을 끊임없이 질책했다.

사스는 여러 사람의 목숨을 앗아갔을 뿐만 아니라 쥐도 새도 모르게 기업들을 사지로 내몰았다. 생각해보라. 만약 모든 직원들이 집에 격리되어 알리바바 웹사이트가 열흘만 마비된다면 지난 4년 간 갖은 고생을 하며 운영해 온 그들의 노력은 물거품이 될 것이었다. 겨우 시작된 상승세는 바람처럼 흩어져버리고 결국 알리바바는 죽음의 나락으로 빠져들 수밖에 없을 것이었다.

알리바바의 존망이 걸린 문제에 마윈은 혼자 모든 책임을 떠안았다. 당시, 그가 받았을 스트레스는 상상할 수 없을 정도로 컸을 것이다. 하지만 그는 더욱 꿋꿋하고 낙관적인 태도로 분위기를 진정시켰다. 그는 전체 직원들에게 편지를 보냈다.

"오늘, 알리바바는 창립 이래로 가장 큰 도전을 맞이했습니다…… 제 곁에 젊은 여러분들이 있어서 자랑스럽고, 이런 회사에서 일할 수 있어서 자부심을 느낍니다! 알리 가족, 친구들 모두가 도전에 굴하지 않는 여러분과 같은 젊은이들에게 박수를 아끼지 않을 것입니다! 우리는 당황하지 않고 위축되지도 않고 비관하지도 않습니다! 알리바바에는 가치관이 있으니까요. 여러 사람의 힘과 지혜를 모아 비상시국을 극복하는 지혜를 발휘합시다. 2003년 5월 15일 전까지(혹은 그보다 더 오래겠지요), 여러분이 회사에 있건, 집에 있건, 혹은 병원에 있건 알리 가족의 사명과 가치관을 꼭 기억하십시오. 자신과 타인의 건강과 안전이 보장된다면 그 다음에는 우리의 고객을 위해서 전심전력을 다하는 것입니다."

알리바바 고위간부부터 말단 직원까지 마윈의 편지를 읽은 사람들은 두려움에 떨고 혼란스러웠던 마음을 점점 가라앉히고 업무로 다시 복귀하기 시작했다. 알리바바가 격리에 취해진 동안 500여 명의 직원들은 모두 각 가정에서 업무를 진행했고, 맡은 바 업무에 충실했다. 한 직원은 나중에 그 시기를 이렇게 기억했다. "매일 무엇을 해야 하는지 또는 무엇을 하는지를 예전처럼 마주보고 이야기하는 것이 아니라 각자 집에서 오후 1시쯤 컴퓨터 앞에 앉아 이야기했어요. 저녁 8시, 9시경이면 다같이 인터넷 게임도 하고요." 모든 직원들이 인터넷으로 만나고 전화로 소통하며 단 하나의 고객 컴플레인도 일어나지 않도록 최선을 다했다.

그 시기, 알리바바의 고객들은 가끔 이상한 일을 겪었다. 고객센터로 전화를 걸었는데, 전화가 연결되자 들려오는 목소리가 나이 지긋한 어르신의 목소리였던 것이다. "안녕하세요, 알리바바입니다." 알리바바의 직원이 전화를 자기 집으로 자동 착신해놓고는 집에 있는 가족들에게 특별지시를 한 것이었다. "혹시 제가 없을 때, 전화가 들어오면 꼭 '안녕하세요, 알리바바입니다' 하고 말해요." 몇몇 고객이 이런 일을 겪은 경우 외에는 대부분의 고객이 전혀 이상함을 느끼지 못했다. 격리가 끝나고 난 후에야 마윈이 전체 직원이 격리 당했었다는 사실을 밝혔고, 수많은 고객들은 믿을 수 없다는 반응을 보였다.

직원들이 사기를 회복한 후, 마윈은 기운을 몰아 시장에 바람을 일으켰다. 2003년 4월 2일부터 CCTV-1과 CCTV-2채널(CCTV-1은 종합, CCTV-2는 경제 전문 채널이다 -역주)에서는 황금시간대에 알리바바 웹페이지의 광고가 연달아 방송되었다. 알리바바는 사스의 영향을 전혀 받지 않는 사업, 전자상거래를 한다는 내용이었다. 당시 많은 중소기업과 해외 고객들이 답답한 집 안에서 이 광고를 보고 알리바바를 접하게 되었다. 그리고 "아, 이렇게도 사업을 할 수가 있구나." 하며 무릎을 치게 되었다.

사스가 기승을 부린 2003년 1분기에 알리바바는 오히려 괄목할 만한 성장을 이루었다. 1분기 내 가입 회원수가 50% 증가했고 클릭량도 30%가 증가했다. 알리바바라는 브랜드가 사람들의 마음속에 깊이 각인되었고, 사스가 종식된 후에 직원들은 이제 더이상 알리바바가 무엇인지 무엇을 하려는지 일일이 소개해야 하는 수고를 덜 수 있었다.

우리의 고민

우리는 위기가 닥쳤을 때 좋은 기회를 놓치지 말고 그 속의 터닝포인트를 잘 찾아낼 수 있어야 한다. 중국에 '홍문의 연회(鴻門宴)'이라는 유명한 일화가 있다. 유방(劉邦)이 몇몇 수하만 거느리고 항우(項羽)가 연 연회에 참석했다. 그런데 사방에 덫이 놓여있어 언제라도 죽을 수 있는 위험이 도사리고 있었다. 하지만 유방은 침착하게 위기를 잘 넘겼고 안전하게 빠져나올 수 있었다. 그 자리의 운명을 좌지우지할 수 있는 이는 항우였지만, 그는 성품이 유약하고 판단력이 부족하여 결국 유방을 죽일 좋은 기회를 놓치고, 훗날 유방과의 싸움에서도 지게 된다. 이렇게 유방처럼 타이밍을 잘 잡고 임기응변으로 대처를 잘 한다면 절체절명의 위기 또한 좋은 기회로 바꿀 수 있는 것이다.

지혜의 팁

복(福)은 화(禍)에 숨어있고 화는 복에 기대어 있다(福兮禍所伏, 禍兮福所倚). 위기와 기회는 언제나 함께 온다는 말이다. 위기 앞에서 사람들은 종종 두 가지로 나뉜다. 하나는 일사불란하고 침착하게 계획을 세워 극복하려는 지혜로운 사람이다. 다른 하나는 놀라고 당황하여 이성을 잃고 모든 것을 포기한 채 무작정 달려가는 어리석은 사람이다. 두 사람의 태도는 완전히 다른 두 가지 결과를 가져온다. 바로 성공과 실패이다. 위기를 만났을 때, 원망하려들지 말고 걸림돌을 디딤돌로 바꿀 수 있게 임기응변을 잘 발휘하자.

기회는 과감하게 잡아라

저는 태극권을 연마했습니다. 태극권은 고도의 집중력을 요구하지요.
주변에 신경 쓰지 않고 적절한 타이밍에 집중적으로 공격을 해야 합니다.

마윈의 충고 62

마윈의 경험

2011년 알리바바가 야후를 인수할 것이라는 소문이 돌았다. 소문이 일파만파로 퍼져나가고 사람들은 야단법석이었다. 야후는 1995년에 설립되어 한참 잘나가던 전성기에는 소프트뱅크, 오라클과 함께 세계 IT업계의 3대 거두로 불리기도 했다. 최근 몇 년간 사업이 부진하기는 했지만, 굶어죽은 낙타도 말보다는 크다는 말처럼 이메일이나 검색 등 서비스는 아직도 세계적으로 광범위한 영향력을 행사하고 있었다. 동시에 미국의 통신서비스시장에서도 대단히 중요한 역할을 맡고 있었다. 뿐만 아니라 야후가 수중에 쥐고 있는 알리바바, 야후 재팬 등의 주식은 투자자들에게서도 좋은 평가를 받고 있었다. 만약 알리바바가 야후를 정말로 인수한다면, 렌샹그룹이 2004년 말에 IBM의 PC부문을 인수한 것에 이어 중국 기업으로서는 가장 중대한 해외인수합병안이었다. 알리바바가 과연 야후라는 코끼리를 집어삼킬 수 있을 것인가?

어떤 사람은 마윈이 망상에 빠져 헛된 꿈을 꾸고 있으며 이번 인수는 아무래도 어려울 것이라고 말했다. 또 어떤 사람은 마윈이 또 쇼를 하고 있는 것이며 야후를 들먹여 마케팅을 하고 있는 것이라고 했다. 하지만 외부의 그 어떤 자극에도 마윈은 침착함을 잃지 않았다. 2011년 8월 11일 오후에 마윈은 '알리바바의 야후 인수합병 발표' 기자회견에서 이렇게 말했다. "기회가 있을 때 'NO' 하고 대답하는 것은 CEO에게 가장 중요한 일입니다. 만약 야후합병이라는 기회를 'NO' 한다면 그건 너무나도 어리석은 일이겠지요. 제 생각에도 이 기회는 대단히 얻기 힘든 소중한 기회입니다. 중국에 없을 뿐더러 전 세계에서도 유일한 기회입니다. 이 기회를 놓친다면 평생 한이 될 것 같습니다. 게다가 저는 이 순간을 7년이나 기다려왔습니다. 아주 오래전부터 염두에 두었고, 제리 양도 7년 동안 함께 바란 일입니다. 이번 인수합병은 쌍방의 오랜 숙원을 실현하는 자리입니다."

사실 마윈이 야후를 눈여겨본 것은 야후의 검색 기술 때문이었다. 그는 전자 상거래가 검색엔진과는 떼어놓고 생각할 수 없다는 점을 잘 알고 있었다. 검색엔진에 자금과 기술을 투입하는 것은 알리바바가 발전하는 데 아주 중요한 점이었고, 야후 검색의 인재와 기술력은 쉽게 얻을 수 있는 흔한 것이 아니었다. 야후를 인수한다면 알리바바는 검색 부문에서 대단한 추진력을 얻게 되는 셈이었다.

당시 인수 과정에서 알리바바는 적지 않은 문제에 직면했다. 먼저 미국에서는 정치적으로 이 사안을 매우 엄격하여 바라보고 있고, 야후를 인수하려면 '해외투자 국가안전법'에 따라 해외투자 적격성 심사의 문턱을 넘어야만 했다. 다음으로는 야후 이사회 내부의 정치적인 권력 투쟁이 문제였다. 이 모든 것이 혹시라도 합병의 장애물이 될 수 있었다. 그리고 인수에 필요한 200억 달러라는 자금 역시 하나의 문제였다. 그리고 마지막으로 소프트뱅크, 미국의 실버레이크, 러시아의 디지털스카이테크놀로지(DST) 등도 인수의향을 밝혀 어떻게 이들과 승부를 펼쳐야 할지도 역시 고민되는 지점이었다. 그러나 결국 알리바바와 야후는 협상을 통해 합병을 결정했다.

우리의 고민

인간의 일생은 수영을 하는 과정과 비슷하다. 몸을 움직여 물을 차고 앞으로 나아갈 것인지 가만히 제자리에 있을 것인지를 결정해야 한다. 자신감과 신념이 있는 사람은 미지의 세계를 향해서 헤엄쳐 나아면서 파도의 도전을 받아들인다. 이런 사람은 위험을 극복하여 경험으로 승화할 수 있는 사람이다. 반대로 변화를 겁내고 위축된 사람은 다른 사람들이 앞서나가는 모습을 지켜보기만 하며 자신이 보호를 받을 수 있는 경계선 안에서만 머무르려고 한다.

마윈은 사람들 대다수가 기회가 제 발로 찾아왔을 때에도 두 눈을 꼭 감고 있다고 지적한다. 그러니 기회를 아무리 찾아도 보이지 않고 지쳐 쓰러지고 넘어지면서 찾아도 찾을 수가 없는 것이다. 성공을 하고 싶다면, 간단하다. 두 눈을 크게 뜨고 기회가 왔을 때 용감하게 붙잡아라.

지혜의 팁

기회는 시간이 지나면 흔적도 없이 사라져 버린다. 잡아야 할 때 잡아라. 특히 창업을 꿈꾸는 사람이라면 기회를 선별하고 선택하는 것은 대단히 중요한 일이다. 모든 일을 시작할 때는 눈이 천 개 달린 신처럼 기회를 잘 엿보고 망설임 없이 거머쥐어라. 성공하는 사람들은 능동적으로 기회를 포착한다. 모험을 하지 않으면 성공에 이를 수 없다. 그리고 모험은 젊을수록 뛰어들기에 좋다. 위험을 무릅쓰고 과감하게 모험을 하기 좋은 이 젊은 날을 안전이 제일이라는 소극적인 태도로 허비하지는 말자.

제8장

힘겨운 과정을 겪지 않으면 누구의 성공도 복제할 수 없다

• 구직을 계획하는 청춘들에게 •

우리가 읽은 책, 배운 지식, 선택한 전공이
필연적으로 직업의 방향을 결정하지는 않는다.
게다가 일생의 성공 여부를 결정짓는 것도 아니다.
관심과 흥미가 있으면 그게 가장 최우선이다.

미래를 위해 내가 좋아하는 일에 투자하라

자기에게 흥미로운 전공을 선택하는 것이 가장 중요합니다!

1. 대학은 구직 스킬을 가르치는 곳이 아닙니다.

2. 대학 진학 = 취업 성공의 등식은 성립하지 않습니다.

3. 학벌에 연연하지 말고 눈높이를 낮추세요.

잘 가르쳐 줄 스승이 좋은 회사보다 낫습니다.

4. 지금 당장인지 아니면 미래인지 잘 생각하세요.

마윈의 충고 63

마윈의 경험

많은 사람들이 마윈에게 사람들을 잘 꼬이고 사기꾼 같다고 말한다. 하지만 인터넷 기술에 관해서는 까막눈이면서 화려한 입담으로 사람들을 설득해 오늘날 알리바바라는 제국을 건설하는 것이 사실상 그렇게 간단한 일은 아니지 않을까? 모든 일에는 그 원인이 있게 마련이다. 또 어떤 일을 하게 된다는 것은 그 일과 인연이 있기 때문이다. 마윈이 알리제국을 건설할 수 있었던 가장 중요한 출발점은 바로 그가 영어를 좋아하고 또 잘한다는 것이었다. 영어를 기초로 시작한 그가 해외의 소식에 항상 귀를 기울였고 해외 무역에도 관심을 갖게 되었기 때문에 훗날 알리바바가 생긴 것이다.

마윈이 초등학생이던 시절에는 성적이 좋지 않았다. 하지만 그는 '내가 쓰일 곳이 반드시 있을 거야. 다른 것은 다 잘 못해도 한 가지만 정통한다면 먹고살 수 있는 든든한 밑천이 되겠지.' 하고 굳게 믿었다. 이렇게 작고 소박한 생각을 가진 마윈은 여러 학문 중에서 영어를 전공으로 선택했다. 비록 영어의 길을 걷게 된 과정이 엉뚱하지만 말이다.

마윈이 영어를 공부하도록 이끈 사람은 뜻밖에 지리 선생님이었다. 이 아름다운 여선생님은 아주 활발하고 쾌활했다. 수업 중에 지리에 관한 지식 말고도 자신이 겪은 인생 경험을 학생들에게 자주 이야기해주었다. 선생님의 이런 재미있는 경험은 마윈에게 아주 깊은 인상을 남겼다. 마윈은 훗날 그 지리 수업을 '봄바람을 맞는 것 같았다'고 추억했다.

한 번은, 그 선생님이 자기가 서호에 산책 나가는 것을 좋아하는데 외국인들이 중국의 지리에 관해 물어보아도 자기는 영어를 꽤나 잘 해서 자신의 전문 지식을 잘 알려줄 수 있다는 것이었다. 그러면서 아이들에게 웃으면서 이렇게 말했다. "너희들, 지리 공부도 열심히 하고 영어 공부도 열심히 해야 한다. 그래야 외국인들 앞에서 창피하지 않을 거야."

선생님이 무심코 던진 한 마디에 12살 마윈은 '나라의 영광을 위해' 영어를 열심히 공부해야겠다고 속으로 단단히 결심했다. 그 이후로 마윈은 자신의 인생에서 가장 꽃다운 시기를 영어 공부를 하며 보낸다. 그 당시의 열악한 환경에도 마윈은 매일 영어 방송 보기를 게을리하지 않았다.

나중에 이 시기를 돌아보며 마윈은 이렇게 말했다. "매일 아침, 비가 오나 눈이 오나 바람이 부나 아랑곳하지 않고 40분이나 자전거를 달려서 서호 주변의 작은 여관에 가서 영어를 공부했어요. 그렇게 8년을 했지요. 그때 중국은 이미 조금씩 개방이 되고 있어서 외국 여행객들이 항저우로 많이 찾아왔었지요. 저는 그 사람들에게 돈도 안 받고 가이드를 해주었어요. 사방팔방으로 함께 돌아다니면서 동시에 영어공부도 할 수 있었죠. 이 8년간의 공부가 저를 바꾸어 놓았습니다."

마원이 영어를 공부한 방법에 관해서는 지금의 젊은이들도 꼭 들어볼 가치가 있다. "어휘량과 시험 점수는 영어공부의 부산물일 뿐입니다. 영어를 잘하는 사람은 당연히 어휘량과 시험점수가 좋을 수밖에 없지요. 하지만 방대한 어휘량과 높은 시험점수가 영어를 잘한다는 것을 증명해주지는 못합니다. 시험을 잘보고 싶다면 오히려 시험에 신경을 쓰지 마세요. 그렇지 않고 시험 점수로 당신의 영어 실력을 판단한다면 영어를 진정으로 잘할 수가 없습니다. 이것이 바로 영어를 배우는 수많은 학생들과 선생님들이 아주 오랫동안 공부했지만 영어로 자신의 생각을 표현하지 못하는 이유입니다. 영어를 배우는 목적은 커뮤니케이션입니다. 영어를 이용해서 어떤 목표를 이루거나 어떤 일을 해내는 것이죠(예를 들어 문학작품을 감상하거나 다른 나라의 문화나 사고방식을 이해하고 더 많은 친구를 사귀는 것 등을 말합니다). 또 필요한 정보, 특히 다른 사람들의 선진적인 물건, 다른 사람의 우수한 점 등을 영어를 이용해 배우는 것입니다.

마음속 깊은 곳에서부터 우러난 영어에 대한 사랑과 실용적인 사고 덕분에 마원은 이런 방식으로 영어를 배우는 것이 하나도 힘들거나 부끄럽지 않았다. 중국 사람들이 영어를 배울 때, 가장 큰 문제가 바로 회화이다. 게다가 네이티브와 같은 발음으로 말하기란 지름길이 따로 없다. 영어가 모국어인 이들과 직접 교류하는 것이 필수적이다. 그렇기 때문에 영어를 잘하려면 실수를 부끄러워하지 않는 담력과 자신감이 필요하다. 마원은 자기의 우수한 능력이 바로 '두꺼운 얼굴'이라고 서슴없이 말한다. 외국인과 눈만 마주치면 말할 기회를 놓치지 않는 것이다.

체면 따위에 전혀 굴하지 않는 '무데뽀' 정신으로 그의 영어는 하루가 다르게 유창해졌다. 서호와 외국 친구들의 도움으로 외국이라고는 단 한 번도 나가본 적이 없는 마윈의 영어가 아주 정확하게 다듬어졌다. 알리바바를 창립하고 난 후에도 신토불이 마윈은 아무런 무리없이 해외의 고객들에게 근사한 강연을 펼쳤다. 그의 해외 강연은 국내에서 중국어로 하는 것에 결코 뒤지지 않는 정도였다.

영어에 관심을 가진 덕분에 마윈이 얻은 이익은 한둘이 아니었다. 영어를 잘했기 때문에 항저우사범학원에서 공부할 수 있었고, 영어교수도 된 것이다. 그리고 영어를 잘했기 때문에 하이보 번역회사를 운영하고 미국에 가서 인터넷을 접할 기회를 얻었다. 그리고 이러한 과정을 거쳤기 때문에 알리바바가 있을 수 있었다. 이에 관해 마윈은 "그해에 영어공부를 할 때에는 저도 이렇게 큰 도움이 될 거라고 생각도 못했습니다. 그러니 어떤 일을 하든지 내가 좋아하는 일, 내가 옳다고 생각하는 일을 하십시오."

우리의 고민

어떤 미래에 무엇을 하려고 하는가? 당신의 인생 플랜은 어떠한가? 어떤 일을 하고 싶은가? 대부분의 젊은이들이 이런 질문을 받았을 때, 뭐라고 말해야 할지 몰라 무척 당황한다. "돈 많이 버는 일이요!" 이것이 아마 많은 사람들이 가장 먼저 하는 생각일 것이다. 혹은 "제가 좋아하는 일이요!" 하고 답할 수도 있다. 그런데 자기가 좋아하면서도 돈도 많이 버는 일을 어떻게 찾아야 하는지는 오리무중이다.

흔히 인생을 초콜릿 상자에 비유한다. 다음에 어떤 맛을 먹게 될지는 영원히 알 수 없다는 것이다. 하지만 그중에서도 가장 좋아하는 맛은 있게 마련이다. 이 맛에 대한 관심과 애정이 초콜릿에 대한 인식을 결정하는 것이다. 먼저 내가 좋아하는 맛이 무엇인지를 확실하게 하라. 관심과 애정은 가장 훌륭한 선생님이다. 대상에 관심이 있어야 공부하려는 마음이 생기고, 그것에 관해 공부하는 것은 더 큰 열정을 불러일으킨다. '하고 싶다'는 감정은 생명력이 넘치는 에너지인 것이다.

마윈의 경험에서 우리는 알 수 있다. 반드시 자신이 좋아하는 것을 찾아 매진하고 자신만의 재능과 비장의 무기를 개발해야 한다. 흥미와 성공은 분명한 상관 관계가 있다. 그렇기 때문에 사람은 자신이 하고 싶은 일을 해야 한다.

지혜의 팁

우리가 읽은 책, 배운 지식, 선택한 전공이 필연적으로 직업의 방향을 결정하지는 않는다. 게다가 일생의 성공 여부를 결정짓는 것도 아니다. 관심과 흥미가 있으면 그게 가장 최우선이다. 자기 인생의 커리어를 설계할 때, 먼저 자신의 장단점을 파악하고 자신의 관심이 어디에 쏠려있는지를 잘 고려하여 좋아하는 직업을 선택해야 한다. 이렇게 마음 깊은 곳에서부터 좋아하는 직업은 요즘 최신 유행하는 일이라거나 돈을 엄청나게 많이 버는 직업은 아닐지도 모른다. 다른 사람들이 부러워하는 요란한 일은 아니라도 내 마음에 드는 일인 것이다. 그것이 중요하다. 이런저런 일을 하다가도 결국에는 자기가 가장 좋아하는 자리로 돌아가게 되어 있다. 비결은 바로 자신의 흥미에 몰두하라는 것이다.

첫 직장이 무슨 일인지보다 착실하게 일하는 것이 중요하다

대다수 성공한 사람들의 직업과 대학시절 전공은 큰 관련이 없습니다.

그리고 처음 시작한 일을 끝까지 하는 사람은 거의 없죠.

마윈의 충고 64

마윈의 경험

지금은 스포트라이트와 플래시의 집중을 받는 마윈이지만 인터넷 사업을 하기 전에는 6년 동안이나 영어교사 생활을 했다.

그가 몸담은 학교는 항저우에서 가장 뒤처지는 꼴찌대학이었지만, 매력있고 능력있는 사람이라면 시간과 장소를 가리지 않고 빛을 발하는 법이다. 그는 항저우사범대학에 다닐 때부터 이미 유명인사였다. 4년 동안 학생들을 이끄는 학생회장이었고 나중에는 항저우대학생연합회의 회장까지 도맡았다.

사람은 자신이 처한 시대의 영향을 받는다. 그가 아무리 우수한 학생인들 당시 사회에서는 사범대학을 졸업한 사람은 교사가 되는 것이 정해진 순리였다. 게다가 마윈이 졸업한 학교는 사범대학교 중에서도 그다지 상위권이 아니어서 마윈은 중학교 영어교사가 되는 것이 거의 확정적이었다.

물론 환경적인 제약이 있긴 했지만, 마윈의 능력이 중요한 역할을 했다. 화려한 대학시절의 경력 덕분에 500여 명의 졸업생 중에서도 특출한 능력을 인정받아 유일하게 대학에서 강의를 하게 된 것이었다. 그래서 1988년 마윈은 항저우전자공업학원에서 영어를 가르치기 시작했다. 이것이 그의 첫 번째 직장이었다. 그는 그곳에서 6년 동안 강단을 떠나지 않았다. 급여가 형편없이 낮아 여가 시간에는 부업을 해야만 했고 야간에는 야학에서 영어를 가르쳐야만 했지만, 생활비를 버는 것 외에도 자신의 강연 능력도 끌어올릴 수 있었다. 마윈의 뛰어난 강연 실력은 모두 이 시기에 탄탄하게 단련된 것이었다.

마윈의 수업을 들었던 제자들은 모두 그의 수업이 최고로 인기있는 수업이었다는 것을 기억하고 있다. 교단 위의 마윈은 언제나 열의에 가득찬 모습이었다. 어찌나 열정적인지 듣고 있는 학생들까지 열정이 끓어오르고 자기도 모르게 그의 에너지에 전염될 정도였다. 그러자 마윈의 수업시간에는 학생들이 너도나도 즐겁게 마윈의 '공연'을 보러 오는 바람에 다른 교실의 결석율이 급등했다. 갓 개방되고 있던 중국에서 사람들이 재미있고 신나게 영어를 배울 수 있도록 마윈이 직접 플랫폼을 마련한 것이었다. 이런 유쾌한 공연으로 많은 사람들이 영어에 자신감이 붙었다.

학생들과 상호 교류하는 수업방식 역시 그의 수업이 환영받는 중요한 이유였다. 그는 좋은 학생은 일방적으로 가르쳐서 길러내는 것이 아니라 발굴하고 함께 훈련하는 것이라는 생각을 가지고 있었다. 그래서 다른 교사들처럼 책만 들여다보며 공부하는 것이 아니라 실질적으로 학생들의 회화 실력을 높이기 위해서 노력했고 학생들이 목표를 가지고 영어 공부에 매진하도록 용기를 북돋았다. 이런 그의 수업은 영어에 대한 두려움이나 스트레스가 없었고, 장점이 한두 가지가 아니어서 많은 사람들에게 사랑을 받았다.

마윈이 점잖지 않게 가르쳤다고 해서 학생들의 성적이 별로일 것이라고 생각한다면 큰 오산이다. 그가 가르치던 시기에도 학생들은 지금과 마찬가지로 영어를 전부 필수적으로 통과해야 했다. 마윈이 처음에 맡았던 반에는 28명의 학생이 있었는데 대부분 농촌 출신이어서 영어의 기초가 아주 취약한 상황이었다. 하지만 마윈이 석 달 동안 포기하지 않고 학생들을 물심양면으로 가르쳤고, 학생들은 기적적으로 전부 시험을 통과했다.

1995년, 서른 살의 마윈은 빼어난 교수 실력으로 항저우의 10대 우수청년교사로 선발되었다. 하지만 마윈에게 그런 영광은 부수적인 것일 뿐이었다. 가장 중요한 것은 그 6년간 학생들과 진실한 우정을 나누고 최고의 사람들과 최고의 인맥을 쌓았다는 사실이었다. 나중에 함께 창업을 한 사람들 중 대다수가 야학에서 마윈처럼 겸직을 하던 사람들이었다. 그때의 동료들과 함께한 기억은 그의 일생 중에서 가장 고귀한 보물이고 재산이었다.

마윈은 이 일을 무척 감사하게 여겼다. 영어를 배우고 또 가르치는 일은 그에게 비범한 말재주를 단련할 기회를 주었다. 또 그에게 마음 맞는 친구를 사귈 수 있게 해주었다. 그리고 사람을 모으고 관리하는 능력을 기를 수 있는 경험을 주었다.

우리의 고민

메뚜기처럼 직장을 이리저리 옮겨 다니거나 회사가 마음에 들지 않는다고 급여도 제대로 받지 않고 그대로 퇴사해버리는 현상이 요즘 젊은이들에게서 종종 나타난다. 특히 사회에 갓 발을 내딛고 '상반기에 직장을 옮기고 하반기에 연말 상여금을 받아 금세 바람같이 떠나

버리는' 얌체족까지 등장했다. 오랜 시간 공을 들여 이렇게 도피 행각을 벌이는 것을 두고 좋은 말로는 '자신에게 적합한 일을 찾기 위한' 것이라고들 한다.

사실, 너무 빈번하게 직장을 옮기거나 직업을 바꾸는 것은 자신의 커리어 발전에 아무런 도움이 되지 않는다. 이직은 새로운 종이에 자신의 그림을 완전히 다시 그려 나가야 한다는 것을 의미하기 때문이다. 물론 지금까지 그린 그림은 모두 도루묵이 된다는 것과 모든 과정을 처음부터 다시 시작해야 한다는 것도 말이다.

마윈은 우리 젊은이들에게 착실하고 성실하게 일하는 것이 아주 중요하다고 역설한다. 목적없이 무작정 직장을 옮기게 되면 회사는 당신의 커리어에 의심을 품을 수밖에 없다. 만약 면접관이 당신이 빈번하게 회사를 옮겨 다닌 경력을 보게 된다면 분명히 한 번 더 신중하게 당신의 채용 여부를 고려할 것이다. 직원을 채용하는 회사 입장에서는 사람이 들락날락하는 것이 더 많은 교육비용을 지출해야 하는 일이기도 하고 전체 인력관리나 업무계획에 차질을 빚을 수 있기 때문이다.

첫 번째 직장이 무엇인지는 중요하지 않다. 중요한 것은 당신이 그 직장에서 전문적인 업무 지식을 완성했는지, 무엇을 배우고 얻었는지, 장래를 위한 기초를 잘 닦았는지 등이다. 어느 일 한 가지를 3년 동안 하는 것은 요즘 젊은이들에게 요새를 만드는 것과 다름없이 어려운 일이다. 하지만 사실상 첫 직장을 3년도 채우지 못한다면 이어지는 자리들도 계속 이리저리 떠돌 가능성이 높다. 게다가 이런 잦은 이직의 최대 피해자는 자신이다. 계속해서 이런 상황이 개선되지 않는다면 당신의 커리어에서 평생 큰 발전을 이루기란 거의 힘들 것이다.

구직을 계획하는 청춘들에게

신뢰는 가장 큰 자산이다

한 사람의 가장 중요한 덕목, 가장 큰 재산은 바로 신용입니다.
자신의 이름을 걸고 열심히 일하고 다른 사람들과 잘 지내며 약속을 잘 지킨다면
당신의 일에 대단히 큰 도움이 될 것입니다.

마윈의 충고 65

마윈의 경험

2005년, 마윈이 상하이에서 열린 인터넷비즈니스포럼에서 자신이 겪은 일을 들려주었다. "1995년에는 네 군데 회사가 저를 속였습니다. 저는 사람을 선전(深圳)으로 사람을 보내서 웹페이지 시안을 어떻게 작성하는지 가르쳐주고 바보 같이 기다리고만 있었지만 답이 없었지요. 지금 돌이켜 생각해보니, 저를 속였던 네 군데가 모두 문을 닫았어요. 이는 남을 괴롭히고 속이는 회사는 결코 오래 갈 수 없다는 사실을 잘 보여주고 있습니다."

1988년, 마윈이 대학을 졸업하던 날, 총장님은 그를 불러 의미심장한 당부의 말을 했다. "마윈아, 나는 네가 5년 동안은 아무것도 생각하지 말고, 일자리를 떠나지도 말고, 성실하고 꾸준히 교사 일을 했으면 좋겠다!"

총장의 심정은 충분히 이해가 갔다. 그는 마윈을 가르친 교사로서 자기

학생에 대해 잘 알기 때문에 마윈이 있기에는 이 학교가 너무 얕은 물이라는 사실을 알았다. 하지만 학교의 수장으로서 더 많은 학생들을 고려해야 했기에 자신의 학생들이 하나라도 더 이상적인 조건의 학교로 배정되기를 바랐다. 그런데 학교 역사상 최초로 대학에 배정된 이 우수한 학생이 끝까지 열심히 하지 못하고 중도에 포기한다면, 이후에 과연 누가 항저우사범학원 출신 학생을 원하겠는가?

마윈은 총장님의 고뇌를 십분 이해했고 5년 내에는 맡은 일을 떠나지 않겠다고 약속했다.

마윈이 처음 일을 시작했을 때는 급여가 한 달에 89위안(2015년 하반기 기준으로 1위안은 약 180원, 89위안은 약 1만 6천 원가량이다 -역주)밖에 되지 않았다. 당시 남방 지역으로 가서 번역 일을 하게 되면 한 달에 1,000위안은 받을 수 있었다. 하지만 총장님과의 약속 때문에 마윈은 이곳을 떠날 수가 없었다.

3년 후, 마윈의 월 급여가 120위안으로 껑충 뛰었다. 하지만 그동안에 중국은 더 개방화되었고 어디서든 번역을 하면 한 달에 최저 3,600위안은 벌 수 있었다. 하지만 마윈은 여전히 그 자리에서 최선을 다했다.

마침내 사직서를 낸 그 순간까지, 마윈은 무려 6년이나 영어를 가르치고 총장님과의 약속도 지켜냈다. 이 역시 마윈에게는 사람으로서 지켜야 할 마땅한 처세의 도리였다. '언제나 약속을 지키고 신용을 기본으로 삼는다.'

창업을 하게 되면서 마윈은 '신용'을 가장 최우선으로 놓았다. 중국처럼 '인간미'를 미덕으로 생각하는 나라에서 장사를 하려면 '느낌'이 중요했다. 여기서 말하는 느낌이란 것은 경영자의 인격, 평판 등으로 구성된 그야말로 신뢰도를 뜻하는 말이다. 특히 스타트업에서 이것은 가장 든든하고 귀중한 밑천이다.

마윈이 다년간 쌓은 신임은 창업 초기에 눈부신 활약을 하게 되었다. 친구들의 적극적인 도움으로 항저우제2공항, 첸장(錢江)변호사사무소, 항저우 왕후호텔 등을 줄지어 고객으로 맞이했다.

사실상, 마윈은 그들을 단순히 일이나 업무가 아닌 좋은 관계로 대했다. 친구들은 그의 성품을 잘 알고 있었기에 그의 물건을 샀고, 그 인터넷인지 뭔지 하는 요상한 것도 믿어주었다. 친구든 친구의 친구든 마윈은 그들에게 당당하게 말했다. "내 자존심을 걸고 확신하는데, 미국에서 이 페이지를 볼 수 없으면 나를 뭐라고 욕해도 나는 할 말이 없을 거야……."

말을 하는 것은 쉽다. 하지만 말을 정말로 이루어 내기란 정말 쉽지 않다. 하지만 진짜 이루어 낼 수만 있다면 그 가치는 값으로 따질 수가 없다.

〈잉짜이중궈(贏在中國)〉 촬영 현장에서 마윈은 이런 말을 한 적이 있다. "1995년, 1996년에 우리가 차이나옐로우페이지를 운영하고 있을 때, 우리 월급조차 벌지를 못했습니다. 급여를 지급해야 하는 날 3일 전에 제 통장에는 2천 위안 정도가 남아있었어요. 총 지급해야 할 급여는 8천 위안 정도였는데 그것뿐이었으니 정말 비참하기 그지없었습니다. 한 직원이 상관없다고, 두 달동안 급여를 받지 못해도 저와 함께 하겠다고 이야기했어요. 그리고 이렇게 말하더군요. "두 달 동안 급여 없어도 돼요. 가서 빌려오세요. 신용이 있잖아요.""

"그래서 저는 CEO의 한 사람으로, 창업자의 한 사람으로 가장 중요한 덕목, 가장 큰 재산은 바로 신용이라고 생각했습니다. 만약 제가 오늘 숑샤오거(熊曉鴿, 웅효합)● 나 우잉(吳鷹, 오응)● 에게 1천만 위안을 빌려 달라고 부탁한다면 그들은 빌려줄 겁니다. 평소에 서로에 대한 이해와 신뢰가 바탕에 깔려 있으니까요. 그런데 잘 모르는 사람이 그들에게 돈을 빌려 달라면 아마 1만 위안도 빌려주지 않을 겁니다. 그러니 창업을 하는 사람에게는 친구가 필요합니다. 오랜 시간 동안 공들여 신뢰를 쌓아야 하겠지요. 그 신뢰는 쌓으면 쌓을수록 커져서 마치 통장에 쌓이는 잔고와 같습니다. 그게 바로 신뢰입니다."

알리바바 본사에는 '신뢰의 매점'이 있다. 물건을 파는 사람이 따로 없고, 모두가 가격표 대로 직접 돈을 지불하는 곳이다. 사람이 없는데도 이 매점의 판매금액은 모자랐던 적이 없었다고 한다. 이런 알리바바의 이야기는 베이징대학교 교수 저우치런(周其仁, 주기인)도 아주 흥미로워했다.

우리의 고민

많은 젊은이들이 자신의 말에 책임을 지지 않고 약속을 질질 끄는 것을 별것 아니라고 여기고, 따지고 들 가치도 없다고 치부해버린다. 그래서 다른 사람이 자신의 태도를 지적할 때, 대체로 귀찮다는 반응을 보이는 경우가 많다. "뭐 이런 것 같고 그래." 하지만 사람들은 이런 사소한 일로 그 사람의 삶이나 일에 대한 태도와 인품 등을 판단한다. 신뢰는 사회에서 어엿한 성인으로 성장하고 사업을 일으키는 데 중요한 밑바탕이 된다.

'신뢰가 없다면 바로 설 수 없다'는 말이 있다. 세계 500대 기업이 사람을 채용하고 함께 일하고 곁에 두는 가장 중요한 기준의 하나가 바로 신뢰이다. 빌 게이츠가 이런 말을 했다. "이 사회에 능력 있고 지혜로운 사람은 전혀 부족하지 않습니다. 능력 있고 신뢰할 만한 사람이 부족하지요. 그래서 직원 한 사람의 신뢰도는 기업에게 아주 중요합니다. 지혜와 능력은 그 사람의 자질을 대표하지 못하기 때문입니다. 기업에게는 신뢰도가 지혜로움보다는 더욱 큰 가치가 있지요."

마윈은 창업하는 사람의 가장 큰 재산이 바로 신뢰도라는 사실을 잘 보여준다. 현대인에게 신용 대출 등은 그리 특별할 것도 없는 시시한 일이 되어버렸지만 창업을 하는 사람은 신용에 더욱 각별해야 한다. 높은 신뢰도를 쌓고 시작해야만이 직장에서, 시장에서 당신의 비즈니스가 탄탄대로처럼 펼쳐질 것이다.

지혜의 팁

이런 이론이 있다. 만약 일의 결과를 함수로 나타낸다면, 능력은 결과의 폭을 결정짓는 변수이다. 그리고 신용은 그 방향을 결정짓는 변수이다. 한 사람의 능력이 아무리 높아도 성실하지 못하다면 그 결과는 기업의 목표와는 위배된다. 이는 혼자서 완전히 잘못된 방향으로 뛰어나가는 것과 같다. 그의 방향과 목표가 기업과 다른 방향이라면, 그가 빨리 뛰면 뛸수록 그 결과는 점점 더 최종 목적지에서 동떨어지고 말 것이다.

- **숑샤오거(熊曉鴿, 웅효합)** | 중국의 벤처캐피탈사 'IDG캐피탈'의 대표.
- **우잉(吳鷹, 오응)** | UT스타컴의 창립자이자 회장.

3년 동안 아무런 생각이 없다면 이번 생은 틀렸다

한 젊은이가 만약 3년 내에 어떤 생각도 해내지 못한다면

그의 이번 생은 계속 그대로일 것입니다. 그다지 큰 변화는 없겠죠.

마윈의 충고 66

마윈의 경험

뜨거운 물에 들어간 개구리 이야기는 많은 사람들이 알고 있을 것이다. 개구리를 펄펄 끓는 물에 넣으면 개구리는 뜨거움을 참지 못하고 튀어 올라 위험에서 빠져나올 수가 있다. 하지만 개구리를 차가운 물에 넣고 용기를 가열하면 결과가 무척 다르다. 개구리는 점점 따뜻해지는 물에 편안함을 느끼고 유유자적하다가 점점 무감각해진다. 고온의 열을 견디기 힘들다고 느낄 때에는 이미 빠져나올 힘이 없어 그대로 뜨거운 물 속에서 죽는다.

직장에서는 앞서 말한 여기저기로 옮겨 다니는 메뚜기와 완전히 반대인 종족이 존재한다. 그 종족은 일단 어떤 일을 시작하면, 이 일이 자기가 하고 싶었던 일이 아니며 별 가치도 없는 일이라는 것을 뻔히 알면서도 스트레스 없는 업무 환경과 단순한 대인 관계 등에 현혹되어 그대로 눌러앉아 버린다.

자기를 바꾸려는 노력은커녕 아예 미래 따위는 생각하려고 들지도 않는다.

"마윈의 가장 큰 특징은 항상 생각을 하는 사람이라는 점이지요. 다른 사람이 보기에는 헐렁헐렁한 사람처럼 보일지는 모르겠지만 그의 마음속은 언제나 분명합니다. 시종일관 자기가 하고 싶은 것이 무엇인지를 알고 실현해 나가기를 게을리하지 않지요. 그래서 그가 아무도 해내지 못하는 일을 해낸 것입니다." 마윈을 잘 아는 사람들은 모두 그를 이렇게 평가한다.

마윈이 항저우전자공업대학교에서 영어를 가르치게 되었을 때, 그 당시로서는 철밥통을 꿰찬 것이었다. 일반인으로 치자면 상당히 안정적인 직장이었기 때문에 누구나 좋아하는 일이었다. 하지만 마윈은 한 번도 그렇게 생각하지 않았다.

물론 그가 영어교사로 지낸 기간 동안에는 더없이 훌륭한 선생님이었지만, 그는 자신이 평생 동안 추구해야 할 일이 교사 일이 아니라는 것을 이미 알고 있었다. "6년 동안 저는 언제나 회사에 가서 일하는 꿈을 꾸었습니다. 호텔이나 혹은 뭐 다른 곳이라도요. 저는 어쨌든 무엇이든 하고 싶었던 거죠."

무언가를 하고 싶다는 자신의 소원을 실현하기 위해 마윈은 무엇이든 시도했다. 그가 호텔을 들먹인 것은 단순한 비유가 아니라 진짜 경험이었다. 그는 선생님으로 일하면서도 여러 군데에 입사 지원을 했다. 목적은 자기 자신을 단련하고 시야를 넓혀 자기에게 가장 적합한 길을 찾기 위함이었다.

이런 시구가 있다. '책에서 얻은 것은 깊이가 얕음을 깨달을 것이니, 이를 완전히 알기 위해서는 몸소 행해야 한다.' 마윈이 교사 일을 달가워하지 않았던 이유는 바로 다른 사람들에게 지식과 지혜를 전하고 세상 사람들을 변화시키는 데 간접적인 역할을 하고 싶지 않기 때문이었다. 그는 설령 싸우다 온몸이 만신창이가 되고 실패한다고 하더라도, 적진으로 달려들어 용감하게 싸우는 장수처럼 스스로 직접 세상을 바꾸고 싶어 했다.

이런 확실한 동기가 있었기에 마윈은 끊임없이 기회를 찾아 나설 수가 있었다. 마침내 인터넷을 발견하고 다시 없을 절호의 기회라는 판단이 생기자 그는 1995년에 과감하게 사표를 제출했다. 그때의 마윈은 인터넷에 관해서는 일자무식이었고 주변 사람들이 모두 뜯어 말렸지만, 그는 의연하게 창업의 망망대해로 뛰어들었다.

마윈이 사표를 내자, 항저우전자과학대학의 총장은 그에게 나중에 틀림없이 학교의 재외공관사무실 주임 자리를 주겠다고 약속했다. 누가 보아도 아주 매력적인 인생 설계가 될 수 있는 기회였다. 다른 사람들이 보기에는 그의 이런 돌발행동이 자신의 앞길을 망치는 것으로 밖에는 보이지 않았다. 하지만 마윈은 자신의 행동에 털끝만큼도 후회하지 않았다.

사실 인터넷이 얼마나 참혹한 세계인지, 창업 후에 성공할 수 있을 것인지 여부 등은 마윈의 결정에 오히려 아무런 영향을 미치지 않았다. 그는 서른 살이 넘은 나이에 자기 인생을 위해서 한 번도 그 무언가와 맞서 보지 않는다면, 이번 생에 다시는 기회가 없을 것 같다고 생각했다. 이전에는 약속 때문에 떠날 수 없었지만 이제는 이미 약속된 기한을 넘겼다. 또, 떠날 수 있으면서도 미래에 관해서 아무런 생각도 하지 않는 것은 자신에게 대단히 무책임한 행동이라고 느껴졌다. 그래서 그는 더 주저할 겨를도 없이 일을 그만두었다.

그 시대의 철밥통은 한 사람을 한 자리에 꽁꽁 묶어두기에 아주 적당한 구실이었다. 특히 현실에 만족하는 사람이라면 더욱 그러했다. 하지만 마윈은 그런 사람이 아니었다. 잠시 현실에 묶여있긴 했지만 자유를 찾을 기회만 있다면 언제든 자리를 박차고 날아오를 사람이었던 것이다.

우리의 고민

당신은 당신의 삶에 대해 어떻게 생각하는가? 많은 젊은이들이 이 문제 앞에서는 얼어붙어 버린다. 그리고 고개를 내젓는다. 그리고 많은 젊은이들이 방황한다. 내일은 어디로 갈 것인지 나의 목표는 어디에 있는지 알 수 없고, 그저 될 대로 되라는 식이다.

하버드대학에서 장장 25년 동안 추적조사를 진행했다. 지능지수, 학력, 생활환경 등 객관적인 조건에서 큰 차이가 없는 젊은이들을 대상으로 목표가 인생에 미치는 영향을 조사한 것이다. 결과는 놀라웠다. 목표가 아예 없었던 사람들은 거의 대부분이 사회 최하층 수준의 생활을 하고 있었고 자주 실업자가 되었다. 목표가 애매모호한 60%의 사람들은 중하층의 수준을 유지했고 특출난 업적이나 성과가 딱히 없었다. 짧은 기간에 비교적 명확한 목표를 가졌던 사람들은 사회의 중상층이 되어 있었다. 그리고 인생의 긴 목표를 정확하게 그리고 있었던 3%의 사람들은 25년 후에 거의 대부분이 사회 각계에서 최고 수준으로 성공한 지도나나 엘리트가 되어 있었다.

이 추적조사 결과는 한 사람의 생각이 얼마나 중요한지를 우리에게 잘 보여준다. 마윈의 인생 역정 또한 마찬가지이다. 젊은이라면, 변변한 패기와 포부도 없이 포기해서는 안 된다. 자신만의 뚜렷하고 장기적인 목표를 세워야 한다. 그 목표를 실현할 수 있도록 흔들림 없이 계속해서 노력한다면 목표달성까지는 점점 가까워질 것이다.

지혜의 팁

자기의 일에 주인이 되고 자신이 무엇을 하는지 제대로 이해하는 노력을 기울인다면, 당신이 하는 모든 일에 중심이 생기기 시작할 것이다. 비록 이상적인 시작은 아닐지라도 이전에 했던 일에서 어느 부분을 발전시키고 어느 능력을 보완해야 할지는 깨달을 수 있다.

서른다섯 전에는 끊임없이 시도하라

저는 인터넷 기업이 분명히 실수를 많이 할 것이라고 생각합니다.
그리고 또 실수를 해야만 한다고 생각합니다.
인터넷 기업의 가장 큰 실수는 원래의 자리에서 요지부동하고
잘못을 저지르지 않는 것이지요. 내일 더 잘 달려나갈 수 있을지는
우리가 오늘 저지른 수많은 잘못을 잘 반성하는지가 관건입니다.
실수는 해야만 합니다. 똑같은 실수를 다시 저지르지 않는 것이 중요하지요.

마윈의 충고 67

마윈의 경험

예로부터 서른을 '이립(而立)'이라고 했다. 한 사람이 서른이 다 되도록 자신의 장점을 살린 커리어 영역을 찾지 못한다면 발전은 더 더디고 힘들 것이다. 서른 살 이후에는 가정이나 상황의 변화에 따라 새로운 일을 다시 시작하기가 쉽지 않기 때문이다. 그래서 조금이라도 시간이 있을 때, 더 많이 겪어보아야 한다. 한두 가지 일을 하다가 그만두더라도 실수를 두려워 말아야 한다.

실수를 해서 손해를 볼 수도 있지만 기껏해야 한두 가지 일들을 해보다가 포기해 버리고 안 하면 그만이다. 그리고 실패한 경험이라도 훗날의 발

전에 도움이 될 수확이 하나둘은 있을 것이다.

1995년, 서른 되던 해에 마윈은 친구들과 하이보번역회사를 설립했다. 영어단어 hope(희망)과 비슷한 발음인 하이보를 이름으로 지어 사업이 잘 되기를 빌었다. 서른에 세운 뜻이 자신의 인생에 희망이 되기를 바란 것이었다.

거의 무일푼으로 시작한 창업 초기, 마윈과 친구들은 수많은 도전과 실패를 겪었다. 첫 한 달간, 하이보번역회사 수입은 총 700위안이었다. 사무실 임대료만 2,000위안이었는데 말이다. 도리어 손해를 보게 되자, 여러 친구들이 안절부절하지 못하고 심하게 동요했다.

모두가 어떻게 해야 할지 몰라 우왕좌왕하고 있을 때, 마윈은 큰 마대자루를 직접 둘러메고 이우시장으로 가서 작은 기념품이나 생화, 책, 옷, 손전등 등을 팔아서 회사의 수지타산을 겨우 맞추었다.

마윈의 말에 따르면, 하이보번역회사는 1994년에 수입과 지출이 엇비슷해졌고 1995년에 처음으로 수익을 내기 시작했다. 물론 지금의 하이보는 영업이익도 아주 높을 뿐만 아니라, 항저우에서 가장 큰 번역회사로 자리 잡았다.

기다림은 마윈과 번역회사의 직원들에게 길고 지루한 고통이었지만, 이때 어려움을 극복하려는 강한 의지를 기르지 못했다면 지금의 하이보 역시 존재하지 못할 것이었다.

12년 후에 번역회사를 이끌게 된 장훙(張紅, 장훙)은 마윈이 번역 사업으로 뛰어들었던 당시를 회고하며 지금까지도 벅차오르는 감정을 누르며 이렇게 말했다. "이런 서비스를 아무도 생각하지 못했을 때, 이런 비즈니스 기회를 아무도 발견하지 못했을 때, 마윈이 가장 먼저 생각해낸 겁니다. 그의 생각은 언제나 미래를 예측하고 있지요. 그때 항저우에는 번역회사가 전혀 없었어요. 번역회사가 유일하게 우리뿐인데다 여기가 무엇을 하는 곳인지도 모르는 사람들 때문에 처음에는 돈도 얼마 못 벌었습니다. 그런데도 마윈은 확고했습니다. 포기하지 않았지요. 저는 그런 마윈에게 감명을 받았어요. 그가 하는 말은 용기를 북돋우지요, 희망이 없는 데에서도 그는 생명력과 활기를 찾아내고 주변에 있는 사람들에게 열정을 불러일으킵니다."

번역회사의 경력은 나중에 알리바바가 그 위용을 떨친 것에 비하면 크게 성공한 것이라고 말하기는 어렵다. 하지만 이 시기를 돌이켜 보며 마윈은 이렇게 말한다. "번역회사를 경영하는 과정에서 저는 성공하는 사람들이 꼭 갖춰야 할 두 가지를 알게 되었습니다. 하나는 대담하고 고집스러운 성격이고, 하나는 시장에 대한 빠른 판단력이죠."

그가 나중에 창업한 알리바바가 번역회사를 창업한 과정에서 영감을 얻은 것인지 아닌지는 확인할 수 없지만, "하늘 아래 어려운 장사가 없게 하라"는 그의 비즈니스 철학은 이때 이미 그 씨가 뿌려졌음을 짐작할 수 있다. 그리고 마윈은 바로 이 번역회사로 유명세를 탄 덕분에 해외에 나갈 기회를 얻었고, 생애를 걸고 열심히 하고 싶은 일도 찾을 수 있었다.

이 모든 것이 그저 우연히 일어난 일로 보이지만 가만히 들여다보면 모든 일이 고리처럼 하나하나 연결되어 있다는 것을 알 수 있다. 마윈이 번역회사 일을 열심히 하지 않았다면 해외로 나갈 기회는 없었을 것이다. 그렇다면 남들보다 이렇게 일찍 인터넷을 접할 기회는 없었을 것이고, 그렇다면 오늘날의 알리바바제국은 더더욱 꿈도 꾸지 못할 일이었을 것이다.

우리의 고민

하는 일이 자리를 잡고 안정되고 나면 그 다음은 어떻게 해야 할까? 사람들은 사실 자신이 꿈꾸는 삶이 무엇인지조차 찾아내지 못한다. 왜냐하면 한 번도 시도해 본 적이 없기 때문이다! 이는 연애를 하는 것과 같다. 여자를 만나본 적도 없으니, 어떤 사람이 자기와 맞는지는 당연히 알 턱이 없는 것이다.

'가장 큰 모험은 모험을 하지 않는 것이고, 가장 큰 잘못은 잘못을 저지르지 않는 것'이라는 말이 있다. 하지만 대다수의 사람들은 모험과 실수를 두려워한다. 그들은 눈에 보이는 것만 믿기 때문이다. 그들은 아직 겪어보지 않은 일도 자신의 경험에 비추어 분석하기를 좋아한다. 그런데 안타깝게도 경험은 그들에게 경거망동하지 말라는 답안을 내놓을 때가 많다.

마윈은 젊은 시절에 이런저런 시도를 많이 하는 것이 결코 나쁜 일이 아니라는 것을 몸소 보여준다. 실수는 누구나 할 수 있다. 그러므로 우리는 세상을 향해 마음을 더 활짝 열어야 한다. 많은 실수를 겪은 후에 정확한 방향과 길을 찾고, 의지력을 불태워 다가오는 역경과 어려움을 극복해야 한다. 그래야만 비로소 강한 사람이라고 할 수 있을 것이다.

지혜의 팁

성공하는 사람들은 꿈꾸기를 좋아하고, 실수를 두려워하지 않는다. 그들은 마음속의 꿈이 그들을 용감하게 앞으로 나아가게 하는 힘이며 잘못을 두려워하지 않는 마음만이 성공의 밑천이라고 믿는다. 꿈과 용기, 희망이 있기에 실패와 모험을 겪으면서도 낙관적인 생각을 유지할 수 있기 때문이다. 그리고 보통 성공한 사람들은 한 번이 아닌 두 번 성공한다. 그들의 잠재의식 속에서 스스로가 성공했다고 믿을 때, 그리고 나중에 진짜 성공을 이루었을 때가 그것이다.

대기업인가 중소기업인가

장군이 되고 싶지 않은 병사는 좋은 병사라고 할 수 없습니다.
하지만 병사로서의 역할도 제대로 하지 않는 병사는
결코 좋은 장군이 될 수 없습니다.

마윈의 충고 68

마윈의 경험

1997년, 마윈이 차이나옐로우페이지를 떠난 후 외경무부가 그에게 러브콜을 보내왔다. 그래서 마윈은 그의 창업멤버들을 이끌고 베이징으로 가서 외경무부로 합류했다.

"당시에는 이 든든한 후원자에게 기대려고, 생각이 들자마자 바로 베이징으로 갔습니다. 제가 사람을 속인 적은 거의 없는데, 바로 그때 동료들을 속였습니다. 회사에 40여 명의 직원이 있었는데 제가 그중에서 몇 명을 데리고 베이징으로 갔습니다. 저는 그 젊은 직원들에게 베이징에 가면 뭐가 좋고 뭐가 좋고 하면서 말을 번지르르하게 했어요. 그랬더니 좋다고 해서 데리고 갔지요. 그런데 사실 그때 저도 베이징에 별로 익숙지 않았고 경무부와도 딱 한 번밖에 얘기해 본 적이 없었습니다."

그들은 그렇게 외경무부라는 든든한 나무에 매달렸지만 큰 회사에서의 경험이 상상만큼 그렇게 아름다운 것만은 아니었다.

표면상으로는 외경무부가 마윈과 그의 일행을 무척 중요하게 여기는 것 같았다. 그들은 중국국제전자상거래센터(EDI)라는 회사를 따로 설립하여 마윈에게 조직, 관리를 전부 맡기고 30%의 지분까지 넘겨주었다. 그리고 자신들은 70%의 지분을 소유했다. 그런데 명의상으로는 30%를 떼어주었다지만 사실상 마윈에게 들어오는 수입은 한 달에 몇 천 위안 밖에 되지 않았고 다른 수익은 전혀 없었다. 더 답답한 것은 사사건건 그들의 간섭을 받아 그 어떤 일도 진행할 수가 없다는 점이었다.

이곳에서 마윈은 이상한 사람 취급밖에 받지 못했다. 그의 생각은 언제나 다른 사람들과 달랐다. 그의 열정이 주변 직원들에게 영향을 미치기는 했지만, 최종적으로 웹사이트의 성격을 규정짓는 과정에서는 늘 윗선과 의견이 엇갈리며 문제가 발생했다. 고위임원들은 웹사이트를 대기업과 협업하기 위한 도구로 보았지만 마윈은 전자상거래의 미래가 중소기업에 달려 있다고 생각했다. 수차례 그들에 맞서고도 아무런 성과가 없자 마윈은 크게 낙담했다. 큰 회사에서 함께 일하게 된 설렘은 곧 사라져버리고 깊은 고민에 빠졌다. '이제 어떻게 해야 할까?'

선택지는 딱 두 가지였다. 베이징에 남느냐 혹은 베이징을 떠나느냐. 만약 베이징에 남는다면 기회는 또 있을 것이었다. 당시 시나닷컴과 야후에서도 마윈에게 눈독을 들이고 있기 때문이었다. 하지만 마윈은 급박하게 돌아가는 베이징의 인터넷업계가 마음에 들지 않았다. 그곳에서는 큰일을 해내기 어려울 것 같다는 생각이 들었다. 게다가 그는 정부기업의 조목조목 따지고 드는 일처리에 완전히 질려버린 상황이었다. 최종적으로 그의 결정은 '남쪽으로 돌아가자'였다.

"1998년 말, 질적인 변화가 나타났습니다. 인터넷의 열기가 갈수록 뜨거워졌지요. 저의 꿈과 이상은 정부 소속 공무원이 되는 것이 아니라 10년 이내에 좋은 회사 하나를 세우는 것이었습니다. 그래서 저는 베이징을 떠나기로 결정했습니다. 떠날 때는 알리바바에 관해서 아직 생각을 하지 않았지만 그때도 중소형 기업이 앞으로 전망이 밝을 것이라 생각이 들었습니다. 중국의 인터넷은 분명히 엄청나게 발전할 것인데 도대체 무엇을 해야 할 지는 아직 명확하지 않았죠. 그런데 앞으로 계속 그곳에서 일을 한다면 영락없는 공무원이지, 도저히 사업가라고 할 수는 없었죠." 체면과 기회 앞에서 마윈은 후자를 선택했다.

연이은 두 번의 실패로 마윈은 자신이 규율, 규칙이 정해진 큰 회사에서 일을 하기보다는 창업을 하는 편이 훨씬 낫다는 것을 뼈저리게 깨달을 수 있었다.

우리의 고민

많은 사람들이 대기업에 취업하기를 꿈꾸며 구직 시장에 뛰어든다. 대기업은 대우도 업계 최고이고 업무도 안정적이면서 체면도 서기 때문이다. 많은 사람들이 대기업에 들어가기 위해서 직업까지 바꾸면서 입사시험에 응시하는 실정이다. 심지어 어떤 이들은 이렇게 말하기도 한다. "대기업에 들어가서 청소부를 하는 것이 작은 회사에서 대장 노릇하는 것보다 낫지!" 이런 구직자들이 중요시하는 것은 두말할 필요도 없이 '지금 당장의 수익이 얼마인가'이다. 이 큰 회사에서 스스로를 발전시켜 나갈 생각이 있는지 없는지, 나의 이상과 회사의 발전 방향이 잘 맞는지, 내 성격은 회사 분위기와 잘 맞는지 등은 전혀 중요하지 않다.

마윈의 경험에서도 잘 알 수 있듯이 대기업은 대기업의 좋은 점이 있고 작은 기업은 작은 기업의 매력이 있다. 문제는 당신의 성격, 흥미와 어떤 회사가 잘 맞을지, 이 회사에서 무엇을 얻을 수 있을지이다. 만약 당신이 무슨 일이건 모험을 좋아하는 호기심 많은 성격이라면 중소기업, 또는 위험부담이 조금 있지만 기회가 많은 회사를 노려볼 수 있다. 하지만 반대로 온건하고 원만한 성격의 사람이라면 대기업이 더 어울릴지도 모른다.

지혜의 팁

대기업의 복잡하고 방대한 조직 운영은 다양한 직업과 직종의 일반적인 규범과 법칙을 이해하는 데 도움을 줄 것이다. 하지만 만약 창업을 할 꿈을 가지고 있다면 대기업의 경험이 장애물이 될지도 모른다. 대기업의 기성적인 기업문화 속에서는 규격화된 업무 스타일이 길러지기 쉽기 때문이다. 과도하게 전문적인 업무처리는 개인의 창의성을 소멸시키기도 하고, 또 지나친 관료화, 조직 구조의 다층화는 업무와는 별개로 사내 정치에 빠져들게 만드는 원인이 되기도 한다.

사병의 일도 못하는 자는 절대 장군이 될 수 없다

성공은 일종의 마일리지입니다. 성실하고 훌륭한 마음가짐에서부터 실제적인 업무 수행까지 우리가 내딛는 성실하고 튼튼한 발자취는 모두 아름다운 미래를 위한 견고한 초석이 되는 것이지요. 남들보다 더 열심히, 더 노력하자는 것. 제가 이 자리까지 걸어오며 느낀 것이 바로 그것입니다.

마윈의 충고 69

마윈의 경험

"우리는 2년 동안 기초를 다졌습니다. 어떤 집을 지을 것인지는 설계도가 아직 알려주지 않았어요. 그런데 어떤 사람은 이미 우리 집의 어디가 안 좋은지를 비판합니다. 다른 좋은 집들도 있지만, 기반이 부실하면 바람 한 번에 곧 쓰러져 버리겠지요."

마윈은 사람이든 기업이든 기초를 잘 쌓는 것에 정성을 들였다. 그리고 직원들에게 언제나 이렇게 경고했다. "사병의 일도 못하는 사람은 절대로 장군이 될 수 없습니다. 세상에는 공짜 점심이 없어요. 제발 편한 지름길을 찾을 생각은 하지 마십시오."

마윈 역시 자신이 말한 대로 기초부터 한 걸음씩 내딛어 천 리를 걸어간 인물이었다. 그는 강연에서 대학 4년 내내 성적이 거의 상위권이었다고 했다. 하지만 마윈이 구직활동을 할 때는 결과가 매번 그리 좋지 못했고 지원서를 내는 족족 푸대접만 받았다. 20년 전에 대학을 졸업했는데도 서른 군데에 지원해 전부 퇴짜를 맞고, 하는 수 없이 결국 교사가 되기로 했다. 그 서른 번 중에는 경찰시험도 있었다. 당시 친구들 다섯 명이 다함께 면접을 보러 갔는데, 친구들 넷은 모조리 합격했다. 그런데 마윈만이 외모가 못생겼다는 이유로 시험에 낙방하고 말았다. 그는 항저우에서 가장 좋은 오성급 호텔 직원으로도 입사지원을 하러 갔다. 줄을 무려 두 시간이 서면서 고생고생했는데도 탈락이었다. 또 한번은 스물네 명이 한꺼번에 항저우에 있는 KFC에 지원했는데 정말 놀라운 결과가 나왔다. 딱 한 명이 채용되지 않았는데, 그게 바로 마윈이었다.

마윈의 이런 경력은 지금 우리 주변의 대학졸업반 학생들과 별다를 바가 없다. 대다수의 사람들이 하늘을 원망하고 남을 탓하지만 마윈은 그렇지 않았다. 성급하게 지름길로 가려고 하지도 않았다. 그는 스스로 교사직에서 물러나 고생을 감내하면서까지 자기가 하고 싶은 일을 위해 창업을 감행했다. 그는 수많은 우여곡절에도 즐겁게 앞으로 나아가고 고달픔을 성공으로 바꾸어 놓았다. 그는 이런 성공이 더욱 달콤하다는 것을 이미 잘 알았던 것이다.

스스로가 그러했던 것처럼, 그는 착실함으로 차근차근 발전해온 사람을 뼛속까지 좋아했다. 그가 MBA의 인재들을 대하는 관점을 들어보면 이를 잘 알 수 있다. "지난 수년간, 우리는 수많은 MBA 출신 직원을 뽑았습니다. 하버드, 스탠퍼드 등 세계적인 대학 출신도 있었고 국내 대학 MBA 출신도 있었지요. 그중 95%는 만족스럽지 않았습니다. 아마 우리들의 문제일 수도 있겠지만요. 저는 객관적으로 교사라는 입장에서 보았을 때, MBA에 문제가 매우 많다고 생각합니다. 몇 년 전에 하버드경영대학원과 매사추세츠 공과대학에서 MBA의 발전에 관한 저의 관점을 이야기한 적이 있습니다. 그들이 듣건 말건 저는 꼭 그들에게 이 사실을 알려주려고 합니다. 이건 그들이 반드시 알아야 할 일이니까요. 크게 두 가지입니다. 하나는 'MBA에 들어와 무엇을 배우는가' 하는 문제입니다. 제가 보기에 수많은 MBA 교육과정을 개설한 학교들, 중국뿐만 아니라 전 세계 MBA 과정의 대학들은 학생들에게 그저 테크닉만 가르치는 것 같아요. 하지만 무슨 일을 하건 먼저 사람이 되어야 하고 그러려면 먼저 사람의 도리를 배워야 합니다. MBA 출신들은 기초가 되는 예절, 프로정신이나 직업정신이 아주 형편없었습니다. 무조건 '나는 너희들을 관리하러 왔어, 난 매니저야'라고 하면서 이전의 모든 것을 뒤집으려고 했어요. 이것은 정말 큰 문제입니다. MBA에서는 무엇을 먼저 배워야 할까요? 소기업의 기업가는 성공 여부가 그의 능력에 달렸고, 중형기업은 그의 관리 능력에, 대기업일 경우 그 기업가의 사람됨에 달려있습니다. 어떤 사람들은 기업이 커지면 자연히 그에 맞는 그릇이 된다고 합니다만, 틀렸습니다! 사람의 됨됨이는 처음부터, 어렸을 때부터 배우고 길러야 하는 것입니다."

"MBA 졸업 전에 무엇을 합니까? 기대치를 조정해야 합니다. 이들은 졸업 후에 눈이 너무 높아요. 아마 내가 4년을 견뎌 마침내 MBA, PHD(박사학위)를 땄으니 사람들을 관리하는 게 당연하다고 생각하는 단계를 거치는 것이겠죠. 제가 작년에 직원 네 명을 MBA로 보냈습니다. 한 명은 하버드로, 나머지 셋은 와튼스쿨로 보냈지요. 그들을 만나러 갔을 때, 이런 말을 했습니다. '다녀와서 나에게 MBA에서 배운 걸 다 잊어버렸다고 하면 그건 진짜 졸업한 겁니다. 그런데 만약 (머릿속에) 아직 그곳의 고정관념과 진부한 사고방식이 남아 있다면 아직 완전히 졸업하지 못한 거니까 다시 가서 공부하고 오세요. MBA에서 2년 동안 배우고 나서는 반 년 정도 놀면서 거기서 배운 것들을 다 잊어버리세요. 그게 진짜 졸업입니다.'라고요."

우리의 고민

현재의 젊은이들은 졸업하자마자 철밥통 같은 직장을 찾을 수 있기를 간절히 바라고, 그렇게만 된다면 아무런 걱정이 없을 것이라고 생각한다. 만약 번듯한 직장에 들어가지 못하면 하늘을 원망하고 세상이 썩었다며 시대를 탓한다. 회사에 처음 들어가서 아직 직위가 낮을 때조차 걸핏하면 억울하고 부당하다며 불평을 한다. 이렇게 콧대가 높고 혼자 고결한 사람들은 스스로는 잘난 줄 알지만, 다른 사람들에게는 웃음거리일 뿐이다. 장군이 되고 싶은 마음이 틀림없다면, 자기에게 어떤 능력이 얼마나 있는지를 먼저 생각해보아야 한다.

배 한 척에 최대로 적재할 수 있는 양은 그 배가 물에 어느 정도까지 잠길 수 있는지에 따라 결정된다. 갓 학교를 졸업한 젊은이들은 수면 위에 동동 떠있는 가벼운 배와 같다. 이때 중심을 가다듬고 수면보다 아래로 가라앉는 흘수의 높이를 단련해야지만 더 많은 화물을 실을 수가 있다. 그렇지 않고 곧바로 감당할 수 없는 큰일을 덜컥 맡아버린다면 흘수와 무게의 평형을 이루지 못하고 가라앉아버리고 말 것이다.

지혜의 팁

마윈은 이렇게 말했다. "당신에게 필요한 것은 철밥통이 아니라 영원히 멈추지 않고 배우고 갈고 닦는 진취적인 마인드입니다. 이 산이 저 산보다 높아서 오르지 못한다고 할 것이 아니라 당신이 더 높은 산을 오를 능력이 있는지 없는지를 생각하는 것이 포인트입니다."

제 9장

자신을 바로 세우고 능력을 키워라

• 스펙을 쌓으려는 청춘들에게 •

시야를 넓히는 데는 여러 가지 방법이 있다.
1. 책을 읽는다. 2. 여행을 떠난다. 3. 더 다양한 사람들과 교류한다.
특히 젊은이들은 견문을 넓히기 위한 투자를 아끼지 말아야 한다.
그래야 기회도 얻고 부도 거머쥘 수 있다.

책 읽기는 기름을 넣는 것과 같다

그다지 성공할 수 없는 두 종류의 사람이 있습니다.
하나는 책을 읽지 않는 사람이고 또 하나는 책을 너무 많이 읽는 사람입니다.
책 읽기는 자동차에 주유를 하는 것과 같습니다. 기름을 넣어야
어디로든 갈 수 있고, 너무 많은 기름을 넣으면 유조차로 변해버리겠지요.

마윈의 충고 70

마윈의 경험

마윈은 보통 사람들과 같다. 특별히 학자 가문에서 태어난 것도 아니고 어릴 때부터 책을 아주 많이 읽지도 않았다.

"저는 정말 책을 얼마 읽지 않았어요. 다만 저희 집안에서는 좀 많이 읽은 편이지요. 제 남동생은 잠이 안 올 때, 책을 찾았어요. 책을 펼치기만 하면 1분 안에 곯아떨어졌으니까요. 저는 겸손이 아니라 진짜 책을 많이 안 읽었습니다. 제 초등학교 때 교과서를 전부 합쳐도 누군가가 외울 수 있는 양보다 적을 거예요. 어쨌든 저는 젊은이들에게 제 생각을 사실대로 이야기해야겠습니다. 책을 그렇게 많이 읽을 필요는 없어요."

마윈은 이미 많은 책을 읽어버린 사람에게는 이렇게 충고한다. "책을 많이 읽었다면, 다른 사람에게는 절대 알리지 마세요. 안 그러면 다른 사람들이 당신을 쉴 새 없이 시험할 겁니다."

책을 너무 많이 읽지 말라고 말하는 마윈은 맹목적인 책 읽기 또한 무척이나 싫어한다. "제가 너무 싫은 건, 모든 사람들이 가장 좋다고 하는 책이 저에게는 그다지 재미가 없다는 점이예요. 어렸을 때, 부모님은 저에게 《홍루몽(紅樓夢)》은 정말 좋은 책이고 이걸 안 보는 사람은 교양이 없다는 이야기를 항상 하셨죠. 저는 아무리 이를 악물고 읽어보려고 해도 앞부분을 넘기기조차 어려웠습니다. 제 기억에 고등학생 시절에 《포위된 성(圍城)》이라는 소설이 있었어요. 사람들은 이 책이 너무나 좋다는데 저는 도대체가 계속 읽어지지가 않았습니다. 아마 제가 너무 큰 기대를 했나봅니다. 다른 사람들이 입을 모아 좋은 책이라고 하니 저에게도 그럴 것 같다고 기대치가 높아진 것이지요. 막상 읽어보니 그렇게 좋지도 않고 별것도 없어서 싫어하는 책이 되었고요. 그리고 저는 경제학자의 책은 대체로 보지 않습니다. 중요한 이유가 있는데요, 하나는 제가 읽어도 이해를 못한다는 것이고 하나는 그들이 너무 과하게 진지하다는 것입니다."

'책을 너무 많이 읽어도 성공하기 어렵고, 책을 읽지 않아도 성공을 못한다.' 마윈의 주장이 '독서무용론(讀書無用論)'은 아니다. 그는 유연한 책 읽기를 강조한다. 진짜 자신에게 도움이 되는 책을 읽으라는 것이다.

많은 사람들이 마윈에게 그에게 가장 크게 영향을 준 사람이 누구냐고 묻는다. 그의 대답은 한 치의 망설임도 없다. "루야오(路遙, 노요)● 입니다." 루야오의 《인생(人生)》은 마윈의 인생을 바꾸어놓은 작품이다. 마윈의 말을 빌리자면, 그 책이 아니었다면 아마 마윈은 지금까지 삼륜 자전거를 끌고 있었을 것이다.

마윈이 첫 대학시험에 떨어지고 나서 시작한 일은 삼륜자전거로 잡지사에 책을 배송하는 일이었다. 한번은 우연히 어떤 협회의 회장에게 한 문서를 베껴 써주는 일을 맡았다. 그때 접한 것이 루야오의 작품 《인생》이었다. 이 책은 소년 마윈의 정신적인 스승이 되었고, 마윈의 사고방식과 앞으로의 인생을 완전히 뒤바꾸어 놓았다.

이후에 나온 루야오의 작품《평범한 세계(平凡的世界)》가 거의 모든 중국의 1970년대생들에게 영향을 미쳤듯이《인생》역시 1960년대생들에게 지대한 영향을 미쳤다.《인생》이라는 소설을 읽거나 혹은 동명의 영화를 본 사람이라면 누구나 큰 감명을 받았다. 소설의 주인공인 농촌의 지식청년 가오쟈린(高加林)의 곡절 많은 인생역정은 마윈에게 깊은 깨달음을 안겨주었다. 가오쟈린은 재능이 뛰어난 사람이었고, 자신의 꿈과 이상을 향해 나아가려고 고군분투했다. 하지만 그 이상에 한 발짝 다가왔다 싶으면 언제나 장애물이 나타나 그를 가로 막았고, 그는 결국 자신의 재능을 펼쳐 보일 기회조차 얻지 못한 채, 나락으로 빠져 원점으로 돌아오는 인생을 살았다.

가오쟈린의 이야기에 마윈은 크게 감동받았다. 인생의 노정은 아주 길어 보이지만 인생의 관건이 되는 결정적인 순간은 바로 몇 걸음일 뿐이기 때문이었다. 그 결정적인 타이밍을 잡아채지 못하면 인생은 완전히 다른 방향으로 흘러가 버렸다. 인생 노정이 곧게 쭉쭉 뻗어, 중간에 샛길도 굽은 길도 없는 사람은 아무도 없었다. "인생에는 뜻대로 되지 않는 일이 열에 여덟, 아홉이구나."라는 말도 이를 증명하고 있었다. 비록 삶은 그렇게 굽이굽이 복잡하게 이어졌지만, 사람들은 이에 담담하게 맞서고 있었다. 어떤 일에도 당황하지 말고 어려움을 극복해냈다. 당당하고 용감하게 웃으며 인생을 마주하고 열정으로 자신의 삶을 개척하는 것이다.

우리의 고민

요즘 많은 사람들이 '죽은 듯이 책을 읽고 죽은 책을 읽는'다. 옛말에는 '책 속에 아름다운 여인이 있고, 황금으로 만든 집이 있다'는 말이 있었다. 그런데 요즘은 '책 읽기는 무용지물이다'라는 말이 떠돈다. 도대체 읽으라는 말인가? 말라는 말인가? 과연 어떻게 읽어야 정확한 책읽기인가?

마윈은 젊은인들에게 절대로 죽은 듯이 책을 읽지 말라고 경고한다. 책 읽기는 좋은 일이지만 살아있는 책을 읽고 활용해야 한다는 뜻이다. 책 읽기에는 목적이 있다. 자신이 어디로 가야 할지 미래의 방향을 알려준다는 것이다. 그렇지 않고 목적없이 책 속에 파묻혀 있는 것은 아무것도 모르는 책벌레만 양산하는 것일 뿐, 성공하는 사람을 만드는 데는 아무런 도움이 되지 않는다. 책을 읽을 때도 책 속의 정수는 잘 찾아내고 쓸데없는 것들은 가려야 한다. 그래서 책이 말하는 지식을 영리하게 받아들이고 실천으로 행해야만이 정확한 독서방법이라고 할 수 있다.

지혜의 팁

책은 읽어야만 하는 것이다. 하지만 좋은 책을 읽어야만 한다. 차라리 적게 읽을지언정, 쓸모없는 책에 하루 종일 시간을 낭비하지 마라. 좋은 책을 젊은 시절에 읽지 않는다면 이후에는 다시 책을 읽기가 좀처럼 쉽지 않다. 무엇이 좋은 책인지 사실 정답은 없다. 하지만 꾸준히 책을 읽으면서 어느 정도에 이른다면 자기만의 취향과 선호도가 형성될 것이다. 스스로 관심 있고 재미있어 하는 책을 찾아 곰곰이 읽으며 그 맛을 음미한다면, 어느새 달라져 있는 자신을 발견할 수 있을 것이다.

● **루야오**(路遙, 노요) | 중국의 개혁기 시대상과 사상의 변천을 그린 작가. 《평범한 세계(平凡的世界)》, 《인생(人生)》 등의 대표작을 남겼다.

나의 무대는 책임감의 크기로 결정된다

책임감을 크게 가지면 나를 위한 무대도 그만큼 커지는 법입니다.
한 사람을 책임진다면 자신에게 좋은 것이고, 다섯 명을 책임지게 되면
당신은 매니저가 됩니다. 200~300명을 책임진다면 사장이 되고,
13억 명을 책임진다면 당 총서기가 되는 것입니다.

마윈의 충고 71

마윈의 경험

2013년 12월, 마윈은 한국의 서울대학교에서 초청강연을 했다. 그리고 강연 중에 이런 말을 했다. "지난 세기에는 위대한 기업을 만들기 위해서 한두 번, 혹은 세 번의 기회만 잡으면 되었습니다. 하지만 이번 세기에 위대한 기업을 만들고 싶다면 사회문제를 해결해야 합니다."

기업가의 경계에 대해서는 항간에 이런 말이 떠돈다. '삼류 기업가는 순수한 상인이다. 돈을 버는 것을 유일한 목표로 하고 인격이나 이미지는 안중에 없다. 어떤 대가를 치르더라도 돈 벌기를 마다하지 않는다. 이류 기업가는 선비 같은 상인이다. 이윤을 중시하면서도 이미지도 고려한다. 유가의 도덕 이상을 규범으로 하여 사람과 사업을 모두 추구한다. 일류 기업가는 부처 같은 상인이다. 부도 창출하면서 자신의 이미지도 중시할 뿐더러 세상을 향해서도 마음을 쓴다. 그들에게는 세상을 위한 관심과 사랑이

있다.' 마윈 역시 그런 일류 기업가이다.

마윈은 풀뿌리 스타트업이 되려는 사람들에게 기업으로 성공을 거두려면 용감하게 책임을 질 줄 알아야 한다고 말한다. 고객을 위해서 가치를 창조하고, 직원들을 행복하게 하고, 주주를 위해 부를 창출하는 과정을 책임질 줄 알아야만 기업가 스스로의 가치를 찾을 수 있다는 것이다. "책임감을 크게 가지면 나를 위한 무대도 그만큼 커지는 법입니다. 한 사람을 책임진다면 자신에게 좋은 것이고, 다섯 명을 책임지게 되면 당신은 매니저가 됩니다. 200~300명을 책임진다면 사장이 되고, 13억 명을 책임진다면 당 총서기가 되는 것입니다." 마윈이 자주 하는 이 말에서 우리는 한 사람의 가치를 판단하는 마윈의 기준은 바로 그 사람의 책임감에 있다는 것을 알 수 있다. 그 사람이 부담하는 책임의 크기가 그 사람의 비전과 포지션은 결정하는 것이다.

많은 사람들이 마윈과 알리바바 그룹 패밀리를 연구한다. 어떤 사람은 알리바바의 성공적인 행보를 마윈 개인의 능력이라 판단하고, 어떤 사람은 운이 매우 좋았던 것이라고 본다. 그러나 마윈 본인은 성공의 근원을 책임의식에 있다고 생각한다. "기업의 성공은 이 기업이 사회에 환원을 하는지, 사회적인 책임을 외부의 구속이나 제약이 아닌 기업 내부의 요구로 승화하는지에 있습니다. 진정으로 기업이 크게 번창하려면 이윤만 따지고 들 것이 아니라 주변 사람, 직원, 고객에게 관심을 갖고 나아가 사회에 관심을 가져야 합니다. 물론 기업은 자선기관이 아닙니다. 영리가 목적이지요. 기업이 돈을 벌지 않는다면 그것도 부도덕하고 무책임한 것이 됩니다. 하지만 기업이 이윤추구를 위해서만 존재한다면, 그 기업의 존재 의미도 그다지 크지는 않다고 생각합니다. 돈만 버는 기업은 위대한 기업이 아닙니다. 직원들이 즐겁게 일하며 성장하고 고객에게 만족스러운 서비스를 제공하며 사회가 우리의 존재 가치를 느끼게 하는 것, 그것이 알리바바의 목표입니다. 그렇게만 한다면 돈을 벌고 사회에 공헌하는 것은 물 흐르듯 자연스러운 일이지요."

마윈은 자신이 창업을 하게 된 이유가 억만장자가 되기 위해서가 아니라 "하늘 아래 어려운 장사가 없게 하라"는 의지 때문이었다고 말한다. 바로 이 구호 한 마디가 마윈과 그의 창업 멤버들이 소박하면서도 위대한 사회적 책임감을 실현할 수 있게 했다.

그리고 이 책임감은 마윈이 창립한 알리바바와 타오바오가 1,100만 풀뿌리 스타트업을 도울 수 있는 플랫폼이 되게 했다. 어떤 사람은 만약 오늘 알리바바가 지구상에서 없어져 버린다면 내일 최소한 100만 중소기업이 도산하거나 폐업할 것이라는 예측을 하기도 했다.

마윈의 사회적 책임감은 그의 실재적인 행동에서 드러난다. 그는 사회적인 책임감이 아름다운 구호나 단순한 자선사업, 기부 등의 공허한 개념이어서는 안 된다고 생각한다. 많은 사람들이 마윈과 마이크로소프트웨어의 빌 게이츠를 비교한다. 빌 게이츠는 580억 달러를 기부하여 자선사업을 벌이고 있다. 하지만 마윈은 이런 방식이 부를 나누는 가장 좋은 방식이라고 생각하지 않는다. 그는 더 많은 사람들이 일자리를 찾을 수 있는데 돈을 쓰는 것이 더 의미있다고 생각하는 것이다.

마윈은 알리바바가 크게 세 가지 방면으로 사회에 공헌을 한다고 생각한다. 일자리를 창출하여 내수를 진작시키고 농민을 부유하게 만들어 중국 경제를 더욱 건강하게 변화시키는 것이다.

"일자리를 창출하는 것은 매우 중요합니다. 어떤 사람은 저에게 일자리를 만드는 것은 당신의 일이 아니라 정부가 해결할 문제라고 말합니다. 그러나 저는 이것이 저의 문제라고 생각합니다."

마윈의 두 번째 공헌은 바로 많은 사람들을 부유하게 만드는 것이다. 중국에서도 상하이, 베이징, 광둥 등 연안 도시들은 비교적 부유하다. 부자가 돈을 쓰게 만드는 것은 쉽다. 그리고 많은 기업들이 부자의 지갑을 열고 싶어한다. 그런데 가난한 사람에게서는 어떻게 돈을 벌어 들일 수 있을까? 마윈은 우선 가난한 사람을 부자로 만들어 그 후에 돈을 쓰게 만드는 것이 좋다고 생각했다. "타오바오와 알리바바의 성장은 왜 그렇게 빠른 것일까요? 우리의 경영이념 중 하나가 성공한 사람을 변화시키거나 설득하려하지 말고 성공하고 싶어하는 사람들을 달라지게 만들자는 것입니다."

마윈이 생각하는 세 번째 공헌은 중국 경제를 발전시키는 것이었다. "지금의 환경을 살펴보십시오. 스모그와 오염된 식수, 식품의 문제 앞에 우리는 절망할 수밖에 없습니다. 어떻게 해야 할까요? 저는 인터넷이 돈을 벌기 위한 도구가 아니라 사회를 개선하고 사람들의 사고방식을 바꿀 수 있는 도구라고 믿습니다. 우리에게는 큰 염원이 하나 있습니다. 저는 이것이 진짜 실현될 것이라고 믿어요. 바로 중국이 인터넷으로 크게 변화한다는 것입니다 미래는 지금보다 나아질 것입니다. 인류는 전쟁과 재난, 기아 등 온갖 고통을 겪어 왔습니다. 그리고 지금도 새로운 도전에 직면했지요. 하지만 이 도전도 극복하기 어려운 것은 아닙니다. 우리는 계속 생존해나갈 것이고 중국도 생존할 것입니다. 어째서 중국이 생존해나갈 수 있냐고요? 우리의 현세대는 인터넷 환경에서 성장하여 개방적이고 투명합니다. 그리고 어떻게 자유를 향유할지를 배웠고, 세계 각지에서 어떤 일이 일어나는지를 모두 알 수 있으니까요."

우리의 고민

미국의 인성교육연합회 회장 맥도날드는 이런 말을 했다 "능력이 부족하면 책임으로 보완할 수 있지만 책임감이 부족하면 능력으로 보완할 수가 없다. 능력은 유한하지만 책임감은 무한하다." 청소년들에게 가장 큰 책임이라면 첫째는 올바른 인성을 기르는 것이고, 둘째는 건강한 몸과 마음을 기르는 것이며, 셋째는 열심히 공부해 좋은 성적을 내는 것이다. 하지만 요즘 사람들은 신체나 성적에 열을 올릴 뿐, 인성이나 품성은 소홀히 하는 경우가 많다. 가족의 생계는 안중에도 없이 연예인만 쫓아다니는 사람, 사치품으로 친구들과 허세 경쟁을 벌이는 사람, 졸업 후에 좋은 회사에 다니면서도 부모를 부양하지 않는 자식, 계약을 어기는 사람 등에 관한 보도는 이제 어디서든 심심치 않게 접할 수가 있다. 이는 모두 책임감이 부족해서 생기는 일들이다.

책임감이 있다는 것은 그 사람이 성숙했다는 증거이다. 인생에 나를 위한 무대의 크기는 책임감이 얼마인지에 따라 결정된다. 책임감이 얼마인지에 따라 당신이 감당할 수 있는 일의 크기가 달라지는 것이다.

지혜의 팁

책임은 일종의 사명(使命)이며 사람의 태도이다. 예를 들어, 회사의 직원은 최선을 다해 자기가 맡은 일에 책임을 져야 한다. CEO 역시 마찬가지로 회사를 현명하게 이끌어야 하는 책임이 있다. 이런 책임은 남에게 미룰 수 없다. 한 사회의 구성원으로 자연히 생기는 것들이다. 책임감이 없는 기업의 CEO는 큰 성공을 거둘 수 없다. 적극적으로 자신의 책임을 수행하고 사회 공동의 부를 위해서 노력해야 스스로의 성공과 부귀영화를 모두 얻을 수 있다.

스펙을 쌓으려는 청춘들에게

멀리 보고 마음을 활짝 열어라

지도자로서 폭넓은 시각과 포용력을 단련하는 것은 매우 중요합니다. 멀리 나가면 멀리까지 보이는 법이지요. 만 권의 책을 읽는 것은 만 리의 길을 가는 것만 못합니다. 동네를 떠나지 않고서 뉴욕이 얼마나 큰지는 알 수 없습니다. 한참을 날아야 하는 그곳까지 다녀오고 나서야 스스로가 얼마나 미미한 존재인지를 깨달을 수 있지요. 저는 동료에게 자주 이야기합니다. '사람은 자기의 생각과 안목에 투자를 해야 하지. 자네는 매일 샤오산(蕭山), 위항(余杭) 같은 이 동네만 쏘다니는데, 거래처 고객과 무슨 얘기를 하는 건가? 내 돈을 들여 일본 도쿄에도 가보고 뉴욕에도 가봐, 전 세계로 나가보란 말이야. 갔다 오면 본인의 시각은 예전과는 많이 다를 거야.' 자기 자신에게 투자하길 아끼지 말아야 합니다. 그래야 기회와 부가 따를 것입니다.

마윈의 충고 72

마윈의 경험

한번은 마윈이 웹 비즈니스 포럼 '오픈 웹 아시아'에 주요 발제자로 참석하게 되었다. 회의에서 마윈은 경쟁 업체의 사장을 만나게 되었다. 그는 자신 역시 발제자이고 돈이 많아 조직위원회에 5만 달러를 내고 참석하게 되었다고 자기 자랑을 늘어놓았다. 마윈은 가타부타 말도 없이 자신은 한 푼도 내지 않았다고 했다. 그러자 그는 어안이 벙벙해졌다. 자신은 5만 달러나 내고 발제자 자격을 얻었는데 왜 마윈은? 그는 씩씩대며 위원회를 찾아가 불공평하다며 따졌다. 그러자 위원회에서는 뜻밖에 이런 대답을 내놓았다. "당신은 본인이 강연을 하고 싶어서 하는 것이고 마윈은 청중이 원해서 강연을 하는 겁니다. 어떻게 비교가 되겠습니까."

세계적인 회의나 중요한 포럼에서 우리는 종종 마윈의 모습을 만날 수가 있다. 알리바바의 창업 초기, 마윈은 매달 평균 일주일 정도는 해외의 관련 회의 등에 모습을 드러냈고 매번 사람들에게 깊은 인상을 주는 강연을 했다. 시간이 흘러 마윈의 강연이 사람들에게 큰 환영을 받자 오픈 웹 아시아의 경우처럼 특별 대우를 받게 된 것이었다.

많은 사람들은 마윈이 쇼를 하는 데 아주 능숙한 고수라고 말한다. 시도 때도 없이 자신을 광고하고 알리바바를 광고한다는 것이다. 사실 마윈에게 광고와 선전은 그저 회의에서 강연을 하고 얻는 부수적인 수익일 뿐이다. 그는 각양각색의 회의, 포럼에 참석하는 것 자체를 좋아한다. 그 가장 기본적인 이유가 바로 이런 자리에서 만나는 고수와의 '겨루기'가 자신의 식견을 넓힐 수 있기 때문이다.

2007년 1월 24일, 마윈은 다보스포럼에 참석했다. 이 포럼에서 마윈은 가장 바쁜 중국 CEO 중 한 명이었다. 그는 총 세 가지 토론에 참석해서 발언했는데, 그나마도 시간의 제약 때문에 세 개로 줄인 것이었다. 다보스포럼 토론장의 거대한 스크린 앞에는 열정적으로 의견을 피력하는 마윈의 다양한 손동작이 연달아 연출되었다.

마윈에게는 글로벌한 토론회장에 나타나는 것 자체를 스스로 즐기는 데 큰 목적을 두고 있었다. "매년 다보스에 오면 정말 즐겁고 편안합니다. 사유의 대제전 같아요. 이쪽을 돌아보면 총리가 저쪽을 돌아보면 대통령이 모두 한데 모여 마음껏 토론을 벌이는 건 정말 신기하기 그지없습니다."

우리의 고민 사회에 갓 입문한 젊은이들은 모두 이렇게 탄식한다. "학교에서 배운 것들은 일할 때 정말 쓸데없는 것들이었어!" 새로운 회사에 입사하면 완전히 새로운 환경에 적응해야 하고 동료들과도 익숙해져야 하고 업무도 빨리 숙지해야 하느라 눈 코 뜰 새 없이 바쁠 것이다. 하루종일 바빠서 머리가 어지럽고 피곤해 죽을 것 같다면, 그건 고개를 처박고 차를 끌기만 했을 뿐, 고개를 들어 길을 보지 않았기 때문이다. 특히 젊은이들은 동에 번쩍 서에 번쩍 하면서 굉장히 분주하고 바쁜 것 같지만 실제로는 두서도 없고 목적도 없이 달려나가는 경우가 많다. 그런 생활에 만족하고 안주하다가는 몇 십 년이 지나도 공을 쌓을 수 없다. 이는 바로 길게 멀리 보는 안목이 없어서 자신의 위치를 제대로 찾지 못한다는 데 원인이 있다.

어떻게 해야 그런 상태를 벗어날 수 있을까? 바로 마윈의 경험이 우리에게 그 답을 준다. 높은 곳에 올라서야 먼 곳을 볼 수 있는 것이다. 눈과 귀를 닫고 자기만 생각하면 남들에게 뒤처지고 공격만 당하기 십상이다. 뉴턴도 이런 명언을 남겼다. "내가 남들보다 더 멀리 볼 수 있다면 그것은 거인의 어깨에 서 있기 때문이다. 거인의 어깨 위에서는 시야가 훨씬 더 넓어지고 안목이 더욱 깊어진다. 그래서 뺑뺑 도는 길을 줄여 일찍 성공에 이를 수 있다."

지혜의 팁

시야를 넓히는 데는 여러 가지 방법이 있다. 1. 책을 읽는다. 다른 사람의 경험을 통해 간접적으로 견문을 넓힌다. 2. 여행을 떠난다. 나가 떠돌면서 직접 보고 체득한다. 3. 더 다양한 사람들과 교류한다. 많은 사람과 접촉하여 다채롭고 풍부한 세계를 경험한다. 확실히 직접 가서 보고 스스로 깨닫는 것이 효과가 가장 좋다. 특히 젊은이들은 견문을 넓히기 위한 투자를 아끼지 말아야 한다. 그래야 기회도 얻고 부도 거머쥘 수 있을 것이다.

사랑하는 나를 위한 시간

잠을 자는 것은 정말 중요합니다.

마윈의 충고 73

마윈의 경험

2004년, 'CCTV 올해의 경제 인물' 선정 기준은 '혁신적이고, 책임감 있고, 건강한' 이었다. 마윈은 알리바바와 타오바오의 활약상에서 큰 점수를 얻어 경제 인물로 선정되었다. 잇따른 취재와 인터뷰에서 마윈은 이렇게 밝혔다. "저는 평소 항저우에 가게 되면, 가장 즐겨 하는 일이 개를 데리고 산책을 나가는 일입니다. 개와 걸으면서 저도 걷게 되지요. 아마 이것이 제 건강을 유지하는 비결인 것 같습니다."

마윈은 일이 아무리 바빠도 휴식과 체력단련을 무척 중요시했다. 각종 크고 작은 회의와 포럼에 참여하고 베이징, 항저우, 국외로 언제나 날아다니는 마윈이기 때문이다. 긴 시간을 비행기에서 보내고 점심은 오후 2시에나 먹기 일쑤이다. 하지만 그는 저녁 식사 시간만큼은 매일 일정한 시간에 먹는 습관을 유지한다. 그리고 매일 7~8시간의 수면을 취한다.

평소 업무를 완전히 마친 후, 마윈은 집에 조용히 머무르는 것을 좋아한다. 항저우의 조용한 생활을 즐기며 회사의 운영과 이런저런 대소사의 전략 계획을 수립하는 것이다. 알리바바 직원들이 기억하길, 알리바바의 가장 중차대한 전략들은 언제나 마윈이 혼자 조용히 사색하면서 생각해낸 것들이다.

마윈은 개를 좋아해 집에서 셰퍼드를 한 마리 키운다. 마윈이 제일 좋아하는 신인 '태양의 신 아폴로'에서 따와 '아폴로'라고 이름을 지었다. 몸집이 커서 뒷발로 서면 키가 사람만큼 크다. 마윈은 매일 저녁 식사 후 아폴로를 데리고 원얼로(文二路)를 따라 걷는 것을 좋아한다. 개를 산책시키는 것은 겉보기에는 평화롭지만 사실은 체력소모가 크다. 걷는 속도도 어떨 때는 느리고 어떨 때는 달리다시피 해야 한다. 마윈은 이를 자신의 체력단련과 힐링의 방법으로 삼은 것이다.

차를 마시고 책을 읽는 것 또한 마윈이 비교적 좋아하는 힐링법이다. 그는 서호 주변의 다실에 앉아 녹차를 우리며 책을 한 권 뽑아 들고는 솔솔 부는 바람을 즐긴다. 호수의 깨끗하고 신선한 향기에 코가 포근하게 젖어 드는 것은 행복한 일이 아닐 수 없다.

마윈은 다방면의 책을 읽는다. 일정한 시간 동안 한 가지 영역의 책을 읽고 또 새로운 영역을 찾는 식이다. 한 번은 그가 저쟝 지역의 경제에 관한 서적에 푹 빠져서 어디든 책을 들고 다니며 시간이 날 때마다 두 장씩이라도 꼭 읽었다. 그러다가 책에서 한 기업가에 대한 이야기를 보고 무척 감동을 받은 적이 있었다. 그런데 다 읽고 보니 그것이 자기 자신에 관한 이야기였다는 웃지 못할 해프닝도 있었다.

바쁜 업무 외에도 마윈은 가정을 돌보는 데에도 시간을 많이 할애한다. 매년, 잊지 않고 가족들과 함께 휴가를 보내는데, 대부분은 해외로 나가지만 가끔은 국내에서 한가롭게 보내기도 한다. 그는 어디를 가든지 가족들과 함께라면 생각을 잠시 내려놓고 심신의 휴식을 얻을 수 있다고 생각하는 사람이다.

우리의 고민

극심한 업무 스트레스로 인한 과로로 사망하는 사람이 중국에서 해마다 60만 명에 이른다는 통계가 있다. 중국이 이미 일본을 넘어선 '과로사 대국(大國)'이 된 것이다. 창업을 꿈꾸는 수많은 사람들이 창업 과정에서 해결해야 할 많은 문제와 부딪히면서도 자기의 일을 포기하지 못해 스트레스를 받는다. 자본금을 아끼기 위해서 혼자 여러 몫의 일을 하는 상황은 마음과 몸의 건강을 크게 해치는 일이다. 수도 없이 많은 미래의 기업가들이 요람에서 태어나지도 못하고 죽어나가는 것이다!

직원으로 일하는 사람 중에는 돈을 버는 것에 너무 집착해서 일을 위해 다른 생활은 모두 포기하고 스스로 일하는 기계로 전락해버리는 사람도 있다.

마윈은 쉴 줄 아는 사람이 일도 잘한다는 진리를 몸소 보여준다. 휴식과 일은 서로를 아름답게 보완하는 역할을 한다. 예전에 흥행했던 중국 영화 〈열은 완전하고 아홉은 아름답다(十全九美)〉의 제목에서도 엿볼 수 있듯이 꽉 찬 한 가지보다는 다른 것이 약간 섞인 모습이 더 진실하고 완벽한 아름다움을 발할 수가 있는 것이다.

지혜의 팁

일이란 더 나은 생활을 위한 것이다. 생활이 일을 위한 것이어서는 안 된다. 아무리 일이 바쁘고 힘들어도 삶을 즐기고 향유하지 못한다는 것은 안될 말이다. 삶에 대한 열정과 사랑이 있어야 일도 더 적극적으로 할 수 있고 따라서 인생도 아름다워지는 것이다. 그렇기 때문에 일상생활에서도 시간을 소중히 여기고 잘 관리해서 필요한 곳에 쓰이게 해야 한다. 투자하는 시간이 길수록 기회는 더 많아진다. 기회가 많아진다면 필연적으로 목적을 실현할 수 있는 날도 빨리 찾아올 것이고 그로써 삶은 더욱 여유로워지는 것이다. 시간을 잘 관리하는 것이 바로 자신의 삶을 잘 관리하는 것이나 마찬가지라는 점을 명심하자.

돈은 내 머리에 투자하라

다가오는 경제는 두뇌 경제입니다.

승패는 돈에 달린 것이 아니라 머리에 달려 있는 것이죠.

마윈의 충고 74

마윈의 경험

1999년 12월, 마윈이 손정의에게서 3,500만 달러의 투자금을 약속 받았다. 며칠 후, 계약서를 작성하기 전 마윈은 이를 후회하며 액수를 바꾸자고 했다. 약속 받은 돈이 너무 적어서가 아니라 너무 많아서였다. 그는 3,500만 달러는 필요가 없고 2,000만 달러면 족하다고 했다. "금액이 너무 큽니다. 저는 그렇게 많은 돈은 필요 없어요."

마윈은 이렇게 생각했다. '돈은 필요한 만큼만, 돈이 너무 많은 것은 좋지 않은 일이다.' 전혀 예상치 못한 일에 손정의가 펄쩍 뛰었다. 손정의의 돈을 많다고 마다하다니 이것은 말이 안 되는 소리였다. 협의는 긴장 국면으로 접어들었지만 마윈은 자신의 주장을 굽히지 않았다. "2,000만 달러만 필요합니다."

노발대발하는 손정의에게 마윈은 이메일을 하나 보냈다. 손정의와 함께 인터넷 세상을 주름잡고 싶다는 자신의 간절한 의지가 담긴 내용이었다. 손정의는 이렇게 답변을 보냈다. "나에게 비즈니스 기회를 주어서 고맙네. 우리는 알리바바의 명성을 전 세계에 드날리고 야후와 같은 웹사이트로 만들 수 있을 거야."

왜 굴러 들어온 돈을 마다했을까? 마윈은 이렇게 말했다. "그렇습니다. 저는 지금 도박을 하고 있는 것입니다. 하지만 저는 제가 감당할 수 있는 만큼만 합니다. 제가 이전에 관리했던 인원은 60명이 채 안 되고 자본금도 최고 200만 달러였습니다. 2,000만 달러까지는 감당할 수 있겠지만 너무 많은 돈은 그 가치를 잃어버릴 것입니다."

사람들은 마윈에게 어떻게 살아남을 수 있었는지를 자주 묻는다. 그때마다 마윈은 말한다. 첫째는 돈이 없어서이고, 둘째는 인터넷을 하나도 몰라서였다고.

돈이 없으면 쓸 수가 없다. 쓸 수가 없으니 필요한 돈을 얻기 위해서는 무조건 머리를 굴려야 했다. 중국의 수많은 IT기업은 오히려 돈이 너무 많아서 실패한다. 만약 돈을 써야만 시장을 공략할 수 있다면 앞서 나가는 것이 무슨 의미가 있는가? 기업가는 되어서 무엇 할 것인가? 우수한 인재는? 다가오는 새로운 경제는 두뇌 경제이다. 승패는 돈에 달린 것이 아니라 머리에 달려있는 것이다.

"저는 지분을 소유하는 방식으로 회사를 장악하려는 생각은 한번도 하지 않았습니다. 사실상, 한 사람의 주주나 한 사람의 투자자가 이 회사를 주무르는 것 자체가 허락되지 않지요. 저는 이 회사의 주식을 분산해서 관리, 통제하는 것이 지혜로운 전략이라고 생각합니다. 그래야 다른 주주들과 직원들이 믿음을 가지고 열의를 다할 테니까요."

바이두의 창업자 리옌훙이 2007년 강연에서 이런 말을 했다. "바이두를 창업한 이래로 이것 하나만은 언제나 명확히 했습니다. 바이두의 통제권은 창업인의 손 안에 있어야 한다는 점입니다. 회사의 운명을 틀어쥐고 있어야만 네티즌에게 새로운 가치를 창출한다는 꿈을 실현할 수 있습니다." 리옌훙은 IPO(Initial Public Offering, 기업 공개 상장)때 이사회를 설득했다. 증시에서 거래되는 주식에는 오리지널스탁의 1/10의 투표권을 부여한다는 내용으로 그는 이 원칙을 통해 바이두의 통제권을 굳건하게 유지할 수 있었다.

주식을 통제하는 것은 기업가에게 권력의 상징이나 마찬가지이다. 주식을 통제할 수 있어야 기업가가 기업에 완전한 지배력을 행사할 수 있기 때문이다. 당당왕의 창업자 리궈칭(李國慶, 이국경)은 이렇게 말했다. "반드시 주식을 통제해야 합니다. 51% 이하는 절대 안 돼요! 만약 제대로 통제하지 못하면 이사회가 나를 퇴출시켜 버릴 것입니다." 리궈칭은 2005년에 타이거펀드를 통해 주식보유량을 45%에서 51%로 끌어올리며 '완벽한 승리'를 거머쥐었다.

지난 30년 동안, 창업 영웅들이 주식 통제권을 잃고 자신의 회사에서 퇴출당한 예는 일일이 열거할 수도 없이 많다. 1985년, 애플이 최고의 주가를 올리고 있을 때, 스티브 잡스는 모든 것을 빼앗기고 회사에서 퇴출당했다. 2000년, 시나닷컴이 성공적으로 나스닥에 안착하고 왕즈둥은 홀연히 회사를 떠났다. 자본의 무서움에 대한 이해가 부족했던 UT스타컴의 우잉 회장은 2007년 외부 자본에 의해서 퇴출되었다.

현재는 자본에 관한 인식이 성숙하면서 중국 인터넷 기업 창업자들의 주식 보유율 또한 비교적 높아졌다. 바이두의 리옌훙이 25%를 보유하고 성다의 천톈차오가 75%, 당당왕의 리궈칭부부가 43.8%, 여우쿠(優酷)의 구융창(古永鏘, 고영장)은 41.48%를 보유하고 있다.

주식을 통제하는 것은 기업을 보전하는 데 중대한 의의를 지니지만, 기업을 보전하는 것이 기업가 한 사람의 주식 통제만으로 실현되는 것은 아니다. 예를 들어 류찬즈는 롄샹그룹의 지분을 0.28%만 보유하고 있고, 런정페이(任正非, 임정비) 역시 화웨이(華爲) 지분의 1%도 채 가지지 못했다. 마윈이 보유한 알리바바 B2B 사업 지분 또한 5%를 넘기지 않는다. 류찬즈, 런정페이와 마찬가지로 마윈 역시 임직원 모두가 지분을 소유하는 방식으로 회사를 이끌고 있다.

마윈은 지분소유권에 의지해 회사를 통제하고 관리하는 것은 상호이익의 대립을 불러일으키고 기업의 앞날을 철저하게 끊어버리는 행위라고 여긴다. 차이나옐로우페이지를 창업했을 당시, 회사는 자금력이 달려서 항저우텔레콤에 인수되었다. 그리고 새로운 이사회에서 마윈과 텔레콤 측 관리자들은 주도권을 쥐기 위해서 옥신각신 끝도 없이 논쟁을 벌였다. 그 상황이 고통스러웠던 마윈은 그 이후로 회사가 '주식쟁탈권' 싸움에서 멀어지게 만들려고 노력했다. 그리고 모든 구성원의 잠재력을 끌어올리고 최선을 다하게 만드는 것이 마윈의 기업 관리 핵심 사상 중 하나가 되었다. 이런 마윈의 경험은 우리에게도 큰 교훈을 남기고 있다.

우리의 고민

"난 왜 돈 많은 부모님도 하나 없이 이렇게 생고생을 하면서 일자리를 찾아야 할까." 졸업 시즌이 다가오면, 수많은 예비 졸업생들이 취업경쟁에 열을 올리며 이런 투정을 부리기도 한다. 쳇바퀴 돌듯 바쁘게 돌아가는 생활과 물질만능, 배금주의에 젖은 사회인식으로 인해서 갈수록 많은 사람들이 돈과 재물을 탐내는 데 눈이 멀어가고 있다. 심지어 많은 젊은이들이 학업이나 노력은 뒷전이고 부모의 그늘 아래에서 생계를 의탁하며 편하게 놀고먹으려는 생각으로 젊은 날을 허비한다.

요즘의 젊은이들은 눈앞에 놓인 물질적인 유혹을 놓지 못한다. 하지만 한정된 돈으로 오늘 먹고 마시고 노는 데 쓴다면, 아무런 기대도 없는 내일이 다가올 것이다. 오늘 쓸 수 있는 돈을 나의 학업과 발전, 업무능력 향상에 사용해보라. 나중에 분명히 백 배, 천 배가 되어 다시 돌아올 것이다.

마윈은 우리에게 말한다. 눈앞의 이해득실에만 정신이 팔려 얼마를 벌었는지만 따지고 든다면 당신은 영원히 큰 성공은 거두지 못할 것이라고 말이다. 오로지 자신의 머리를 영리하고 민첩하게 단련해야만 수중의 돈을 잘 운용할 수 있을 것이고 그 기초를 튼튼히 할 수 있다.

지혜의 팁

서양 격언에 이런 말이 있다. "돈을 하느님으로 모신다면 악마와 같은 고통을 내릴 것이다." 금전보다는 지혜가 더 믿을만한 구석임을 알아야 한다. 인생의 가장 큰 투자는 자신의 머리에 하는 투자이다. 재능과 지혜는 가장 든든한 친구들이다. 텅텅 빈 머리로는 텅텅 빈 주머니 밖에는 가질 수가 없다. 세상에서 투자 수익률이 가장 높은 투자는 바로 내 머리에 하는 투자라는 것을 명심하자.

예지력과 적응력을 향상하라

겨울의 냄새를 맡지 못한다면 CEO로 합격이라 할 수 없습니다.

진짜 두려운 것은 겨울이 아니라 준비를 제대로 하지 않은 우리들입니다!

겨울이 얼마나 지속될지, 얼마나 추울지 모르고 있는 우리들입니다!

훌륭한 기업가는 남들보다 빠르게 열악한 상황에 적응할 수 있어야 합니다.

재난은 언제나 2~3년에 한 번은 찾아옵니다.

먼저 이 재난 상황에 적응하는 사람에게 기회가 있는 것이죠.

마윈의 충고 75

마윈의 경험

2007년 11월 6일, 알리바바가 홍콩 증시에 정식으로 상장되었다. 개장 첫날에 260억 달러의 몸값을 자랑하며 일약 중국 제일의 인터넷 기업으로 올라섰다.

많은 사람들이 마윈의 이런 행보를 오랜 시간 동안 준비된 행위로 간주했지만, 마윈은 딱 잘라 말했다. "상장은 겨울나기를 위한 준비일 뿐입니다." 알리 직원들은 더 격한 반응이었다. "정말 갑작스런 결정이었어요."

2007년 4월의 어느 날 밤, 마윈이 모두에게 말했다. "회사를 어서 상장해야겠어요!" 그 말을 들은 직원들은 깜짝 놀라 어안이 벙벙했다. 신년 총회 때만 해도 모두가 함께 토론해서 '아무리 급하더라도 뜨거운 두부를 집어 삼키지는 말자, 상장은 성급하게 하지 말자'는 결론을 내렸기 때문이었다. 마윈이 너무 급하게 생각을 뒤집은 것은 아닌가?

당혹스러워하는 모두의 표정에 마윈이 설명을 덧붙였다. "인터넷 시장에 겨울이 올 겁니다. 식량을 잘 비축해 두어야 해요. 현금을 대량으로 준비해야 위험한 시기를 무사히 넘길 수 있을 겁니다." 그리고 그는 알리바바를 상장하기 위한 계획에 'K 플랜'이라는 암호명을 붙였다.

2000년에 마윈은 이미 인터넷사업에 혹한기가 닥칠 것이라는 사실을 예감했다. 그때도 마음의 준비가 있었기 때문에 이를 악물고 버틸 수 있었던 것이다. 2006년에도 또 한 번 큰일이 발생할 것이라는 것을 감지했다.

"인터넷은 12년 동안 발전해 왔습니다. 제가 들어온 지는 8년이 되었고요. 그간의 과정에서 저는 인터넷의 번영과 몰락을 보았습니다. 2000년, 인터넷이 돌연 터닝 포인트를 맞이했고, 모두들 어떻게 할지 몰라 우왕좌왕할 때 겨울이 닥쳤습니다. 그리고 그 겨울은 유난히 길었지요. 2006년이 되니 2.0이네, 3.0이네 하는 정체불명의 개념이 점점 등장하기 시작했습니다. 제 생각에는 무언가가 잘못되고 있는 것 같네요."

2007년 초, 마윈은 다보스포럼에 참석한 후 다시 한 번 알 수 없는 위화감을 느꼈다. 포럼에서 돌아온 그는 서둘러 '최대한 신속하게 상장한다. 조직 체계의 조정 또한 위험을 분산시키고 각 자회사를 생존하게 하는 것을 제1의 목표로 한다' 는 요구와 함께 상장 계획을 밀어붙이기 시작했다.

"제가 특히 걱정하는 것은 오히려 지금의 호황입니다. 호황일 때 가장 중요한 일은 불황을 대비하는 것이죠. 여름 동안에는 조금 움직이고 생각을 많이 해야 하는 겁니다. 하지만 겨울이든 여름이든 언제나 냉정하고 침착해야 하지요." 마윈은 주식시장의 호황을 진짜 호황으로 보지 않았다. 주식시장은 사계절이 있는 생태계와 같아서 호황, 즉 여름이 길다는 것은 겨울이 곧 다가올 것을 의미하는 것으로 해석했다.

사람들이 믿지 않는다고 해서 추운 겨울이 안 오는 것은 아니다. 2008년 마윈이 예견한 '겨울'이 정말로 찾아왔다. 아주 맹렬하고 참혹하게 닥쳤다. 다른 이들이 추위에 벌벌 떨기 시작했지만, 알리바바는 이미 두툼한 솜옷으로 중무장을 마친 후였다.

마윈은 사실 인터넷에 관해서는 한 치의 거짓도 없이 완전히 문외한이었다. 하지만 이 사업에 관한 관리 능력만은 타의 추종을 불허했다. 자신이 기술에 관해서는 전혀 모르기 때문에 오히려 거시적인 관점에서 환경이나 추세에 더 힘을 쏟을 수 있기 때문이었다. 다년간의 이런 경험과 단련으로 마윈은 앞으로를 전망하고 위기를 대비하는 데 탁월한 능력을 갖게 되었다. 바로 그렇기 때문에 알리바바는 연달아 발생한 위기 상황에도 계속해서 살아남아 오늘을 맞이할 수 있었던 것이다.

우리의 고민

박물학자들의 조사에 의하면 열대지방 해변의 모래에서는 '맹그로브'라는 태생(胎生)식물● 의 군락이 자생한다고 한다. 이 맹그로브의 씨앗은 나무에서 바로 떨어지지 않고 원 가지에 달려 성장한다. 뿌리를 내리고 충분히 자라 지지근과 호흡근이 제 모습을 갖추게 되면 바람이나 물을 타고 떠내려가서 뭍에 닿아 독립적으로 성장해나가는 것이다.

맹그로브는 왜 태생 번식을 하게 되었을까? 식물학자들은 환경의 영향이라고 말한다. 맹그로브는 바닷가에서 서식하기 때문에 매일 밀물과 썰물로 주변 환경이 바뀌는데, 밀물이 들어와 만조가 되면 나무는 위협을 받기 때문에 어린 나무가 스스로 생존할 수 있을 정도로 자라고 나서 뿌리가 나뉘어 떨어진다는 것이다. 변화무쌍한 환경에 적응하기 위한 대책이었다.

젊은이들이 사회생활을 할 때, 자신의 업무, 관리 능력을 높이는 것 외에도 꼭 해야 할 중요한 일이 있다. 앞날을 미리 예측하고 위험에 대응할 수 있는 대처 능력을 키우는 단련이 바로 그것이다. 자연계 기후의 변화와 마찬가지로 우리의 비즈니스 환경 또한 언제 어떻게 바뀔지 알 수 없다. 모두가 위기를 예민하게 감지할 수 있어야 한다. 특히 젊은 시절의 황금기는 눈 깜짝할 사이에 흘러가 버린다. 이런 대비 없이 변화를 맞이해버린다면 결과는 참담할 것이다.

지혜의 팁

직장생활에 민감하게 반응하는지는 개인의 풍부한 경험과 비슷한 환경에서의 판단 능력에서 기인한다. 일을 할 때는 누구보다 열심히 해야 하지만 가끔은 고개를 들어 주변을 살피고 바른 길을 가고 있는지도 잘 보아야 한다. 많이 보고 많이 듣고 많이 생각하며 결론을 내리는 버릇을 오랜 시간 들이게 되면, 어떤 일에건 민감하게 반응하는 감각능력을 가질 수 있다.

● **태생(胎生)식물** | 씨앗을 통해 번식하지 않고 본체에서 일정한 크기만큼 자란 줄기 등의 작은 나무를 떨어뜨리는 방식으로 번식하는 식물.

| 마윈의 발자취 |

성명: 마윈(馬雲)

영문 성명: Jack Ma

성별: 남

국적: 중화인민공화국

생년월일: 1964년 10월 15일(음력 9월 10일)

출생지: 저장성 항저우시(浙江省杭州市)

본적: 저장성 성저우시 구라이진(浙江省嵊州市谷来镇), 이후에 부모님이 항저우시로 이사.

최종학력: 항저우사범학원(지금의 항저우사범대학교) 외국어 전공 학사 학위 취득.

약력: 알리바바 그룹의 창업 멤버 중 한 명이며 알리바바의 CEO와 비상임이사를 겸하고 있다. 소프트뱅크 그룹의 이사, 야후 차이나 이사회 회장, 차이냐오네트워크(菜鳥網絡)의 회장, APEC 기업인자문위원회(ABAC) 회원, 항저우사범학원 알리바바 비즈니스스쿨 원장이다.

주요 경력

1964년 10월 15일, 항저우시에서 출생.

1964년~1982년 | 초등학교부터 고등학교까지 완강하고 의리를 중요시하는 성격 탓에 싸움이 끊이지 않았다. 학교에 다니는 내내 성적도 그다지 우수하지 못했다. 하지만 12살에 시작한 영어만은 정확하고 유창하게 구사했으며, 덕분에 외국인 친구도 많이 사귀었다.

1982년~1984년 | 마윈은 대학입학시험에 세 번이나 응시한다. 첫 번째 시험에서는 수학에서 1점밖에 얻지 못하고 낙방했다. 두 번째 시험 역시 수학 점수는 고작 19점이었고, 다시 한 번 탈락의 고배를 마셨다. 세 번째 시험에서는 수학에서 79점을 얻어 항저우사범학원의 외국어학과 대외무역외국어 전공에 지원했다. 당시 본과로 지원하기에는 5점이 모자랐지만, 본과의 응시 인원 미달로 운 좋게 본과로 진학했다.

1984년~1988년 | 항저우사범학원 외국어학과에서 공부했다. 1학년 2학기에 마윈은 호주로 가서 난생 처음 해외를 경험했다. 학기 중에는 열성적으로 교내 활동에 참여했고, 3학년부터는 항저우사범학원의 학생회장과 항주시학생회연합의 회장을 겸임했다.

1988년~1995년 | 항저우전자과학기술대학교 영문과와 국제무역학과에서 강의했다. 항저우 서호에서 제1호 잉글리시코너(중국 사람들이 영어 회화 실력을 높이기 위해서 주말이나 평일 저녁에 공공장소에 모여서 함께 영어로 이야기하는 모임. 각 도시별로 유명한 잉글리시 코너가 형성되어 있다.)를 시작했고 번역 분야에서도 차츰 명성을 얻게 되었다. 1991년, 친구와 함께 하이보번역회사(海博翻譯社)를 설립했다. 이후 교수로 일하면서 번역회사를 경영했고 야간에는 야학에서도 강의했다. 이 시기에 그의 출중한 강연 능력이 단련되었다. 1994년 서른 살이 되던 해, '항저우의 10대 우수 청년 교사'로 선정되었다.

1995년~1997년 | 1995년 초에 우연히 방문한 미국에서 처음으로 인터넷을 접했다. 이후 컴퓨터에 관해 일자무식이던 그가 인터넷을 알아가기 시작했고, 중국으로 돌아와 중국 제1호 인터넷 비즈니스 정보 서비스 기업 '차이나옐로우페이지'를 설립했다. 이는 중문(中文)으로 쓰인 최초의 비즈니스 웹사이트였고, 중국 내 최초로 기업을 위한 서비스 모델을 제시한 웹

사이트였다.

1997년~1999년 | 마윈은 팀을 꾸려 중국대외무역경제합작부(이하 외경무부) 산하 중국국제전자상거래센터에 합류하여 외경무부 공식 홈페이지와 중국온라인상품교역시장, 온라인중국기술수출교역회, 중국투자유치넷, 온라인광저우수출상품교역회 등 국가기관급 웹사이트를 전담 개발했다.

1999년~2002년 | 외경무부의 일을 그만두고 항저우로 복귀, 50만 위안으로 알리바바를 창업하고 웹사이트를 구축했다. 1999년 10월과 2000년 1월, 두 차례에 걸쳐 알리바바는 2,500만 달러 규모의 투자를 유치한다. 마윈은 '동방의 지혜와 서방의 지원, 전 세계의 거대 시장'을 경영 이념으로 삼고 인재들을 끌어 모아 국제 시장 개척에 전력을 다했다. 동시에 중국 내 전자상거래시장을 육성하여 중국의 기업, 특히 중소기업들이 급속도로 발전하는 세계 온라인 비즈니스를 수용할 수 있도록 이상적인 온라인 비즈니스 플랫폼을 구축하기 위해 노력한다. 2000년 10월, 세계경제포럼이 선정한 '2001년 세계 100대 미래의 리더' 에 선정되었고 2002년 5월에는 일본 최대의 경제 전문 잡지 <닛케이(日經)>의 표지 모델이 되었다.

2003년 | 타오바오를 창립하고 온라인 금융 결제 서비스 알리페이를 내놓았다. 2005년에는 타오바오가 이베이의 중국 지사인 이취의 영향력를 뛰어넘고 경쟁사들을 완전히 따돌렸다. 2007년, 타오바오는 단순한 판매 웹사이트가 아닌 아시아에서 가장 큰 온라인 소매상 지원 사이트로 자리 잡았다. 타오바오와 알리페이는 중국 상거래 시장에서 1위의 자리를 차지하게 되었다.

2005년 | 마윈의 알리바바와 전 세계에서 가장 큰 포털사이트 야후가 전략적으로 제휴하여 중국내 모든 자산(야후 차이나)을 알리바바와 합병했다. 이로써 알리바바는 중국에서 가장 큰 인터넷 기업으로 발돋움했다.

2006년~ | 마윈은 CCTV-2 채널의 <잉짜이중궈(赢在中國)>라는 리얼리티 창업 오디션 프로그램의 가장 독특하고 영향력 있는 심사위원으로 활동했고, 야후 차이나와 알리바바를 이용해 <잉짜이중궈> 공식 웹사이트를 지원하여 1,100만의 창업자들이 활동할 수 있는 플랫폼을 마련해주었다.

2007년 8월 | 인터넷 광고 거래 사이트 '알리마마' 서비스를 출시했다.

2008년 3월 | 투자 전문 주간지 배런스(Barron's)가 선정한 '2008 베스트 최고경영자(CEO) 30인'에 이름을 올렸다. 7월에는 외국인 최초로 일본 제10회 기업가 대상을 수상했다. 9월에는 중국인으로서는 유일하게 미국의 <비즈니스위크>가 선정한 '온라인 업계에서 가장 영향력 있는 인물 25인'으로 선정되었다.

10월 31일, 항저우사범대학교와 공동으로 항저우사범대학교 알리바바비즈니스스쿨을 설립했고 이사회 회장으로 임명되었다.

2013년 1월 15일 | 마윈은 2013년 5월 10일부로 알리바바 그룹의 CEO에서 물러나 이사회 회장으로 맡은 일에 전력투구하겠다고 밝혔다. 2013년 5월 10일 저녁, 항저우 황룽(黃龍)체육관에서 전 세계에서 날아온 2만 4천 명의 알리바바 그룹 임직원과 1만여 명의 알리바바 그룹 협력업체 직원, 그리고 전 세계 미디어가 참석한 가운데 타오바오 서비스 10주년 기념행사와 마윈 회장의 퇴임식이 열렸다. 이 자리에서 마윈은 알리바바 CEO로서 마지막 연설을 했다. 그리고 5월 28일, 마윈은 전자상거래 활성화를 위한 물류 플랫폼 '차이냐오'의 회장직을 맡는다고 발표했다.

마윈의 충고

1판 1쇄 인쇄 2016년 8월 22일
1판 1쇄 발행 2016년 9월 1일
1판 2쇄 발행 2016년 11월 5일

지은이 왕징
옮긴이 박미진
펴낸이 임종관
펴낸곳 미래북
편 집 정광희
본문디자인 디자인 [연:우]
등록 제 302-2003-000026호
주소 서울시 용산구 효창동 5-421호
마케팅 경기도 고양시 덕양구 화정동 965번지 한화 오벨리스크 1901호
전화 02)738-1227(대) | 팩스 02)738-1228
이메일 miraebook@hotmail.com

ISBN 978-89-92289-86-3 03820

값은 표지 뒷면에 표기되어 있습니다.
잘못된 책은 구입하신 서점에서 바꾸어 드립니다.